講談社文庫

命の遺伝子

高嶋哲夫

講談社

目次

命の遺伝子

プロローグ

男は息を止めた。

右手に持った双眼鏡の視野には、広場全体を埋め尽くした群衆が見える。

もう一方の手にはトランシーバー型の発信機が握られている。セットした新型プラスチック爆薬、セムテックスαは十キロ。小さなビルなら完全に破壊できる。

正面に設置された演壇中央にカーキ色の制服を着た男が現われ、マイクを握った。

海鳴りのように聞こえていた群衆のざわめきが引いていく。

男の指先がセイフティーカバーをはねのけ、スイッチに触れる。

隣の男が手のひらをズボンにこすりつけて汗を拭き、ライフルを構え直した。スコープ付きガリル・スナイパーライフル。この高性能狙撃銃は祖国から持ち込んだものだ。失敗は絶対に許されない。

「イエット・ファンゲン・ヴィア・アン」

さあ、始まりだ。男はドイツ語で呟く。

一瞬、心臓の鼓動が止まり、すべての音が消えた。


二〇XX年、七月。

ドイツ西部の都市ドルトン。

郊外にある広場は数千人の若者であふれていた。

「我々は新しい世界を創るために過去の栄光を取り戻し、新しい秩序のもとに——この堕落した世界を崩壊させ、総統の復活を願って——」

スピーカーから流れる男の声が、会場全体を押し包むように響く。

「ハイル、ヒットラー！」

隊列の若者たちがいっせいに右手を斜めに上げ、靴のかかとを鳴らした。七十年前と同じ動作を繰り返す。しかし、この敬礼は現在法律で禁じられている。

広場と森との境を取り巻く千人を超える野次馬からも、同様の叫びにも似た声が上がる。

「主催者発表によると、四千二百人。ブラッククロス党員が、全世界から集まっています」

三十代半ばと思われる派手な化粧の女性レポーターが、マイクを握り締めて怒鳴るようにしゃべった。テレビカメラによる撮影は禁止されているが、音声は許可されている。

壇上の両側に並べられた椅子には、老人たちに混じって中年の一組の男女が座っていた。男は遥か昔を懐かしむように、広場の集団を見守っている。

「ハイル、ヒットラー！」

再び声が上がり、合唱のような叫びと陶酔に包まれた。

四方を囲む森から、わずかに涼を含んだ空気が流れてくる。

轟音が轟いた。舞い上がる煙と粉塵。

一瞬あらゆる音が消え、静寂に包まれた。

演壇の屋根の中央部にぽっかりと穴が開き、崩れ落ちている。

悲鳴があがった。

泣き叫ぶ声が聞こえ、怒号が飛びかう。野次馬を含め五千を超す群衆が、各々勝手な方向に走り始めた。

壇上には崩れた屋根の残骸が散らばり、砂塵が降り積もっている。そのなかに千切れた腕や脚が散乱し、内臓のはみ出た胴体が転がっていた。

隠し持っていたテレビカメラの電源が入れられ、持ち込み禁止のはずのカメラのシャッター音がいたる所で響き始めた。

「爆発です。演壇付近に爆発物がしかけられていたもようです。壇上にはブラッククロス幹部、十人以上が倒れています。議長のフリードリッヒ・ハイパー氏も姿が見えません」

女性レポーターの顔は興奮で引きつり、声は割れている。カメラを担いだ男が、よろめきながら彼女を追う。

「まって！」

レポーターが立ち止まって叫んだ。

「散乱している血の塊は人の手足です！　千切れた身体の一部です！」

声は絶叫に近くなった。

カメラマンがその肉片をアップに撮る。

「負傷者の数は——数え切れません。辺り一面に人が倒れています。死者の数も——おそらく相当数でていると思われます。なんという惨劇でしょう。この集会で——」

声が途切れたかと思うと、額を押さえて身体を屈めた。手の間から血が流れている。

銃撃の音が響く。森の中から、さらにいくつかの爆発音が聞こえてくる。

「銃撃されている」

カメラマンが呟く。その瞬間カメラが大きく揺れ、カメラマンの後頭部から赤い飛沫(しぶき)が飛んだ。

悲鳴と怒号がさらに増える。

「危険です。ここも危険です」

マイクから流れる声は乱れ、大きくひずんでいる。広場全体に血と火薬の臭いが充満していた。

遠くから救急車とパトカーのサイレンの音が聞こえてくる。

北イタリア、リモネ村。

「これは……」

男は思わず低い声を出した。

何度も論文を読み直し、関連文献にも目を通し、十分に理解しているはずだった。しかし今、目の前に見ると思った以上に動揺した。これこそ、自分が探し続けていたものかもしれない。

ディスプレーには、美しいブルーの背景のなかを赤い液体が音を立てるように力強く流れていく様子が映しだされている。

超音波診断装置に映る血管内部の血液の流れだ。

「全世界に三十八人しか持ち得ない特権です」

背後に立つ白衣の医師が言った。

男の目はディスプレーを凝視したままである。

突然、画面が二つに分かれた。一方は今まで見てきたもので、他方は赤い部分の面積が極端に狭い。

「右が彼女の血管。左が同年代の老人のものです」

男はやっと顔を上げた。

目の前のベッドに横たわり、にこやかな笑顔を向けている七十代の老女に視線を向けた。ディスプレーの映像は彼女の血管だ。普通、この年代の人の血管にはコレステロールが溜まり、血液は細い隙間を流れているのが常なのだ。

「論文は読んでいましたが、実際に見るとまた別の感慨を覚えます」

男の目はディスプレーに戻っている。

「実際に本人たちに会い、話し、その現実を目の当たりにすると、全員がそう言います」

医師はいくぶん誇らしそうに言った。

「これらは両方ともコレステロールで白濁しています」

二本の試験管を机に置いた。なかには白濁した液が入っている。

医師は手品師のようにもったいぶった動作で、一本の試験管にガラス壜から出した白い粉末を入れた。

白濁していた液が見る間に透明に変わっていく。二本の差は明確だった。

「ポルタトーリの人たちの血液から精製したタンパク質です」

男は無言だった。

驚き——というより感動で言葉が出てこなかったのだ。

「このコレステロールを分解する奇跡のタンパク質を作る役目を果たすのは、約三十億個ある塩基のたった一文字だけです。その一文字違いの遺伝子が、常人にはない特権をその人間に与えます」

医師は言ってから照れ臭そうに笑った。

自分の目の前にいる男が、遺伝子科学に関しては世界的な科学者であることを思い出したのだ。この研究室の書棚に並んでいる本の中にも男の書いた専門書が二冊ある。

男は再びベッドの小柄な老女に目を移した。

アルプスの麓、ガルダ湖の畔にある、人口千人足らずの美しい村にこの人々はいた。

彼らは動脈硬化になりにくい特殊な遺伝子を持つ人たちである。

「ポルタトーリ」イタリア語で「遺伝子を運ぶ人」と呼ばれる人たちは、世界で三十八人しかいない。彼らの遺伝子「アポＡ－１」は、血液中でコレステロールを分解するタンパク質を作り出す。

「神のお慈悲です」

医師が感慨を込めて言った。

男の顔に困惑の表情が浮かんだ。

「単なる気紛れにすぎない」

男は呟いて、我に返ったように姿勢を正した。

第一章　ベルリン

1

トオル・アキツは、ベルリン工科大学大講堂前の石段をゆっくりと降りていた。立ち止まり、空を見上げた。

夏のベルリンの空は澄みわたっている。一年間ドイツで暮らしたが、こんなに澄んだ青空は初めてだった。涼しい風が吹き抜けていく。

公園に続く芝生には、何組もの学生たちのグループができていた。

深く息を吸った。濃く透き通った空気が肺に浸透してくる。

『二十一世紀、遺伝子科学と人類』というテーマで、一時間の帰国記念講演を終えた直後だった。

身体の奥には、まだ七百人分の聴衆の熱気が残っている。階段に腰掛け夕刻のひとときをすごしている学生たちの目が、一人の東洋人の姿を追っているのを感じる。

身長百七十六センチ、体重五十八キロ。二十代から三十代半ばになる今まで、この体型はほとんど変わっていない。彫りの深い顔、濃い眉、耳が隠れるほどの黒髪、そして黒い瞳。ヨーロッパ人にはどこか神秘的な印象を与えるらしく、数日前に旅行したイタリアでも日本から来た宗教家に間違われた。自分でも陽気な人間でないことは自覚している。学生たちが「グルーミー・プロフェッサー」、憂鬱な教授と呼んでいるのも知っている。しかし宗教家とは、自分ともっともかけ離れた存在だ。

視線を上げて前方の建物を見た。

教会の尖塔が陽を反射して、鋭い光を投げ掛けてくる。その射るような光に思わず眉根をしかめた。同時に鈍い痛みにも似た痺れが精神に広がる。トオルはこぶしを握り締め、全身に沈滞してくる重苦しい気分を振り払った。

十日後にはアメリカに帰らなければならない。しかしドイツを発つ前にも、研究資料の整理、仕事の引き継ぎ……会っておかなければならない人もいる。やることは山ほどあった。

気を取り直して、再び歩き始めようとした足を止めた。

階段を下り切ったところから、緩やかな坂になった芝生が続いている。その三十メートルほど先の道路に、スモークガラスの灰色のセダンが止まっていた。

サングラスをかけた細身の男が、車のドアにもたれて立っている。眼鏡の奥の目は明らかにトオルに向けられていた。見られることには慣れている。トオルは無視して足を踏み出した。

「プロフェッサー・アキツ！」

階段を下り切ったところで、背後から声がする。

振り返ると、目の前に本が突き出された。ドイツ語のタイトルの分厚い本、『遺伝子の未来』。

今年二月に出した三冊目の本だ。初めて一般向けに書いた遺伝子科学の入門書である。前の二冊は専門書で、五ヵ国語に翻訳され遺伝子科学を学ぶものにとっては教科書となっている。

「サインしてください」

若い女の声だ。

トオルは相手を見ようともせず、胸ポケットからペンを出してサインした。

サングラスの男が辺りに目を配りながら足早に近づいてくる。なぜか今まで感じたことのない不安にかられた。

本を女性に押しつけるように返すと、芝生を小走りに歩いた。背後で声が聞こえたが、かまわず歩き続けた。

道路に出たところに、一台のバンが走ってくる。バンは行く手をさえぎるように、トオルの前に回り込んだ。

立ち止まって反対方向を見ると、灰色のセダンが近づいてくる。二台の車はトオルを挟んで止まった。いつのまにか横にサングラスの男が立っている。

バンから男が下りてきて、トオルの腕をつかんだ。

「きみたちは——」

「声を出さないで。危害は加えません」

圧し殺したような声で言うと、トオルをバンのほうに連れていく。

階段に目を向けると、女が首を傾げてこちらを見ている。声を上げようとしたときには、身体の半分がバンに入っていた。ドアが完全に閉まる前にバンは走り始めた。

ほんの数秒、思考する間もない時間だった。明らかに、こういう仕事に慣れたものたちの行動だ。見ているものにとっては、友人が寄り添って車に乗り込むように思ったかもしれない。

バンにはスモークガラスが使われ、外からは見えない。

トオルは二人の男に挟まれるようにして座った。

向かい合わせになった座席には、一人の男が座っている。肩幅の広いがっちりした体格、白髪の老人だった。

濃い香りが漂っている。葉巻の匂い——それも、キューバ産の高級葉巻だ。

目をこらして、老人を見ようとした。

そのとき、サングラスの男の手がトオルの口元を覆った。老人が男の腕をつかみ、なにか言う。

布に染みた刺激臭が鼻腔にみちる。息を止め、男の手を振り払おうと両腕に力を入れたが、さらに強い力で両側から押さえられた。

身体から力が抜け、意識が遠退(とおの)いていくのを感じていた。


漆黒の闇。

闇はどこまでも続いている。音はなく、自分の魂はそのなかを漂う。光を求め、音を求め、匂いを求め……わずかでも精神をつなぎとめるものを求めて、さまよっている。

全身が強い力で締め付けられる。闇の粒子が細胞の隙間に入り込み、数を増し、拡散し、自分自身が闇に溶け込んでいく。さらに濃い、さらに深い闇に、無のなかに吸い込まれていく。ここはどこだ。声を出したが声にならない。

わかっている。何度も見た世界だ。死の世界。死、そのものなのだ。死とは、無。永遠に続く、無そのものだ。

遠くで、野獣の唸り声のような音が聞こえる。空気を振動させる低い音。その音は途切れそうになる意識を引き戻した。それが空調の音だと気づくのに、しばらく時間がかかった。

目を開けると、焦点のずれた視野に一つの顔がある。老人だ。細部は定かではないが、バンにいた老人に違いなかった。

身体を起こそうとすると、複数の腕が伸びて手足を押さえた。身動きができない。

虚(うつ)ろな、響きにも似た声が聞こえる。

「危害は加えません」

響きは言葉に変わった。アメリカ人には、訛(なま)りのように聞こえるイギリス英語だ。

全身の力を抜いて、意識を集中させた。やがて、ぼやけていた視界が焦点を結び始める。

ブラインドの下ろされた窓の隙間から、滲(にじ)んだような光が差し込んでいる。自分がベッドに寝ているのに気づいた。

一人の長身の老人が、横に立って見下ろしている。おそらく、百九十センチを超えているだろう。

髪は白く、顔に刻まれた皺(しわ)はミケランジェロの彫刻のように深く鋭かった。表情はなく、茶色がかった眼鏡の奥で光る瞳の色は想像できない。年齢は……。かなり高齢だ。

仕立てのいいダブルのスーツ。首にはネクタイではなく、柔らかそうな絹のスカーフを巻いている。胸ポケットからはハンカチがのぞき、袖口にはブルーのカフスボタンが見えていた。金持ちのキザなイギリス紳士——。漂う雰囲気は、危険なものではなかった。

トオルは身体を硬くしたまま、目だけを動かした。年代ものののレターデスクにチェアー。壁は渋い灰色、質素だが落ち着いた部屋だ。

部屋には老人をのぞき、四人の男がいた。二十代の男が二人に、あとは三十代か四十代。彼らはベッドのまわりに立ち、すべての視線がトオルに向けられている。

声を出そうとしたが出ない。塊のようになった空気が喉に引っかかるだけだ。

「エーテルを使いました。これで意識ははっきりします」

老人の声と同時に腕が伸び、鼻の前でカプセルが折られた。強烈な刺激臭が頭を突き上げ、意識を呼び戻した。

「プロフェッサー・トオル・アキツ。三十五歳。アメリカ、カリフォルニア工科大学、遺伝子研究所教授」

老人はファイルを開けて読み始めた。

「一年前、ベルリン工科大学客員教授として招待され、研究を続けている。それも今週末まで、来週にはドイツを離れ、アフリカを回った後、アメリカに帰国する。七年前、助教授時代に行なった遺伝子解析の研究により一躍世界のトップ研究者に躍り出た。RN1・2制限酵素の発見、遺伝子読み取りと解析のコンピュータソフトの開発……。特にマウスの老化抑制遺伝子、クロトー遺伝子の分子生物学的メカニズムの解明を行なったことは画期的な成果であり、以後の生命遺伝子研究に大いなる影響を与えた。その手法は広く遺伝子の機能解析にもちいられ、遺伝子研究に飛躍的な発展をもたらした。さらにES細胞研究に応用され、医療、薬品開発分野にも多大の貢献をしている。その後も遺伝子科学に関する画期的な発表を続け、特に生命科学の分野では生命の概念を変えた科学者として知られている。若手科学者のカリスマ的存在である」

老人は一気に読み上げると、ファイルを横の机に置いて深く息を吸った。

「間違いありませんね」

老人は確認するようにトオルを見つめた。

「最後については……知らない」

トオルは声を出したが、自分でも驚くほどのかすれた声だ。

「きみたちは……」

「あなたに危害を加える気はありません」

老人はゆっくりした口調で言った。

「すでに……加えている」

「お許し願いたい。説明している時間がなかったのです。説明しても、拒まれたでしょうがね。それに、少々気の荒い連中が多くて」

老人の口調は穏やかで、トオルに対するいたわりさえ感じさせた。

サイドテーブルの目覚まし時計を見ると、六時をすぎている。一時間近く意識を失っていたことになる。

「ジョセフ・フェルドマンです。ジョセフと呼んでください」

「ここは……どこだ」

「フェルドマン古美術商会の事務所です。正確には、その店の客用ベッドルーム。危険な場所ではありません。古美術の売買を行なっています」

「きみたちのやったことは……犯罪だ。わかっているのか」

「なんと言われても、弁解の余地はありません。これが彼らのやり方でしてね」

フェルドマンは左右に視線を走らせた。男たちは表情も変えず、トオルを見つめたままだ。

トオルはベッドの上に起き上がろうとして、思わず呻いた。頭を鈍い痛みが貫いていく。

「痛みはすぐに取れます。あなたの方がよくご存じだ」

フェルドマンが目配せすると、一人を残して男たちが出ていく。フェルドマンが首を回したとき、スカーフの隙間に右耳から首筋にかけて赤黒く盛り上がった皮膚の引きつれが見えた。

部屋には、フェルドマンとチェックのジャケットを着た中年男が残った。

ふたたび起き上がろうとすると、今度はフェルドマンが手をかした。

「私も彼らが薬を使うなどとは思っていませんでしてね。しかし、多少手荒だが、頼りがいのあるものたちです」

「あなたにとってはね」

ベッドに座ってゆっくりと息を吸った。

頭から痛みが引いていく。この痛みは、痺れた脳細胞を目覚めさせるための刺激だ。

「助手のジミー・ヘンダーソン。ユダヤ系アメリカ人です」

フェルドマンは男を目で指した。

ジミーは、はにかんだような笑みを浮かべて頭を下げた。

歳は四十すぎか。フェルドマンの肩ほどしかないが、小太りのどっしりした体形で存在感はある。そして人のよさそうな視線を向けてくるこの男だけが、唯一感情を持った人間のように見えた。

「コーヒー？　それとも紅茶がいいですか。ウイスキーとブランデーもあります」

「コーヒーをお願いしたい」

ジミーがうなずいて部屋を出ていった。

「事務所に行きましょう」

フェルドマンがレターデスク横のドアを指した。

トオルはベッドから下りた。ふらついた身体をすばやくフェルドマンが支えた。がっちりした腕は老人とは思えないほど力強く、機敏だ。

ドアで続く隣の部屋に入った。広い部屋には二面の半分に作り付けの本棚、残りの壁には背の高いファイルボックスが並んでいる。

窓を背にして大型デスクがあり、その前に高価そうなテーブルとソファーが置かれている。事務所というより、趣味のいい書斎というほうが似合う部屋だった。

フェルドマンが目で座るようにうながした。

トオルがソファーの一つに腰を下ろすと、さてと言って軽く息を吸った。

「あなたにお願いがあります」

「ものを頼むやり方じゃない」

「承知しています。しかし私たちは、常に見張られているのです」

フェルドマンの顔を見た。

どことなく愁いを含んだ品のある顔立ち、柔らかな物腰、丁寧な言葉遣い。その穏やかな表情の中に、どこか危険な雰囲気も垣間見られる。時折トオルに投げかける、鋭い視線のせいか。

ジミーがポットとコーヒーカップを載せたトレイを持って入ってきた。テーブルにカップを置いて、コーヒーを注ぐ。

芳ばしい薫りが広がった。カップを取って口に運ぶと、わずかにゆとりが戻ってくる。

「これから話すことは、口外無用に願いたい」

「あなたの頼みを受けたわけではない」

カップをテーブルの上に置いた。

トオルの言葉を無視して、フェルドマンはジミーに目で合図を送った。

ジミーは無言でデスクの後ろに回り、引き出しの鍵を開ける。

直径十センチ、長さ三十センチほどの筒状のガラスビンを取り出し、両手で慎重に持って戻ってくる。そのビンをトオルの目の前においた。

息を呑んだ。目はガラスビンに釘づけになっている。立ち上がろうとしたトオルの肩を、フェルドマンが押さえた。

顔を上げてフェルドマンを見た。フェルドマンはゆっくりとうなずく。

ビンにはわずかに濁った液体が入っていて、その中に白っぽい物体が浮いている。凝視し、再び目をそらせた。

ホルマリンに漬かっているのは──人間の手首、千切れた切断面に骨と肉をさらした左手首だった。

「なにが望みだ」

かすれた声が漏れた。

「二日前、ドルトンで開かれたネオナチ集会での爆発をご存じでしょうね。ブラッククロスの集会です」

フェルドマンの低い声が聞こえる。

無意識のうちにうなずいていた。ドイツに滞在するもので、知らないものはいない。テレビと新聞は、連日そのニュースで持ちきりだ。

ベルリンから西、二百キロにあるドルトンで開かれていた、世界最大のネオナチ組織、ブラッククロスの国際大会で爆弾が爆発した。さらに爆弾が投げ込まれ、銃撃もあった。死者十六名、負傷者は五十名を超える。

ブラッククロスはここ数年で若者の圧倒的な支持を得て、急速に勢力を拡大した極右集団である。世界中に支部を持ち、党員数は七万人を超えている。

増え続ける移民、難民の排斥、アフリカ、アラブ諸国からの外国人流入の規制を訴えて過激な行動も辞さない。先月のドイツ南部の難民収容施設襲撃も、ブラッククロスの犯行と噂されている。この事件では五人の死亡者と三十名近い重軽傷者が出た。死者の二人は三歳の少女とその母親だった。

ドルトンの爆弾事件はドイツの爆弾テロ史上、最悪のものの一つだ。標的にされたのがネオナチというのも異例だった。暴力集団、テロ集団と見なされていた組織が襲撃されたのだ。

「あれはきみたちがやったのか」

「だったら、いまごろこんなところにいませんよ。あの近くにいることはいましたがね」

ドイツ在住のユダヤ人組織が、ヨーロッパ全土で台頭し始めたネオナチ運動に危機感を覚えて一気にその壊滅をはかったとか、敵対しているネオナチ組織の仕業だとか、極左組織の生き残り、ブラック・タイガーが復活したとか、さまざまな噂が乱れ飛んでいた。組織の拡大に手を焼いた、政府の陰謀説まで囁かれている。警察はすでに、数名の容疑者を拘束しているとの情報もある。

そのときトオルはイタリアにいたが、ベルリン・テーゲル空港に着いたとき警備の厳重さに驚いた。警察犬を連れた警官と自動小銃を手にした軍人であふれていた。革ジャンパーを着たモヒカン刈りの若者が数人、後ろ手に手錠を掛けられ連れられていった。

「この手首は、集会出席者のものです」

フェルドマンは冷静な声で続けた。

「手首の所有者は爆弾の近くにいたのでしょう。身体の方はどこにいったのか。遺体が運ばれた病院を調べましたが発見できませんでした。警察の発表からもわかりません。おそらく、主催者側に回収されたのでしょう。とにかく、収拾のつかない状態でしたからね」

トオルはガラスビンから目をそらせた。

「私には関係のないことだ」

ソファーから立ち上がろうとした。

る。

「慌てないで。あなたにも興味のある話のはずだ」

フェルドマンが再度、トオルの肩を押さえた。思いがけず強い力に押し戻された。

「私たちはこの手の指紋を調べました。そして、その人物を特定しました」

フェルドマンはトオルの肩に手を置いたまま静かに言った。つかんでいた力は抜けている。

「カリウス・ゲーレンのものと特定しました」

「聞いたこともない」

トオルはフェルドマンを見上げた。

フェルドマンの目が一瞬、異様な輝きを見せた。表情の乏しい顔に、わずかに怒りとも思える変化を見たのだ。しかし、それも気のせいかもしれない。彼の顔は、再びもとの物静かな表情に戻っている。

「なぜ私を連れてきた」

フェルドマンは無言のまま、一枚の写真をテーブルにおいた。

セピア色に色褪(あ)せた写真には、ドイツ軍の軍服を着た五人の将校が肩を組んで写っている。背後に見えるのはエッフェル塔だ。写真の右端に一九四〇年七月十四日の文字がある。ドイツ軍パリ占領のひと月後だ。

フェルドマンはその写真の一人を指した。

「ナチス武装親衛隊の大佐です」

ずんぐりした体格、胸を張り顎を引いて、睨み付けるような視線をカメラに向けている。

さらに、もう一枚の写真をおいた。今度は一人だった。同じ制服の男が同様のポーズをとっている。

「一時期、パリのユダヤ人収容所所長を務めました。パリ中のユダヤ人を集めて、ヨーロッパ各地の収容所に送るのです。そのとき、二十万人の虐殺を指示しました。孤児院の子供たち、施設の老人たちも含めてです。生まれて数ヵ月の赤ん坊もいました。そのすべてに、収容所行き、つまりガス室行きを命じたのです」

フェルドマンは淡々とした口調でしゃべった。表情にも変化は見られない。何度も話してきたことなのだろう。

「戦後戦犯に指定され、ニュルンベルク裁判では被告不在のまま死刑判決が下されています。連合国側は彼の行方を捜し続けました。そして、現在は私たちが捜査を続けている。しかし今もって、行方をくらましています」

「あなたはナチ戦犯追及センターのものか」

トオルは写真から顔を上げてフェルドマンに視線を向けた。

ナチ戦犯追及センターはドイツ政府の組織だ。戦争犯罪には時効がないと定め、ナチ犯罪の資料を保管、提供している。このセンターの働きにより、十万人以上が調査され、七千人以上が有罪の判決を受けている。現在も、二万人以上に対して追及の手を伸ばしている。

「違います。イスラエルのある機関です」

「国家機関か。モサドとかいう」

アメリカのCIA、旧ソ連のKGB、イギリスのMI6と並ぶイスラエルの諜報機関だ。ナチの戦犯狩りや中東戦争にも、モサドが陰で大きな役割を果たした。

トオルを連れてくるときに荒っぽい方法を使った男たちは、その組織の人間なのか。

「国家の全面的な支援を受けていた時期もありましたが、今は一民間機関です。アラブ諸国との関係悪化で、政府もナチスの亡霊ばかりに関わってはいられなくなったのでしょう。ただし、世界中のユダヤ人からは全面的に支持されている機関です」

「ナチハンターという訳か」

トオルの言葉にフェルドマンはうなずいた。

聞いたことがある。世界に散らばるユダヤ人から資金を得て、今もなおナチスの戦犯たちを追い続けている組織があると。

全身に衝撃が走った。

「ではこの手首は、ナチの戦犯のもの……」

低い声が漏れ、手首と写真を交互に見た。

「もうおわかりなんでしょう」

フェルドマンの声が頭上から聞こえる。

「しかし……」

声が上ずり、目は手首に釘づけになっている。

「この手は二日前のものです。だが、お気づきのはずだ。特に先生にはね」

フェルドマンの抑揚のない声が聞こえた。

「彼は百十一歳です」

フェルドマンは再びトオルの肩に手をおいた。

トオルの身体は震えていた。震えを悟られないため、わずかに身体を引いて彼の手を外した。

「どう見ても四十代――それも前半のものです。染み一つない、若々しいものだ」

「指紋の特定が間違っている」

かすれた声が出た。

「私たちもそう思いました。コンピュータで二度照合し、指紋鑑定のプロにも依頼しました。十年も前に引退したその道の神様といわれていた刑事を苦労して捜しましてね。しかし、間違いありませんでした。だから、先生を――」

「DNA鑑定をしろと言うのか」

フェルドマンはうなずいた。

「連合軍は戦後ドイツに入ったとき、ただちに戦争犯罪に関わっていると思われるものたちのあらゆる資料を集めました。当然、彼も優先的に調べられました。しかし多くのナチ高官同様、ゲーレンもそれを察して、すべての過去を消し去っていたのです。だが幸運にも、秘密国家警察いわゆるゲシュタポのフランス支部に記録の一部が残されていて、そのなかに彼の指紋と歯型の資料がありました。偶然というより、内部のものの裏切り行為なのでしょう。ああいう時代に伸し上がるには、敵も多かったに違いない。敗戦前後には様々なことが起こるものです。それ以外には軍関係、政府関係の資料にも、彼に関するものは発見できませんでした」

フェルドマンは深い息を吐き、首を回してトオルを見つめた。トオルはその顔に濃い疲労が滲んでいるのに気づいた。

「だが幸いにして彼の毛髪が残っていました。子供のときの髪と爪が、母親の実家にね」

「保存状態は？」

「良好です。幸運なことに毛根のついているものもある。丈夫な木箱に入っていたので、光のダメージも最小でした。子を思う親の心はどこであれ共通なのでしょう。大切に扱われていました」

「だったらどこかの研究所に頼めばいい。正確さは間違いないし、私より数倍早い。こんな面倒なことも必要ない」

「先生でなくては駄目なのです」

フェルドマンがトオルを見据えた。眼鏡の奥に光る目には強い意志が秘められている。

「この手首に何があるというんだ」

「それを見つけてもらいたい」

フェルドマンは断固とした口調で言って、見つめている。トオルはその目を睨み返した。

「断わる。私には関係ないし、興味もない」

「ユダヤ人の頼みは聞けないと言うわけか」

いつの間にか、フェルドマンの背後に男が立っている。フェルドマンと同年代にも見えるが、顔に刻まれた皺ははるかに濃く深い。

「あんたの国籍はアメリカだが、血は純粋な日本人だ。昔の同盟国は裏切れないと言うわけだな」

老人は続けた。

「よしなさい、カラム」

フェルドマンは老人の側に行き、いたわるように肩に手を置いて話し掛けた。

カラムと呼ばれた老人は、トオルに敵意をこめた視線を向け出ていった。

「彼を許していただきたい。失礼なことを言ってしまった。カラムといって、私の先輩であり同志です。今度の事件に、非常に興奮している」

「私は人種、国籍には興味がない」

「しかし人が存在している以上、人種も国籍も存在します。私たちは日本人には感謝をしているのです。杉原千畝（すぎはらちうね）をご存じですか」

フェルドマンは穏やかな声で聞いた。

「日本のシンドラー。ユダヤ人を救った日本人……」

「そうです。一九四〇年、リトアニアで領事代理をしていたとき、ナチス・ドイツから亡命するユダヤ人に日本通過ビザを発行しました。彼は上司の命令に背いて、数千名のユダヤ人を救いました。そしていま、その子孫は四万人にも上っています」

それはさておき――と言って、フェルドマンはトオルに顔を寄せた。葉巻の甘い香りが漂った。

「先生には、断われない理由があるはずだ」

確信を持った言い方だった。

「断わったら――」

「生涯悔いを残すことになる」

「どういう意味だ」

「言葉通りです」

フェルドマンの口調には、有無を言わせない強い響きが含まれている。

トオルはビンに視線を落とした。その瞬間、思わず目を閉じた。液体のなかを漂う手首が動き、招いている錯覚に陥ったのだ。

「引き受けていただけますね」

念を押すように言った。

「条件がある」

無意識のうちに声を出していた。

「なんなりと」

フェルドマンの顔にかすかな安堵の色が浮かんだ。

「もっと詳しい情報がほしい。あなたはつかんでいることの半分も話してはいない」

「ときがくれば。しかし——」

フェルドマンは言葉を切ってトオルを見つめた。

「先生は決して、後悔はしないはずだ」

きっぱりとした口調で繰り返した。

トオルの身体の奥に、かすかな熱が生まれた。その熱は異常な速さで全身に広がっていく。求め続けていたものが得られるかもしれない。ふっとそんな気持ちの昂ぶりを感じた。

「帰してくれるんだろう」

腕の時計を見て、かすかに息を吐いた。

「どうかしましたか」

「七時に約束があった」

すでに、八時を回っている。

「お送りします」

ジミーが魔法瓶のような容器を持ってきて、手首の入ったビンを慎重に入れた。さらに、丈夫そうな布のカバンに入れる。

トオルはそのカバンを持って立ち上がった。

ジミーに案内されて建物の裏口に出た。裏通りには、連れて来られたときとは違うブルーの乗用車が待っていた。

2

ベルリン工科大学、遺伝子研究施設に着いたのは、九時十分前だった。

ドイツの夏はまだ明るく、通りには人が行き交っていた。しかし、研究施設の正門は閉じられている。トオルは守衛室にまわった。

八階でエレベーターを下りて、照明が消え非常灯だけの廊下を自分の部屋に向かって歩き始めた。

黒くどろどろしたものが身体中に溜まっている。脳裏には、フェルドマンと名乗る老人に見せられた写真とガラスビンに入った手首が刻み込まれていた。

肩にさげたバッグの重みが、ずっしりと全身にかかっている。それはバッグの重みだけではない。事務所では半信半疑だったものが、次第に明確な形となって精神に浮かんでくる。それがなにであるか。トオルは頭を振って、押し寄せてくる感情の昂ぶりを振り払った。期待が大きいと失望も大きい。何度も経験してきたことだ。そしてなにより、いまはなにも考えたくない。

廊下を曲がったところで足を止めた。部屋の前に黒い影が蹲(うずくま)っている。

バッグを抱え直し、近づいて影の前に立った。

二十代前半の女性――学生か。床に両膝を立てて座り込んでいる。脛(すね)に両腕を載せ、その上に顔を伏せていた。近づくとかすかに汗の匂いが漂い、寝息が聞こえてきた。栗色の短髪から、白い耳とうなじが見えている。横にくたびれたデイパックが置いてあった。

軽く肩を揺すると、女は顔を上げてトオルを見た。

「先生……」

女は低い声を上げた。

慌てて立ち上がって姿勢を正した。トオルとほぼ同じくらいの背丈、しかし体重はかなり下回っている。耳には金色のピアスが光っていた。見開かれた大きめの目、すっきりした鼻筋。半開きの口からは白い歯がのぞいている。薄暗い光のもとでは、少年にも見える顔つきだった。

女はポケットから出したペンをトオルの鼻先に突き付けた。

「返しておきます」

「きみは……」

「先生の著書にサインをもらったものです。ペンを私に押しつけていってしまいました。声をかけましたが、気がつかれませんでした。四時間と十分前のことです」

腕時計を見て言った。

「礼を言わなければ」

記憶がよみがえった。セダンの男に気を取られていて、顔まではよく見ていなかったのだ。

部屋の鍵を開けてなかに入ると、女も当然のようについてくる。

「よく研究施設に入れたな」

入口には腰に拳銃を持った二人の警備員がいて、二十四時間訪問者をチェックしている。ＩＤカードのないものやアポイントのないものは入ることができない。

遺伝子科学は時として膨大な金を生み出す研究につながる。その情報を狙って、世界中のいる。
企業がしのぎを削っているのだ。なかには、かなり強引な方法で情報を得ようとするものも

さらにそれに加え、遺伝子組み換えにより人類にとって未知の病原体、生物が生まれる恐れもある。

この遺伝子研究施設には、Ｐ４レベルの実験室がある。バイオハザードに対応する、最高レベルの物理的封じ込めの設備を備えた実験室だ。バイオハザードばかりではなく、バイオテロから施設を守ることも重要な社会的責任の一つだ。

「知り合いがいますから。ドクター・シンディ・スミス。ご存じですか。一階で神経伝達物質の研究をやっている女性です」

トオルは首を横に振った。研究所には三百人以上の研究者がいる。著名な何人かには面識があるが、その他の研究者とはすれ違うだけだ。

バッグを机に置いて顔を上げたが、女はまだ立っている。

「他に何か？」

自分を見つめている女に聞いた。

「私は――」

女は慌ててバッグを探って封筒を出した。

「ドクター・カタリーナ・ローゼンバーグ。きみがアウスト・ミハエル教授が言っていた特

別優秀な研究員か」

トオルは書類に目を通してから改めて女を見た。

「特別優秀かどうかはわかりませんが、教授に推薦を頼んでいたものです」

女ははっきりした口調で言った。滑らかな英語だった。

「女性だったのか」

「それは差別発言ですか。私は学位を取得した――」

「驚いただけだ。教授からは特別優秀な研究員としか聞いてなかった。ポーリング特別奨学生として大学院を修了。今はコスモ製薬研究助成金をもらっていると聞いている」

「奨学金は学生時代。助成金は去年切れました」

「きみは学位も持っているし、新たな研究助成金も取ることができる。経歴を見れば、いまさら研究生でもないと思うが」

「現在、研究員としてミハエル教授の研究室にいます。教授が先生と知り合いだとお聞きして、推薦状を頼みました。以前から先生の研究室に入れればと思っていました」

トオルは書類を机に置いた。

「まず、謝らなければならない。個人的な都合で時間に遅れてしまった」

「ここのところ寝不足でした。おかげで、少し回復することができました」

女は微笑んだ。気持ちのいい笑顔だった。

「ドクター・ローゼンバーグ、時間はあるかね」

「はい……」

「手伝ってくれないか」

トオルはバッグを持って立ち上がった。

部屋を出て、同じ階にある実験室に向かった。女は戸惑いながらもついてくる。

「ずっとドアの前で寝ていたのか」

「三時間前までは一階の神経伝達物質の研究室にいました。彼女とはドレスデン大学で同期なんです」

「それから？」

「彼女が六時にデートにいったので、部屋の前に座っていました」

「申し訳なかった。どうしても席を外せなくてね」

「お忙しいことはわかっています。だから待っていました」

トオルはカードをラボのドアのスリットに差し込み、暗証番号を押した。

ひやりとした空気が二人を包んだ。約五十平方メートルの研究室に、実験台が三列に並んでいる。

壁にかかっている白衣の一つを女に渡した。

「大学の専門は分子生物学だったね。卒業後、医学部に進んだ。ドクター・ローゼンバーグ」

「ドレスデン大学の医学部です」

「なぜ生命科学に移った」

「先生も医学部を卒業しています。なぜ生命科学に移ったのですか」

トオルは答えず実験台の一つに行き、カバンを置いた。魔法瓶から慎重にガラスの筒を取り出す。

女の顔色が変わった。

「臨床は？」

「インターンの間だけですが」

「では死体は見慣れているはずだ。当然、身体の一部もね」

女はうなずいたが、息を呑む気配が伝わってくる。

「誰でも動揺する。夜、二人だけの実験室で千切れた手首を見せられれば当然だ」

「動揺してはいません。先生だって臨床は長くないはずです。研究のほうがずっと長い」

トオルは女の言葉を無視して、ポケットから封筒に入った小瓶を出した。中に毛髪が入っている。

「DNAの抽出だ」

手術用のゴム手袋をはめ、ビンから手首を取り出した。ホルマリンが強く臭う。

メスで手首の切断面から肉片を切り取った。

「検査方法は知っているね。ドクター・ローゼンバーグ」

試験管に肉片を入れながら聞いた。

「カーチャと呼んでください」

女は我に返ったようにデイパックを下ろし、白衣を着た。

「毛髪と肉片からDNAを抽出してくれ。カーチャ」

カーチャは緊張した面持ちで、一・五ミリリットル用エッペンドルフチューブを二本用意した。溶液を入れる小型のプラスチック容器だ。ボールペンでその蓋に実験対象物の名前を書いた。

最初に毛髪をエタノールをしみ込ませたキムワイプで軽く拭き、汚れをとる。キムワイプは繊維の出ないティッシュペーパーだ。

次に毛根から一センチほどをハサミで細かく刻んでエッペンに入れる。

ピペットマンのチップを二百マイクロリットルのものと付け替え、ビンからバッファー液を吸い上げエッペンに加えた。トオルを意識してか初めは多少ぎこちなかった動きも、すぐに手慣れたものに変わった。

カーチャは手際よく、同様の操作を肉片についても行なう。

トオルは無言でカーチャの一連の動作を見つめていた。

「ミハエル教授の言葉どおりだ」

「えっ？」

「きみは特別優秀だ」

「お会いしてまだ一時間もたっていません。それに話だって」

「基礎実験の手順と器具の扱い方を見れば、資質はわかるものだ」

準備は一時間ほどで終わり、試験管をＤＮＡシーケンサーにセットした。あとはコンピュータがやってくれる。

「このＤＮＡ識別プログラムも先生が？」

カーチャがパソコンのディスプレーをのぞきながら聞いた。

「学生を指導して作らせた。最近の学生には、コンピュータにやたら詳しいものがいるからね」

「よくできています。よほど指導がよかったんですね」

カーチャは慣れた手つきでキーを叩いた。画面が流れるように変わっていく。

ＤＮＡ鑑定は制限酵素でＤＮＡを切断して特定のＤＮＡ断片を抽出し、ゲル電気泳動で流してＤＮＡフィンガープリンティングを得て行なう。

それを比較すれば同一人物かどうかの鑑定ができるが、シーケンサーとコンピュータを組み合わせることで百パーセントに限りなく近い精度を得ることができる。トオルはこの手法の確立にも貢献している。

自室に戻り、途中の自動販売機で買ったコーヒーの入った紙コップをカーチャの前に置いた。

「来週にはここも引き払う予定だ」

トオルは部屋を見回した。

壁の本棚には数冊の本が残っているだけで、隅に段ボール箱が三箱積まれている。

机の上にはノートパソコンとＤＮＡの形の置物があるだけだった。

ＤＮＡモデルの置物は高さ三十センチのプラスチック製で、木製の台がついている。台のプレートにはベルリン工科大学、遺伝子研究施設所員一同と彫られていた。ドイツを去るにあたり、記念に贈られたものだ。

「学位はどこで？」

「一九九七年、ドレスデン大学医学部卒業後、ベルリン大学の生物化学科に移りました。その後アメリカのスタンフォード大学大学院に留学して、学位はそこで取りました」

「英語がうまいわけだ」

「母がアメリカ人です。父が商社マンでニューヨークに派遣されていました。そこで結婚して私が生まれました。十二歳まではアメリカで暮らしています」

「きみはいま——」

「二十八です」

カーチャはコーヒーを一口飲んだ。

「学生と間違われるのは私のせいではありません」

トオルの表情を意識したのか言った。

カーチャはしばらく無言でDNAモデルを見つめていた。

「人の死に接しているうちに、命そのものに興味を持ったからです。医学で病気や怪我は治せても、人は死をさけることはできません。それでは、医学は無力に等しいとは思いませんか」

紙コップをテーブルに置いた。

「なぜ生命科学を選んだかお尋ねになりましたね。それが、医者になるよりも生命科学を研究しようと思った理由です」

トオルは目を窓の方に向け、黙って聞いている。

「合格ですか、私は」

「技術については申し分ない。しかし一つ問題がある」

椅子をカーチャのほうに回した。

「私は十日後にはアメリカにいる」

「承知しています。私はアメリカの市民権を持っています。二十歳のとき、父の勧めでアメリカ国籍を選びました」

「当分は私の助手ということでいいかね。報酬は現在の年収に五千ドル上乗せしよう」

カーチャの顔が輝いた。

トオルは立ち上がり、カーチャに手を出した。

「契約成立だ。カーチャ」

カーチャは慌ててその手を握った。

「なにか質問は？」

カーチャは一瞬、迷ったような表情をした。

「遠慮はしないほうがいい。不審を持ちながらの仕事というのは嫌なものだ」

「なぜいつも、憂鬱な顔をしてるんですか」

トオルはファイルをめくる手を止めてカーチャを見た。

「そう見えるか。自分では意識してないんだが」

「学生はみんな言っています。奥さん、たまらないだろうって」

「結婚したら気をつけるよ」

「失礼なことを聞きました。でも父は言ってます。人生は楽しむためにあるって。そして、楽しみは笑顔から生まれると。私もそう思います」

「きっとお父さんは幸福だったんだ。その子供のきみもね」

「誕生日のプレゼントですか」

カーチャは机の本に目を止めて言った。本の上にバースデイカードが置いてある。

〈知は人を助け、また人から自由と精神を奪う。我が愛する患者へ〉その下にトオルのサインがあった。

「『エニグマのすべて』エニグマって旧ドイツ軍の暗号ですね。先生の患者に、こういうのを読まれる方がいるんですか」

「私は研究助手としてきみを雇った。そういう質問はきみの仕事かね」

トオルはカードと本を机にしまった。

「申し訳ありませんでした。でも私は——」

「解析結果が出るまで七時間ある。それまで私はホテルに戻る」

トオルは時計を見て、カバンにファイルを入れた。

「私は家に帰ります。両親と一緒にハーゼンハイデに住んでいます」

二人は研究所を出た。

日付の変わった通りには、さすがに人通りは少なかった。

カーチャをタクシーに乗せて、三ブロック先にあるホテルまで歩いた。先週、借りていた部屋を出て、ホテルに移ったのだ。

その夜、トオルは眠れなかった。シャワーを浴びてすぐにベッドに入ったが、脳裏にはホルマリンに漂う手首が浮かんでいた。同時に、ナチの制服の男が自分を見つめている。何度も寝返りをうった。目を閉じると目蓋の裏に続く闇が、精神までも飲み込もうと広がってくる。子供のころは部屋中の明かりをつけ、枕を抱いて震えていたものだ。明け方、耐え切れず睡眠薬を飲み、やっと浅い眠りについた。

翌日、遺伝子研究施設に着いたのは十時五分だった。

頭の中にはまだ睡眠薬が残っていて、ぼんやりしている。霞のかかった脳で昨夜のことを順を追って考えていった。あの老人が言うように、自分が捜し求めていたもののヒントとなるものを見つけたのかもしれない。

研究施設の前ではカーチャが待っていた。

昨夜と同じようにデイパックをかつぎ、Tシャツとジーンズ姿だった。正門脇の花壇の石垣に座り、リンゴをかじっている。トオルに気づくと、驚くような笑顔を見せて手を振った。

トオルは二日続けて遅れたことをわびた。

八階に上がり、エレベーターを降りて歩き始めた。

廊下の角にさしかかったところだった。

いきなり強い力で弾き飛ばされた。カーチャがトオルの腕をつかんで支えたので、何とか倒れるのを免れた。

床に白衣の男が尻餅をついている。角から飛び出してきてぶつかったのだ。

助け起こそうとするトオルの腕を撥ね除け、男は立ち上がった。男は床に落ちているカバンをつかむと、エレベーターに向かって駆け出した。

「きみは運動不足を研究所で補おうなどと考えるな」

トオルは男の後ろ姿を見ながらカーチャに言った。

男はエレベーターの前に立ち、苛立った様子でボタンを押している。二人が見ているのに気づき、視線を階数表示に移した。

歩き始めたとき、ラボのほうから鈍い音が響いた。

悲鳴のような声が上がり、廊下を走る足音が聞こえる。数人の白衣の男女が廊下を曲がって走ってきた。トオルの助手だった男もいる。

「なにごとだ」

「爆発です。突然、恒温槽が――」

助手がラボのほうを振り返りながら、叫ぶように言う。額を押さえた指の間から血が流れ、白衣の腕が赤く染まっている。

「あの男です。彼が実験室にいました」

助手の言葉に振り返ると、エレベーターが開き男が乗り込むのが見えた。

「待て！」

トオルの声に男は視線を向けたが、エレベーターのドアが閉まっていく。

助手の額の血を拭き、腕をハンカチで縛った。

「他に怪我人は？」

「わかりません」

「医療班に連絡してから、警備員を呼べ。あの男をつかまえるんだ」

わかりましたと言って、白衣の女が近くの実験室に飛び込む。

トオルとカーチャはラボに走った。

入口で立ち止まった。床一面にガラスとプラスチックが散乱している。

恒温槽が爆発により変形していた。扉が噴き飛び、前の実験台を直撃したのだ。大部分のガラス器具が破損して、床に飛び散っている。爆発の規模は小さかったが、実験室に与えた被害は大きかった。計算して仕掛けられた爆弾か。

二人はサンプル保管ボックスに走った。

「ビンがない――」

昨夜、入れておいたはずの魔法瓶が消えている。作製したＤＮＡの試料もすべてなくなっていた。

「あの男が持っていたカバン」

カーチャが低い声を出した。

トオルは慌ててパソコンのスイッチを入れ、キーを叩く。

「データが消去されている。サンプルをセットしたシーケンサーも破壊されてデータもない」

「予備サンプルもすべて消えています」

カーチャが辺りの装置をチェックしながら言う。

「すべてのサンプルとデータが消えてしまったのか」

全身から力が抜けるのを感じ、意外なほど喪失感が広がっていく。自分はかけがえのないものを失ったのかもしれない。

実験台に手をおき、倒れそうになる身体を支えた。

「先生、私は――」

カーチャが呼び掛けているのに気づいた。

「あとだ。他に怪我人はいないか」

トオルは自分を奮い立たせるように、入口に立ち竦んでいる白衣の女に聞いた。

女は黙って首を横に振っている。

廊下は他の部屋の研究員で溢れていた。

警備員がやってきて、ラボを覗き込んだ。

「手を触れないで。すぐに警察がきます」

入ってきた助手たちを外に出した。

「手榴弾をこの装置に放り込んだんです。それも、一個じゃない」

警備員は扉が消え、変形した恒温槽を見ながら言った。

「おかしな理屈を並べ立てて、見境なくぶっ壊す奴らが増えましたからね」

ドルトンの事件を言っているのだ。

「しかしやり方は素人ですよ。こんな金庫のようなものの中に入れちゃあ、扉が吹っ飛ぶだけで爆発力は弱められる。本格的に破壊したければ、そこらに転がしておいたほうがいい。装置を壊したいなら別ですがね。昔、軍隊にいたからわかるんです」

床から金属片を拾い上げてトオルに見せた。恒温槽の扉についていたハンドルだ。男の目的は、装置を壊すことだったのだ。

「爆発直後に白衣の男がエレベーターに乗り込んでいった。彼らが見ている」

トオルは入口でこちらを見ている助手たちを指した。

「警察に報せておきます」

警備員は助手たちのところにいき、男の人相を聞いて書き留めている。

「先生――」

カーチャがトオルの背中を突いた。

「シーケンサーの記憶装置を大学のコンピュータにつないでおきました。実験結果は二系統に入るように接続しています。データはすでに、研究施設のサーバーから先生のパソコンのファイルに入っているはずです」

トオルはカーチャの腕をつかんでラボを飛び出した。

「アメリカにいたとき、コンピュータウイルスで実験データをすべて駄目にしたことがあるんです。それ以来、大事なデータは別系統で複数保存することにしています」

カーチャは小走りにトオルのあとを追いながら言った。

トオルは部屋に入るとパソコンのスイッチを入れファイルを呼び出す。

「きみは理想の助手だ。契約ができてラッキーだった」

ディスプレーに視線を向けたまま言った。

画面にはアデニン、チミン、グアニン、シトシンを表わすA、T、G、Cの文字が連なっている。その下に各塩基を示すパルス波形。DNA解析結果だ。この百二十億個の塩基分子の配列が人のすべてを決定する。

トオルはさらにキーボードを叩いて、二つのパルス波形を上下に並べた。

「上が手首から採取したDNA。下が毛髪からのものだ」

カーチャは無言で見つめている。やがて、ゆっくりとうなずいた。

「同じ人物です。あの男はこれを狙って研究所に――」

「手首とデータだ」

「毛髪の人物と手首の持ち主が同じ人物だった。それが何の意味を持つんです」

トオルは考え込んでいる。

「警察に報せたほうがいいと思います」

「だれも信じやしない」

呟くように言った。

突然、胸苦しさを覚えた。精神に得体の知れないものが湧き上がってくる。恐怖、希望、焦燥……あらゆるものが入り混じった混沌（こんとん）としたものだ。全身が締め付けられる。その場にしゃがみ込んだ。

「先生――大丈夫ですか」

カーチャの声が聞こえる。必死で意識をコントロールした。絶望するには早すぎる。まだ時間はある。

机に手をかけて立ち上がった。

「ひどく顔色が悪いです」

「すぐによくなる」

背筋を伸ばして言った。

3

午後三時をすぎてから、トオルはカーチャと連れ立って研究施設を出た。警察から状況を聞かれたが、警備員に話したことを繰り返しただけで手首のことは言わなかった。自分のなかでも、十分に事態を理解しているとはいえない。

二人でホテルに向かって歩いていた。

カーチャにホテルにある研究資料を渡すことになっている。アメリカでの研究テーマに関する論文だ。帰国までに十日を切っている。

最初の角を曲がった所で立ち止まった。通りを隔てて、灰色の大型セダンが止まっている。三分の一ほど開けられた窓にフェルドマンの顔が見えた。

「昨日、大学の前で待っていた人ですね」

トオルが車の方を見ているのに気づいて、カーチャが言った。

「ホテルで待っててくれ。フロントで私の名を言って、これを見せればいい」

名刺の裏にホテルの住所と名前、そして部屋の鍵を与えるように書いて、カーチャの手に押し込んだ。

カーチャが口を開く前に、車に近づいていった。

運転席からジミーが降りてきて、後部座席のドアを開ける。

トオルが乗ると同時に車は走り始めた。中にいるのはフェルドマンだけで、バンにいた男たちはいない。

「お怪我はありませんでしたか」

「ラボの爆発を知っているのか」

思わず、強い口調になった。

「その様子だと大丈夫そうだ」

「なにが起こっている。ラボになにものかが侵入して、爆発物を仕掛けた。預かったものも奪われてしまった」

「実に残念です」

「きみの言葉はそれだけか」

「検査結果はいかがでした。検査は終わっているんでしょう。あなたがホテルに帰ったのは今朝の二時だ」

フェルドマンはトオルの質問には答えず聞いた。顔色ひとつ変えていない。

「その前に私の質問に答えてくれ」

「まだ、大したことはなにも起こっちゃいないんです。先生も私も怪我はないし、いまも生きている」

「研究所の職員が怪我をした。一歩間違えば、大事故になるところだった」

「先生も敵のリストに載ったということです。私たちも彼らを甘く見すぎていました。こんなに早く動きだすとは。これは私たちの責任です」

話しながらも前方を見つめている。

「それで、検査結果は？」

「同一人物だ。ゲーレンとあの手首の主は」

フェルドマンの肩がわずかに落ちた。

「今度は、私の質問に答えてくれ」

「事務所に着くまで待ってください。複雑な話なんですよ」

フェルドマンはそれっきり黙り込んだ。手を膝の前で組み、考え込んでいる。

十分ほどで車は裏道に入り、建物の裏手で止まった。研究所に戻るときに、ブルーのセダンに乗った場所だ。

階段を上って廊下に入ると、ドアの前に椅子を出して座っていた二人の男が立ち上がった。フェルドマンの姿を確認して、上着の下に入れていた手を出した。

「この建物のすべて、といっても六部屋ですが我々の組織が借り切っています。骨董屋のオフィスとしましてね。研究施設の爆発を知って、警戒態勢を強めました。我々の想像以上に、敵は我々に近づいていました。我々が敵に接近した、ということでもありますがね」

トオルは部屋に入り、ソファーに腰を下ろした。

フェルドマンは机の引き出しから、四つ切り大の写真を数枚出してトオルの前においた。

「ネオナチ集会の爆発数分前に撮った写真です」

写真の一枚を指した。壇上に立つ十数人の男女の写真だった。

「粒子が粗いのは小型の隠しカメラで撮ったものを拡大したからです。当日は、カメラの持ち込みは禁止されてました。マスコミ連中はみんな隠し持っていましたがね」

フェルドマンは一人の男を指し、もう一枚の写真をその横に並べた。男を拡大したものだ。

かなり粒子が粗いが、顔つきと体型はわかった。高級そうなスーツを着た、姿勢の正しい四十代の男。引き締まった身体と顔つきからは、精悍(せいかん)ささえ感じる。

フェルドマンはその横に昨日の写真の一枚を並べた。軍服を着た男のセピア色の写真だ。

「馬鹿な……」

トオルの口から低い声が漏れた。

半ば予想していたことだが、実際に目にしてもやはり信じられなかった。

二人は同じ男だ。写真の色、髪型、服装、背景……すべて異なっているが、明らかに同一人物だった。しかも年格好までも。

「ゲーレンです」

フェルドマンはゆっくりとした口調で言った。

「三人とも同じ人物です。違うのは写真を撮った年代。一九四〇年と今年です」

「百歳を超えていると言ったはずだ」

「百十一歳です」

フェルドマンは一冊のファイルを開き、読み上げた。

「一八九一年、九月三日。ドイツのメミンゲンで、オットー・ゲーレンとアンナ・ゲーレンの長男として生まれる。父親は化学工場のエンジニア。大学卒業後、ドイツ陸軍に入隊したが、少佐で親衛隊に入っている。身長百八十三センチ、体重八十二キロ、金髪。ヒットラーのいう、理想的なゲルマン民族です。性格は慎重かつ狡猾」

フェルドマンはファイルをトオルに渡した。

年譜から始まり、各年代の主要な出来事について書いてある。

「我々が入手したゲーレンのすべてです。戦後の行動もできるかぎり書き上げています。ナチの殺し屋ベンツェルの側近として、常に行動をともにしてきました」

フェルドマンが話している間も、トオルは書類を見つめていた。やがてその目を写真に移した。

「しかし……」

トオルは言葉を失っていた。信じられないことだ。

「どう見ても五十歳になっていない」

トオルは爆発寸前に撮った二枚の写真を取り、もう一度その顔を見た。張りのある肌、短く刈り込まれた頭髪、真っすぐに伸びた背筋。薄笑いを浮かべた顔の細い目と薄い唇は、意志の強さと共に残忍な印象を与えていた。

何度見ても、セピア色の写真とカラー写真の男は数歳の年齢差は感じられるが、同じ男だった。

「私たちも初めは信じられなかった。ただのよく似た男かと思いました。あるいは、整形して変装しているのかとも。ですが、我々の専門家がチェックしたところによると、その形跡は見られません。現在はその手のチェック技術はかなり進んでいます。コンピュータグラフィックというやつです。一枚の写真があれば、元の顔が立体的に復元できます。だがこの二人は、変装も整形もしていない。おまけに指紋は一致した。それで、先生にご登場願ったわけです」

「どういうことなんだ」

二枚の写真を持ったまま独り言のように呟いた。

「私たちもそれが知りたい。あなたは昨日、写真を見たときにすでになにかを感じていたはずだ。だからこの仕事を引き受けた」

黙っているトオルに、違いますかと聞いた。

「夢を見ているのか……」

トオルの目は写真に釘づけになったままだ。

「あなたなら、その答えを見つけることができる。そう思いましてね」

フェルドマンはトオルの精神を探るような視線を向けている。そして、さらに数枚の古い写真を取り出した。

どの男もナチス親衛隊の制服を着ている。中の一枚にトオルの目が止まった。帝国議事堂前に数十人の男たちが並んでいる。何かの式典のときのものだ。

前列中央の男は――特徴のある口髭、角張った顎、何かに挑みかかるような目。ナチス党総統、アドルフ・ヒットラー。

フェルドマンは二列目の中央の男を指した。ちょうどヒットラーの背後に当たる。

「この男はラインハルト・ベンツェル。現在百十七歳。ヒットラーの志をもっとも忠実につぐ男です」

他の隊員より頭一つ小さい、四十代後半の男だ。

「残虐、狡猾、冷酷、卑劣、醜悪……あらゆるおぞましい言葉にふさわしい男です」

さらに、男を拡大した写真を置いた。

丸顔にヒットラーに似た口髭、額は頭の半ばまで後退している。眼鏡をかけた平凡な男だった。しかし、どこか異常なものを感じさせる。

「当時の階級は少将。ベンツェルに比べれば、ゲーレンなど善人の部類に入るかもしれません。歴史の表舞台には出ていませんが、常にヒットラーの側近中の側近として君臨していました。事実、ヒットラーの行為の負の部分はほとんど彼の進言だったという歴史学者もいます。ユダヤ人の抹殺、精神障害者の抹殺……ゲルマン民族の優位性を称え始めたのも彼だというのです。だがなぜか、前面には現われていない。それも彼の狡猾な一面なのでしょう。しかし、ナチ戦犯として死刑の判決が出ています」

フェルドマンはトオルの横に立ち、写真を凝視している。

音の消えた部屋に、時間だけが流れていった。

「ゲーレンはベンツェルの忠実な部下です。いつも影のように寄り添っていました」

やがてフェルドマンは、ベンツェルの背後の男に指を置いた。ゲーレンだ。

「サソリと蛇。二人はそのような存在でした。お互い、殺しを競い合っている。どちらがより残忍な、より大量の殺しができるかとね。あるとき、ゲーレンが革製の財布を持っていた。ベンツェルが目に留めると、それをカバンと一緒に譲った。ベンツェルは、ランプの笠を返礼として贈った。ゲーレンがベンツェルを食事に招待した。座り心地のいい椅子があった。もう、おわかりでしょう。その椅子になにが張られていたか。財布やランプの笠は何でできていたか。次にベンツェルは……」

フェルドマンはなにかを探るようにトオルを見ている。

トオルは思わず顔をそむけた。

「二人はユダヤ人の子供を素材に、お互いの芸術性を競ったんですよ」

トオルの背に冷たいものが流れた。

「ベンツェルも――集会に出席していたのか」

「死亡者十六人の身元は、すべて判明しました。ゲーレンを含めてね。その中に彼はいませんでした。あの集会に出るということは、たしかに危険すぎる。しかしベンツェルは生きています。ゲーレンが現われたということは、近くに彼がいた可能性が強い」

フェルドマンが苦しそうに息を吐いた。

「実は、ベンツェルを一九五六年にアルゼンチンで拘束したことがあります。しかしイスラエルに輸送中に、二人の護送官を殺害して逃亡しました。一九六二年にも、今度はヨーロッパで確認しました。しかしやはり取り逃しています。その後は――」

フェルドマンの言葉が途切れた。見ると唇を嚙んで目を閉じている。

「過去のことはよしましょう」

フェルドマンは椅子を引き寄せて深く座った。胸の前で手を組み、なにかを考えている。

トオルは写真を見つめていた。演壇のゲーレンの横に女性が立っている。鼻筋の通った美しい女性だが白人ではない。明らかに違和感を覚える。よほど重要な女性なのか。

「この女性は？」

「行方不明です。ゲーレンの連れだと思われます。現場を捜しましたが、見つかりませんでした。女性の死体は一体だけです。ドイツ人のテレビレポーター」

「病院は？　生存しているとしても、かなりの傷をおっているはずだ」

「該当する人物は見つかっていません。負傷者の大部分は市民病院に収容されましたが、一部は行方不明です。彼らの中には身元を知られたくないものも多い。彼らは、地下の医療施設を持っています。おそらく、そっちでしょう」

「彼女の立っているのは爆発物の真下に近い。生きているとは思えない」

「では、それを確認しなければ」

再度、写真を見つめた。表情を読み取るには小さすぎる。

そのとき、目の前に一枚の写真が突き出された。女性の拡大写真だ。粒子が粗くブレもあるが、はっきりと顔の輪郭のわかるものだ。浅黒い肌にエキゾチックな顔立ち。明らかにラテン系の血が混じっている。

「コンピュータ処理したものです。我々も必死なんですよ。できることはなんでもやる」

フェルドマンが低い声で言った。

「年齢は三十すぎ。身長百六十センチ弱、体重五十キロ前後。鼻の右下に直径三ミリ大のホクロがあります。衣服はフランス製、今メーカーを調べさせています」

フェルドマンが写真を指しながら説明する。

「集会二日前に、フランスのリヨンからハンブルク空港に到着しました。ゲーレンはギネス・ターナー、女はシャーリー・ターナーという名で入国しています。目的は観光。二人とも、イタリア国籍になっています」

「その前は？」

「現在、調査中です」

フェルドマンは、さらにもう一枚の写真をテーブルに置いた。

「体型、性格、好み、小学校時代から大学時代の成績……。家族、親戚、友人……。ゲーレンについては完璧なのがあります。ただし、六十二年前と変わってないとしてね。事実、さほど変わっているとは思えない。容姿を含めてね」

最後の言葉は独り言のような響きを持っている。

フェルドマンの合図で、ジミーがビデオテープをデッキに入れた。ディスプレーに鮮明とはいえない映像が現われた。野外劇場の演劇のようにも見える。しかし、そこで演じられているのは、六十年前を彷彿とさせるネオナチの集会だ。

壇上には、『第一回ブラッククロス国際大会』の横断幕がかかげられ、背後の壁にはクロスの先に三角形のついた旗が下げられている。ドイツではナチスの象徴であるハーケンクロイツを公の場所で掲示することは禁止されているため、このような形になったのだ。

「集会を五百ミリの望遠で撮ったものです。彼らの姿と動きはなんとかつかむことができる」

画面がズームに切り替えられ、演壇中央に移行していく。木霊のように響く音声は聞き取りにくいが、それがかえって妙なリアリティを持って迫ってくる。

部屋中のものが画面中央の人物の動きを追った。ゲーレンだ。

ゲーレンは男と握手をしている。その後、席に戻り女性にキスをした。

「ゲーレンが握手をしていたのが、ブラッククロス議長のフリードリッヒ・ハイパーです。横で笑っているのが副議長のエアハルト。二人とも爆発で死んでいます」

「ハイパーの年齢は」

「四十三です」

「ゲーレンとハイパー、二人はどう見ても同年代だ」

「ゲーレンに注目してください。動きも私と違ってスムーズで無駄がない。顔や体型ばかりではなく、運動機能も四十代だということでしょう」

フェルドマンがトオルに視線を向けたが、トオルは食い入るように映像を見つめている。

「少なくとも百歳は超えていない」

トオルはディスプレーを凝視したままつぶやいた。

映像が大きく揺れ、手の平がレンズを覆った瞬間切れた。

「奴らに見つかりましてね。カメラが奪われました。そのとき爆発がありました。撮影者はどさくさに紛れてカメラを取り返して逃げたんです」

トオルは我に返ったように顔を上げた。

「私にナチハンターの手伝いをしろと言うわけか」

「不満ですか」

「私は科学者だ。警察やあなた方のような真似はできない」

「しかし、今回は先生の力が必要なのです」

「そうは思わない」

トオルは立ち上がろうとした。フェルドマンがその肩をつかむ。

「今朝の事件を考えてください。あなたはもう十分に関わっている。彼らのマークに、あなたも入ったのです」

そして――と言って言葉を切り、トオルに身体を近づけた。

「あなた自身、この事件から逃れられないはずだ」

低い声でゆっくりと言った。

フェルドマンはトオルを見つめている。その目の奥には確信ともいうべきものが潜んでいた。

トオルはフェルドマンから身体を離すように、ソファーに深く座りなおした。

たしかに彼の言うとおりだ。すでに、脳裏にはべったりとナチスの戦争犯罪人の顔が貼りついている。全身から力が抜けていくのを感じていた。

「ナチの戦犯……そんなものは、私にとってどうでもいい」

呟くような声が出た。

「しかし、彼らの若さはなんだ。彼らは百歳を超えているはずだ。だが顔も姿もどう見ても四十代だ」

「その謎を解くのは、我々ではなくあなただ。そのために我々はあなたを選んだ」

「手首は奪われてしまった。他に残された身体は？」

「あれを手に入れるのが精一杯だったのです。負傷者を含め数十人分の肉片が残ったが、地元警察の手ですでに火葬されています。ブラッククロスと死亡者の遺族から、強い要請がありましてね。夏だし、死者は全員がブラッククロスのメンバーには違いない。それに、政治的にも動いたのでしょう。奴らも今では政治に食い込んでいる。五年前のドイツでは、考えられないことでした」

フェルドマンはため息のように言葉を吐いた。

「極右政党が反ユダヤ主義、外国人排斥をかかげて、ネオナチ運動を利用する動きがあるのです」

「ゲーレンと一緒にいた女を見つけるほかないということか」

フェルドマンは写真に目を向けた。

「それも、難しい仕事です。だが私たちの背後には、全世界のユダヤ人がついています。彼らは全面的に協力してくれる。資金面、政治的、そして人的な援助を含めてです。もちろん精神的にもね。ただ、彼らは実際の行動に加わることはできない」

自らに言い聞かせるような言い方だった。

「手伝ってくれますね」

フェルドマンはトオルに視線を戻した。

トオルは無意識のうちにうなずいていた。

トオルは事務所を出た。

ホテルまで送っていくという申し出を断わって、タクシーに乗った。

一人で考えたかった。頭は混乱している。探し続けていたものが見つかったのか。それとも――。

夕方の道路は混雑していた。運転手はハンドルに置いた手の指でリズムを取りながら、何か口ずさんでいる。トオルはその指先を見つめていた。

ホテルに着いたときは六時を回っていた。研究施設を出てから三時間がすぎている。

そっと部屋のドアを開けた。部屋の空気にはいつもと違うものが混じっている。

カーチャの名を呼ぼうとした声を飲み込んだ。ベッドの膨らみに気づいたのだ。

近づくとカーチャが眠っている。額にかかった明るい栗色の髪、すっきりと通った鼻筋、大きめの口から白い歯がのぞいていた。陽に焼けた艶やかな肌は、若さにはち切れそうだ。胸の辺りの毛布が静かに上下している。

しばらくその寝顔を見ていたが、ソファーに腰を下ろした。

テーブルの上に数枚の写真を広げた。事務所を出るとき、フェルドマンから他の資料と一緒に封筒に入れて渡されたものだ。これで完全に彼の組織に組み込まれた。

頭が痛み始めた。目を閉じて目の間を軽くもむと脳の奥の塊が消えていく。

「モンゴロイドにラテン系の血が混じっている女性ね」

頭上から声が聞こえた。顔を上げるとカーチャが覗き込んでいる。

「たぶんスペイン人との混血。メスティーソだと思う。学部時代に民族学を取ったことがあるんです。人種の違いについても学びました」

カーチャはさらに写真を見つめている。

「国は？」

「ブラジルかチリかアルゼンチン。コロンビアかもしれないし。とにかく、南アメリカのどこか」

「戦後、ナチの亡命者を多く受け入れた国だ」

カーチャの手が伸びて、横の写真を取った。親衛隊の軍服を着たゲーレンのものだ。

「先生――」

カーチャの声が変わっている。

「車に乗っていた人たち、どういう人なんです」

険しい顔つきで聞いた。

「大学のキャンパスで初めて先生に会ったとき、車で待っていたのもあの人たちなんでしょう。そして、DNA鑑定を依頼してきたのも」

「イスラエルの組織のものだ。ナチの戦犯を追っている」

カーチャは食い入るように写真を見ている。

「きみは――」

「国籍はアメリカですが、血の半分はドイツ人です。私は自分の血に誇りを持っています。たしかにドイツは過ちを犯しました。でも、歴史を受け入れ、過去の事実の上に立って未来を見つめています。過去の過ちを償い、二度と過ちを犯さないことは、私たちドイツ人の義務だと教えられて育ってきました。私は小学校を卒業するまでアメリカで育ちましたが、同じ思いです」

カーチャは真剣な表情で言った。

トオルは今までの経緯を話した。フェルドマンとの出会い、ネオナチの集会場の爆発、手首と写真の話もした。

　カーチャはときおり軽いため息をつきながら、そして不思議なことにときに涙を浮かべ、身じろぎもせずに聞いている。これがドイツの血を引くものと、ナチスとの関わりなのだろうか。

「クローンなのでしょうか」

　聞き終わって、しばらくして言った。

「第一の可能性として私も考えてはみた。クローンだとすればＤＮＡの一致は説明がつく。だが、集会に現われたゲーレンが四十歳だとしたら、四十年前に生まれたことになる。一九六〇年代だ。ＤＮＡ操作などということは考えられない時代だ。ワトソンとクリックによってＤＮＡの二重螺旋構造が発見されたのは一九五三年。世界初のクローン誕生は一九九六年の羊のドリーだ。ヒトクローンの技術などまだ存在していない」

「でも、この二枚の写真は明らかに――」

「クローンだとしても果たして指紋まで同じかどうか。指紋は後天的なものだ」

「じゃあこれは、どう説明すればいいんです」

「私にもわからない」

　ホルマリンに浮かぶ手首を思い出していた。白っぽい肉の塊が、セピア色のナチスの軍服を着た男にダブった。それがビデオの男へとつながっていく。

　トオルはそれらの考えを振り払った。

パソコンを出して机の上においた。スイッチを入れキーを叩くと、A、T、G、Cの四文字の塩基配列とともにそのパターン波形が現われる。

上が手首から採取した細胞のDNA配列。下がゲーレンの母親が保管していた髪の毛から取ったものだ。

注意深く二つの配列を探った。何度見ても間違いない。同じものだ。

DNA配列が同じということは、同一人物かクローンしかありえない。四十年前、ナチスの残党たちはすでにクローン技術を開発していたというのか。

「夢を見ているようです」

「夢だとすると悪夢なのか、それとも――」

トオルの脳裏にフェルドマンのどこか謎めいた顔が浮かんだ。

頬にかかる温かい息に顔を上げると、カーチャが覗き込んでいる。

トオルはわずかに身を引いて、パソコンのスイッチを切った。

第二章　謎の女

1

黒くぶよぶよしたものが漂っている。

自分はその中に吸い込まれていく。いや、自分自身がその黒い塊なのだ。醜く、なんの意思も持たない肉塊。時と共に朽ち果て、消滅していくだけの存在。

身体が硬直して動かない。そして深く底のない闇に落下していく。ここはどこだ。自分のよく知っている世界、最も恐れている場所……。死者の行き着くところ。死の国だ。

身体が溶けていく。手も足も頭さえも、わずかずつ周りの闇に溶け込んでいく。

自分の存在が稀薄になり、闇と同化し、やがては消滅する。

夢だということはわかっている。しかし目覚めることができない。ひどく孤独だ。精神(こころ)が締め付けられる。死、それは永遠の沈黙。自分が最も恐れるもの。

サイドテーブルの上で携帯電話が鳴っている。闇に漂う意識を意志の力で引き戻し、手を伸ばした。

〈女が見つかりました〉

フェルドマンの落ち着いた声が聞こえる。

「生きていたのか」

トオルは思わず声を出し、ベッドの上に起き上がった。

首筋から背中にかけて、ひどい汗をかいている。携帯電話を耳に当てたまま、パジャマのボタンを外した。

〈ただちに女のところに向かいます〉

「私も行く」

時計を見た。一時十五分。窓に目を移すと外は闇に包まれている。

〈先生は事務所で待っていてください。女の取り調べに同席してもらいます〉

「いや行く。拒否すれば今後の協力は期待しないでくれ。これは本気だ」

〈無理です。今度は危険がともないます〉

「女は爆発で怪我をしてるはずだ。どういう状況であれ、医者がいたほうがいいと思うが」

通話口を押さえる気配がする。

数秒の間をおいて、わかりましたという声が返ってきた。

〈ただし、命令には従ってもらいます〉

いいですねと念を押した。

〈十五分後、ホテルの前に出てください。気をつけて。なにが起こるか、私にもわかりません〉

トオルの返事を待たず、電話は切れた。

急いで服を着て窓から下を見ると、街灯の光のなかに通りが霞んでいる。時折、すごいスピードで車が走り抜けていく。

常備している救急カバンを出した。簡単な切開や縫合ならこれでできる。

ホテルの前に出ると同時に、通りの角から一台のバンが現れ止まった。助手席にジミーが座っている。スライドドアが開くと、奥の座席でフェルドマンが視線を向けている。

トオルが乗り込むとすぐにバンは走りだした。

車中には緊張した空気が満ちている。フェルドマンは無言で前方を睨むように見ていた。

座席は三列で、トオルを含めて六人の男が乗っている。最後部の座席に座っている二人は初めて見る顔だった。四十前後の引き締まった体型の男たちだ。

「女はどこにいる」

フェルドマンに聞いた。

「車で一時間ほどの農家です」

「傷を負っているのか」

「詳しいことはわかっていません」

「今度は合法的に願いたいね」

「これから起こることに関しては、一切口出ししないように願います」

「きみたち次第だ」

「二十一世紀とはいえ、ここはドイツです。私たちが接触するのは、ナチズムを継承しようとしているものたちです。そして私たちはユダヤ人だ。やはり、先生の想像のおよばないことが起こる可能性は高い。それだけは了承していてください」

トオルは答えなかった。

フェルドマンの顔は緊張で強ばり、有無を言わせない厳しさがある。

三十分ほどで市街地を抜けた。

高層ビルが姿を消し、広い道の両側に小綺麗な一戸建てが並んでいる。やがてそれも途切れて、わずかな星明かりの下に影絵のような田園風景が広がっていた。畑のなかに農家が散らばっている。

すでに午前三時を回っていた。

前方の木の下に、セダンが一台見える。

バンのスピードが落ち、セダンの後ろに止まった。

「先生はここで待っていてください」

フェルドマンは運転手の男とトオルを残して、他の男たちとバンを降りた。

セダンから降りてきた二人としばらく話した後、バンに戻ってきた。

「女はあの農家です」

フェルドマンが目で指すほうを見ると、畑を隔てて二百メートル程先に一軒の農家がある。母屋の横に納屋のあるドイツの平均的な農家だ。

「護衛が三人。女は二階です。先生は運転手と残って指図に従ってください」

それだけ言うと、セダンの男たちの方に戻っていった。

フェルドマンと大きめのデイパックを背負ったジミーと二人の中年、そしてセダンの男たちの六人は、闇の中を素早い動作で家に近づいていく。よく見ると、彼らの顔には角のような突起がある。暗視ゴーグルだ。

運転手も暗視ゴーグルをつけて、彼らの動きを追っている。

反対側のスライドドアをそっと開けた。運転手はフェルドマンたちに気を取られて気づかない。

医療カバンを持ってバンを降り、バンの背後を回って畑に入った。

畑を横切ってフェルドマンたちに近づいていった。振り向くと運転手の黒い影がこちらに角を向け、無線機をにぎっている。バンを降りたことに気づいたのだ。

フェルドマンに並んだ。フェルドマンは暗視ゴーグルを外してトオルを見たが、なにも言わなかった。表情も暗くて読み取れない。

フェルドマンがトオルの肩をつかんで動きを止めた。前を歩いていた男たちも、柵の前で身体を低くして様子をうかがっている。

家に目を向けると、ドアからポーチに人影が出てくるのが見えた。ライターの火がつき、素肌に革チョッキを着た若い男が浮かび上がる。

横の中年男が内ポケットから黒い塊を出した。拳銃だ。さらにポケットから消音器を出して銃身に付けた。

銃口をポーチの男に向ける。

「やめろ！」

トオルは低い声を出し、男の腕を押さえた。男がトオルを見て、その腕を撥ね除ける。

「口を出さない約束です」

フェルドマンがトオルの身体を抱くように抱え、耳元で囁いた。

「殺す必要はない」

「私たちは女が必要です。そのためなら――」

フェルドマンの言葉をトオルが手を上げてさえぎった。ポーチにいた男の姿が消えている。家のなかに入ったのか。

フェルドマンの指示で、三人の男が柵に沿って家の裏手に回っていく。

トオルたちは柵を越えて庭に入った。小走りに家に近づく。

ドアの前についた。裏口から金属をすり合わせる音がかすかに聞こえたが、すぐにその音も消えた。

中年男が暗視ゴーグルを外して、鍵穴の前にひざまずいている。

数分後、振り向いて来るように合図を送った。

ドアは静かに開いた。室内はリビングに小さな電球が一つついているだけで、薄い闇に包まれている。

キッチンでなにかが倒れる音がした。

「ハンス、どうした」

二階から声が聞こえる。ドイツ語だ。

階段を下りてくる足音が近づく。トオルたちはソファーの後ろに隠れた。

明かりがつき、坊主頭の大男がキッチンに入っていく。ソファーの陰から見つめるトオルの額にじっとりと汗が滲む。

トオルの横で中年男の銃が低い音を立てた。坊主頭が痙攣し、巨体がそのまま前のめりに倒れていく。トオルは思わず目を閉じた。巨体が床に倒れる激しい物音を予想したのだ。しかし、室内は静まり返っている。

目を開けると、キッチンの前で男が坊主頭を抱きかかえている。裏に回った男たちの一人が、床に倒れる寸前に抱き止めたのだ。

男は坊主頭をそっと床の上に寝かせた。フェルドマンを見たが、表情も変えていない。こういうことが当たり前の世界なのだ。

「あと一人は二階だ」

坊主頭を撃った中年男が低い声で言って、人差し指で上を指した。

キッチンのシンクの前には、革チョッキの男が倒れていた。喉（のど）から流れ出た血が床を染めている。

男は再び暗視ゴーグルをつけて、階段を上っていく。後に続こうとしたトオルの腕をフェルドマンがつかんだ。

息の詰まるような時間が流れていく。

何かがぶつかりあう音とかすかな悲鳴が同時に聞こえた。

「来てくれ」

二階から男の声がする。

トオルはフェルドマンの後について階段を上がり、部屋に入った。小さな明かりがついている。窓際にベッドがあり、女が寝ていた。

思わず顔を背けた。ベッドと椅子の間に人が仰向けに倒れている。額に穴が開き、血が筋を引いていた。即死なのは明らかだった。振り向いたときに撃たれたのだ。驚いたように目を大きく開けている。髪を短く刈り込んで厳つい顔をしているが、胸の膨らみは明らかに女だ。

「先生、出番です」

フェルドマンが振り返って、圧し殺した声で言った。

ベッドの女は上半身裸で、胸から腹にかけて包帯が巻かれている。

「明かりを」

フェルドマンが机の横のスタンドを持ってきた。

全身に傷があった。爆発をまともに受けたのだ。まだ金属が入ったままの傷もある。

脈と心音を調べた。どちらも乱れはないが弱い。

包帯を取ると胸部と腹部を血の滲んだガーゼが覆っている。ガーゼをはがすと縫合の痕があった。この傷の大きさだと、おそらく内臓も傷ついている。レントゲン撮影が必要だ。生きているのが奇跡のような傷だった。

ひどく乱暴な縫合だが、傷口はすでにくっつき始めている。

「どうかしましたか」

フェルドマンが女を見つめているトオルに聞いた。

「何でもない」

トオルはカバンから強心剤と抗生物質を出して打った。

「急いでください。事務所に連れていきます」

「心臓が弱っている。いま動かすのは危険だ」

男がトオルを押し退けて女に手をかけた。

「キッチンからラップを持ってきてくれ」

トオルは男の手を払い除けて言った。

男は不満そうな顔をしたが、フェルドマンに肩を叩かれて部屋を出ていく。

傷口に消毒したガーゼを当て、男が持ってきたラップで女の身体を何重にも巻いた。

「これで傷口は固定できるが、できるだけそっと動かしてくれ」

二人の男が女を両側から抱えて、部屋から連れ出した。

ジミーはデイパックを下ろし、黒いナイロン袋を出して室内のものを手当たり次第に放り込んでいく。写真立て、手帳、本……テーブルの引き出しを開けて、手早くなかを探っている。ベッドルームがすむと、隣の部屋に移った。男の一人がベッドの横のスーツケースを持って出ていく。

フェルドマンはドアの前に立ち、部屋中をチェックするように見回している。そして、床の死体を見つめているトオルの肩を押した。

トオルとフェルドマンが庭に出てバンの方に歩き始めたとき、いっぱいになった袋を持ったジミーが家から出てきた。

「死体は？」

トオルが聞くと、フェルドマンは、わずかに肩をすくめただけで答えない。

バンに乗るとすぐに走りだした。セダンは後ろについてくる。

女は後部座席で二人の男に挟まれてぐったりしている。ときおり、苦しそうな呻き声を出した。

「信じられないくらいうまくいきました。敵は我々がこんなに早く行動するとは思っていなかったのでしょう」

フェルドマンが暗視ゴーグルをバッグに入れながら言った。バッグの中に見えたのは、拳銃より大きい銃だ。短機関銃だろう。

「三人殺した」

トオルは低い声を出した。

「その三人と同じ考えを持った奴らが、我々の同胞を六百万人殺した」

「あなたもそんなナチスと同じじゃないか。こんな行為は彼らと変わらない――」

「議論はやめましょう。いまは作戦が成功し、我々が無傷なのを喜びましょう」

「彼女は設備の整った病院に連れていく必要がある」

「先生はなにも考えないでください。言われたことをしていればいい」

フェルドマンは強い調子で言うと、話はこれで終わりと言うように口を閉じて視線を前方に移した。

2

バンは表通りから細い道に入り、事務所の裏口についた。

女の意識はほとんどなく、ラップで固定されたガーゼには血が滲んでいる。

女を部屋に運び、ベッドに寝かせた。女は身動きもしない。すでに気を失っているのか、呼吸は浅く、脈は相変わらず弱い。

ジミーが持っていた袋の中身をテーブルの上に出した。男たちがそれらを調べ始める。

ハンドバッグの中を探っていた男が二通のパスポートを見つけ、フェルドマンに渡した。

「イタリアのパスポートです。精巧な偽物ですがね」

フェルドマンは明かりの下にいって、パスポートを調べている。

「女の名前はシャーリー・ターナー。ギネス・ターナーの妻らしい。つまり、ゲーレンとこの女は夫婦ということになります」

二通のパスポートをトオルに渡した。一通は女、一九六六年生まれ、三十七歳だ。もう一通は間違いなくゲーレンの写真だ。生年月日は一九五九年十二月三日。とすると四十三歳だ。

隣の部屋に通じるドアが開いて女が入ってきた。小太りの中年女だ。フェルドマンの仲間で女を見るのは初めてだった。彼女はベッドの横にひざまずくように座り、カバンから注射器を取り出した。慣れた手つきでアンプルを開け、液体を吸い込む。

「なんの薬だ」

アンプルのラベルを読もうとしたが剝(は)がされている。

女はかまわずシャーリーの腕を取った。思わず女の腕を押さえると、そのトオルの身体を背後の男がつかむ。

女は動きを止め、指示をあおぐようにフェルドマンを見上げた。

「別に殺そうというのではありません。あなたも、真実が知りたいはずだ」

「その注射は？　強心剤か」

「気付け薬です。無害ですよ」

「この状態では心臓に負担がかかりすぎる」

フェルドマンがそっとトオルの背後の男に目配せした。男たちはトオルを女から引き離す。

女は無造作にシャーリーの腕に注射針を突き刺した。シャーリーがかすかに呻く。

しばらく頭を動かしていたが目を開けた。黒い瞳。その焦点の定まらない視線を辺りに向けている。

やがて女に気づいて視線を止めた。

「シャーリー。パスポートにある名だ。でも本名は違う。なんというんだね」

フェルドマンが聞いた。ドイツ語だ。

シャーリーの瞳がフェルドマンに移り、恐怖の表情が現れた。

突然、身体を起こそうとした。トオルの身体をつかんでいた男たちが手を離し、シャーリーの身体を押さえる。

フェルドマンは腰をかがめ、シャーリーの近くに顔を寄せた。

「我々の問いに答えれば危害を加えることはない。用がすめば、病院にいって治療を受けよう」

穏やかな声で言ったが、シャーリーの顔から恐怖は消えない。

フェルドマンはドイツ語の次に英語、最後にスペイン語で繰り返した。シャーリーはどの言葉にも反応しない。ただ怯えた顔を向けているだけだ。

時間だけがすぎていった。男たちの中には、焦りの空気が漂い始めた。

「私たちは敵じゃない。私たちが探しているものが過去に行なった行為ときみとは、まったく関係がない。だから、きみを憎む理由はまったくない。むしろ味方だ。きみを助けたい。

私たちに協力してほしい」

フェルドマンは三ヵ国語で、ゆっくりとしゃべった。

シャーリーの息遣いがわずかに落ち着いてきた。しかしまだ、全身に恐怖の膜を貼り付けている。

「きみは何者なんだ」

フェルドマンが改まった調子で再び聞いた。

シャーリーは唇を噛み目を閉じた。

「もっと薬を使おう」

しわがれた英語の声に振り向くと、老人が立っている。初めてここに連れられてきたとき会った老人だ。

「カラム、きみは外で待っていてくれ」

フェルドマンがトオルの視線に気づいて、カラムを隠すように二人の間に立った。

カラムの視線は女の方を向いたままだ。

「急いだほうがいい。ベンツェルはまだヨーロッパにいるかもしれない」

カラムがフェルドマンを押し退け、ベッドの前に出た。フェルドマンは諦めたように一歩後ろに下がった。

「ゲーレンは知ってるな。お前の亭主だ。仲間のベンツェルはどこにいる」

カラムが女に身体を寄せ、肩をつかんだ。

シャーリーの額には脂汗が滲み、呼吸が激しくなっている。

「やめろ。身体がもたない」

トオルが低い声を出し、前に出ようとした。

再び男がトオルの肩をつかみ、背後に引く。トオルはよろけながらさがった。

「これ以上、邪魔をすれば部屋から出てもらいます」

フェルドマンが男を制しながら言った。

「本来ならとっくに死んでいてもおかしくないほどの傷だ。無理をさせれば彼女は死ぬ。これは医者としての確かな判断だ。二、三日安静にして体力を回復させて聞けばいい。焦って死なせるより、その方がきみたちにとっても都合がいいはずだ」

トオルは男に腕と肩をつかまれたまま言った。

フェルドマンはカラムと話し合っている。やがて男に目配せしてトオルの腕を放させた。

「あなたにお任せします。時間は明日の朝五時まで。二十四時間あります。それ以後は私たちのやり方でやります」

時計を見て言った。

シャーリーは目を閉じてぐったりしている。

トオルはラップとガーゼを取って、もう一度傷の具合を調べた。

「腹の傷が開きかけて出血している。無理に歩かせたせいだ。腹部に血液が溜まっている可能性もある。緊急に開腹して調べたほうがいい」

「必要なものがあれば言ってください。手配します」

「ここで手術はできない」

「有能な外科医でもですか」

トオルはうなずいた。

「とりあえず緊急治療をして、二十四時間以内に設備の十分な病院に転送する。約束できるか」

「その前に質問はできますね」

「できるだけの手は尽くす」

わかりました、と言ってフェルドマンは同意を求めるようにカラムを見た。彼は無言のままだ。

「B型のものは？　血圧がひどく下がっている」

トオルがシャーリーのパスポートを見ながら言った。

「輸血が必要だが面倒な手続きは省いたほうがいいだろう」

トオルは部屋の男たちに視線を向けた。彼らは顔を見合わせている。

フェルドマンが上着を脱いで腕をまくった。

「感染症は？」

フェルドマンは首を横に振る。

「あと一人」

トオルの声で男の一人が押されて前に出た。

カーテンの隙間（すきま）から街灯の明かりが細く差し込んでくる。サイドテーブルの時計は四時二十分を示していた。

「私の助手に電話する。医療品と助手の手が必要だ。彼女も医者だ」

上着の内ポケットから携帯電話を出した。

フェルドマンはベッドサイドの受話器を指した。

「この部屋では携帯電話は使えません。盗聴防止のために、完全にシールドしてあります。この電話は盗聴される心配はありません」

ベルが鳴り始めて十回をすぎてからカーチャが出た。半分眠っている声で、先生ですかと聞いた。

早朝の電話をわびてから、必要な薬品名と入手方法を言って、持ってくるように頼んだ。

「ここの住所は？」

フェルドマンに聞いた。

「迎えをやります」

一瞬、躊躇したが、カーチャに時間と場所を言って待つよう指示した。

「ドクター・ローゼンバーグが研究施設の前で待っている。ドクターは女性だ。丁寧に扱ってほしい」

フェルドマンは男に小声で話している。男はうなずくと出ていった。


一時間後、カーチャが二人の男に左右を挟まれて入ってきた。

怯えを含んだ強ばった顔をしていたが、トオルを見てほっとした表情を浮かべた。しかしまだ、戸惑いは隠せない様子だ。事情を話すと、顔つきはさらに強ばったものに変わった。ドイツ人の彼女が、ユダヤ人のナチハンターに囲まれているのだ。

トオルはフェルドマンに全員、部屋から出すように言った。カラムは強く拒んだが、フェルドマンに説得されて出ていった。

部屋にはトオルとカーチャ、そしてシャーリーだけが残った。

カーチャはコート掛けに吊したビニール袋の血液と、輸血用のチューブを見て顔をしかめた。

「ひどい傷だわ。ここじゃなにもできない」

「最善を尽くすことだけはできる」

トオルはカバンから医療器具を出し、カーチャに指示して点滴の用意をした。血圧は輸血でなんとか持ち直している。

シャーリーは意識を失っていた。体力がかなり落ちているのだ。

「足を高くして。心臓に負担をかけたくない」

トオルの言葉にカーチャが毛布を畳んで足の下に入れた。

腹部と胸部のガーゼを外して傷の具合を調べなおした。腹部は縫合箇所から出血のあとが見られたが、血はほとんど止まっている。しかし体内は、開いて見なければわからない。胸部は調べようがなかった。肋骨は折れていないようだが、肺に損傷がある可能性がある。

「胸部は出血をのぞけばしばらく大丈夫です。ただし、外部所見です。内部はせめてレントゲン撮影が必要です。腹部は消毒して縫合しなおすくらいしか手はありませんね。でも、内臓が傷ついていれば——。あとは神様の領域」

「私と同意見だ。最後をのぞいてね」

一時間ほどで治療を終えた。

縫合箇所を半分ほど開けて、溜まっていた血液を出した。これだけでも、かなり楽になったはずだ。

ドアが開き、フェルドマンとカラムが入ってきた。カラムの顔にはかなりの焦りが浮かんでいる。

「これはあくまで緊急処置だ。できるだけ早急に設備の整った病院に送るべきだ」

トオルはフェルドマンに言った。

町の騒音が聞こえてくる。窓の外はすっかり明るくなっていた。

「いつから話ができますか」

「いま無理をすれば永久にできなくなる。約束は明日の明け方だ」

フェルドマンとカラムはしばらく話していたが、諦めたように出ていった。

「なにかついてるかね」

トオルは自分を見つめているカーチャに聞いた。

「臨床もやるんですね」

「最初は医者を志していた」

「名医になれました」

「どんな名医も治せない病もある。限界を感じたんだ。きみと同じように」

トオルは椅子に崩れるように座り、目の間を強く押さえた。

「休んでください。昨夜は寝てないんでしょう。目が真っ赤です」

カーチャはドアが閉まっているのを確認して、男たちが運んできた簡易ベッドを整えた。

「でも、その前にひと言でいいから教えてください。いったい、なにが起こっているんです」

「いまはなにも聞かないでほしい。ときがくれば話すつもりだ」

「朝の四時すぎに電話で起こされて、正体不明の男たちに目隠しをされて連れてこられました。そこには、重傷の女性がいた。前々日にはガラスビンに入ったホルマリン漬けの手首のDNA鑑定をさせられて、翌日研究室が爆破され、その手首が盗難にあいました。そのときの爆発で、助手が七針も縫う怪我をしています。私だって五分早くラボに入っていれば、どうなってたかわかりません。これって、普通じゃありません。どれも警察に報告すべきことなんでしょう」

トオルは黙っていた。自分のなかでも、まだ考えはまとまっていない。聞きたいのはむしろ自分だ。

「それに、この患者――」

カーチャはシャーリーに目を移した。

「異常です」

「そうだ。とっくに死んでいてもおかしくない傷だ。しかし、治癒の傾向が見られる」

カーチャは立ち上がってブラインドを閉じた。光が遮断され、部屋は薄暗くなった。

「待ちます。それは先生が待ってほしいとおっしゃっているからです」

「感謝する」

トオルはぼそりとした口調で答えた。

「眠って下さい。なにかあれば起こします」

カーチャは椅子をシャーリーのベッドの横に移動させて座った。

トオルは簡易ベッドに横になって目を閉じた。疲れてはいたが神経がたかぶっている。薄く目を開けると、椅子に座ったカーチャのシルエットが見える。

隣の部屋からは物音一つ聞こえない。

再び目を閉じた。ここ数日の出来事が脳裏を流れていく。爆発、千切れた手首、ナチスの戦犯、親衛隊の将校……自分とはもっとも遠い存在であったものが、一度に押し寄せてきた。どうすればいい。十分な対応など、できるはずがない。

やがて意識は混濁し、眠りへと引き込まれて行った。


物音に目が覚めた。

ベッドの横に黒い影が立ち、ペンライトをつけてシャーリーの顔を覗き込んでいる。

「誰だ……」

影がピクリと動いた。

「私です」

薄い闇のなかにカーチャの声が聞こえた。腕を伸ばして点滴をチェックしている。

「意識が戻っています」

トオルに顔を近づけて低い声で言った。

簡易ベッドを出てシャーリーのベッドの側にいった。ナイトランプをつけて脈を調べると、数時間前と比べてずいぶん強くなっている。容体はかなり落ち着いていた。輸血と点滴の効果が出ているのだ。しかし、それだけでは説明がつかないほどの回復だ。

シャーリーの目が開いた。瞬間、怯えが浮かんだが、カーチャの表情を見てそれも消えていった。

「……アスカ……」

シャーリーが唇を震わせた。

「なにか言いたいの？」

カーチャがシャーリーの耳に口を付けて聞いた。彼女の意識はまだ朦朧としている。

「無理をしないほうがいい」

トオルの声が終わらないうちにドアが開いた。部屋に明かりがあふれ、正面にカラムが立っている。

カラムの合図とともに、男たちが入ってきてトオルとカーチャを押し退ける。

「やめろ！」

トオルが叫んだ。

男の一人が、持っていた注射針をシャーリーの腕に刺したのだ。

「明日の朝まで待つ約束だ。まだ十分に回復していない」

トオルは男の腕を振り払おうとした。しかしタガで締め付けられたように、ピクリとも動かない。

「我々は十分に待った。これ以上は待てない」

カラムがベッドの前に出た。後ろにはフェルドマンが立っている。

「六十年も待ったんだ。後、数時間くらいなんでもないだろう」

呻き声が聞こえた。部屋中の視線がベッドに集中した。

シャーリーの目が開き、視線が一点に固定されている。その視線がゆっくりと動く。唇がかすかに震えたが、前のように動揺することはない。

「意識が戻りました」

注射をした男が言った。

「自白剤は？」

「すでに効いているはずです」

フェルドマンが男に下がるよう言って、シャーリーに寄り添うように座った。

「名前は？」

フェルドマンがドイツ語で聞いた。

「ドーナ……」

呻き声とも呟き（つぶや）とも取れる声が聞こえた。

フェルドマンは顔を上げて、トオルとカラムを見た。

「ドーナだね。シャーリーではなく、ドーナ」

確認するように繰り返した。

「心配することはない、ドーナ。私たちは味方だ。怖がらずに質問に答えてくれ」

ドーナは答えない。目は空をさまよっている。

「誰にドイツ語を習った。ドイツ語がわかるんだね」

「ご主人さま……」

ドーナの口が動き、声がもれた。

「ご主人さま？」

フェルドマンは振り返ってカラムを見た。

カラムが続けるように目配せする。

「それは誰だ」

フェルドマンが顔を近づけて聞いた。

「ジェネラル……」

「将軍？」

「ゲーレンとどういう関係なんだ」

カラムが背後から問いかける。

「私のご主人様……」

「ドーナ、きみはゲーレンの召使いか」

ドーナはかすかに首を振った。

「私は……妻……ジェネラル・ゲーレンの妻……」

途切れがちの声が聞こえる。

「ジェネラル？　どういう意味だ」

「そう……ジェネラル・ゲーレン。私の夫。ご主人様……偉い人……」

かすれて消えそうな声だ。

「ゲーレンが将軍。彼は親衛隊の大佐だ。いつ昇進した」

カラムが身体を乗り出し声を出した。

「静かに」

フェルドマンが短く言う。

「彼は何歳だ」

「歳……知らない……そんなに、年寄りじゃない」

「おまえの歳は？」

「知らない……そんなに歳とってはいない……」

「どこで彼に出会った」

「私の……村」

「村はどこにある」

「遠く……海の向こう……森のなか……」

「それはどこだ」

ドーナの呼吸が荒くなった。ときどき顔をしかめて、痛みに耐える仕草をする。

「やめろ。もう限界だ」

トオルは声を上げた。腕をつかむ男の手に力が入り、思わず顔を歪めた。

「村はどこにある。ヨーロッパか」

ドーナはかすかに首を横に振る。

「アフリカか」

ドーナは目を閉じて動かない。

「アメリカか――南アメリカ」

目蓋が動いた。

「南アメリカのどこだ。アルゼンチンか」

再び焦点の定まらない視線を空に漂わせている。

「チリ――ペルー――コロンビア」

カラムが背後から国名をあげるが、ドーナの表情からはなにも読み取れない。

「ブラジルか」

さまよっていた視線が止まる。

「ブラジルなんだな」

フェルドマンが確認するように繰り返すと、ドーナはかすかにうなずいた。

「我々はアルゼンチンとチリを探していた」

カラムが独り言のように言った。

「ブラジルのどこだ」

「ジャングル……ずっと奥地……」

フェルドマンが振り返ってカラムを見た。明らかにひどく興奮している。

カラムがフェルドマンの肩に手をやると、フェルドマンは立ち上がってカラムと代わった。

「ウアウペス、コダジャス、オビドス、ゴイアス」

カラムがいくつかの地名をあげたが、ドーナに反応はない。

「河が流れて……大きな河。そのずっと奥地……」

「アマゾンか」

「……誰も来ないところ。ずっとずっと、誰も来なかった」

「どうして、ゲーレンがそんなところに」

「突然……兵隊がきた……銃を持った人たち……」

「何人だ。十人か、二十人か」

ドーナは首を振った。

「もっと多い……」

「三十人か」

「もっと……」

男たちは顔を見合わせている。

ドーナが握りしめていた手を開いた。

「五十人か」

「あんなに……大勢の人間を見るのは初めてだった……」

「白人はそのとき初めて見たのか」

「ずっと昔……私が生まれる前も、何人か来た。ほとんどが村に残って、村で死んだ」

「彼らはどんな白人だ」

「神の言葉を伝えにきた。自分たちで家を建て、そこに住んだ。村の人たちと一緒に働いて……結婚した白人も……私のお父さんも、お母さんと……。子供たちに自分たちの言葉を教え、文字を教えて……」

まるでイエズス会の宣教師だぜ、背後で声がした。

「それはいつの話だ。百年前か、二百年前か――」

トオルが身を乗り出して聞いた。

「ずっと……ずっと昔の話……ずっと……」

ドーナの声が消えていく。

「馬鹿なことを……」

男たちの一人のつぶやきが聞こえる。

「村にきた大勢の白人について話せ」

カラムがトオルを押し返し、ドーナの肩をつかむ。ドーナの目がわずかに開いた。

「三十四人の白人……二十人のブラジル人……彼らはたくさんの荷物を運んできた」

「どんな白人だ」

「金色の髪、栗色の髪……青い目……同じような服を着ていた。黒い服。長靴を履いて
……」

「ナチだ――親衛隊だ。戦後、海外に逃れたナチスの一部だ」

カラムの声は興奮で震えている。

「女はいなかったのか」

「いない。みんな男だった。若い男たち……」

部屋中が静まり返って、ドーナの消えそうな声に耳を傾けている。心臓の鼓動まで聞こえ

そうだった。

「その男たちはどうした」

「白人はブラジル人たちに命じて……大きな家を建て始めた。私たちも駆り出されて……」

「大きな家？　どんな家だ」

「ベッドがいくつもある……大きな家」

「宿舎だ。そこを基地にするつもりだ」

背後の中年が低い声で言う。

「運んできた荷物……その建物に運び込んだ……私たちは入れなかった。近づくことも……」

ドーナは目を閉じた。

「それはいつの話だ」

トオルは思わず声を出した。

「長い時間が流れた……。すべてが変わっていった。荷物を運んできたブラジル人……すぐに死んでしまった。白人たちの数……少なくなっていく」

呼吸が楽になったようだ。言葉が少しなめらかになった。しかし、まだ十分には聞き取れない。

「他に誰か来なかったのか」

「白人たち……何年もたってから、何人かが出ていき、また戻ってきた。それからは、一年に何度か白人たちが出ていき……大勢のブラジル人たち……荷物を運んで来るようになった。たくさんの荷物……」

「外界との接触はあったんだ」

背後から声が聞こえた。

ドーナは再び目を閉じた。

「それから？」

カラムがうながすように聞いたが、ドーナの口は動かない。

「答えるんだ」

カラムの声が大きくなる。

「場所を聞き出せ」

フェルドマンが言う。

「住んでいたのは、ブラジルのどこなんだ」

ドーナの唇が震えている。ゆっくりと息を吸い込んだ。

「近くに大きな町は？」

「町は……ない。村……ジャングルのなか……川が流れていて、人の身体……大きな赤い花が咲いて……人食い……」

次第に声が消えていった。

「死んだ――」

誰かが呟いた。

カラムが振り返った。フェルドマンが目配せすると、トオルをつかんでいた男の腕の力が抜けた。

トオルはベッドに屈み込んで脈を取り、胸に聴診器を当てる。鼓動が止まっている。胸の中央を強く押さえる。二回、三回、四回……。聴診器を当てると再び鼓動を始めている。

「脈が弱い。強心剤だ」

トオルの言葉に、カーチャがカバンから注射器とアンプルを取り出す。

トオルはドーナの胸に針を刺した。

「村の名は」

カラムが身を乗り出し、声を上げる。

「森の奥地の……」

ドーナは口をわずかに動かしたが、聞き取ることはできない。

カラムがドーナの肩をつかみ、口に耳をつけた。

「やめろ！　死なせたいのか」

トオルが圧し殺した声で言って、カラムの腕をドーナから外した。カラムは興奮のためか、激しく肩で息をついている。

背後の男がトオルの肩に手をかけたが、フェルドマンがそれを制した。

「いつならかまいませんか」

「明日の朝だと言ったはずだ」

フェルドマンは背後の男たちに、部屋を出るよう合図を送った。

いたわるようにカラムの背に手をおいて立たせると、ドアに向かった。

部屋にはトオルとカーチャ、そしてドーナが残った。ドーナの意識はなく、息遣いは心許ない。

「なんて人たち。そこらのごろつきと変わらない」

カーチャがドアのほうを見て、腹立たしそうに言った。

「彼らは焦っている。彼女はナチスの大物戦争犯罪人の妻だと言っている」

「大体のところはわかるわ。でも、この女性の傷、彼らがやったんじゃないでしょうね」

「ドルトンの爆発の被害者だ。私も頭が混乱している」

「当然です。もう、どうにでもなれって感じ。私たちの行為が犯罪に加担してないことを祈るだけです」

カーチャは諦めたように言って、ベッド脇の椅子に座った。

「目が真っ赤。いま三時です。夕方までは私が看ていますから休んでください」

トオルは簡易ベッドに横になった。

重苦しい感覚が全身に広がり、頭が痛み始める。目を閉じて、頭のなかを空白にしようとした。しかし、脳裏にはドーナの言葉が渦巻いている。人間の存在と時の流れ、矛盾した出来事。だがこれらを結びつけるものは必ずあるはずだ。

薄暗い部屋の中で自分を見つめるカーチャの視線を感じる。それはなぜか、久しく味わったことのない安らぎをもたらすものだ。

いつのまにか意識がなくなっていた。

3

目が覚めたときには、ブラインドの隙間からわずかにさし込んでいた光も消えていた。

ナイトランプの光がぼんやりと室内を照らしている。カーチャがベッドの足元に上半身をもたせかけ、軽い寝息を立てていた。

トオルは起き上がって、ドーナの脈を取り呼吸を調べた。カーチャが目を開けてトオルの動きを見ている。

ドアが開き、明かりがついた。大きなトレイを持った男が入ってきた。トレイにはコーヒーカップとジャガ芋とソーセージ、スープの入った皿が二組載っている。

トレイをテーブルに置くとドーナに近づいた。

「まだ危険な状態だ。話はとても無理だ」

トオルの言葉に男はわずかに眉をしかめたが、なにも言わず出ていった。

カーチャが身体を起こして、不安そうな視線をトオルに向けた。

「大丈夫だ。よく眠っている」

声をひそめて言った。

カーチャはドーナの額に手を置いて、驚いた表情を浮かべた。

「熱も下がっているし、脈も正常。信じられない回復力です」

「しばらくしたら目が覚める」

トオルはトレイからコーヒーを取って一口飲んだ。渋みが口中に広がり、ぼやけていた意識がはっきりしてくる。

カーチャが横に座った。

「ドーナでしたね、この女性の名前。彼女の話は本当なんですか。ナチの戦犯がブラジルに逃亡したこと。戦後、五十八年。六十年近くも前の話です。彼女が生まれる前の話。でも、彼女は自分が見て、体験したように話していました」

トオルに身体を寄せ、囁くように話した。

「彼女が住んでいた村でなにかが起こった。それは確かだ」

「あの人たちは、それを突き止めようとしているのですか」

「ナチの戦犯を追っている。彼女の夫のゲーレンがそうだ」

「将軍って人ですね。でも、その人がナチの戦犯ならかなりの高齢のはずです」

「百十一歳だ」

「この人の夫なんでしょう。だったら――」

カーチャは言葉を止めて、ドーナを見ている。

ドーナはパスポートの生年月日によると三十七歳。肌の色艶も歳相応だし、白髪はない。歯もきれいにそろっている。声もかすれてはいるが、老人のものではない。いまは多少老けて見えるが、記載に嘘はなさそうだった。

午後十時をすぎている。

「先生――」

カーチャの声にドーナを見ると、目を開けて二人を見ている。

「安心して。私たちは味方。無理にしゃべらせようとはしない」

「しかし、聞きたいことは山ほどある」

ドーナが二人を交互に見ている。カーチャがドーナの手を握ると、徐々にその顔に貼り付いていた恐怖が消えていった。

「白人が荷物を運んできたブラジル人に作らせたのは、どんな建物だった」

ドーナは目を閉じ、長い時間考えていた。やがて、ゆっくりとしゃべり始めた。

「大きな建物……端から歩くと百歩以上。中に大きな機械があった。電気を作る……。それに、ものを大きく見る道具……ガラスの細い筒……。みんな白衣を着ていた」

「顕微鏡と試験管。研究所？」

「ほかに気付いたことは」

「私たちは週に一度血を取られた。でも、それはずっと昔の話……いまはほとんどない」

「ゲーレンはどんな男だ」

「優しい人。私の家族にも、すごくよくしてくれた。食物をくれたり、タバコやお酒をくれたり……だから私は……」

「ナチの親衛隊の将校よ。ひどいことをした人なんでしょう」

カーチャがトオルの耳元で囁く。

「……怖いこともあった……私や子供を殴ることが……ときどき、ひどく酔って……なにかに怯えて……夢を見ていた……」

ドーナの声が興奮で震えた。言葉が途絶え、目に涙が滲んでいる。

「もういい。別のことを話して」

カーチャが再度ドーナの手を握った。

「どんな人がいたの？」

「初めは……若い男の人が大勢。たくさん死んでいった。熱を出して……うなされ、苦しみながら死んでいった」

「生き残った人もいるわね」

「背が高くて、眼鏡をかけた男。怖い人……。みんな、その人を恐れていた。昔来た白人、神の声を伝えに来た白人とは正反対……」

「ドーナ、きみはなん歳なんだ」

トオルがドーナの言葉をさえぎった。

「私は……」

その時、階下で音がした。なにかが強くぶつかる音だ。怒鳴り合う声も聞こえる。

トオルはドアのそばにいった。低いが爆発音も聞こえる。ドアを蹴り破る、大きな音が響いた。そして銃声。

階段を駆け上がってくる複数の靴音に思わず身を引いた。

激しい音とともにドアが開き、フェルドマンが飛び込んでくる。顔は緊張で強ばり、殺気立っている。フェルドマンのこんな顔は初めてだった。握っているのは拳銃だ。

「女は？」

「意識は戻っている」

「隣室の窓の横にドアがある。それが非常階段につながっている。女を連れて逃げろ」

フェルドマンが早口で言って、ポケットから出したマガジンを拳銃に入れ替えた。

「なにが起こった」

「敵だ。女を取り返しにきた」

ドーナがベッドの上に身体を起こし、トオルたちを見ている。

「急げ！」

フェルドマンはトオルに車のキーを渡し、隣室に続くドアを指した。

「階段の下に車がある。女を守れ」

「あんたは？」

「私は敵を食い止める」

ドアに向かって銃を構えた。

銃声が激しさを増している。何かを命令する短い声も聞こえてきた。フェルドマンの言動から考えると、敵のほうがかなり優勢のようだ。

「行け。すぐに彼らは上がってくる」

一人の男が駆け込んできた。

カラムだ。手に短機関銃を持ち、額と腕から血を流している。

ドアに向き直ったが、よろめいて膝をついた。抱き起こそうとするトオルの腕を撥ね退けて、自力で立ち上がった。

「彼女からベンツェルの居場所を聞き出せ。必ず奴を殺してくれ」

カラムはトオルの肩をつかみ、しぼりだすような声で言った。そして、ベルトにさしていた拳銃を握らせた。

トオルはドーナをベッドから抱き起こした。カーチャが反対側から腕を支える。

隣の部屋に入ると窓の横にドアがあって、開けると裏の階段に続いていた。

踊り場に出て下を見ると、狭い道に車が止めてある。この襲撃はフェルドマンたちにとって、予測された事態なのだ。

トオルとカーチャはドーナの身体を両側から支え、抱きかかえるようにして階段を降りた。上では銃声がさらに激しくなっている。

三人は車に乗り込んだ。

通りに出る前にバックミラーを見ると、階段の踊り場に複数の人影が現われ、車の方を指して怒鳴っている。フェルドマンとカラムたちは——トオルはその考えを振り捨てて、アクセルを踏み込む。車は甲高いエンジン音を響かせ、路地を抜けて表通りに出た。

『フェルドマン古美術商会』の看板がある反対側の通りには、三台の車が止まっている。

横を走りすぎるとき、なかの一台に二人の男が乗っているのが見えた。

ビルから数名の男が飛び出してきて車に飛び込む。慌ててエンジンをかけ、車の向きをかえている。

　トオルは最初の交差点を左に曲がった。

　バックミラーに目を向けると、後部座席でドーナがカーチャの肩に頭をもたせかけてぐったりしている。

「容体は？」

「医者ならわかるでしょう。心臓が弱ってる重傷患者に、アスレチックをさせてるのよ」

　カーチャがドーナの顔を覗き込んでいる。

　車は夜のベルリンの街を走った。人影はなく、ときおり対向車が通りすぎていく。

「どこに行くの？」

「研究施設に戻る」

「あいつらよ」

　背後を見ていたカーチャが言った。

　ヘッドライトが迫ってくる。すごいスピードだ。

　トオルはアクセルを踏み込む。

「警察署は？」

「反対方向」

　ライトはいつのまにか二台分に増えている。

鋭い音がしてリアウインドウに亀裂が走った。カーチャが悲鳴を上げる。

「ピストルを撃ってる」

震えるような声が聞こえた。ドーナを抱いて、身体を屈めているカーチャの姿がバックミラーに映っている。

車体に銃弾が当たる音が響くが銃声は聞こえない。消音器を付けた銃で撃っているのだ。

「私たちを殺す気よ」

「頭を下げて身体を低くしろ」

さらにアクセルを踏み込んだ。

全身がシートに押しつけられ、エンジン音が急激に大きくなる。ハンドルを切るたびに、タイヤのきしむ音が夜の町に響いた。

カーチャはシートベルトを握り締め、懸命に悲鳴をこらえている。

「科学者の前はレーサーだったの」

「一時期、本気で考えた。緩慢な人生より、一瞬の人生を選びたかった」

「私たち、なぜ殺されなきゃならないの」

「彼らに聞いてくれ」

ハンドルを右に切った。タイヤが鋭い音をたて身体が左に大きく揺れる。

気が付くとオフィス街を抜け、街並みが変わっていた。行き交う車はほとんどなく、建物もまばらになっている。

背後のヘッドライトの光が、いつのまにか消えていた。

「ドーナの様子がおかしい」

カーチャの声にトオルはスピードを落とした。

「撃たれてるわ。背中に当たってる」

カーチャが叫んだ。

前方に高い塀が見える。閉鎖された工場だ。

トオルはさらにスピードを落とし、ライトを消した。辺りは闇に包まれる。

塀に沿って数分走ると、半分壊れた門があった。

ゆっくりと工場のなかに入っていった。人気のない広い構内に、工場の黒い影が浮かんでいる。

建物と建物の間の路地のような場所に車をバックで入れて止めた。エンジンを切ると、辺りは静寂に包まれた。遠くで高速道路の車の音が響いている。

目が慣れてくると、工場の黒い影が亡霊のように両側に迫っている。

トオルはペンライトをつけて後部座席を覗き込んだ。

「弾は胸を貫通してる」

カーチャがハンカチでドーナの胸を押さえているが、そのハンカチはすでに血に染まっている。

トオルは後部座席に身を乗り出して、ドーナの首筋に手を当てた。

「脈が弱い。ほとんど消えそうだ」

ドーナが目を開けた。

「アスカ……私の……」

「なにが言いたいの」

ドーナはしきりに口を動かしているが、吐く息は声にならない。

カーチャがドーナの口元に耳を寄せた。

「……ア……ス……カ……」

「アスカ——なのね」

ドーナがかすかにうなずく。

「ドンバに……」

「ドンバって？」

「私の……村……十四……」

声が途切れた。

トオルは腕を伸ばし、再びドーナの首筋に手を当てた。脈は……消えている。

「死んだのね」

カーチャの嗚咽に似た声が聞こえる。

突然、白光が脳を貫いた。思わず目を閉じ、腕で顔を覆った。車内が昼間のように明るい。前方に止まった車のヘッドライトの光が、直接当たっているのだ。

三発の銃声が響いた。

銃声は木霊となって工場跡地に轟き、消えていった。今度は消音器を外している。脅しに撃っているのだ。

「車を降りろ。我々がほしいのは女だけだ」

光のなかから声が聞こえる。

「一分以内に降りてこなければ車は穴だらけだ」

「ドーナはもう死んでいる」

カーチャの声が震えている。

「残り三十秒だ」

男の怒鳴り声がする。

「どうするの」

トオルは考え込んでいる。

「十秒！」

「前に来るんだ」

トオルはカーチャのシートベルトを外しながら言った。

カーチャは座席を乗り越えて、助手席に移った。

「シートベルトを締めて。身体を低くしろ」

トオルはブレーキペダルに足を置いてエンジンをかけた。

腕を窓から出し、ヘッドライトの光に向かって拳銃を連射した。

ライトの一つが消えると同時にアクセルを踏み込む。タイヤの焼ける臭いとスリップ音。

車は弾けるように飛び出した。悲鳴と怒号が飛びかう。

激しい衝撃を受けた。シートベルトが胸に食い込み、金属のつぶれる音とガラスの砕ける音が響く。

ギアをバックに入れ、ハンドルを切りながらアクセルを踏み込む。車がバックのまま百メートル近く走ったとき、銃声が聞こえ始めた。

「頭を下げろ！」

銃弾が車体を貫いていく。

車は広い構内を正門に向かって走った。

そのとき、正門から入ってくる新しいヘッドライトの光が見えた。ハンドルを切って車の向きを変える。車の後部に強い衝撃。

弾かれて車の向きが変わる。後部座席が四分の一ほどつぶれ、ドーナの身体が座席の下に転げ落ちてシートにはさまれている。横から突っ込んできた車が衝突したのだ。

「ハンドルがきかない」

タイヤのきしむ音が響き、車は斜めになって滑っていく。

「ぶつかる!」

カーチャの声と同時に、車はコンクリート塀に叩きつけられた。

「逃げろ!」

トオルはシートベルトを外してドアを開けた。カーチャはシートベルトに上半身を支えられたまま、頭を垂れている。

ガソリンの臭いが鼻につく。

カーチャの肩を強く揺すると、薄く目を開けた。額から血を流している。状況を悟りドアに手を伸ばしたが、シートベルトに引き戻された。

ベルトを外そうと左腕を動かして顔をしかめた。腕に血が滲んでいる。

「大丈夫か?」

「腕が――動きません」

トオルは車を出て反対側に回った。

ベルトが金具に食い込んで外れない。ガソリンの臭いはますます強くなる。

ポケットから小型ナイフを出してベルトを切った。

「先にいけ」

トオルは後部座席のドアを開けようとした。衝突の衝撃で変形して開かない。

「車から離れて。ガソリンが漏れてる」

カーチャが叫んでいる。

トオルは後部座席をこじ開けた。ドーナの身体はつぶれた車体とシートの間に挟まっている。腕を入れて強く引いたが動かない。

ボンネットから炎が上がった。運転席が燃え上がり、周囲を照らしだした。

「彼女はもう死んでるのよ」

カーチャがトオルの上着をつかみ、車から引き離そうとする。

炎が後部座席まで広がり、熱気と煙がトオルを包む。ドーナの身体は目の前にある。トオルは必死で手を伸ばした。

「あなたも死にたいの」

カーチャが叫びながらトオルの身体にしがみついてくる。トオルは車から離れた。

その瞬間、爆発音と共に火柱が上がった。

激しい爆風で二人は地面に叩きつけられた。一瞬、意識が遠のいていく。

火は車全体に広がっている。ガソリンと化学物質が燃える臭いが鼻をついた。

トオルは地面に倒れたまま目を開けた。自分の上にカーチャがいる。彼女がトオルをかばったのだ。

「大丈夫か」

「わからないわ」

そう言いながらも立ち上がり、トオルを引き起こした。

目の前で車が炎を上げている。そのなかにはドーナがいる。自分が探し求めていた答えがあったかもしれない。

「私には彼女が必要だ」

トオルは呻くように言った。

敷地の隅では、トオルたちにぶつかってきた車が炎上していた。漏れ出たガソリンが地面に広がり炎の海をつくっている。

車から出てきた男が二人、よろめきながらこちらに向かってくる。

骨組みだけになった車が炎のなかに見えた。

「行きましょう」

カーチャがトオルを抱えるようにして歩き始めた。

燃えさかる車の炎で辺りは昼間のように明るい。

門から一台の車が入ってくる。背後で銃声が響いた。

二人は工場の建物に向かって走った。エンジン音が追ってくる。カーチャが倒れた。トオルはカーチャを抱き起こした。

タイヤのスリップ音がして、身体に触れるように車が止まった。

「乗って！」

ジミーが窓から顔を出して怒鳴った。後部ドアが開いている。

トオルはカーチャを車に押し込んだ。

二人が乗り込むと同時に車は走りだす。

振り向くと、車はまだ炎を上げている。

「ドーナ……」

トオルが呻くような声を出した。カーチャがトオルの手を強く握ってくる。

「大丈夫ですか、先生」

隣りを見ると、フェルドマンが座っている。

「どう見えるんだ」

「女は？」

「すべて消えてしまった」

フェルドマンは軽く息を吐き、前方を向いて黙り込んだ。

やがて背後で腹に響く爆発音が上がった。思わず目を閉じたが、目蓋の裏に閃光（せんこう）が輝いている。

「ドーナが……。私が殺したも同じだ。あんな無茶さえしなければ」

「彼女はすでに死んでいました。先生も確認したはずです」

カーチャはトオルの言葉をさえぎり肩に腕を回した。目を閉じ、身体をもたせかけてくる。彼女の力強い鼓動を感じていると、次第に落ち着きを取り戻した。

車は工場を出た。

「ネオナチの奴らが襲ってきました。女を取り戻すためです」

黙っていたフェルドマンが言った。

「そうじゃない」

トオルは吐き捨てるように言った。

「殺すためだ」

カーチャの身体がぴくりと動いた。

「生きたまま取り戻そうと思うなら、これほど無謀な行動は取らない。彼女を殺すことが目的だった」

フェルドマンは答えない。

「きみらが誘拐しなければ、彼女は死ぬことはなかった」

「違います。初めから彼らは彼女を救う気はなかった。あの農家で上からの命令を待っていたのです。あの傷では外国に連れ出すことはできない。いずれ、殺されたのです。すぐに殺さなかったのは、やはり彼女にはそれなりの価値があった。しばらく生かしておくだけのね」

「推測にすぎない。きみらにも彼女を助ける意思があったとは思えない」

トオルは強い調子で言った。

カーチャが目を見開き、驚いた顔でトオルを見ている。

「とにかく、私たちが甘かった。まさかあの街中の事務所を正面から襲ってくるとは。対応もひどく早かった。よほど重要な女だったんでしょう」

「もしくは、我々に渡したくなかった」

トオルがフェルドマンの言葉に続けた。

「これで振り出しに戻りました」

フェルドマンが独り言のように呟いた。

車は暗い道を走り続けた。車中は気詰まりな沈黙が支配していた。

「カラムが死にました」

黙っていたフェルドマンがぽつりと言った。

「最後の同志でした。戦後ずっと、五十八年間一緒にやってきました」

「私に同情を求めるのか」

「彼はベルリンの裕福な宝石商の長男として生まれました。両親と妹と弟、そして彼の五人家族でした。ドイツ人の友人もたくさんいた。しかし彼の一家はその友人たちの一人、やはり宝石商の密告で捕まった。両親と弟はアウシュビッツに送られ、殺されました。彼と妹はなんとか生き延びました。医療施設に回されたのでね」

フェルドマンは重い息を吐いた。

「ただし、患者としてではなく、実験材料としてね」

カーチャの身体が強ばるのが感じられた。

「彼と妹は双子の兄妹だったのです。ナチは実験材料としての価値を見出したのでしょう。そこで妹は不妊手術、彼は断種手術を受けました。ナチスは十三歳の少年の生殖器を切除したのです。妹は連合軍に解放されて三日後、死亡しました。精神に異常をきたしていたのです。収容所で何をされたのか」

またしばらく沈黙が続いた。

「だからといって、こんな無法は許されることじゃない」

トオルの声が沈黙を破った。

「ここは二十一世紀の文明国家だ。ナチス時代のドイツでもなければ、禁酒法時代のシカゴでもない。私があなたを知って数日のうちに、なん人が死んだ。十名か。いや、もっと多いに違いない。私たちを襲ったものたち、彼らはなにものなんだ。そこらのチンピラでないことは確かだ」

今までになく強い口調だった。

「組織されたものたちです。情報を得るのも早いし、武器も使い慣れている」

「それがなにものか聞いている」

「私たちにもわかりません」

「あなた方はなにかを隠している」

再び車内には静けさが満ちた。エンジン音だけが響いている。

「彼女はなにか言ってませんでしたか」

フェルドマンがさり気なく聞いた。

カーチャがトオルの方をちらりと見た。

「苦痛はなかった。意識を失ったまま死んだのが、せめてもの慰めだった」

フェルドマンはなにも言わなかった。唇をかたく閉じ、前方を睨むように見ている。

車は市街地に戻った。

「どこかホテルを探しましょう」

フェルドマンが思い出したように言った。

「研究施設に送ってください。これであなた方とは二度と会うことはない」

「奴らが追ってくるかもしれません」

「彼らが狙っているのは、あの忌まわしい手首とドーナでしょう。手首は手に入れたし、彼女はすでにいない。もう私たちには用はない」

「とにかく気をつけてください。電話をかけるとき、町を歩くとき、ドライブするとき。すべてです。盗聴、尾行はテレビや映画の世界ばかりじゃありません」

「十分すぎるくらい体験した」

「先生とお嬢さんが、平和な生活に戻られることをお祈りします」

フェルドマンは多少投げやりな調子で言って、ジミーに研究施設に行くよう告げた。


車は十分ほどで研究施設についた。

トオルとカーチャは車を下りた。

フェルドマンがウインドウを下ろしてなにか言いかけた。トオルが背を向け、カーチャを支えて歩き始めるとなにも言わずに車をスタートさせた。

「いいんですか、これで」

走り去る車を目で追いながら、カーチャが言った。

トオルは無言で歩き続ける。

中年の警備員は二人の姿を見て驚いた顔をしたが、トオルが目を吊り上げてみせると笑いながらドアを開けた。酔っ払ったカーチャをトオルが介抱していると思ったのだ。

二人は部屋に入った。

「上着を脱ぎなさい」

ロッカーから緊急医療セットを出した。

カーチャはなにも言わずトオルの言葉に従った。

服の肩が裂けて、周りに血が滲んでいる。銃弾がかすったのだ。

「この上着はもう駄目ね。気に入ってたのに」

何気ない口調で言うが、声は震えている。

「私の責任だ。新しいのをプレゼントするよ」

「素直に喜べませんね。でも、嬉しいです」

傷口に消毒液をつけると、唇を強く結び顔をしかめた。

「やはり、警察に届けるべきじゃないですか」

「きみの好きにしてくれ」

トオルは無愛想に言って、治療を続けている。

「有難うございました。車から救け出してくれて」

カーチャが思い出したように言った。

「ナイフはいつも持っているんですか」

「ボーイスカウトに入ったときからだ。初めてのキャンプのとき、父にもらった」

「便利ですね。私もほしいな」

「やめたほうがいい。最近は、飛行場で苦労する」

傷は見かけほどひどくはなかった。消毒して抗生物質を注射すると終わりだった。

「多少の傷痕は残るが、機能的には問題ない。これくらいの傷痕できみの魅力が落ちることもないし、きみの生き方からすればトラブルはない」

トオルはカーチャの頰についている血とすすを指先でぬぐった。

「ひどい言い方ですね」

「真実だ」

カーチャはトオルが指先の血をガーゼで拭き取るのを見ながら、穴の開いた上着を羽織った。

「悪かった。疲れているんだ」

「私もです」

カーチャの目は落ちくぼみ、周りには隈ができている。

「やはりホテルに行くべきだった。我々には休息が必要だ。快適な場所でのね」

「いまからでも遅くはありません」

カーチャがトオルを見つめている。

トオルの身体に一瞬、熱いものが流れた。しかしそれも、すぐに消えていった。

「家まで送ろう」

トオルは車を呼ぶために携帯電話を出した。

4

がらんとした部屋に聞き取りにくいドイツ語が流れている。

音量を上げているため声がひずみ、おまけに雑音がひどい。

机の上のＤＮＡをかたどった置物の横に、携帯電話より二回り小さいスティック型デジタルメモリーレコーダーが置かれている。

トオルは机に肘(ひじ)をつき、組んだ手の上に顎(あご)を載せて聞いていた。腕の付け根と背中が痛み始めている。すでに二時間がすぎようとしていた。

会話の大半は脳に刻み込まれているが、その言葉の意味することは、陽光のなかを漂うカゲロウのようにつかみどころがなかった。いや、実際はわかっている。ただ今まで培(つちか)ってきた知識の範囲では、認めるのに時間と忍耐、常識を打ち破る勇気と柔軟な意志を必要とするのだ。

事件からすでに三日がすぎていた。

立ち上がり、窓の側にいった。街灯の光をあびた、人通りのない道路が続いている。

十分ほどで日付が変わる時刻だ。背筋をそらせて伸びをすると、身体中の関節が音を立てそうに固くなっている。しばらく外を眺めてから再び椅子に戻った。

ノックの音とともにドアが開いた。

トオルは慌ててレコーダーを止めた。

カーチャがデータシートを持って入ってきた。

「まだいたのか」

「遺伝子解析の結果が出ました。先生のおっしゃるとおり、第七染色体の五番と第十一染色体の九番が通常と違います。特殊な遺伝情報と思われる塩基配列が見られます」

カーチャはデータシートを机の上において、レコーダーをちらりと見た。

「でも、これだけじゃこの遺伝子がなにを意味しているかまったくわかりません。先生にはわかっているんでしょう。だから、そんなに落ち着いていられる」

「私が落ち着いているように見えるか」

「少なくとも焦っているようには見えません」

トオルはかすかに笑って、カーチャから視線を外した。

「このデータはなんですか。そろそろ教えてくれてもいいんじゃないですか」

「もうしばらく待ってほしい」

「その言葉は聞き飽きました」

トオルはデータシートを二、三枚めくってから机に戻した。すでに何百回、何千回と見たデータだ。

「遺伝子。この玩具（おもちゃ）のようなものが人のすべて、運命までも決めるなんて、私は信じません。私の両親は私が医者になるって言ったとき、怒り始めました。うちの家系は、血を見るとひっくりかえるということでした。音楽家か詩人にしたかったみたいです」

カーチャはＤＮＡの置物をもてあそびながら言った。

「彼らは、音楽好きの親には音楽好きの子供って信じ込んでいるんです。それは遺伝子なんかじゃなく、家族と家族を包んでいる精神として引き継がれるものだそうです。つまり、神と人の共通の意思としてです。私も、運命は遺伝子なんかに左右されるものじゃなくて、自分で切り開くものだと思います」

「そんなに甘いものじゃない、神の気紛れを超えるのは。しかし私は――」

トオルの口調が急に激しくなった。

「私は別にそんな意味で言ったのでは――」

「傷の具合は？」

トオルは声を荒らげた自分を恥じるように聞いた。

カーチャは答える代わりに腕を回してみせた。

三日の間にカーチャの肩の傷は新しい皮膚が覆い、精神もなんとか平常心を取り戻している。ただし、見かけ上はということだ。

事件の翌日の新聞には、暴走したネオナチが内部抗争を起こし、郊外の工場跡地で銃撃の末数名が死亡したと書かれていた。ベルリン警察が本当にそう判断したのか、フェルドマンたちの政治力が働いたのか。どちらでもいいことだ。

『フェルドマン古美術商会』襲撃については、骨董品を狙った単なる強盗事件としてかたづけられていた。二つの事件の真相は、完全に闇に葬られている。彼らの力はトオルが考えていたより遥かに大きなものだ。いずれにしても、トオルやカーチャの名前が出ることはなかった。

「無理はしないほうがいい」

「先生は医師としての腕も一流ですね」

「かすり傷の手当てだ。昔の親なら誰でもできた。犬や猫なら舐めてすませる」

「私は犬猫並みですか」

トオルはカーチャの傷がまだ痛むことは知っている。何気なく振舞いながらも、時折、顔をしかめるのは痛みからだ。しかしなぜか、いたわりの言葉が出てこない。

「素直に喜ぶべきです。名医だって誉めてるんですから」

カーチャは改まった顔で言った。

「あと五日ですね」

カーチャは荷物を運びだした殺風景な室内を見回した。

カーチャが一足先にアメリカに発つことになっている。トオルが帰国するまでに、実験室の準備を整えておくのだ。

トオルはフランスを経由し、アフリカを回って十日後にアメリカに帰る。半年前から計画していた旅行だった。いくつかの大学と研究所を訪ね、研究者に会う。計画当時は一つの大きな期待となっていたが、いまとなっては単なる寄り道のようにも思えた。

「今後について不安はないのか」

「楽しみです。二年前までカリフォルニアにいたんです。私の人生の半分近くをすごした国です」

「そうだった。きみはアメリカで生まれた、アメリカ国民だ」

「コーヒーは?」

カーチャが笑みを浮かべ、覗き込むように見た。

思わず視線を外した。この爽やかで活きのいい女性に、仕事以上の興味を抱き始めるのが怖かった。しかしすでに手遅れであることもわかっている。

うなずくと、カーチャは部屋を出ていった。

レコーダーのスイッチを入れた。再び聞き取りにくい声が流れ始める。

カーチャは五分ほどで戻ってきた。両手にコーヒーカップを持っている。

「また聞いているんですか。でも、先生がドーナの話を録音していたとは意外でした」

机のレコーダーに目をやった。

「偶然ポケットに入っていたデジタルメモリーレコーダーだ。音声を感知して録音が始まる」

いつも上着の内ポケットに入れていて、アイデアや約束をメモ代わりに吹き込んでいる。

カーチャはカップをトオルの前に置き、自分でも一口啜った。

「新たな発見はありましたか」

冷やかすように聞いた。

「ドーナという女性は、百歳を超えている。いや少なくとも――」

トオルは途中で言葉を止め、自分の考えを否定するように頭を振った。

「彼女の夫のゲーレンも百十一歳になる」

「彼女の言葉を信じているんですか。妄想じゃないですか。嘘を言っているとは思えませんから」

「私は彼女の精神は正常だと思っている。ゲーレンの妻として暮らしていたんだ」

「じゃあ我々の頭がおかしいんです」

「彼女はジェネラル・ゲーレンと言った。ゲーレンは大佐のはずだ」

「ゲーレンが嘘を言ったんじゃないですか。どうせわからないと思って」

「戦後、六十年近くがすぎている。大佐が将軍に昇進するのに十分な年月だ」

カーチャは呆れたように軽いため息をついた。

「だれが昇進させるんです。ナチスの組織はもうないんです」

トオルはカップを見つめて考え込んでいる。

「もう忘れましょう。終わったことです」

カーチャはカップを机に置こうと腕をのばし、わずかに眉根をすぼめた。傷が痛むのだろう。

「たしかにおかしなことだらけです。でも、私たちとは関係ないことです。それとも、なにか気になることがあるんですか」

トオルに向き直り、改まった表情で聞いた。

「ドンバ。たしかに彼女はそう言った」

「ドーナの住んでいた村の名前ですね」

カーチャは机に浅く腰掛け、ＤＮＡの置物をもてあそんでいる。

「ブラジルらしいが、そんな村の名はなかった」

「インターネットでも、検索できませんでした」

カーチャも調べていたのだ。

「アスカ……」

トオルは声に出した。

「そんな地名もブラジルにはありませんでした。メキシコと日本にはありましたがね。関係ないと思います。先生も調べたんでしょう」

カーチャは肩をすくめた。

「ドーナの言葉を信じれば、ゲーレンも彼女も百歳を超えています。しかし、あの若さを保っている。たしかに老化の研究は進んでいます。活性酸素が細胞のタンパク質、遺伝子を傷つけ、人の身体は徐々に老いていく。その活性酸素に対する防御酵素、傷の修復酵素も特定され、医療にも取り入れられています。彼らがそうした老化防止の最新医療を受けているとでも」

「違う。根本的に違うメカニズムだ。老化を遅らせるのではなく、老化そのものを否定する何ものかが彼らには存在する」

トオルはきっぱりとした口調で言い切った。

「そんなこと、現代医学ではまだ不可能です。生理学的にも」

「現代医学ではね」

トオルは独り言のように繰り返した。

通りから救急車のサイレンが聞こえてくる。その音が近くなり、研究施設の前で止まった。

カーチャが立ち上がり、窓から外を見下ろした。トオルはその横に立った。

薄暗い大気の中に赤いランプがひときわ輝き、甲高い音を響かせている。

「向かいのビルです。救急隊員がストレッチャーを押して入っていきます」

カーチャの声が急に細くなり遠ざかっていく。

背筋に悪寒が走り、全身が痙攣する。頭が強く締め付けられ、目の前から光が消えていく。手足の筋肉が硬直して、頭のなかに空白が広がっていった。

よろめきながら窓際を離れた。カーチャの顔が目の前に迫り、なにか言っている。


「先生、どうかしたんですか」

カーチャがペンライトをつけて、瞳を覗き込んでいる。

気がつくとソファーに横になり、シャツのボタンが外されていた。

トオルはゆっくりと身体を起こした。発作が起こったのは一年ぶりだ。

前は車の運転中だった。高速道路を下りたところで、胸が苦しくなった。すぐに車を路肩に寄せ、発作が治まるのを待った。低速で走っていたので助かったのだ。翌日、精密検査を受けたが異常は見つけられなかった。少なくとも、現代医学では。

「なんでもない。めまいがしただけだ」

「すごい汗です。それに、ひどく震えていました」

カーチャがハンカチを出してトオルの額を拭いた。

トオルはその手をはらって立ち上がった。足元がふらつき、カーチャの肩をつかんで身体を支えた。

「すまない」

「顔が真っ青です」

「もう帰ったほうがいい。送っていこう」

トオルはカーチャの肩から手を外して背筋を伸ばした。

「すぐに用意をしてきます」

カーチャはわずかに戸惑った表情を見せたが、自室に戻っていった。

二人はそろって研究所を出た。

救急車はすでに走り去り、通りには真夜中の静寂のみが漂っている。車の流れも途絶え、ときおり乗用車がかなりのスピードで通りすぎていく。

五分程待ったが、タクシーが通る気配はなかった。

「駅のほうに行こう」

トオルは歩き始めた。

「先生――」

通りをわたったときカーチャが呼び掛けた。

「ハ、ジ、メってなんですか。声を出してました。すごく苦しそうに」

トオルの動きが止まった。しかしそれはほんの一瞬で、何も言わず歩いていく。カーチャが慌てて小走りであとを追った。

表通りから裏道に入った。二つの靴音が不気味に響いている。その靴音に複数の音が混じった。

いつのまにか、三人の男が二人を取り囲むように歩いている。スキンヘッドにモヒカン刈り、一人は肩までの長髪だった。三人とも革のチョッキに鋲(びょう)を打ったブーツを履いている。まだ幼さの残った少年に見える。

街灯の光があたり、アスファルトに複数の影が絡み合うように浮かんでいた。カーチャがトオルに身体を寄せてくる。

モヒカンが飛び跳ねるように二人の前に出て振り向いた。二人の足が止まる。

「金、貸してよ、おじさん」

横のスキンヘッドが薄笑いを浮かべて近寄ってくる。

「なんだったら、その女でもいいよ」

スキンヘッドは値踏みするようにカーチャを見ている。カーチャはぴったりとトオルに身体をつけた。

「どっちも断わる」

トオルはきっぱりした口調で言った。

三人の顔つきが変わり、お互いに目で合図を取り合っている。

長髪がカーチャの腕をつかんだ。トオルはその腕をはねのけ、カーチャを背後にかばった。

「野郎、命が惜しくないのか」

スキンヘッドの手にナイフが握られている。

「やめなさいよ、あんたたち」

カーチャが甲高い声を出したが、身体は小刻みに震えている。

「私はアメリカ人だ。外国人がチンピラに刺されたとなると、新聞の扱いも多少は違うと思うがね。警察は面子(メンツ)をかけて犯人を探す。きみたちも、覚悟してやることだ」

スキンヘッドがナイフをトオルの喉元に当てた。

「嘘言え。ジャップじゃないか。昔は同盟国だぜ。多少は俺たちにも協力してくれよ」

モヒカンがのぞき込むようにトオルの顔を見た。

「子供の夜遊びはろくなことはない。早く家に帰って寝たほうがいい」

「殺してやる」

凄味(すごみ)をきかせた声だが、どことなく上ずっている。トオルの落ち着いた態度に不気味さを感じているのだ。

「ナイフで肉を切るときの感触はいいものだ」

トオルはスキンヘッドを見据えた。

「私は医者だ。人を切り裂くプロだ。皮膚と筋肉は一気に掻き切れ。脂肪は人によって違う。厚い脂肪はねじるようにして切り裂くんだ。骨は避けたほうがいい。素人には無理だ」

スキンヘッドが助けを求めるように、両側の二人に視線を走らせた。

「そのナイフで腹を刺すか。それとも胸か。確実なのは動脈を狙うことだ。かすっただけで血が吹き出す。首筋がいい。しかし、気をつけろ。血は一メートルは飛ぶぞ。おまえの位置だと血まみれだ。ほらここのところだ」

トオルは首筋に手を当てて怒鳴った。

「早くやれ。愚図愚図するな」

半歩踏み出すと切っ先が皮膚を切り、血が滲んだ。スキンヘッドが慌ててナイフを引く。

「ためらわず、思い切り突き刺してえぐるんだ」

トオルはスキンヘッドのナイフを持つ手をつかんで、首筋に持っていこうとした。スキンヘッドは必死に抵抗している。

長髪がトオルの顔を殴り付ける。トオルはスキンヘッドの腕を放し、よろめいて背中を建物の壁にぶつけた。

「やめて！　警察を呼ぶわよ」

カーチャが声をあげてトオルに駆け寄る。

「こいつ、狂ってるぜ」

スキンヘッドが肩で息をしながら言う。

「行こう」

モヒカンがスキンヘッドの腕を引き、三人は表通りに向かって走りだした。

「血が出ています」

カーチャはハンカチを出してトオルの首筋に当てた。

「彼らは高校生だ。殺す度胸なんてない」

「弾みってものがあります。これくらいですんだのは、運が良かっただけです。無茶はやらないで」

カーチャの声が震え、目には涙が溜まっている。

「お願いです。もっと命を大切にしてください。先生は――先生は神様に選ばれた人です」

「そうだ。その通りだ。私は神に――」

トオルの声が途絶え、カーチャを見据えた。

見開かれたカーチャの瞳のなかに、トオルの瞳が映っている。その目には怒りにも似たものが宿っていた。しかしその奥にあるのは、深い悲しみだ。

カーチャが目を閉じて顔をそむけた。

「悪かった」

トオルは低い声で言うと歩き始めた。

追いかけてきたカーチャが横に並んだ。

「神を信じないんですか」

「それほど愚かではない」

吐き捨てるように言って、歩みを速めた。

5

抜けるような空が広がっている。

ドイツの夏には珍しい青空だった。アウトバーンは山並みをぬって、竜の背骨のように緩やかに力強く続いている。

ヒットラーが緊急時における軍用機の滑走路を兼ねて造った道だ。その道路が戦後復興の大動脈となり、今もドイツを象徴している。この国は世紀が変わってもヒットラーから抜け出せないのか。

トオルの運転するポルシェは空冷エンジンの軽快な音を立てて、西に向かって走っていた。速度計は時速百二十キロ前後を揺れている。

〈各地でネオナチ集会が開かれ――発見された弾丸から、使用されたのは狙撃用ライフル

――爆発以来静観を保っていた――極右勢力の強力な支持を得て――今後のＥＵ諸国の動向次第では、アメリカもただちに――ドイツ政府も緊急議会を開き――〉

ラジオは鮮明な音でニュースを流している。

トオルはスイッチを切った。車内はエンジン音のみが低く響いている。

あの事件以来、頭の隅に溜まっている黒い塊を振り払うようにアクセルを踏み込んだ。

ベルリンから二百キロのウイッテンフルトに行く途中だった。午後四時からウイッテンフルト大学で、ドイツ最後の講演会がある。細胞の分裂回数を決める遺伝子要素テロメアと細胞の自殺アポトーシスについて話すことになっている。

携帯電話が鳴り始めた。

スピードを八十キロに落として、胸ポケットから電話を出した。

〈右に寄って。後方五百メートルに大型トレーラー。百五十キロは出しています〉

思わず視線を左右に動かした。

〈脇見をしないで。右車線に入って、もっとスピードを落としたほうがいい。せめて五十キロ〉

落ち着いた声が聞こえる。

フェルドマンだ。バックミラーを見ると、大型トレーラーが小さく見える。しかし猛烈なスピードで近づいてくる。

「敵か？」

〈違います。ただの暴走トレーラーでしょう。だが、あなたがいま命を落とすような危険を放っておくと、世界に恨まれる〉

トオルは百キロにスピードを上げた。

〈困った人だ。しっかり前を見て運転してください。ふらついていますよ。『青い屋根』というレストランで待っています。右前方の丘の上に見えるでしょう。名前のとおり青い屋根です。そこから十分というところです〉

「なんの用だ」

〈ご一緒にお茶でも飲みたいと思いましてね〉

「もう会わないと言ったはずだ」

〈そんな淋しいことは言わないで。世間話をするだけです〉

「私の希望は忘れたいだけだ。あの事件に関するすべてのことをね」

〈そろそろ見えませんか〉

トオルの言葉を無視して話しかけてくる。

目をこらすと、丘の上に青い屋根が見えている。

「私にかまわないでくれ」

〈先生も興味があるはずですよ。いや、避けては通れないはずだ。先生は考え続けている。

なぜだ、とね〉

フェルドマンの声は自信にあふれている。

車のスピードが落ちた。無意識のうちにアクセルを踏む力が抜けている。

〈それでいい。右に寄って。大型トレーラーです〉

慌ててハンドルを切った。

大型トレーラーが轟音を立てて追い抜いていく。風圧で車体が揺れ、トオルはハンドルを強くにぎった。

〈切ったほうがよさそうだ。とにかく、お待ちしています。気をつけて運転してくださいよ。世界に恨まれるなんてたまらない〉

最後は独り言のように言って電話は切れた。

レストランは一キロほど先に迫っている。意思とは逆に、レストランへのわき道でスピードを落とし、ハンドルを切っていた。

派手な屋根以外は、山小屋風の落ち着いた造りのレストランだった。入口に立つと、一番見晴らしのいい窓際の席にフェルドマンが座ってトオルのほうを見ている。

トオルはフェルドマンに近づいた。フェルドマンは座ったまま頭を下げ、向かいの椅子を目で指した。テーブルの端には大型双眼鏡が置いてある。

フェルドマンはウエイトレスを呼んで、自分には紅茶をもう一杯、トオルには濃いめのコーヒーを注文した。

「コーヒーでよかったんですね」

「午後の散歩にこのレストランに来て、風景を眺めていると偶然私が通りかかった、なんてのはなしにしよう」

「たまたま先生がウイッテンフルトに行くことを耳にしましてね。それで来てみる気になったんです。道は一本道。私もこの道は大好きだ。たまにドライブに来るんですよ」

「双眼鏡を持ってね」

「イスラエル陸軍のものです。五百メートル先のペニーでも見える」

フェルドマンはテーブルの双眼鏡を手に取った。

「四時までに大学に着かなければならない。無駄話をしている時間はないんだ」

「では手短に」

そう言って、フェルドマンはトオルを見据えた。

「ベルリン・テーゲル国際空港からサンパウロを経由して、マナウスまでの航空券です」

フェルドマンは大型封筒から出したルフトハンザのチケットをテーブルにおいた。

「マナウスからはチャーター機を用意しています。ボイアスという小さな村までヘリコプターで行って、あとは車でウマベスまで行きます。そこからはカヤックと徒歩です。まる一日の行程で、アマゾンの北に位置する小さな村につきます。そこがドンバです」

「どこでその名前を？」

フェルドマンはトオルの問いを無視して、同じ封筒から出した地図をテーブルに広げた。南アメリカの地図で、ブラジル北西部の一点に赤い丸印がついている。地名はない。

ウエイトレスが紅茶とコーヒーを運んできた。

フェルドマンはカップを取り、香りを楽しむように鼻に持っていってから一口飲んだ。

トオルはそっと視線を外した。そのとき初めて、フェルドマンの左手中指の第一関節から先が欠損し、親指と人差し指の爪が塊のように変形しているのに気づいた。

「ギアナ高地から南西におよそ七百キロ、コロンビア、ペルーの国境にも近い。アマゾン源流といわれている地域に近い場所です。アマゾン保護区からさらに奥地にあり、ブラジル国立インディオ財団も足を踏み入れていません。人口も文化も不明です。インディオ連合にも公式記録はない。密猟者もゴムの採集人も入ったことはなく、具体的な情報はまったくありません。信じられないことだが、この二十一世紀でとり残されたような村です。ブラジル政府も特別保護区と呼んで、従来の保護区とは区別している。意図的に隔離されていた可能性があります」

「どこでそれを」

「私たちの情報網は、世界中に張り巡らせてあると言ったはずです。あの女が死んでから、ただ悲しんでいたわけではありません」

ている。

その瞳の奥には彼がときおり見せる暗い影と、人の心の裏側を見通すような鋭さが同居している。

トオルは山並みに目を向けた。

「南アメリカは、多くのナチスの残党たちが逃れていったところです。戦前からナチスは、中南米で多数の右翼政権の誕生と存続に手を貸してきました。アルゼンチン、ボリビア、チリには、ヒットラーの信奉者も多くいたのです。それらの国にはナチスがヨーロッパ各国、そしてユダヤ人から奪った莫大な資金が流れ込みました。さらに戦後すぐ、ドイツから二十五万人もの男女が姿を消したという話もあります。彼らはヒットラーの命を受けて、第三帝国の次にくる第四帝国を建設するために南米に逃れたというのです。彼らはどこに消えたのか。いまだにわかっていません。ナチスに関する謎は山ほどあります」

フェルドマンは深い息を吐いた。そして、再びトオルを見据えた。

「準備はできています。先生にも同行していただきたい」

「あなたも行くと言うのか」

フェルドマンはしばらく黙っていた。

「三十年前、チリの山奥やアルゼンチンやペルーの熱帯雨林に入りました。やはり、ナチスの戦争犯罪人を追ってね。ジャングルの厳しさと怖さは、十分に知っています」

それに、と言ってテーブルの上に広げた手を見つめた。その手はごつごつしていて、染みが滲んでいる。しわの間の金色の毛が陽の光で光っていた。

「自分の歳もね」

淋しそうに呟いた。

「私は足手まといになるだけです。ジミーが行きます。装備と衣服はホテルに届けさせました」

「承諾したわけではない」

「断わったわけでもないでしょう。あなたは必ず行く。そういう運命なのです」

フェルドマンは自信を持って言い切った。

トオルは窓の外に視線を移した。道路が白い大蛇のようにうねりながら続いている。そのなかを玩具のような車がゆったりと動いていく。運命という言葉を嚙み締めるように口のなかで反芻（はんすう）した。

「すべての準備は二日後にできます。あなたはご自分の荷物だけ持って、空港にくればいい。主に心の準備をしてね。必要なら、助手の同行も認めます。あの元気なお嬢さんなら、アマゾンでも活躍できるでしょう」

「彼女は、あなたの組織が送り込んだのではないのか。ドンバの名は――」

「先生にスパイを送り込むだなんて。そんな無意味なことはやりませんよ」

先生、と言ってフェルドマンはトオルを見つめた。その眼差しにはつい先程までの穏やかさは消え、ナチハンターとしての冷酷な厳しさが秘められている。

一枚の写真をトオルの前に置いた。

「ラインハルト・ベンツェル。カラムは先生に頼んだはずだ。この男を見つけだし、殺してくれと」

首に手をかけ、引き千切るようにスカーフを取った。首筋から鎖骨にかけて幅四センチほどの赤黒い引き攣れが続いている。

「あの男が……十歳の少年の首筋に燃える薪を……笑いながら……」

フェルドマンは首筋を突き付けるように身体を乗り出した。甘い葉巻の匂いが漂った。

トオルは言葉を失っていた。

ウエイトレスがカウンターのなかの男とこちらを見ながら、顔をつけるようにして話している。

「彼、ベンツェルのことは前に話しましたね」

フェルドマンは興奮を恥じるように姿勢を正し、スカーフを首に巻き直した。

「ヨーロッパで取り逃した後、一九七二年、リオデジャネイロ近くのホテルで彼を発見し、銃撃戦のうえ射殺。一九八七年、マイアミ沖でクルージング中に狙撃。心臓に二発命中しました。その九年前の一九七八年、イタリア、ミラノで再度見つけています。このときはミラノ郊外で自動車事故で死亡。我々のエージェントがトラックで押しつぶし、車は炎上しました。焼死体も確認しています」

フェルドマンは冷静さを取り戻そうと、何度も深く息を吸った。

「どういうことだ」

「最初の男は指紋がつぶされていましたが、直前の写真で右利きと判明しました。本物は左利きなんです。マイアミの男はアル中で麻薬中毒でした。顔と身体つきは、ベンツェルそのものでしたがね。自動車事故のほうは遺体は完全に焼けて身元は不明ですが、最近になって偽者と判明しました。臓器の一部を冷凍保存していて、ＤＮＡ鑑定で判明したんですよ」

「つまり彼らは――」

「すべて偽者でした。どの件も目撃者の証言では、ベンツェルに間違いありません。それ以後は人前には姿を現わしていない。実に用心深い男なんですよ」

フェルドマンは深いため息をついた。

「私は自分が生きているうちに、この男をどうしてもとらえたい。イスラエルに連行し、裁判にかけたい。そうしなければ、抹殺された六百万人のユダヤ人の魂は永遠に救われない。カラムの魂も浮かばれないのです」

フェルドマンがトオルに睨むような視線を向けたまま、腹の底から絞り出すような声で言った。

「時間は限られているはずでしたね。あと三年か四年」

フェルドマンがトオルを見据えている。

トオルの顔は蒼白(そうはく)になっている。なぜこの男が——。

「先生にも時間はない。やらなければならないことがあるはずだ。ご自分が生きるためにね」

トオルに言い聞かせるような口調だった。

「さあ、そろそろ時間ですよ。慌ててスピードを出しすぎたりしないように。急がば回れです」

フェルドマンは腕時計を見て、トオルの前に航空券と地図の入った封筒を押し出した。

トオルは無意識のうちにその封筒を手に取っていた。

レシートに手を伸ばした。その手をフェルドマンが押さえた。変形し、節くれ立っているがどこか温かく、相変わらず強い力だった。


その夜、トオルが研究室に帰り着いたのは十時をすぎていた。

部屋の入口に立ち、明かりをつけて室内を見回した。

ゆっくりと一歩なかに入る。天井、壁、本棚、机、パソコン、スタンド……一つ一つに目を移していく。

テーブルの下を探ったが、なにもない。机、椅子、本棚の上、スタンドの底……注意深く調べた。

三十分がすぎた。自分の勘違いか。いや、そうではないはずだ。彼らの背後には、世界的な諜報機関がついている。やり方も、トオルの想像もつかない方法があるのだろう。ドンバの名前も場所も彼らは見つけた。

諦めようとしたとき、目が机のＤＮＡの置物に止まった。手に取って注意深く眺めた。高さ三十センチあまりの螺旋(らせん)の模型。美しく無駄のない形状に限りない神秘を秘めている。チーク材で作られた台の裏側を見た。なんの変哲もない、ねじ止めされた裏蓋だ。

小型ナイフを使って裏蓋を外すと、空洞のなかに三センチ四方のチップと電池が貼りつけてある。盗聴器だ。注意深く外して、廊下の端にあるダストシュートにいって捨てた。これでフェルドマンたちが聞くのは、たまに落ちてくるゴミの音だけだ。

他にもあるかもしれないが、どうでもいいようにも思えた。彼らはすでに、ドーナに関する録音は十分に分析している。だから、ドンバの場所も知っていた。

アスカという単語も知っているはずだが、フェルドマンはなにも言わず質問すらしなかった。トオル以上に知っているということだ。そしてなにより、自分の心は決まっている。

トオルはパソコンのスイッチを入れて「ナチズム」の単語を打ち込む。数百万の項目が現われた。「親衛隊」「将校」でさらに絞り込み、一つの名前を探していく。数日前には、存在すらも考えたことがなかった男だ。

ラインハルト・ベンツェル。ずんぐりした丸顔の男が涼しげな視線を向けている。その眼の奥にあるものは——トオルには想像もつかない。しかし一見柔和そうな表情の裏には、普通の人間が考えることもできない世界が潜んでいるのだ。

時計を見て、パソコンを消した。受話器を取って内線の番号を押す。カーチャはまだラボにいるはずだ。

カーチャは白衣のままやってきた。

右手にドーナツ、左手にコーヒーカップを持っている。

「今日は直接ホテルに帰ると聞いていましたが」

ドーナツをコーヒーで流し込んでから言った。

「夕食はそれか」

「オードブルです。夕食はこのあと」

「食べながら話そう」

「でも、私はまだ——」

トオルは指を唇にあて、カーチャがなにかを言い始めるのを制した。

カーチャの手からカップとドーナツの残りを取って机の上に置いた。盗聴器は一つは外したが、この部屋で話すのは気分のいいものではない。

二人は研究施設を出て、近くの深夜レストランに入った。

トオルはウイッテンフルトにいく途中でフェルドマンに会ったことと、彼が言ったことを話した。

カーチャは、機械的にスパゲティーを口に運びながら聞いている。時折、コーラのカップを無造作につかんで飲んだ。

「反対なんだな」

黙っているカーチャに言った。

「先生には、ほかにやることがあるはずです」

「アマゾン探検。ぜひやりたかったことだ。男の子なら必ず一度は憧れる」

「ディズニーランドでは不満ですか」

カーチャはスパゲティーを食べる手を止めてトオルを見つめた。

「どうして先生は、これほどナチスの戦犯狩りにこだわるんですか」

「私はこだわってはいない。ただ、ドーナのことが――」

次の言葉を捜して、視線を外の闇に漂わせた。自分でもうまく説明できないのだ。

「ドーナのことは私も気にかかっています。でも、先生には他にもっと重要な仕事があるのではないですか」

「きみは行く気はないのか」

「そうは言っていません。本当の理由が知りたいだけです」

「もう少し待ってほしい」

「すでに行くと決めているんですね」

「なぜそう言い切る」

「そうでなければ、私に話したりしません」

「助手として、きみにも同行してもらいたい。経緯をすべて理解しているのは、きみしかいない」

カーチャはゆっくりした動作で、スパゲティーをフォークにからめた。

「それだけですか」

カーチャはフォークにからめたスパゲティーを皿の上でもてあそんでいる。

「きみは有能だ」

「私より有能な人は他にも多数います」

「きみに頼みたい。きみの助けがいる」

「初めからそう言ってくれればいいんです」

再びスパゲティーを口に運び始めた。

食事の後二人はラボに戻り、準備を始めた。トオルの説明に地図をたどるカーチャは楽しそうにさえ見えた。

最初に持っていく備品リストを作った。

「顕微鏡二台、質量分析器一台、パソコン二台……なにを始めようと言うんです。人跡未踏のジャングルの真ん中に研究所でも開くのですか」

トオルの書いたリストを見ながらカーチャが言った。

「それは第二段階だ」

「ＤＮＡシーケンサーは必要ないんですか」

カーチャがヤケぎみの声を出した。現在使われているものは洗濯機なみの大きさがある。

「スーツケース大のものがユニックス社で開発された。フェルドマンに問い合わせてみる」

「先生はなにを期待してるんです。なにもなければ、こんなに大がかりな装備を持って、研究まで中断してアマゾンの奥地に出かけるはずがありません」

カーチャが改まった口調で言って、トオルを見つめた。

「アフリカ経由の帰国が南米経由に変わっただけだ」

「私も同行するんです。共同研究者として認めてくれたからでしょう。少しは話してくれてもいいとは思いませんか」

トオルはカーチャを手招きして、パソコンのスイッチを入れた。ディスプレーが瞬きして、ＤＮＡ解析結果が現われる。

カーチャは食い入るように見つめている。

「第八染色体の十二番に注意してくれ」

カーチャはディスプレー上の塩基配列を指でたどった。

「こんなの……初めてです」

目はディスプレーに貼りついている。

「どうしてこれを」

「ドーナから採取したDNAだ」

「治療のとき、血を拭き取ったガーゼですね」

トオルはうなずいた。

カーチャはマウスをクリックしてキーを叩いた。ゲーレンの表示のついたDNA塩基配列が現われる。手首の組織から採取したDNA配列だ。

二つのDNA配列を並べた。

「同じです」

ディスプレーを凝視しながら呟いた。

「どういう意味ですか」

「私にもわからない。ドーナとゲーレン、二人は百歳を超えて若々しい姿のまま生き続けた。なにかがあるはずだ。謎を解くなにかが。たった一ヵ所の塩基配列の違いが、ポルタトーリを生むように。私はそれを確かめたい」

トオルはスイッチを切った。

カーチャは光の消えたディスプレーを無言で見つめている。

トオルは机の上のＤＮＡの置物に目を移した。自分にはすでにわかっている。このドーナのＤＮＡが意味することが。不明なのはその先のことだ。これから自分はなにをすればいい。それを見つけるためにアマゾンに行くのだ。しかし……自分に残された時間は多くはない。

トオルは湧き起こってくる不安を振り払うように、再び荷物チェックを始めた。

カーチャの視線を感じていた。やがて軽いため息が聞こえ、ドアの開く音と閉まる音が響いた。

第三章　ジャングル

1

眼下には濃い緑の森が広がっている。

その合間をぬってひび割れのような筋が走り、ときおり陽を反射して光った。

「アマゾンの原生林ですね。あの川がアマゾン川……」

カーチャが飛行機の窓に額をつけ、独り言のように言った。

トオルとカーチャは昨夜ベルリンを発(た)って、サンパウロで国内線に乗り換え、マナウスに向かう機内にいた。

「世界最大の水量をほこる川だ。一般的にはマナウスの下流、約八キロにあるネグロ川とソリモンエス川の合流点から始まる川をアマゾン川と呼んでいる。しかし支流も含めれば大西洋まで六千五百キロを超える流れだ。河口では河幅が三百二十キロにもおよぶ」

「緑の絨毯。そして、地球の良心」

カーチャがため息のような声を出した。

「高さ三十メートル以上もある木々が連なっている。地球上で最後の広大な熱帯雨林だ」

「まさに秘境。地球の原点って感じですね」

「いまやこの地球上に秘境なんてない。すべてが人間の経済活動に組み込まれている。特にアマゾンは、有望なダイヤモンド鉱山のようなものだ。癌に効くらしいという植物の根が発見されてからは、世界中のバイオ産業が人を送り込んでいる」

カーチャは下を見たままだ。

「植物、昆虫、土壌……あらゆるものを採集していく。新種の植物や昆虫の宝庫だからね。さらに、土壌の中には無限ともいえるバクテリアが存在している。それらを実験室に持ち帰り、培養し分析する。金になる分子構造や遺伝子を求めてね。その結果、熱帯雨林は消滅していく」

「ブラジル政府は取り締まらないんですか」

カーチャは窓から顔を離してトオルに向き直った。額に窓枠の筋が残っている。

「いっさいの動植物の採集、持ち出しを禁止している。しかし人間の欲は限りない。法は破るためにあると思っているものも多い。いまでも多国籍企業から派遣された動植物ハンターが、観光客に紛れてここの自然を荒らし回っている。個人的収集者もごまんといる。アマゾン川にそった森は、すべて人の手が入った森だという植物学者もいる」

「この森がですか。信じられない」

　カーチャは再び額を窓に押しつけた。

「現在、人間が地球上で確認している生物は約千五百万種だと言われている。いっとき、もうアマゾンには新種の動植物はないと言われたことがあったが、フランス人の動物学者が飛行船で空から採集したら、新種だらけだった。いまでは、アマゾンだけで、その三倍はいると考えられている」

「いつ勉強したんですか」

「昨夜だ。インターネットで読んだ、『ナショナルジオグラフィック』に書いてあった」

「私たちの目的地も文明が入り込んでいる地域ですか」

「調べたがよくわからない。アマゾンの大部分は調査されている。しかしほんの一部だが、手付かずで残っているところがあるらしい」

「ベネズエラ国境あたりですか」

「そこも各国の探検隊やメディアが入り込んでいる。私たちの目的地は、そこから数百キロ南に下った辺りだ。なぜか、ブラジル政府が調査を行なっていない。開発ルートからも外されている」

「やはりナチスが……」

「ナチはその最盛期、アルゼンチンやチリの政府に深く食い込んでいた。ブラジルも例外ではない。なにか大きな力が働いている可能性は高い。私たちが想像もできない大きな力だ」

トオルはデイパックからファイルを出した。

なかにはパソコンからプリントアウトした用紙が綴じられている。Ａ４用紙五枚に英語で書かれたもので、『第四帝国』のタイトルがついている。

「読んでいいんですか」

「そのために持ってきた」

カーチャに渡すと一瞬ためらうようなしぐさを見せたが、膝において読み始めた。ドイツに関わるものにとっては、複雑な思いがあるのだろう。

『車はティフェアを出て、三時間も走り続けている。幅三メートルにも満たないでこぼこ道だ。両側はまだ開発されてないジャングルで、どこまで続いているかわからない。周りの原生林を見ていると、こうして道があることさえ不思議なことに思えてくる。コロンビアかブラジルの国境の近くであることは確かだ。

私たちはいい加減うんざりしていた。空気はじっとりと湿り、暑く、おまけに埃っぽい。シャツは汗で身体に貼りつき、口は砂でじゃりじゃりしていた。まさに、最悪の場所だ。

やはりでたらめだった、と私を含めて車に乗っていた五人全員が思い始めていた。

一週間前にペルー、クスコの酒場で聞いた話は、やはり大嘘だったのだ。数杯の酒でそんな重大なことをしゃべるはずはない。あんな薄汚い酔っ払いにだまされて、こんな奥地にまでやってきた自分たちに腹が立った。

その男、トーマス・ダグラスは、ポーカーをやっていた私たちのところにやってきた。一杯おごってくれ。擦り切れた作業服の男は、酒臭い息を吐きながら言った。私たちは断った。ダグラスは代わりに黄金郷の話を教えると言った。その名はエスタンジア。

仲間の一人がトランプを置いて、顔を上げた。それがこの旅の始まりだった。

雨が降ってきた。スコールだ。フロントガラスに叩きつける大粒の雨は滝のように流れ、ワイパーはまったく用をなさない。十メートル先も見えなかった。しかし、そのスコールも一時間後にはぴたりと止んだ』

「私というのは？」

カーチャがトオルに視線を向けた。

「自称探検家だ。アメリカの雑誌記者が、彼をインタビューして書いている。これも昨夜インターネットで見つけた」

カーチャは再びファイルに目を落とした。

『雨が止んだあとは少しは涼しくなった。だが、湿度は百パーセント。しぼれば水分が染みだしそうな最悪の空気だ。生き生きしているのは、両側のジャングルの木々とそこに生息している生物だけだ。

あと三十分行ったところでなにもなければ引き返そう、と話し合った直後だった。

「町が見えます」

運転手のインディオが声を上げた。

私たちは我が目を疑った。だらだらとした坂道を登りつめた後、眼前に広がったのは、まさに町だったのだ。緑の切れ目に、白い屋根が並んでいる。その数は、二、三十戸はあるだろうか。

その真ん中を貫く白い道路。これこそ、あの酔っ払いが言った「金と宝石の町、エスタンジア」だ。私たちの胸は躍った。

道は急に幅六メートルあまりの舗装道路に変わった。両側には、前庭を持つヨーロッパ風の小綺麗な家が並んでいる。とてもアマゾンの原生林のなかとは信じられなかった。しかし不思議なことに、一人の住人も見当たらない。

ゆっくりと車を進めた。数百メートル続く道の正面には、高さ二メートル以上もある石の塀に囲まれたヨーロッパ風の豪邸があった。

車を降りて、門前まで歩いた。

鉄製の門には鍵がかかっていたが、鉄柵の隙間からなかは見えた。三十メートルも先の邸宅までロータリーが続き、まわりには手入れされた芝生が敷き詰められている。中央には半径が五メートル近くある噴水があり、水を吹き上げている。

私たちは門の鉄柵にしがみつくようにして邸内を眺めていた。

背後に車が止まる気配を感じた。振り返ると三台のジープが止まり、銃を持った体格のいい黒服の男たちが取り囲んでいる。厳つい顔立ち、金髪――彼らは紛れもなくゲルマン民族だった。そして、腕の腕章にはあのマークがあった。ハーケンクロイツ。私たちは時間を逆行するような錯覚に陥っていた。

私たちはパスポートと知事のアマゾン調査許可証を見せた。男たちは長い時間話し合っていた。時折、ジープに戻って無線で話している。

一時は男の一人が持っていた軽機関銃の安全装置を外し、銃口を私たちに向けたりした。私たちは全員、死の恐怖を抱いていた。ここで殺されてジャングルに捨てられれば、誰も私たちの死に気づきはしない。すぐに動物に食い荒らされ、腐敗し土に戻る。つまり私たちの生死は、完全に彼らの意思で決まるのだ。

一時間近くしてから、私たちは分散して二台のジープに乗せられた。私たちの車は、男たちの一人が運転してついてきた。そして、町から二時間ばかり離れたところで下ろされた。

「あの町は個人的な所有地の一部で、ペルー政府も承認している。あなたがたはすべてを忘れることだ。今後、あの地で見かけることがあれば命の保証はない」

リーダーらしい男が重々しい口調で言って、やっと解放された。

別れるとき彼らはカメラを返してくれた。もちろん、フィルムは抜き取られていた。

私たちは夜通し運転して、明け方にやっと小さな町にたどりついた。

このわずか数時間の出来事を夢のように感じている。いや、本当に夢だったのかもしれない。激しいスコールの後、ジャングルの中に突如現われた町。あの町の存在の証拠はなにもないのだ。だが、私たちはたしかに見た。ペルー北部のヨーロッパ風の町、ナチスの作り上げた第四帝国、エスタンジア。目を閉じると、アマゾンの奥地に忽然と現われた美しい町が鮮明に浮かんでくる』

カーチャはファイルを膝の上に置きなおした。

「ナチの新しい都市、エスタンジア。ドイツで聞いたことがあります。でも、単なる噂か小説のなかでの話だと思っていました」

「この話自体、眉唾の可能性が強い。コカの葉の嚙みすぎで見た幻かもしれない、とインタビューした記者も書いている。南米にはこういった話が多数あるらしい。ナチスの隠された財宝とからめて」

「ドンバもナチスが造った町だというんですか」

「わからない。わかっているのは、ゲーレンはドーナの夫であり、ドーナはその村出身だということだ。しかも、それさえ真実だという裏づけはない」

「フェルドマンは真相を知ってるんでしょうかね」

「いくらかはね。だが全部ではないだろう。すべてがわかっていれば、私を使ったりはしない」

「飛行機に乗る前に、この自称探検家に会うべきでしたね。ことによれば、ドンバのことも知っているかもしれない」

「墓地の場所までは書いてなかった。雑誌記者に会った数日後、ペルーの川に浮いていたそうだ。胸にハーケンクロイツの傷をつけてね。しゃべった見せしめということだろう。真偽はわからないが」

マナウスまで後三十分です。上空に乱気流が発生しています。しばらくの間、シートベルトをお締めください、というキャビン・アテンダントのスペイン語、ポルトガル語、英語のアナウンスが聞こえた。

カーチャはファイルをトオルに返した。

「ファーストクラスは初めてでした。もっと楽しみたかったのに」

独り言のように言ってベルトを締め始めた。

トオルはファイルを膝において椅子にもたれた。

頭の奥に鈍い痛みがある。痛みはアマゾン行きを決めたときから脳の一部に貼りついている。その痛みがなんなのか、考えるのが恐ろしかった。全身から力を抜いて、目を閉じた。

飛行機は高度を下げ始めている。下にはマナウスの町が広がっていた。

トオルとカーチャはマナウスのエドゥアルド・ゴメス国際空港に降り立った。

空港内は人であふれかえっている。

黒人、白人、黄色人、さらに褐色の人たちが行き交っていた。インディオ、ポルトガル人、黒人、イタリア人、日本人との混血も多い。陽気で雑多ななかに、どこか素朴さが感じられる。

「いよいよブラジルですね」

ぼんやりと辺りを見ているトオルに、荷物を取ってきたカーチャが言った。

建物を出ると、抜けるような青空が広がっている。同時に強い熱気が全身を包んだ。

「旅行は楽しめましたか」

ジミーが愛想のいい笑みを浮かべて立っていた。

いつものスーツ姿ではなく、長袖のワークシャツの上にサファリジャケットを着て、ワークブーツを履いている。とてもナチハンターには見えない。陽気なアメリカ人旅行者だ。

「普通、アマゾンは川に沿ってフロートのついたセスナで移動するんですが、今回は荷物の関係でヘリをチャーターしました。ヘリのほうが着陸も便利ですしね。実は、ブラジル空軍が便宜をはかってくれたんです」

ジミーは歩きながら説明した。

空港の端には中型ヘリコプターが二機、待機している。

ジミーは一人のブラジル人を紹介した。

「ガイドのボナールです」

濃い褐色の肌、厳つい顔立ち、縮れた黒髪、目つきの鋭い男だった。上半身裸で半ズボンにサンダルを履いている。百六十センチそこそこの身体は、針金のように細くしなやかだ。しかしそれは、ただの針金ではなくピアノ線だ。引き締まった筋肉には、一グラムの贅肉もついてはいない。ジミーの対極にいるような男だった。

「出発は二時間後だ」

ボナールは訛りはあるが流暢な英語を話した。

インディオのポーターが二人、手分けして荷物をヘリコプターに積み込んでいる。荷物は食料、テントなどの生活用品、研究用備品を含めて、全部で三百キロ近くあるとジミーが説明した。

トオルはフェルドマンが送った備品を調べた。

「電池式の冷凍ボックスまであるわ」

「ビールは持っていけないがね」

カーチャが蓋を開けると、血液採取のケースが並んでいる。

「液体窒素利用の最新式冷凍ボックスだ。これに入れておけば、血液でも細胞でも三日は培養可能な状態が維持できる」

トオルは顕微鏡の梱包を調べながら言った。

フェルドマンはトオルが要求していた備品をすべて用意していた。携帯用ＤＮＡシーケンサー、血液採取機器、保管容器……すべてが、注文しても届くまでに数ヵ月は待たされる最新のものだった。やはりフェルドマンの背後にいる組織は、かなり大きなものなのだ。

旅の総勢は九人。

ジミーの他に彼の助手として、フェルドマンの事務所で何度か見かけた三十代と四十代の男がいた。ブラジル人はボナールとポーターが三人。三人のポーターはアマゾン川流域近くの村のインディオだという。

「やっとボナールが見つけてくれたんですよ。最近はここらのインディオでも、奥地に入るのを嫌がるんです。特に、今回私らが行こうとしている地域にはね」

トオルが、自分たちの身体の半分ほどもある荷物を担いでいるポーターを見ているのに気づいてジミーが説明する。

荷物を積み終わるまで、空港のレストランに入った。

「ハシカ、流感、ポリオ……。すべての接種を受けたか、確認してほしい」

トオルはジミーに言った。

「私はドイツを離れる前、先生に強制的にされました。まとめてですよ。翌日は半日寝込んでました。風邪なんて平気なんですがね。体力には自信があります」

横で聞いていたカーチャが答える。

「我々のためじゃない。文明人と称する人種の汚れた身体から村人を守るためだ。これから行くところは、我々の世界からは完全に隔離された世界だ。昔、アマゾンのインディオは九百万人いた。それが今では二十万人だ。ヨーロッパ人の虐殺にもよるが、彼らが持ち込んだ伝染病が大きな原因だ」

「心得ています。最近はブラジル政府のチェックも厳しいですよ。インフルエンザで一つの村が全滅って話もあったんです」

ジミーがカーチャに向き直って言った。

「まずボイアス近くの村までヘリコプターで行きます。そこから半日車で行って、ウマベスでカヤックに乗り換え、さらに半日。あとは徒歩で一日の行程でドンバです」

「ドンバは地図には載ってなかったが」

「正式名ではないらしいですね。地図上は熱帯雨林の真ん中。セスナを飛ばしましたが、発見できませんでした。よほど小さな村なんでしょう。普通のインディオの村にはブラジル政府の保護官が常駐していて、先住民の保護にあたっています。医療や食料問題に関してです。しかし、ドンバについては何の記録もない。保護局の役人もまったく知りませんでした。おそらく、なにものかが政府に手を回して、あらゆる機関や人の介入を阻止しているんでしょう」

ボナールが三人を呼びにきた。ヘリコプターの用意ができたのだ。

ヘリに向かうときジミーがトオルの横に並んだ。

実は――、と言って身体を寄せてくる。

「すべて噂の領域を出ていません。そんな村、あるかどうかも疑わしい。根拠はＮＡＳＡから手に入れた衛星写真です。我々の情報解析の専門家が、ジャングルのなかになにかを見つけましてね。私には写真の傷か染みにしか見えませんでしたが。もちろん、村の発見には全力をつくします」

ジミーはトオルの耳元に口を近づけて囁いた。そして、頼りはこれだけですよ、と言ってポケットから小型ラジオのような装置を出した。

「全地球測位システム、ＧＰＳです。アメリカ軍が使っているもので、緯度と経度、正確な時間もわかりますよ」

まるで玩具を扱うようにスイッチを入れてみせた。

一行は二機のヘリコプターに分乗して出発した。

アマゾン川を空からさかのぼっていく。鬱蒼と続くジャングルのなかに、所々にあばたのような赤土が見える。アマゾンに点在するインディオの集落だ。

二時間の飛行の後、ヘリコプターは小さな公園ほどの広場に降りた。川に沿って数戸の小屋が建っているだけの村だ。

荷物を下ろしていると十人ばかりのインディオの子供が集まってきて、トオルたちを珍しそうに眺めている。みんな裸足で黒い髪、黒い目、肌は褐色でどこか東洋人に似ていた。

「ここからは、車とカヤックと徒歩。トータル三日の行程だ」

ボナールが無表情に言った。

トイレから出てきたジミーは、うんざりした顔でサファリジャケットの襟元をつまんで風を入れている。彼は出発したときから下痢が始まり、ヘリコプターに乗っている間中、油汗を浮かべ青ざめた顔をしていた。たしかに、体力と精神力の両方を消耗する旅の始まりを予感させた。

「ここまでヘリで来られるようになったのは去年だ。それまではマナウスから歩いていた。三日の行程だった。だからここには、なんとか自然が残っている。子供たちもまだ誇りを持っている。しかし、半年もしないうちにスニーカーを履いてラジオを持ち、旅行者にものをねだるようになる」

ボナールは遠巻きに見守る子供たちを見ながら、やはり表情のない顔で言った。

「この辺りにはまだ知られてない村はあるの」

カーチャがボナールに聞いた。

「知らんね。ドンバなんて聞いたこともない。俺はあんたらを、ただ写真の場所に連れていくだけだ」

無愛想な答えが返ってくる。

「村の存在がわかったのは、あの女の言った言葉を調べるために、ＮＡＳＡの衛星写真と航空写真を調査していたときです。近代科学の成果ですよ。まだ実際に入ったものはいませんがね。我々が開拓者というわけだ」

ジミーが言い訳のように言って、トオルの反応をうかがっている。

「でも……」

カーチャは声を低くして、トオルに視線を向ける。

「ドーナはドイツ語をしゃべり、ヨーロッパでも暮らしていた。ゲーレンだって、ヨーロッパを旅行してたんでしょう。こんな僻地に住んでいたなんて、とても思えない」

トオルは考え込んでいる。時折、ノートを出してはなにかを書き込んだ。

「車の用意ができました」

ポーターの一人がボナールのところに来た。

九人は二台のピックアップトラックに分かれて乗った。

車が走り始めてから、カーチャは飛行機のなかでトオルに渡された本を開いた。『アマゾンの流れ』。アマゾンの動植物について書かれた本だ。

川に沿って続く道は、「エスタンジア」に続く道路のように両側をジャングルに囲まれた舗装のない道だった。そそり立つ緑の壁をぬって走っている。

車は踊るように飛び跳ね、背後には巻き上げた土埃が煙のように舞っている。とても、文字を読める状態ではない。

カーチャはあきらめて本を閉じた。


車がウマベスについたのは午後五時をすぎていた。

村といってもジャングルを切り開いた草地に十戸ばかりの小屋があるだけで、いやおうなく奥地に入っているという実感がわいてくる。村人はTシャツにジーンズ。半数は裸足だった。珍しそうに見ているが、近づいては来ない。

その夜は船着場の小屋で泊まることになった。床などなく、ガレージのようなところにハンモックを吊して眠るのだ。

ボナールが毒蛇とサソリと毒虫のチェックを一時間もかけてやった。その後、カーチャが小屋中に殺虫剤を振り撒(ま)く。それでも、夜中に侵入してくる虫には悩まされるという。

「これはアマゾンの蚊、専用の殺虫剤です。顔中、青膨れになりたくなかったら持っていくようにって。友人のアドバイスです」

「人間でも殺せそうな量だ」

「アマゾンでもっとも危険なものを知っていますか」

「人間だ。アマゾンに限らず、地球上で最も危険で邪悪な生物だと信じている。いずれ地球が滅びるようなことがあれば、その原因は間違いなく人間の存在だ」

「先生は人間に特別な恨みでもあるんですか」

「人間以外に、自分自身の生活環境を破壊するような馬鹿をする生物はいない。生殖以上に、限りない欲望を持つ生物は人間だけだ」

「じゃあ二番目に危険なものはどうです」

カーチャはため息をついて言いなおした。

「思いつかない。一番目のインパクトが強すぎる。それに、他の動植物は自己の生存のため以外に他に害を及ぼすことはない」

「蚊です。ワニでもピラニアでも毒蛇でもありません。朝には身体中ぼこぼこになっているそうです」

カーチャはあきらめたように言った。

「インターネットでの知識か」

「昔の友人に聞いた話です」

カーチャの言葉は正しかった。

ハンモックを覆うように蚊帳を吊してはいたが、隙間から入り込んだ蚊に何度か起こされた。そのたびにカーチャに渡された殺虫剤の世話になった。暗闇の中で叩き殺したあとに舌先をつけると鉄分の味だけが強く残っている。

夜がふけるに連れて急に温度が下がってくる。起きだして、ワークシャツの上にウインドブレーカーを着込んでもまだ寒かった。

翌日は全員、日の出と同時に起きた。

ボナールとポーターたちをのぞいて全員の目が赤く、顔を含めて全身に蚊に刺されたあとがあった。赤く腫れ上がった発疹のまわりに、つぶれた蚊と血のあとがついている。ジミーが死にそうな顔をして痒み止めと虫除けを塗っていた。近づくと、二つが混ざりあった異様な臭いがした。

小屋の前に川が流れている。黒い川、ネグロ川の支流の一つだ。その黒く濁ったゆったりとした流れはアマゾンを横切り、千キロ以上も続いている。

川岸にはインディオが待っていた。近くの村の住人だという。彼らが、次の船着場まで連れていってくれる。そこから先は、ボナールの経験とジミーの持っているＧＰＳに頼るしかない。

川には、三艘の船外機付きのカヤックがつないである。トオルとカーチャとボナールが同じカヤックだった。

トオルたちは分かれてカヤックに乗った。

「川には手を入れるな」

ボナールが他のカヤックに向かって声を上げた。

「ピラニアなら水面付近は平気よ」

カーチャは気持ち良さそうに、手で水をかいている。

ボナールは無言で数メートル横を指差した。三十センチほどの赤と黒の斑の紐が浮いている。その紐が絡まるように動いた。

「毒蛇だ。手を噛まれたら毒が回る前に切断するしかない」

カーチャが慌てて水から手を出した。

「蛭もいるし、線虫もいる。線虫は身体の穴から体内に入り込んで、内臓や脳味噌まで食い尽くす」

カーチャは両手を胸の前で組み、顔は蒼白になっている。

昼食は船上で取り、走り続けた。

川の両側に鬱蒼と茂る木々を威嚇するように、船外機の音だけが響いている。

陽が西側の木の梢にかかり始めた頃、数枚の板を並べただけの船着場についた。

周辺に人の住んでいる形跡はない。

トオルは船着場のはしに立って、川と川を取り囲む森を見ていた。川のすぐ側まで迫る原生林は、いままで以上に人の侵入を拒むようにより高く、より濃密に立ちはだかっている。

カヤックの周りにポーターたちが集まっていた。カヤックを操っていたインディオが、川上の森を指してなにか言っている。トオルにはわからない言葉だった。ポーターたちはうなずきながら聞いているが、顔には明らかに怯(おび)えが浮かんでいる。

「なにを話している」

トオルはボナールに聞いた。

「森のこと、人のこと、動物や植物のこと。そして森の神と悪魔のことだ」

ボナールはなんでもないというふうに言って、早く荷を下ろすようにポーターたちに指図した。

荷を下ろすと、カヤックは自分たちの村に引き返していった。

「ここから歩いてもらう。目的地は五十キロ先だ」

ボナールが三十センチ以上もある山刀を抜いて、川のすぐ側まで迫っているジャングルを覗(のぞ)き込むように見ている。

「どのくらいかかる」

「俺にもわからん。初めての道だ」

ボナールを先頭に、生い茂る原生林の奥に向かって歩き始めた。

山刀で張り出した枝や蔦を切り開いていく。陽と森と土の混じった匂いが一行を包み、むせ返るようだ。トレッキングシューズがスポンジのような腐葉土に頼りなくめり込む。

「足元に気をつけたほうがいいわよ。靴下の隙間から蛭が入り込むんだって。ここらの蛭は肉を食い千切って血管に入って、心臓まで到達するそうよ」

「インターネットからか」

「これも昔の友人の話」

行く手を阻む複雑に絡み合った木々を、ボナールとポーターが山刀をふるって切り裂き道を作っていく。頭や顔に当たる枝や葉には、毒虫やダニが付いていることもあった。その度にジミーが悲鳴のような声を上げた。

「毒蛇、毒グモ、なんでもいる。むやみに手を出さず、むやみに踏み付けず、むやみに近づかない。自分の分をわきまえて歩け」

「それじゃあ、黙って突っ立ってるしかないじゃないか」

ボナールが葉にうずくまるようについている黄色と黒の斑のクモを指して言うと、ジミーが泣きそうな声で呟いている。

「ここでは人間はよそものなんだ。取るに足らない存在だ。主役はジャングルとそこに生きる動植物だ。死にたくなければ、肝に銘じておくことだ」

ボナールの言葉が真実みを持って聞こえる。

蔓の絡まった原生林は果てしない迷路のように続いていた。高さ三十メートル以上ある木々が光をさえぎり、湿気を封じ込め、巨大なドームに閉じ込められているような錯覚におちいった。

汗が吹き出てくる。その汗が皮膚に膜を作り、虫が吸い寄せられるようにやってきた。人には感じない何かを捕らえるのだろう。

「湿度百パーセント。空気から水が染み出しそうです」

カーチャが立ち止まって汗をぬぐい、改めて全身に防虫スプレーを吹き付けた。

「食欲ゼロでダイエットには最適なんだけど、喉だけは渇く」

ジミーが水筒を出して飲んだ。

下痢は相変わらず続いていて、休憩のたびごとに人から離れてしゃがんでいる。たしかに彼は、ここ数日で顔つきと体型が変わった。

「ボナールが飲みすぎると疲れるだけだって」

「わかってるんですがね。身体がいうことを聞かないんですよ」

水分は蒸発しないで汗となって身体に貼りついている。身体中がべとつき、虫がはい回っているようだ。

トオルは頭上を見上げた。広葉樹の枝と葉がなん層にも重なり、緑の檻の囚人という気分だった。

「さすがのアメリカも、手も足も出ないわけね。ＮＡＳＡの衛星写真といったって、写っているのは葉っぱだけじゃないの」

「村は見つけてあります。ブラジル政府も我々の訪問を許可しています」

ジミーは反論するように言うが、その言葉もただの言い訳のようにも聞こえる。

「村ではなくて、村らしきものじゃないの。許可と言っても、一方的なものでしょう。コネを使って、サインだけもらった。村人が出迎えてくれるわけじゃない。第一、あるかないかもわからない。ところで、その村を見つけるには赤外線でも使ったの」

「それに近いものです」

「数年前、四名の水死体が私たちが上ってきた川の下流で見つかった」

トオルは歩きながら言った。

「遭難の理由は？」

「不明だ。死体は腐乱していたうえに魚に食われてぼろぼろだった。彼らはドイツの製薬会社の研究員とボディガードだった」

「走れ！」

突然、ボナールが山刀を振り回して叫んだ。

ポーターたちはボナールのあとを追って、枝をかきわけるように走りだしていく。

頭上から、アボカド大の青黒い塊が降ってくる。ジミーや助手たちの叫び声が木々の間にこだました。トオルたちは身体を丸めてアボカドのシャワーから抜け出した。

カーチャの悲鳴が響く。トオルがカーチャのワークシャツの襟首を広げると、首筋に長さ五センチもの蛭が貼りついている。

「へたに取ると千切れた肉片が体内に潜り込む」

ナイフで剥がそうとしたトオルをボナールが押し退け、タバコの火を押し当てて器用に剥がした。座り込んだカーチャの首筋を見ると、赤紫に腫れて血が滲(にじ)んでいる。

ボナールは辺りを見回し、一メートルばかりの木を根元近くで切って切り口を押さえた。カーチャの首筋をつかんで屈ませ、木の切り口を近づける。指を離すと幹から澄んだ水が流れだした。その水でカーチャの首筋を洗うと、飲みたければ飲むように言った。

「冷たくておいしい水」

ためらいながらも口に含んだカーチャは、飲み続けている。

「シッポ・デ・アグア。水の木と呼ばれている」

トオルが言うと、ボナールはうなずいて自分も切り口に口をつけている。

「それも『ナショナルジオグラフィック』ですか」

「アマゾンには神の恵みがあふれているそうだ。ただし、悪魔の罠(わな)もね」

ジミーたちは座り込んで荒い息を吐いている。

「蛭の森はまだ続いている」

ボナールの言葉に全員が弾かれたように立ち上がった。

二時間近く休みなく歩き続けた。

ボナールが呼んでいる。トオルたちは歩みを速めた。ボナールが切り開いた木々のトンネルを抜けると、視界が開けた。

トオルは言葉もなく立ち尽くした。横でカーチャが惚けたような顔で見ている。

巨大な岩のような幹が目の前にある。直径五メートルはありそうだった。上部は周囲の木々に隠れて見えない。大地をのたくるようにはう幹は苔と蔦に覆われ、木というよりは命を持った創造物という感じさえした。張り出した太い枝。さらにそこからいく千、いく万にも分かれて伸びる枝には隙間なく葉が繁り、巨大な一個の生命体を創造している。

「アルボルの木だ。こんな巨大なのは俺も初めてだ。樹齢三百年から四百年」

ボナールも緑の天井を形成する巨木を見上げたままだ。

いつのまにか、ジミーや助手たちも周りに立って木を見上げている。

「神様の木」

カーチャが呟いた。

辺りには森の静けさとともに、夜の気配が漂い始めている。

「今日はここでキャンプだ」

ボナールが木の根元にザックを下ろした。

ポーターのインディオたちが集まり、ときおりトオルたちのほうを見ながら話している。


翌朝、ボナールの声で起こされた。

ポーターたちの姿が見えないと言う。ジミーは追い掛けると騒いだが、ボナールは大して気にも止めていない様子だった。

「食料は自分たちの分だけしか持っていってない。あと一日の行程だ。我々の荷物を増やせばすむことだ」

半分予想していたかのように言った。

「帰りはどうするんだ。体力なんて残ってない」

「白人は無駄なことに心を使いすぎる。森の神が導いてくれる。人はそれに従うだけだ」

ボナールは淡々とした口調で言って、木の根元に置かれている荷物を振り分け始めた。

朝食が終わると、ただちに出発した。

隊列を組んで黙々と歩き続けた。ジミーは何度もGPSと地図を出して見ている。

昼近くになって、小川が溜(た)まり小さな池のようになった水源に行き当たった。

休憩だ、と言うボナールの声で全員が木の根元に座り込んだ。じっとりと湿った空気が汗とともに全身に貼り付いている。カーチャは襟元を開けて風を入れていた。

突然、悲鳴とわめき声が入り混じった声が聞こえた。水源を見ると、黒っぽいひと形が揺れている。

ボナールが脱いだ上着をつかんで飛び出していく。

「蚋(ぶよ)だ」

ジミーが呟くように言った。

上半身裸になって水浴びをしようとした助手の一人に、蚋が群がったのだ。ボナールが懸命に上着で助手の身体を払うが、黒い塊は全身にまとわりついたままだ。

トオルはデイパックから発煙筒を出して着火した。白煙が吹き出す。その白煙で助手の身体を包むと、黒い塊が薄れていく。数分後、やっと全身赤く腫れ上がった助手の姿が現われた。

ボナールは助手の身体を調べて、自分の荷物から墨のような軟膏を出して塗った。強いアンモニア臭が漂う。

「コウモリの糞からつくったインディオの特効薬だ。半日もすれば腫れは引く。今後、死にたくなかったらじっと息をひそめていることだ。ここでは人間はよそものだってことを脳味噌に刻み込んでおけ」

助手は口を開くこともできず、顔をしかめて臭いに耐えている。

昼食をとってから再び歩き始めた。振り分けた助手の荷物で、負担はさらに大きくなっていた。ただ黙って足を踏み出すのがやっとだった。

いつのまにか陽が傾き始めている。

ボナールが作った杖にすがって、必死で歩いていたジミーが遅れ始めた。トオルが大丈夫か聞いたが、荒い息を吐くだけでまともにしゃべれない。見かねたボナールがジミーの荷物を自分に振り分けた。

トオルはただもくもくと歩き続けた。その後ろをカーチャが、やはり無言でついていく。

行く手を倒れた大木がふさいでいる。

「フィールドワークは初めてか」

トオルが足を滑らし転びそうになったカーチャに手をかして、引き上げながら聞いた。

「生命科学を専攻したものには、必要ないと思っていました。私たちは滅菌されたクリーンルームで細胞と血液、顕微鏡とコンピュータを相手にしていればいいと」

「半分は当たっている」

「スタンフォード大にいたとき、友達の生物学者がよくフィールドワークに行ってました。未知の微生物や植物を求めて、ヒマラヤやアフリカの奥地です。アマゾンにも来ています。私も誘われましたが断わっていました」

「友達はきっと優秀だったんだ」

「私が彼のレポートを書いて、彼はやっと卒業できました」

「優しいんだな」

「留年分も彼の生活の面倒をみるのはいやですからね。それに私たち、婚約してました」

一瞬、トオルの歩みが乱れた。

「約束の実行はいつだね」

「してました。過去形でしょう。破棄しました」

「レポートの代筆に疲れたか」

「彼が単なる勉強嫌いだということに気が付いたからです。頭より身体を使うほうが得意なタイプでした。おまけに――」

カーチャの息遣いが乱れている。

「彼が求めていた新種の動植物には、人間の雌も入ってたんです。特に熱心に採取して、研究していました。彼が私より勝れていたのは、体力と新種に対する飽くなき探求心だけでした」

「基礎研究にはもっとも重要な資質だ」

「問題なのは、その類まれなる体力と探求心が主にベッドの上で発揮されたということです」

カーチャはときおり、首筋を叩きながら話した。ぴしゃりという音とともにハエほどもある蚊が、血をまきちらしてつぶれている。

「先生は山歩きは慣れていますね」

「ハイスクール以来だ。十年生のとき、父親とキャンプに行ったのが最後だ」

「楽しそう。その後は行かなかったんですか」

「父はキャンプの最後の日に死んだ」

「――御免なさい」

「謝る必要はない。彼は自殺した。朝、目が覚めると、横に寝ていたはずの父の姿がなかった。湖に行くと浮いていた」

「どうして自殺だと――」

「父は精神的に弱かったからだ」

トオルは低い声で言うと、カーチャの次の言葉を拒絶するように歩みを速めた。

カーチャが必死でその後を追っていく。

2

ボナールが手を上げて止まるように合図した。

前方の木々の隙間から、太陽の光が差し込んでいる。

突然、目の前が開け、小さな広場に出た。

周りに十戸ほどの小屋が並び、その後ろにはジャングルが迫っている。小屋は屋根も壁も椰子の葉を組んだもので、背後の木々に溶け込んでいる。高木に抱かれた小さな村。ヘリから見えないのも納得ができた。

赤っぽい土の広場にはひと気はなく、痩せた犬が二匹トオルたちのほうを見ている。正面に一回り大きな小屋があった。

「ここがドンバか」

トオルは広場に視線を向けたままのジミーに聞いた。ジミーは我に返ったように、慌ててGPSと地図を出して調べている。

ボナールがジミーに待っているように合図して、一人で広場に入っていく。

トオルは広場に一歩踏み出した。カーチャが横に並び腕をつかむが、全身の震えが伝わってくる。

いつのまにか半裸の男女に囲まれていた。身長は百五十センチ前後、黒い髪、黒い瞳、褐色の肌が濡れたように光っている。男たちは小さな弓を持ってはいるが、玩具のようなものだった。男女ともに裸足で、腰に申し訳程度の布を巻いているだけだ。無表情な顔だが、視線だけは射るように厳しい。

トオルの腕をつかむカーチャの震えが激しくなった。

トオルはカーチャを抱き寄せ、弓を持つ男たちの背後を目で指した。

大人に交じって子供がいる。腕を組み、強い眼差しを向けている。顔つきは厳しいが、敵意のあるものではない。カーチャの顔にほっとした表情が戻った。

しかしその顔はすぐに強ばった。正面の家から十人近い男たちが出てきたのだ。彼らは手に背丈の倍近くある細い棒を持っている。

「槍を持ってる」

「吹き矢だ。戦うためじゃない。彼らは狩猟民族だ」

「私にまかせて。ブラジル政府の許可は取っています」

ジミーは平静を装おうと努力しているが、その顔は青ざめ、声は震えている。

トオルの視線は、ゆったりと歩いてくる男たちに向けられたままだ。

彼らは胸をはり、威厳を持って進んでくる。

五メートルほど前で、男たちは立ち止まった。

「我々は敵じゃない」

ボナールが先頭の男に向かって、ポルトガル語で呼び掛けた。

男は無言だった。理解しているとは思えない。

今度はスペイン語で同じ言葉を繰り返したが反応はない。

中央の男が近づいてきて、トオルたちの前で止まった。そして、一人一人をゆっくりと見ていく。トオルの腕をつかむカーチャの手に力が入った。

「おまえがリーダーか」

トオルに向かって言った。

全員の視線が男に集まる。

男の言葉は——ドイツ語だった。多少の訛りはあるが、はっきりと発音した。

「違う」

トオルはドイツ語で答えて、ジミーを指した。

ジミーは慌ててブラジル政府発行の書類を出し、サンパウロでアマゾン川源流をたどる政府の許可を得ていることを説明した。

男は無視して、再びトオルに射るような眼差しを向ける。気がつくと、いつのまにか数十人の村人が取り囲んでいた。

男はダビと名乗った。

トオルたちは広場の端にある小屋に連れていかれた。

壁と屋根は木の骨組みに椰子の葉を編み込んだもので、なかは薄暗くがらんとしていた。明かりは入口から差し込む陽光だけだ。ハーブの強い匂いが鼻をついた。

「なんでドイツ語なんですか」

ジミーがトオルに聞いた。

「ポルトガル語ではないとしても、せめてスペイン語でしょう」

「きみたちの目的に一歩近づいたということだ。ドーナもドイツ語を理解していた。ナチスの戦犯がこの村に逃れてきて、彼らに教えた。そう考えるのが妥当だ」

「そんな形跡は微塵もないですがね」

ジミーは辺りを見回している。

薄暗い室内にはハンモックを吊す杭と、隅に数個の土器が置かれているだけだ。助手の一人が逆さにしたが何も入っていない。

「アマゾンのインディオは土の上に建てられた小屋にすみ、裸で生活し、男は狩猟、女は森の植物を採取し、素朴で友好的。どの資料にも書いてありました。でも、言葉はドイツ語だなんて」

カーチャが本を暗唱するように言った。

壁にはいたるところにドライフラワーが吊してあった。薄い紫色を残した小さな花が無数についている。葉は細く刺のようだ。匂いはそこからしていた。

トオルはデイパックを下ろして、その上に腰を下ろした。

「ゲストハウスとしては貧弱ですが、一応受け入れてもらえたと考えていいですよね」

ジミーが汗を拭きながら言ったが、多分に自分自身に言い聞かせるような響きを含んでいる。

「フェルドマンがすでに話を付けているんじゃないのか」

「ブラジル政府とはね。だからここまで来ることができました。でもこの村までは、手が回りませんでした。普通の保護区には監督官がいますが、ここら一帯にはだれも入っていない。特別保護区なんです。昔からのね。よほど、自然のままに手付かずに残しておきたいらしい」

「政府は、実際に村があるなんて思ってないんじゃないの」

カーチャの言葉にジミーは黙っている。

「白人を含めて、外部からの人間には慣れているようだ。怖がったり敵意を持っている様子はない」

「密猟者との接触があるんじゃないですか。製薬会社の奴らが、こっそり潜り込んでいると も聞きます。この時代に、完全に隔離された先住民なんていないということです」

「気が付きませんでしたか。明らかに白人との混血が何人かいました。いえ、半数近くに、白人の血が混じっているとは思いませんか。顔つきだって肌の色だって、純粋なアマゾン先住民とは違う。ドーナも明らかに混血でした。ここの村の人たちは――」

小屋の隅にしゃがみ込んだボナールが手招きをしている。トオルたちがいくと、柱の根元を指した。

「あんたらが捜しているものに関係があるんじゃないのか」

ボナールが指さす先には、ナイフで削られたあとがある。その傷跡はハーケンクロイツ。

「ただの傷のようにも見えます」

ジミーが言ったが、単に認めることを恐れているだけのような言い方だ。何本かのすり減った線の集まりだが、鋭い刃物で彫られたものには間違いない。

「ここはナチスのゲストハウス……」

カーチャの言葉が終わらないうちに、突然、入口の光がさえぎられた。ダビが数人の男と入ってくる。ジミーの顔に緊張が現われた。

「この村になにしにきた」

ダビが改まった口調で聞いた。

「アマゾン川源流付近を調査している。地理、生物、植物などあらゆることだ。しばらくここにおいてくれると有り難い」

ジミーが精一杯の虚勢を張って答えたが、声は上ずり震えている。

ダビは腕を組み考え込んでいたが、ゆっくりとうなずいた。

「この女性を知っているか」

トオルは写真を見せた。パスポートの写真を拡大したものだ。

「ドーナという名前だ。白人の男と一緒にいた」

「村のものではない」

ダビはちらりと写真を見ただけで視線を外し、無表情に言った。

「彼女がこの村を教えてくれた」

「村の人間が村を出ることはない」

ダビは再び写真を見ることなく繰り返した。

「アスカ。この言葉を知っているか。地名か名前か。植物かもしれない」

ダビは表情を変えず、首を横に振った。

気が付くと入口には村人が集まり覗き込んでいる。

「ここにいる間はこの小屋を使ってよい。用がすめば出ていってくれ。あんたらの旅が無事であることを祈っている」

ダビが入口に向かうと、覗き込んでいた顔はいっせいに消えた。

「嘘をついてますね。ドーナはこの村出身に間違いありません。ドーナにすごく似ている女性もいました」

ダビが出ていってから、カーチャが小声で言った。

「彼はドーナを知らないとは言っていない。村のものではないと言っているだけだ。いまでは本当に村人ではないのかもしれない」

「そんなのごまかしです」

「しかし、嘘をついたことにはならない」

カーチャはなにか言いたそうにトオルを見ていたが、それ以上なにも言わなかった。

ボナールの指示に従ってハンモックを吊した。

「蚊がいないですね」

カーチャが思い出したように言った。

「吊してある草の匂いが蚊を寄せ付けないのだろう」

「ねぐらは確保できたわけです。でも、強烈な臭いですね」

ジミーが鼻にしわをよせている。

トオルは息を吸い込んだ。たしかに強烈だ。だが不快なものではない。慣れればむしろ心安らぐものかもしれない。

陽が沈むと気温が一気に下った。ジャングルからは無数の獣の声が聞こえてくる。

「森がしゃべっている」

ボナールが入口を見つめて呟いた。

入口から差し込む月明かりで、小屋の中がぼんやりと光っている。

食事をすませると全員ハンモックに入った。周りからは、すぐにいびきが聞こえてくる。

何日かぶりの蚊に悩まされない夜だ。そして、このジャングルのなかの木々に囲まれた井戸のような場所と、草の匂いは、どこか人を包み込み、安心させる効果があるのかもしれない。

トオルは疲れ切っているにもかかわらず、なかなか寝付けなかった。カーチャのハンモックからも寝返りをうつ気配が伝わってくる。

目を閉じて森の声を聞いていると、不思議な安らぎに包まれていく。やがて心地よい眠りに引き込まれていった。

翌朝、トオルが小屋の前で荷物の梱包を解いていると、ジミーがやってきた。

「先生は自由に調査を始めてください。ミスター・フェルドマンから、最大限の便宜をはかるよう言われています」

「きみたちは？」

「ナチスの戦争犯罪人の調査です。そのために来たのですから」

ジミーは村の外れを指さした。

出かける用意をした助手とボナールが立っている。

「実は衛星写真に不審なものが写ってましてね。まずそれを調査します」

「エスタンジアか」

「ナチの痕跡です」

ジミーは肩をすくめた。

「同行してもいいか」

「かまいませんよ。実は私も、先生が一緒に行ってくれると心強い」

どうもねと言って、遠巻きに見つめる村人たちに目を向けた。

トオルたちはボナールを先頭にして出発した。

村を一歩出ると完全に木々に囲まれ、方向を見失う。熱帯雨林特有のじっとりとした空気が全身を包み、蚊や虻がまとわりついてくる。木々と腐葉土の臭いが立ち籠め、むせ返るようだ。歩くにつれて、辺りの空気が濃さを増す。カーチャは帽子の蚊よけネットを下ろしているので表情は見えない。

二十分ほど歩いたとき、ボナールが立ち止まった。振り向いてなにか叫んだ。

生い茂る木々の間に、建物らしきものが見える。

ボナールのところに行くと視界が開けた。高さ二、三十メートルの木々が密生しているなかに、ぽっかりと抜け落ちたような空間が広がっている。

全員、茫然と立ち尽くした。ジャングルのなかに、突如として巨大な建物が現われた。

平屋の木造建築が三棟並んで建っている。敷地は縦三十メートル、横二十メートルは十分にある。周りから張り出した枝、絡み合う蔦、高木に囲まれて、ジャングルの一部に同化している。

建物はひどく荒れ果てていた。壁は腐り、蔦に覆われ、すでに自然の一部に戻りつつある。これではかなりの解像度を持つ衛星写真でも、発見は難しいだろう。

トオルたちは建物の一つに近づいた。

「エスタンジアね」

カーチャが建物に目を向けたまま言った。

「エスタンジアの一角です」

ジミーが写真と見比べながら訂正した。

「本を読んだのですか。それとも誰かに聞いたんですか、ナチスの第四帝国の話を。エスタンジアというのは農場という意味のスペイン語ですが、ナチスの遺産です。ナチスの亡命者たちは南米各地にドイツの町を作り、ミニドイツ国家を形成しようとした。そこには学校も各種の工場も病院もある。ナチスとしての最高の教育と研究が行なわれて、ナチス再興の機会を狙っていました。UFOもナチスの新兵器と騒がれたこともあります。単なる伝説か噂にすぎませんがね」

ジミーが最初は深刻な顔で、最後は冗談っぽく言った。

「これがその第四帝国なの。それにしてはおそまつね」

「だとしても、ほんの一部です」

「幽霊屋敷のほうがふさわしいわ。数十年は誰も住んでいない」

「しかし、こんな奥地にこれだけのものを建てるとは、やはり普通じゃない。それも六十年近くも前に。膨大な金と時間と労働力が必要だったことは確かだ」

トオルはドアを探して建物のまわりを歩いた。カーチャとジミーが続く。

窓の半分が蔦に隠れ、見えている大部分のガラスが割れている。

「どこかに飛行場があるはずだ。これだけのものを建設する器材を陸路で運ぶのは不可能だ」

ジミーはうなずきながら聞いている。衛星写真では見つけられなかったのだろう。

蔦で覆われたドアの把手は錆でぼろぼろになっていた。

トオルは思わず後ずさった。把手を引くとドアが倒れかかってきたのだ。蝶番の部分が腐って取れている。

屋内は意外と明るく、朽ちた木と黴の臭いが鼻孔に満ちる。

「気をつけろ。床が腐っている」

トオルは入口で立ち止まって言った。

踏み込んだ足に体重をかけると床はたわみ、きしんでいる。

高い天井には梁が剝き出しになっていた。天窓は広く取られ、蔦の隙間から差し込む光の線が広い空間に何本も走っている。

建物の中央に廊下が通り、両側に部屋が並んでいる。その半数はドアが取れて壁板にも穴が開いていた。

トオルは最初の室内に入った。

「研究室だわ」

背後からカーチャが声を出した。

一歩踏み出したトオルの腕をカーチャが強く握った。カーチャの身体は強ばり、顔からは血の気が失せている。視線を追うと、床を直径十五センチほどの長い縞模様が動いていく。

「アナコンダ」

カーチャの口から掠(かす)れた声が漏れた。

背後のジミーたちも、凍りついたように動かない。

巨大な蛇はうねりながらトオルたちの方に向かってくる。

「先生……」

「動かないほうがいい」

蛇は数メートル先で止まり、様子をうかがうようにその首をわずかに上げた。そして、床をゆっくりとなぞるように移動すると、床板の割れ目から出ていった。

ジミーの息を吐く音が聞こえた。

トオルはそっと足を踏み出した。蛇の消えていった床の穴を覗いても、床下の黒い土がかすかに見えるだけだ。

ジミーと男たちが、緊張した表情で後に続いた。

窓と天窓から差し込む光のなかに、部屋全体を埃が白く覆っているのが見える。広い窓の半分は蔦がはい、割れたガラスの隙間から室内にも入り込んでいる。反対側の壁は作り付けの棚で、埃をかぶった様々な大きさのビンが並んでいた。

部屋の中央には木製の机が一列に置かれ、その上には試験管や薬品のビンが散らばっている。

机の上の埃に埋もれた紙を手に取った。埃が舞い、机上には紙のあとが残った。埃を払うと、変色した紙に半分消えたインク文字が読み取れる。

「ドイツ語ね」

覗き込んだカーチャが言った。細胞(ツェレ)……実験(エクスペリメント)……繰り返し(ヴィーダーホールング)……人間(メンシュ)……一部の単語が読み取れる。

「顕微鏡もあるわ」

カーチャは窓際の机の前にいった。

大型の光学顕微鏡だ。レバーを回そうとしたが、錆び付いていて動かない。六十年近く前だとしたら、最新型に入るものだ。

「私たちはあっちの建物を見てきます。先生はゆっくり調べてください。ここでなにが行なわれていたか」

ジミーは言い残し、助手たちを連れて出ていった。

「試験管とシャーレの数が特に多い。三角フラスコ、ピペット……これは恒温培養器でしょう。振盪器(しんとうき)らしきものもある。恐ろしく旧式だけど。ナチスの研究所だとしたら、間違いなく細菌兵器の研究ね」

カーチャが部屋の中を歩きながら独り言のように呟く。

「これだけの装置があれば、他にも色々できる。しかしきみの言う通り、細菌培養か細胞分裂の研究が中心になるのは間違いない」

「どれもそうとう古い。ナチスが運び込んだとすれば当然でしょうけど」

「しかし、すべてが六十年前のものではない」

カーチャがトオルを見た。

「小さな大学ではまだ現役のものもある」

スペクトル分光器、物質の成分を調べる装置だ。トオルは装置の前にしゃがんだ。せいぜい二十年前のものだが、錆び付いて長く使われた形跡はない。

「と言うことは、それまではここで研究を続けていたということね」

トオルは恒温槽の前に立ち止まった。一定の温度を保つ装置で、この中で細胞の増殖をはかる。扉を開けると底に茶色の塊がついたシャーレが並んでいる。

「ナチスはここで生化学の研究をやっていた」

「冗談でしょう」

「パン工場かビール工場に見えるか」

生化学が脚光を浴び始めたのは二、三十年前からだ。それまでは生物学で細胞を調べる程度だった。しかし、この研究室でやっていたのは、明らかに生化学といえるものだ。

「六十年近く前とは限らない。彼らがここを去る前までだ。せいぜい十五年から二十年前。そのころは、まだこれらの装置が十分に使えたのかもしれない。この湿気だ。ものが朽ちていく速度は速い」

二人は隣の部屋に移った。

手術室であることは明白だった。四台の手術台がならんでいる。その内の一台は、産婦人科用のものだ。足を置く台がついている。横には数台の錆び付いてぼろぼろになった無影灯が立っていた。

手術台の上には数十本の棒状の錆の塊がある。メスだ。金属シャーレ、各種の鉗子(かんし)、ピンセット、ゴッセ腹壁開創器……。曲がった針金を手にとって見ると縫合針だった。他にも手術器具らしいものが散らばっている。すべてが錆び付き、錆の塊になっていた。

トオルは思わず目を背けた。手術台の四方には革ベルトの残骸が残っている。これで患者を縛り付けて手術をしたのだ。この手術室で、ナチスがヨーロッパの収容所で行なった人体実験の続きが行なわれたのか。

「先生——」

冷蔵庫のようなボックスの前にしゃがんだカーチャが呼んでいる。

トオルが行って覗き込むと、アンプルに入った数種類の注射液がある。

「ラベルの貼ってあるのはモルヒネです。ラベルのないのは——割れています」

注意深くアンプルの入った箱を出してカーチャが言った。

「少なくとも患者の意識はなかったわけだ」

カーチャは箱を元に戻した。

隅のドアを開けると細い廊下がある。その両側に鉄格子の入った部屋が二つずつ並んでいた。

「牢獄だ」

数メートル四方の狭い部屋には、粗末な木の二段ベッドがあるだけだった。

カーチャが悲鳴を封じ込めるように手で口を覆った。床に重りのついた足枷が転がっている。その輪のなかにあるのはくるぶしと脛の骨だ。他の部分は、長い年月の間にジャングルの獣か鼠が持ち去ったのか。

トオルはカーチャの腕を取って部屋を出た。

「外で待っているか」

「一人にしないで」

カーチャはトオルの腕を強くつかんだ。

次の部屋に移った。

一歩入って思わず息を呑んだ。壁全面に作られた棚には、百近いビンが並んでいる。

標本室だ。直径、高さともに三十センチほどの円筒形の蓋つきガラスビンの底には、干涸びた黒い塊が貼りついている。

「先生——」

トオルの腕を握るカーチャの手に力が入った。その視線の先に、黄色みを帯びたアルコールがたまっているビンがある。なかに白っぽいものが浮いていた。

「動物の臓器の一部でしょうね」

「人間も動物だ」

トオルの脳裏に隣室の手術台が浮かんだ。カーチャの手が震えている。同じことを考えているのだ。

トオルの足が止まった。胸が締め付けられ動悸が激しくなる。ビンのなかに浮いているのは胎児だ。四ヵ月か五ヵ月。手足も識別できる。何かを考え込むように目を閉じ、身体を丸めて漂っている。

カーチャも無言で見つめていた。声が出ないのだ。

突然、喉元に熱いものが突き上げてくる。思わず部屋の隅にいって喉元を押さえた。胃が収縮し、口中に酸味を帯びた液体があふれる。トオルは腰を曲げ、吐き続けた。

胃が空になってから、やっと落ち着きを取り戻した。カーチャが背中をさすっている。

「医者として——失格だな」

カーチャが差し出したハンカチで口元を拭った。

「人間として当然です」

二人は実験棟を出た。建物の外には別世界のような空間が広がっている。

トオルは何度も深く息を吸った。わずかずつ動悸が治まってくる。見上げると穴の底から眺めるような空が見えた。その木々に囲まれた天井の穴から、射るような日差しが降ってくる。

隣の建物のドアが開いていた。

一瞬ためらったが、二人はなかに入った。実験棟と同じように湿った黴の臭いが鼻に付く。狭い廊下の両側には、十以上のドアが並んでいた。

心臓が止まりそうになった。カーチャもトオルにしがみ付いてくる。手前のドアが動いたのだ。

部屋から出てきたのはジミーだった。

「なにしてるんです」

「蛇の恐怖が残っているんだ」

「この建物は将校クラスの部屋だったんでしょう。奥が食堂とシャワー室になっています。隣の建物が兵隊と先住民のもののようです」

トオルは反対側の部屋に入った。

ベッドと机だけの狭い部屋だ。脚の取れた椅子が転がっていた。窓にガラスはなく、蔦が入り込んで壁をはっている。部屋全体が埃とクモの巣にまみれ、年月の経過を物語っていた。

「プロフェッサー・アキツ！」

ジミーが呼んでいる。

二人は外に出た。声は建物の裏から聞こえる。二人は声のほうに歩いた。

ジミーと三人の男たちが衛星写真を見ながら、木々と蔦が絡み合う森の奥を指さして話している。

ジミーは衛星写真を見せた。写真にはわずかな濃淡があるものの、熱帯雨林が広がっているだけだ。写真には村も三棟の建物も写っていない。地上を覆う木々が高すぎて、人工衛星の視界に入らないのだ。

「専門家が見ると、この辺りに一度切り開かれたあとがあるそうです。たしかに色が変わっている」

写真の一部を指した。その気で見れば、たしかに他の部分とはわずかに色調が違っている。

「エスタンジアの残りの部分というわけか」

「二百メートルばかり南です。これから私たちは行きますが」

トオルはうなずいた。

建物の裏に幅二メートルほどの道がある。長い間使われたことがないらしく、腰ほどの雑草に覆われていた。

ボナールを先頭にして、両側から伸びる枝と蔦を切り払いながら歩いた。

開けた場所に出た。しかし空からは、三棟の建物と同じように原生林から張り出した木々と枝で隠され、森の亀裂のように見えるにすぎない。

「飛行場だ」

ジミーが言った。

「元飛行場だ」

トオルが訂正した。

前方に幅十メートル、長さ百メートルほどの草地が続いている。草丈は五十センチにもなり、いたるところに高さ二、三メートルの灌木（かんぼく）も生えている。その気になって見なければ、とても飛行場には見えない。

「空から調べてもわからないはずだ。荒地とほとんど変わらない」

「うまく作られています。超高解像度の衛星写真でなければ発見は無理でした」

「昔はこの倍はあっただろう。あと数年で元の原生林に戻る」

「この広さだとＪＵ55が十分に離着陸できる」

ジミーは写真と荒地を交互に見ている。

「ＪＵ55？」

「終戦間際に開発されたナチスの中型輸送機です。最高積載量二十トン。当時としては画期的です。彼らはこの飛行場を利用して、人と資材を運び込んだ」

「それであの三棟の建物を作った。でも、なんのために」

「第四帝国の創造。ナチスの再建を果たすためです」

「やめてよ、いまは二十一世紀」

「ここでは時間は止まっています」

「ナチスの遺産ってわけね。すべては過去の幻影」

「いまでもヘリなら十分に下りられる」

睨むように草地を見ていたトオルが前方を指差した。

ジミーたちが息を呑む気配が伝わってくる。

中央部には灌木はなく、下草の雑草が繁っているだけだ。そこにはたしかに人工的に灌木を切り倒したあとがあった。そんなに昔ではない。せいぜい数ヵ月――。

トオルたちは長い時間、そこに立ち尽くしていた。

ジミーと助手たちは、旧飛行場跡地の写真撮影と計測を始めている。

トオルとカーチャはジミーたちを残して、研究棟に戻った。

「大丈夫ですか」

カーチャが心配そうな顔で見ている。胎児の標本を見て、吐いたことを言っているのだ。

トオルは無言でうなずいた。

実験室に入り、机の引き出しを調べた。大半は空だったが、数冊の変色したノートを見つけた。

ノートは実験記録だった。植物の細胞分裂に関するもので、人間に行なわれた手術や胎児についてのものはなかった。

「ナチスの科学者が植物学の研究をやってたとも思えませんがね」

カーチャがノートを繰りながら言った。

「その他のものは持ち去ったか意図的に廃棄した」

「と言うことは、研究所の機能をどこかに移したんでしょうか。それとも――」

トオルは考え込んでいる。

「先生もナチスの亡霊に取り憑かれたんですか。こんなことを調べてなんになるんです。村人の血液採取ならわかりますが」

「きみもなにかがあると思ったから、アマゾンの奥地にまできたんだろう。目の前のすべてに意味がある。自然には、無駄なものは何一つない。フィールドワークの鉄則だ」

一時間ほど研究棟を調べてから外に出た。

真上に輝いていた太陽が傾き始めている。全身が重く、体力がひどく消耗している。精神(こころ)の疲れは、身体にまで影響をおよぼすのだ。

急に辺りが暗くなった。木々の隙間にわずかに見えた空は、黒い雲で覆われている。大粒の水滴が叩きつけるように落ちてくる。二人は慌てて木々のなかに駆け込んだ。雨つぶが隙間なく繋った頭上の葉にさえぎられて、嘘のように身体が濡れない。

二人は肩を寄せて雨に煙る熱帯雨林を見ていた。

三十分がすぎた。雨はやむ気配をみせない。どちらからともなく歩き始めた。村は東の方角だ。

雨雲に覆われたジャングルは暗く、すでに日没を思わせた。葉を打つ雨音が四方から聞こえてくる。雨量は多く、葉が保水できなくなった水が雫(しずく)となって落ちてくる。

どこを見ても同じ風景だった。周囲は木々に囲まれ、足元は腐葉土と流れる水でぬかるんでいる。トレッキングシューズにたまった水が歩くたび足首からあふれた。時間だけがすぎていった。

「迷ったわ」

カーチャが独り言のように言う。

「誰かに見られている」

トオルは辺りを見回しながら言った。どこからか視線を感じているような気がしたのだ。

「やめて、冗談は」

カーチャが身体を寄せてくる。

歩き始めてすでに一時間がたっていた。

落ちてくる雫の量は増え、雨のジャングルはどこを見ても同じに見える。たしかに完全に迷っている。

「どこかで雨が止むのを待ったほうがいい」

いつのまにか足元に水が押し寄せているのに気づいた。水はすぐにくるぶしの上を濡らし始めた。

「気をつけろ。近くに川か沼がある。そこからあふれた水だ」

悲鳴が上がった。振り向くとカーチャの姿が消えている。

「どこだ！　カーチャ」

トオルは叫んだが、その声もすぐに雨音に吸い込まれた。

「救け……て……」

カーチャの声が聞こえた。

「どこだ！」

トオルはカーチャの名を呼びながら、声の方に急いだ。

水は場所によっては膝の高さを超えている。

隙間なく絡み合う木々の中に、抜け落ちたような空間が開けた。目の前を濁った水が音を立てて流れていく。その数メートル先にカーチャの顔が水面に見え隠れしている。スコールによって小川が一気に増水して、濁流になったのだ。

濁流がカーチャの顔の上を洗うように流れている。流されないのは水面下で何かにつかまっているのだ。カーチャは身体を反らせ、必死で流れから顔を上げて呼吸している。

トオルは水のなかに踏み出しかけた足を止めた。足元がいまにも崩れ、流れに引き込まれそうになったのだ。

「気を……つけて」

カーチャが懸命に声を上げる。

「急に……深くなってるのよ」

水を飲んだらしく、苦しそうに咳き込み始めた。

「離すな。すぐに救けだす」

腕を伸ばしたが届かない。

辺りを見回したが、つかまる枝も足場もなかった。

トオルは何度も手のひらで顔をぬぐった。叩きつけるように降ってくる雨で、呼吸するのさえやっとだ。カーチャの顔が濁流に隠れた。

トオルは流れに足を踏み入れた。重心を失い足元がふらつく。水中に倒れそうになったとき、目の前に木の蔓が見えた。必死でつかんで身体を支えた。

蔓を握ったまま身体を乗り出し、カーチャの腕をつかんだ。カーチャの姿が水中に隠れる。トオルは渾身(こんしん)の力でカーチャの身体を引き上げた。

カーチャは水の中に両手をつき、荒い息をついている。ときおりむせながら水を吐いた。人の気配に振り向くと少女が立っている。手には大木から伸びた蔓の端を握っていた。

「この子が蔓を出して救けてくれた」

トオルの言葉にカーチャが顔を上げて少女を見た。

歳は十四、五歳。肌は陽に焼けて褐色に近いが、髪は鳶(とび)色で顔の彫りは深い。大きな濃いブルーの瞳が二人を見つめている。一目で白人との混血だとわかる少女だ。

カーチャは腕を伸ばして、少女の手を握った。少女ははにかんだような笑みを浮かべている。

突然、辺りが明るくなった。

地響きのような雨音が消え、隙間なく茂る木々を縫って流れる水音だけが響いている。

「スコールがやんだ」

周囲を見回すと、雨で煙り、数メートル先の視野しかなかった暗い森林が、再び瑞々(みずみず)しい緑の森へと変わっている。

「村への道を知っているか」

身振りを交えながら聞いた。

しばらく考え込んでいた少女が、うなずいて歩き始める。三人は生い茂る葉から雫を落としている木々のなかに入っていった。

三十分ほどで村の入口が見え始めた。気がつくと少女の姿は消えている。

数時間後、ジミーたちも全身から雫を滴らせ、疲れ切った様子で帰ってきた。

「三棟の建物、飛行場、ドイツ語を話す村人……たしかにナチスがいた形跡だらけです。しかし彼らは消えている。その先の糸は完全に切れている。明日から、彼らの行方についての調査をします」

これだけ証拠があるんだ、必ずつきとめる。独り言のように言って、食事をすませると早々にハンモックに入ってしまった。

トオルはなかなか寝付けなかった。小屋中からすぐに、夜の密林の声に負けない、いびきが聞こえてくる。

「有り難うございました」

隣のハンモックから声がした。

「先生は濁流に飛び込んでくれました」

「あの少女がいなかったら、どうなっていたか」

「名前も聞けませんでした。明日、捜してみます」

目を閉じると、少女の顔が浮かんでくる。他の村人とは明らかに違う少女だった。

「聞いていいですか」

遠慮がちな声が聞こえた。

「医師免許を取りながら、なぜ研究の道に進んだのですか。お会いした日に、先生が私にした質問です」

しばらく沈黙が続いた。

「私は子供の頃、フットボールの選手になりたかった。しかし、その才能に乏しいことに気づいた」

小さなため息が聞こえる。

「人にはそれぞれ才能がある。また、どうしてもやらなければならないこともある。人は複雑に絡み合った人生を生きていかなければならない」

「答えになっていません……私が知りたいのは……」

「はやく寝たほうがいい。明日もまたジャングルだ」

トオルはカーチャの細い声をさえぎった。沈黙がおとずれる。長い沈黙だった。

やがて軽い寝息が聞こえてきた。

トオルは再び目を閉じた。目蓋の裏にカーチャの白い顔が浮かんだ。しかしすぐに深い眠りに引き込まれていった。

3

子供たちの声に飛び起きた。まわりのハンモックにはだれもいない。

声は小屋の外から聞こえてくる。子供たちの声に混ざって、カーチャの声も聞こえる。

トオルはハンモックを下りて小屋の外に出た。突然明るい日差しが全身を包み、軽い目眩を覚えて思わず目を閉じた。

カーチャが子供たちに囲まれている。広場には子供たち以外には数人の村人と数匹の犬がいるだけだった。

「子供たちが運んできたんです」

トオルに気づいたカーチャが顔を上げた。手術用のゴム手袋をした手は血で濡れている。指先にあるのは釣り針のような形をした縫合針だ。

「ペットとして飼っていたのが、獣に襲われたんでしょう」

カーチャの前には体長五十センチ程のカピバラが横たわっていた。ときおり頭を動かすだけで、暴れる元気もないようだ。カピバラはアマゾンの大ネズミで先住民の貴重なタンパク源になっている。

「苦しませるだけだ」

トオルはゆっくりと首を振った。

腹が裂けて内臓が見えている。

「人ならほっておきますか」

「安楽死という手もある」

「そういうの好きじゃないんです」

強い口調で言って、はみ出した内臓を押し込んで縫合を続けた。トオルが見ても、腕のいい外科医並みの手際のよさだ。技術も度胸もある。

「私は命を救うために医学を学び、命の神秘に近づきたいために生命科学を研究している」

独り言のように呟いているが、トオルに聞かせたいのだろう。

縫合は十分あまりで終わった。

「さあ、これでいいわ。あとは安静にして様子を見ましょう。これはお守りよ」

カーチャは首に巻いていた赤いスカーフを外してカピバラの首に結んだ。

「獣医にしておくには惜しい腕だ」

「タニア。この子の名前です」

トオルの軽口には答えず立ち上がり、カピバラの足を押さえていた少女の肩に手をおいた。

「お礼を言っておきました。でも、言葉はわからないようです。名前を聞き出すのがやっとでした」

昨日の少女だった。トオルを見て、恥ずかしそうな笑みを浮かべている。

「ジミーたちは？」

「一時間ほど前に出掛けました。ナチスのこととなると、あの人たちは異常です」

「彼らにしてみれば当然のことだ」

犬がトオルを見て吠え始め、村人の一人が手を上げて何か言っている。

子供たちは大声でしゃべりながら、カピバラを連れて行ってしまった。タニアだけが残った。

トオルはタニアにナチスの建物の場所を聞いた。タニアは無言でトオルを見つめているだけだ。

「無理です。言葉がわからないんですから」

カーチャがタニアをかばうように言った。

「昨日の場所の近くに行きたい。三つの大きな建物だ。これはナチスが建てたものだ」

トオルは地面に三棟の建物とハーケンクロイツの絵を描いた。

「ここに連れていってほしい」

タニアはしばらく考え込んでいたが、ジャングルに向かって歩き始めた。

鬱蒼と茂る木々の中を三十分近く歩いたが、建物らしいものは見えない。

「昨日の道とは違う。近道とも思えないが」

「たしかに、あの建物は村からそれほど離れてはいなかったはずです」

「どこに連れて行くつもりだ」

タニアは答えず歩き続ける。

トオルは前を行くタニアの肩をつかんだ。タニアが立ち止まり振り向く。その幼い顔にわずかに怯えが走った。

「手荒にしないで」

カーチャがタニアを自分のほうに抱き寄せる。

「そんな気はない。どこにいくか知りたいだけだ」

「信じましょ。昨日は命を救ってくれた」

カーチャはタニアの髪をそっとなぜ、背中を優しく押した。

「さあ行って。私たちはついていく」

「また迷いそうな気がする」

「今日は最高のガイドがついてます」

「スコールだ」

頭上を見上げたが、厚い葉の重なりを通して雨音が響いてくるだけで、まだ雨粒は落ちてこない。厚く茂った常緑樹の葉が傘の役割をしてくれる。

「昨日のほどひどくはない」

タニアは気に掛ける様子もなく歩き続ける。二人はそのあとを追って歩みを速めた。

タニアが立ち止まった。硬い表情で前方を見つめている。トオルとカーチャはタニアの視線を追った。

目が一点に釘づけになった。重なる木々を通して一枚の板が立っている。その板には、ほとんど消えかかったマークが描かれていた。ハーケンクロイツ。

その辺りはいまは灌木に覆われているが、遠い昔に刈られたあとがある。注意して見ると、板はいくつもあった。

トオルは雫のしたたる灌木の茂みをかきわけていった。急に視野が開けた。雨に霞む草の生い茂った広場。その中にクロスの形をした墓標が並んでいる。

ここは――墓地だ。十字架を墓標とするものの墓地だ。

トオルは雨の墓地に踏み出した。カーチャがためらいながらあとに続く。

雑草と灌木の中に墓標は並んでいた。その数は四十を超えている。

「ケネス・ハインベルグ、一九一八～一九六二。ドイツ人の墓です。アルバート・シュナイダー、オットー・モレンツ……きっと、この村に逃れてきたドイツ人の墓です」

カーチャが興奮した声を上げた。

「すぐにジミーたちに報せたほうがいいわね」

トオルは墓地の入口にたたずむタニアに、もう一度ナチスの三棟の建物とジミーたちがそこにいることを絵に描いて説明した。タニアは無言でトオルが描いた絵を見ている。

「太ったおじさんがここにいるの。私をそこに連れてって」

カーチャの身振りを交えた説明で、タニアがゆっくりとうなずいた。カーチャの手を取って、来たときとは反対側の森に入っていく。

トオルは墓標の間を歩いた。気が付くとスコールはいつのまにか止み、強い日差しが照りつけている。

人知れず詣でるものもいない、ほとんどジャングルと同化した墓地。そこに眠る、世界からの追跡を逃れてきた人々。時を超えたどこか茫漠とした淋しさが漂っている。彼らがしたことは許されない。しかし遥か故郷を逃れて、この原生林のなかで眠ることに彼らはどんな思いを抱いていたのか。

「こっちよ！」

カーチャの声が聞こえる。

タニアとカーチャに続いて、息を弾ませたジミーが他の男たちと現われた。顔と髪からは雫がたれ、シャツが身体に貼りついている。

激しく息をつきながらトオルに手を上げた。そして墓地に入り、顔を近づけて墓標の一つ一つを見ていく。

「ラインハルト・ベンツェル」

ジミーは消えかかった墓標の名を声に出して読んだ。

「ゲーレンのものもあります」

興奮を隠せない声だった。

「死亡は一九七二年八月十九日。三十年も前だ」

指先で墓標をなぞりながら言った。

「やはり死んでたのね。八十歳をすぎてる。当時としては長生きしたほう」

「ではあの手はなんなんだ。指紋もＤＮＡも一致した。ゲーレン自身ではなかったのか」

「クローン。彼らはここでクローンを作っていたのよ。それしか考えられない」

「一九七〇年代にか。まだ人のＤＮＡ解析もできていない時代だ」

「他になにがあると言うの。たしかに当時は――」

カーチャは言葉に詰まった。やはり説明がつかないのだ。トオルも同じだった。頭は混乱している。落ち着け、なにかがあったのだ。必ず科学的に説明できるはずだ。納得できる理由があるはずだ。トオルは頭のなかで繰り返した。

「彼らが遺伝子研究をやっていたのは確かだ」

「あの装置は間違いないですね」

「彼らの研究をつぐものがいて、そのものたちが残されていたベンツェルやゲーレンのDNAを使って彼らのクローンを作った」

カーチャは答えなかった。

トオル自身も信じて言ったわけではない。それしか思いつかなかったのだ。

ジミーはビデオで一つ一つの墓標を撮り、助手たちは朽ち果てようとしている墓標から墓碑銘を書き写している。

トオルとカーチャは墓碑銘を読みながら墓標の間を歩いた。

一つの墓標の前でトオルが立ち止まった。

「オットー・アースキン博士」

カーチャがトオルを見つめている。

「メンゲレ博士の右腕といわれた男だ」

「あのナチスの科学者。死の天使と呼ばれた」

トオルは無言でうなずいた。

「彼もここに来た。そして死んでいった」

カーチャが呟くように言った。

ビデオで墓標を撮り終えたジミーが、二人のところにやってきた。気味の悪いほどに青ざめた顔をしている。

「みんな死んでしまった。墓の数は四十八。我々が探していた戦犯のなかで、三十四人がここで死んでいます」

震えるような声で言った。

「ここにあるのはただの墓標だ。ヒットラーの死体にも疑いをもってるあなたがただ。掘り返して調べることはしないんですか」

「明日から取りかかります。骨格、歯型、埋葬品、可能ならばＤＮＡ検査。調べられるものはすべて調べます。先生にも協力をお願いしたい」

トオルの言葉に、ジミーは流れる汗を手で拭いながら言った。

横でカーチャが真剣な表情で墓標を見つめている。

いつのまにか陽は高い木々にさえぎられ、ひやりとした空気が漂っている。同時に、ジャングル全体に静寂が広がり始めていた。ジャングルにもう一つの時間が迫っている。

「今日はここまでだ」

ボナールの太い声が響いた。

夕食がすむと、することがなかった。考えることも話すことも億劫だった。カーチャも口数が少なく、ぼんやりしている。全員が昼間の発見に衝撃を受けていた。

トオルは外に出た。

村は静まり返っている。村人はすでに眠っているのだ。取り囲む密林からは、ときおり地上の動物と鳥の威嚇しあうような鳴き声が聞こえてくる。

小屋の前にある丸太に座った。

見上げると、円形の空の中央に月が照り、その周りにちりばめられたように星が輝く。月明かりだけでも驚くほど明るかった。

「眠るにはもったいない夜空ですね」

振り向くとカーチャが立っている。

「でも、明日には身体中でこぼこですよ」

カーチャが虫除けスプレーを振りまきながら言った。

薬品の臭いが広がる。一吹きでかなりの虫が落ちたはずだ。トオルの全身にも遠慮なくスプレーを吹きつけてから横に座った。

「静かですね。だれもいないみたい」

「陽が沈むと眠り、陽が昇ると目覚める。自然に人が溶け込み、すべての営みが自然の流れと共にある」

「人間本来の姿なんでしょうね。私たちはそれに逆行している。二十四時間すべてを活用しようとしている。その歪みは必ず現われます」

「人は自然の営みのなかで淘汰(とうた)され進化してきた」

「ダーウィンがいまの人類を知ったら腰を抜かします。進化論そのものが否定されます。いまや自然淘汰なんて人類には当てはまりません」

「新しい進化論が生まれるだけだ」

「化学物質に対抗できる身体、ストレスに動じない精神、頭でっかちで、手足なんて申し訳程度あればいい。感情なんてないほうが長生きできる。そのうちに生殖機能も必要がなくなる。男女の性差すら必要なくなる。イメージの中でセックスし、子孫はクローンで残す。脳こそすべて。考えただけでぞっとします」

「しかしもっと大きな宇宙的スパンで考えると、そんなことは取るに足らないことだ。人類など、宇宙の片隅に偶然に生まれたゴミのようなものかもしれない」

「たとえゴミでも、存在する権利はあります。ゴミの気持ちなんて、先生にはわかりません。先生は常に陽の当たる明るい場所にいらっしゃいました」

カーチャの言葉にトオルはかすかに笑った。

「きみの経歴も捨てたものじゃない。年の割りには論文数も多い。私が同じ年頃には、きみの三分の一も発表していない」

「でも先生が私の年には、科学の世界で先生の名前を知らないものはいませんでした。論文は数ではありません。先生の発見はすべて教科書に取り上げられ、生命科学を志すものは先生の論文を読み、先生の通った道を歩んでいく」

「それが何の意味になる」

「重要なことです」

カーチャの声には強い響きが込められている。

「先生は神様に選ばれた人だ、と言ったことがありますよね。ドイツでチンピラに襲われたときです。そのとき、先生は怒ってました」

「怒ったわけじゃない」

「ごまかさないでください。私は本当にそう思っています」

「きみは、なぜこんなジャングルにまでついてきた。私が頼んだからだとは言わないでくれ」

「ただの興味からです。一人でラボにいても大したことはできません」

カーチャはしばらく考えるように黙っていた。本当は、と低い声で言った。

「先生がなさることに興味がありました。これほどの実績を残している人の行動には、私たちの考え付かないなにか重大な意味があるはずだと。先生こそ、なぜこんなアマゾンの奥地にまできたのです。ただの興味だとは言わないでください」

「冷えるな。そのくせ、蚊と蚋(ぶよ)は空気と同じほどいる」

トオルはカーチャの言葉を無視するように言って、トレーナーの襟を合わせた。

「わかりました。私は無理矢理雇ってもらった助手です。これ以上は聞きません」

カーチャは大きく身体を震わせ、トオルの側に寄った。

「アマゾンが寒いとは初めて知りました。赤道に近いところなのに」

「きみの同居者には感謝すべきだ。熱帯雨林で凍えるところだった」

着ている厚手のトレーナーは、彼のアドバイスに従ってカーチャが持ってきたものだ。

「元同居者です。いまはただの友人」

カーチャが言いなおした。少し寂しげな言い方だった。

「一つ聞いてもいいですか」

「昨夜の続きか」

「結婚しないんですか」

「私にそんな時間があると思えるかね」

「時間で結婚するんじゃありません」

「それも重大な要素だ。人は限られた時を生きている」

二人はしばらく無言で空を眺めていた。

カーチャの柔らかな肌のぬくもりがトオルに伝わってくる。

「あの実験室のことを考えているんでしょう」

カーチャが沈黙を破った。

「ナチスはあそこでなにをしていた」

「ウイルス、細菌兵器、鉄格子の部屋、革ベルトのついた手術台……あの研究棟を見た後では、考えるのが恐ろしいです。でも、村人は怯えている様子はありませんね。むしろ、無関心」

「時が忘れさせたのかもしれない。研究棟が使われていたのは、二十年以上も昔の話だ。しかし、あそこでドクター・アースキンがやっていた研究を想像すると」

トオルは言葉を飲んだ。声に出すことがはばかられたのだ。

「手術台が四台ありました。それにあの足台のついた診察台」

「彼らがアウシュビッツでやったのと同じことをここでもやっていたのか」

「人体実験……それも……」

トオルの脳裏にフェルドマンが話した、カラムとその双子の妹のことが浮かんだ。そして、フェルドマンの首の傷跡と欠損した指先。ナチスは女子供にも容赦しなかった。

「ナチスのメンゲレ博士というと、虐殺したユダヤ人の脂肪から石鹸(せっけん)を作ったとか、人の皮膚でランプの笠を作ったとか言われている医者ですね」

「設備には生物実験に関するものもあった。それも、細胞レベルのものだ」

「細菌かウイルスの培養。細菌兵器を作って人に感染させる。あの胎児の標本、黒く干涸びた塊は人間の一部でしょうか」

急に辺りが暗くなった。見上げると月が消えている。

全身に雨つぶが降り掛かってくる。二人は慌てて小屋に入った。

暗い空間に羽化を待つさなぎのように並んだハンモックからは、雨音に負けないくらい大きないびきが聞こえてくる。

ハンモックに横になった。漆黒の空間に屋根を打つ雨音だけが激しく響いている。小屋のなかに、細かい水滴が漂うように流れてくる。

トオルは目を閉じてその音を聞いていた。


翌朝、墓の検証に行くジミーを呼び止めた。

「村人の血液サンプルを集めたい」

「無理だと思いますね」

ジミーがそうでしょうという顔でトオルを見ている。

「血をくれって言うんですか。地獄から来た吸血鬼と思われます。毒矢を射られ、火あぶりにされかねないですよ。私はいやです。せっかく友好関係を保っているというのに。トラブルを起こして、歴史的大発見をぶち壊さないで下さいよ」

「それなりの礼をすればいい」

トオルは小屋の隅に積んである食料に目を向けた。ヌードル、スープ、ベジタブルなどがセットになった携帯食が主であるが、コンビーフなどの缶詰もある。チョコレートやクッキーなどの嗜好品もあった。

「無茶は言わないでください。六人、五日分の食料です。帰りの分を含めてぎりぎりなんです。それに、そんなもので彼らが釣られるとは思いません」

「やってみなければわからない。フェルドマンから、私にはできる限りの便宜をはかるように言われているんだろう」

トオルは箱からコンビーフの缶詰とチョコレートを取り出した。

「帰りは食事抜きでジャングルを歩きますか」

「魚、鳥、昆虫……彼らと同じものを食べればいい。それが嫌ならベジタリアンになるさ」

「どちらも、私の好みじゃないですね」

「我々が望んでいるものが見つかるかもしれない」

「すでに見つけましたよ。これでやっと、二十世紀の悪夢から解放される」

「それを確認するためにも、どうしても必要なことだ」

トオルはジミーを見つめた。

ジミーはあきらめたように、天を仰ぎため息をついた。

「ただし半分だけです。全部なくなったら、我々のなかで反乱が起きる」

ダイエットはもう十分だよ、ジミーは独り言を言いながら出ていった。

トオルは小屋を出た。

「先生。タニアは村長の娘です。ダビと二人で住んでいます」

小屋の前の丸太に座っていたカーチャが顔を上げてトオルを見た。横にはタニアがいる。

「孫の間違いじゃないのか。ダビは七十をすぎている。それとも――」

二人が夫婦だとは考えたくない。

「ダビをファーターと呼んでいます」

ドイツ語でお父さんの意味だ。

「彼女はドイツ語を話すのか」

「ファーターだけです。現地語だとは思えません」

トオルはタニアを見ながらしばらく考えていた。

「この子の血液を採取できないか」

「まず子供からというわけですか。あまり賛成できませんが」

カーチャは肩をすくめて、タニアに向き直った。

「私たちはあなたを傷つける気はないのよ。協力してほしいの」

カーチャはタニアの前にしゃがみ込んで、手を握った。タニアは不思議そうな顔で、カーチャを見つめている。いつのまにか三人の周りを子供たちが取り囲んでいた。

「血を取ると言ってもほんの少しだけ。痛くはないのよ。ちゃんと消毒して、注射器も使い回しなんてしないわ。あなたたちのボランティア精神が、世界の科学の発展に役立つの」

カーチャは子供たちに向かって両腕を広げ、自棄のようにしゃべった。

子供たちは隣の子と囁きあいながら、くすくす笑っている。

タニアは立ち上がり、小屋のほうに戻っていく。

「ダメです。わかってないようです」

カーチャはうんざりした様子でトオルを見た。

「きみらしくないね。あきらめるには早すぎる。逆の立場だとどうだ。突然、見知らぬ人間が現われて、血を取ろうとする。どんな気持ちがするかね」

「いい感情は持たないでしょうね」

「私なら悪魔が来たと思う。なんとか追い出そうとする。もっと手っ取り早い方法は——」

「それ以上言わないで。彼らを信じているんだから。素朴で飾り気のない人たち。子供は特に好き。アメリカやドイツの変に大人びた子供よりも、ネズミを追いかけて三十メートルもある木に楽々と登るここの子供たちのほうが百万倍も人間らしい」

「それも一つの生き方だというだけだ」

子供たちが騒ぎだした。

カーチャを指さしてなにか言っている。

椰子の実を割って作った容器を持ったタニアがカーチャに近づく。

「なんなの」

カーチャはタニアの前にしゃがんだ。

容器の中には赤い液体が入っている。なにかの木の実をつぶしたものだ。

タニアは液体を指先に付けて、カーチャの額に線を引いた。周りの子供から歓声が上がる。

「なによこれ」

カーチャがバッグから出した鏡を見て悲鳴に近い声を出す。

タニアは赤い液体を自分の額にもつけた。子供たちは次々に容器に指を浸してカーチャの額をなぞり、それを自分の額につける。いつのまにか村に残っている女たちも集まってきた。

「やっと仲間に認められた。子供たちのボスというところだ」

トオルが笑いをこらえた声で言った。

「でも――」

「子供たちの間のなにかの儀式だ。洗えば取れる」

「そういう問題じゃない」

カーチャは泣きそうな声を上げた。

取り囲んだ女たちも笑って見ている。

トオルはカーチャの手を借りて、食料とチョコレートを与えながら村人の血液採取を開始した。

同時に聞き取り調査も行なった。自分の名を発音して、自分と相手を交互に指しながら名前を聞くと彼らは発音する。それが彼らの名前だ。カーチャがそれをおおよその年齢、身長、体重、身体の特徴と共に記録した。

意外なことに、彼らは注射器にほとんど拒否反応を示さなかった。無言で腕を出し、腕に針が刺さり血液が採取されるのを見ている。初めてではないのかもしれない。ふっとそんな気がした。

子連れの母親に注射器を見たことがあるか聞いたが、無表情に針先を見つめているだけだった。

採血は思ったよりスムーズに進み、夕方には約半数の血液を採取し、保管ボックスに入れることができた。

「ここで五十七人分の血液を分析するなんて無理ですよ」

カーチャがサンプルとデータを整理しながら言った。

「サンプルを集めるだけでいい。分析は帰ってやる」

トオルは顕微鏡をのぞいている。

「聞き取り調査のほうが厄介です。ダビ一人ってことないでしょう、ドイツ語を話せるのは」

「慎み深いんだ。教養をひけらかさない。だから、いままでひっそりと彼らだけで生きてきた」

「冗談はやめてください。私は真剣です」

「ここの言葉を覚えるという手もある」

「疲れました。缶詰を開けるのって重労働なんです」

「それがわかっただけでも大収穫だ」

「とてもおいしそうに食べてますね。見てると私まで幸福になる」

カーチャは広場の隅に集まって、コンビーフの缶詰とチョコレートを交互に食べている村人を見ながら言った。

「ユニークな取り合わせだが、味を知っているんだ」

「やはりナチスですかね」

トオルは無言でうなずいた。

ジミーたちが戻って来た。助手たちはそれぞれ膨らんだ袋を持っている。

「三十二体分の軍服の切れ端、眼鏡、歯型、埋葬品です。手帳や写真もありました。しかし、かなり古いものです。触っただけで崩れるものもある。墓荒らしも楽じゃない」

「ベンツェルやゲーレンの私物は？」

「軍服を着た骨だけです。それもぼろぼろでした。湿気のせいですかね」

「歯型は？」

「見ますか」

バッグから出した袋をトオルの目の前で振った。

「あいにく歯医者じゃないんでね」

「墓荒らしもあと二日で終わりです」

「きみたちの過去の清算ができるということか」

「そうだといいんですが」

ジミーは疲れ切った表情で、歯の入った袋を見ている。

その顔には安堵とも不安とも取れる表情が浮かんでいた。

翌日、ジミーたちが発掘に行っている間に、村人の採血と聞き取り調査の続きを行なった。

聞き取り調査はなかなか進まなかった。自分の生年月日を知っているものはいない。村には暦はなく、紙すらもないのだ。自分たちの判断に頼るしかなかった。

陽が昇ると起き、沈むと眠る。女は食事を作り、畑に芋を掘りにいく。芋から澱粉を取るのも女たちだ。男は集団で猟に出る。小さな弓と吹き矢を持っていくが、三日間で獲物はクモザル一匹だった。

文明から隔離された村だった。このような場所にナチスの残党が逃れてきたのは当然のことのように思えたし、またなぜという思いも湧き起こった。

夕方、トオルは小屋の前の丸太に座って村を見ていた。横にカーチャがいる。

高木に囲まれた村から陽光が消えるのは早い。わずかな光が鬱蒼と茂る木々を通して広場にさしている。

「彼らはなかなかしたたかです」

何事もないように生活を続ける村人を見ながらカーチャが言った。

「ダビ以外にも、ドイツ語を理解しているものもたしかにいます。年配の男。若い女も知っているようですが、なぜかわからない振りをしている。いったい、なにを考えているのか」

カーチャのいら立ちが伝わってくる。

「隠しているわけではないと思う。積極的に関わろうとしないだけだ」

「いずれにしても、ナチスに習ったに違いありません。ひょっとしてタニアも――」

ナチスの残党が村にきたことを話すものはいなかった。ドーナとゲーレンの名前を言っても、怪訝（けげん）そうな目を向けるだけだ。しかし、ナチスの痕跡は明確にあるのだ。

「子供たちの数が増えているのに気づいていますか」

「隠れていた子供が出てきたのだろう」

最初は数名しか見なかった子供たちが、いつのまにか十人を超えている。

「やり方が間違っているんです。食物でつろうなんて、まるで売血です。しかもコンビーフ一缶、チョコレート一枚で。こっちは詐欺です」

「他に方法があるか」

「もっと時間をかけて説得すれば、必ず納得してくれます」

「時間はない」

「こんなことをして、なんの意味があるんです。探していたナチの戦犯は、すでに死んでる。村人の血液採取は、私たちのやることですか」

カーチャは持っていた聞き取り用のノートを膝に叩きつけるように置いた。

「素朴で無邪気で文明社会に毒されていない。しかし、名前すらも満足にわからない。生年月日なんて知ってるものは一人もいません。今日が何日か知ってるものさえいないでしょう。その必要がないのですから」

カーチャはヒステリックに続けた。

「ベンツェル、ゲーレン、あの手首の主。クローンだとして、肉体的に同じでも精神まで同じじゃない。たとえナチスの残党であっても、罰することは不当だと思います。罪を犯したのは彼らではなく、別の彼らなんですから。それに、村人を調べるなんて無意味です。同じ時間を使うのなら、研究棟を調べるほうが百倍も有効です」

カーチャは一気に言って息を吐いた。

「目が真っ赤です。昨夜も夜中に起きだして顕微鏡を見てましたね」

睨むようにトオルを見ている。

「なにを捜しているんです。教えてください。先生を見ているとわかります。なにかを隠している。一人で苦しんでいるようにも見えます。お会いして日は浅いですが、私は先生と一緒にアマゾンの奥地にまで来ました。そろそろ私を信じてくれてもいいんじゃないですか」

トオルはそっと視線を外した。

「なにが出てくるか。私にも確信はない」

「でも、見当はついているんでしょう。そうでなければ、私は――」

カーチャの額には汗が滲んでいる。苦しげに額をぬぐった。

「研究の九十九パーセントは単調で退屈な仕事だ。みんな、残りの一パーセントを夢見て取り組んでいる。しかし行き当たらないもののほうが多い」

「先生がなにを求めているか。それくらいは教えてください」

「やはり、もう少し待ってほしい」

トオルは立ち上がり、村を取り囲む森林に視線を向けた。影絵のような木々が色を落とした大気の中に浮かんでいる。

自分の求めているもの――それはわかっている。やっと、わずかな光を見いだそうとしている。だが、それを口に出すと消えてしまう。それほど危うい光に思えた。

「静かですね。まるで森に取り込まれたようです」

カーチャがため息のような声を出した。

いつのまにか陽は沈み、広場に人影はなくなっていた。音は消え、まわりの森からは静寂の響きともいうべき時間が迫ってくる。

目の前にひっそりと並ぶ小屋。そのなかで人々は古代からの営みを続け、眠りにつこうとしている。

「太古の昔から、こうして人は生きてきた。これが人間本来の姿なのかもしれない」

「私には遠い生活です」

見上げると薄墨を流したような空が広がっている。そのなかに光の砂をまいたように星が輝いていた。

「不思議ですね。文明はすぐ側まで迫っている。人工衛星が写真を撮り、世界中の電波がここにも行き交っているのに。どうして彼らは、文明を取り入れないんでしょう。町に出ることもできるのに」

「何百年も何千年もこうして生きてきた。イヌイットが狩猟を捨てたらイヌイットでなくなるように、彼らもここを離れたら彼らではなくなる。彼らはここでしか生きられない。文明のなかでしか生きられなかったナチスが、ここで滅んだように」

トオルは草に覆われた墓標の列を思い出していた。重苦しい塊が身体のなかにある。その塊が濃さをまし、全身に広がっていくのを感じた。

「どうかしたんですか」

カーチャが怪訝そうな眼差しを向けている。

「そろそろジミーたちが帰ってくる。文明人の代表として、こんな時間まで働いている。食事の用意をしておいてやろう」

トオルは小屋の階段を上がり始めた。

カーチャがなにか言いかけたが声には出さず、トオルの横に並んだ。

4

翌朝目覚めると、広場に人が集まっている。

「なにごとだ」

トオルは小屋の前に立って、村人を見ているボナールに聞いた。

「占い師が祈禱をやってる」

ボナールは小屋の一つに目を向けた。

小屋の前には数十人の村人が座り、なかからは、獣の唸りに似た単調な響きが伝わってくる。

「ダビの娘が病気らしい」

村人が交代で小屋に入っていった。

トオルが小屋に近づくと、集まっていた村人が左右に分かれて道を開けた。

小屋には溢れるほどの村人がいた。薄暗い小屋の中央にタニアが横たわり、ダビが原色の鳥の羽でタニアの身体をなぞっている。

「彼は祈禱師も兼ねている」

背後でボナールが囁いた。その横に、いつのまにかカーチャもいる。

「私に診せてくれ」

トオルの声にダビが手を止めて振り返った。

村人をかきわけてタニアに近づくと、カーチャも後に続く。

タニアの前にひざまずき、脈を取り触診をした。ペンライトを出して瞳孔反応を調べる。

タニアはときおり身体を丸め、苦しそうな声を上げた。

「症状は？」

「二日前から腹の具合が悪いと言っていた。昨夜は、発熱と吐き気もあった」

ダビの言葉に、トオルはジャングルで会ったときからのタニアを思い浮かべた。そんな素振りはまったく見せなかった。

腹部を押さえるとタニアの顔が歪む。痛むのだ。

「虫垂炎だ。腹膜炎を起こしている恐れがある。炎症を起こしていた虫垂が、なにかの拍子に破れた可能性が高い。至急、手術が必要だ」

背後のカーチャに言った。

「ここで手術は無理です。薄暗いうえに滅菌には程遠いし、この高温と湿気です。感染症を起こすのは確実です。第一、手術器具がありません」

「わかっている」

トオルは鎮痛剤を注射して、腹部を冷やすように指示して外に出た。

小屋に戻ると、ジミーと助手たちが不安そうな顔でトオルを見ている。トオルは言葉を探したが言うべき言葉が見つからない。

「あんたは医者か」

突然の声に振り向くと、ダビが立っている。

トオルはうなずいた。

「手術をしてくれ」

ダビの目にはいままで見せていた、村長としての威厳はなかった。懇願と、娘に忍び寄る黒い影に対する怯えのみが感じられる。

トオルは現在の状態では手術は難しいことを説明した。

ダビは無言で話を聞いていた。驚いたことに、彼はトオルの話を理解している。トオルが話し終わると何か言いたそうに口を開きかけたが、諦めたようにゆっくりとうなずき小屋を出ていった。

トオルは医療カバンを出して器具を調べた。難しい手術ではないが、やはり小屋での手術には無理がある。

「先生、まさか。腹膜炎を併発していれば、広範囲な開腹手術が必要です。手術器具なんてどこにもありません」

トオルは床に敷いたビニールシートの上に手術器具を並べた。

「いつも持ち歩いてるんですか」

カーチャが器具を点検しながら、呆れたような口調で言った。

「いつもというわけじゃない。たまたま運がよかった」

「臨床医の経験は長いんですか」

「卒業後、一年ばかり。後は見よう見真似だ。当時私がいた研究所の隣の建物が、大学病院だった」

「やはり、やめてください。危険すぎます。もし、タニアが死ぬようなことがあれば」

「ダビは手術の意味を理解している。危険性についてもだ。その上で頼みにきた」

「ガーゼも包帯も十分にないし、消毒用のアルコールも蒸留水もありません。麻酔だってどうするんです」

「このままにしておけば、必ず死ぬ患者だ」

「でも、手術中に死んだりしたら」

「実験棟の手術台を使う。至急、人を集めて掃除をしてくれ。床と壁は水で埃を洗い流して、手術台は熱湯で消毒してくれ」

「あんな不潔で忌まわしいところ。手術器具も十分じゃありません」

「優秀な外科医と助手がいる」

トオルはカーチャに向き直った。

「盲腸の手術助手は、一度しか経験ありません」

「では、今度で二度目だ」

「麻酔はどうするんです。所持しているモルヒネだけでは十分ではありません。まさか、あの研究棟の――」

「確かめてみる価値はある」

「有効期限なんてとっくに切れてます」

「炎症は広がっている。このままでは、明日にはどうなるかわからない。きみにもわかるはずだ」

トオルは強い調子で言った。

「俺は手伝うよ。なんでも言ってくれ」

小屋の入口にボナールが立っている。その後ろには、子供たちが覗き込んでいる。

「私たちも手伝います」

ジミーと助手たちも入ってきた。

カーチャは大げさにため息をつき、手術器具を持って立ち上がった。

「みんな、急ぐのよ」

ボナールたちを連れて小屋を出ていった。

「できるだけ人を集めて、研究棟に水を運んでくれ。それがすんだら少女を運ぶ担架を作ってほしい」

トオルはカーチャの後を追おうとするジミーに言って、ダビの小屋に向かった。

一時間後、ジミーとボナールが二本の丸太にハンモックの網を張った担架を持って村人とやってきた。

タニアを担架に載せ、村人の手を借りて実験棟に運んだ。

タニアは額に汗を浮かべて歯を食いしばっている。かなり痛みがあるはずだが、呻き声ひとつ出さない。あとを心配そうな顔をした子供たちがついてくる。

手術台は掃除されて、ビニールシートが敷いてあった。テント代わりに持っていたツェルトを切ってシートにしたものだ。部屋の隅では簡易コンロで湯が沸いている。手術用具は熱湯消毒して別の手術台に置かれていた。

手術台が明るくなった。

「これは？」

「無影灯の代用品です」

カーチャが光を調節しながら言った。

錆び付いたスタンドに電池式のランプを取り付け、アルミホイルで反射板を作っている。

「手品師を助手に持ったようだ」

「器用なんです。ほかにも色々特技はあります。そのうちに披露します」

「もったいぶることもその一つか」

「女性は謎めいていたほうが魅力的じゃないですか」

「きみは今のままでも十分魅力的だ」

ボナールとダビを残して、全員部屋から出した。

ボナールは腕を組み、室内を見張るようにドアの前に立っている。ダビは部屋の隅に座り、目を閉じてなにごとか呟いていた。

「やはり使えません」

カーチャが、保存ボックスから出したモルヒネのアンプルを陽にかざしている。透明な液にわずかな濁りが見られた。

「手持ちのモルヒネでやるしかない」

トオルは予想していたように言った。

「とても足りません」

「これを使え」

ダビが木の筒を差し出した。栓を取ったとたん、カーチャが顔をしかめた。強い刺激臭が鼻をつき、茶色の液体が入っている。

「これを飲ませれば、眠り続ける」

「得体の知れないものは危険です」

カーチャが耳元で囁く。

「睡眠作用のある薬剤だろう」

「副作用があれば――」

「きみは麻酔なしで開腹手術をされたいか」

タニアが細く目を開けて、二人の方を見ている。痛みはかなりあるはずだが、ときおり顔をしかめるだけで声も出さなければ、涙ひとつ見せない。

トオルは液体をタニアの口に流し込んだ。タニアは何かを探すように瞳を動かしたが、すぐに目を閉じた。

「脈と呼吸は？」

「多少低下していますが、問題ありません。意識もないようです」

カーチャがペンライトで瞳を覗き込んだ。

「手術を開始する」

トオルはメスを取った。

「蒸留水は無理なのでガーゼで濾過した水を煮沸しました」

カーチャがアルコールで少女の腹部を消毒する。

実は、とメスをタニアの腹部に当てたトオルが言った。

「私も腹膜炎の手術は今回が二度目だ」

トオルは慎重にメスを進めていく。

「医学部の教授と遺伝子治療のチームを作ったことがある」

「先生は、臨床はやらないと聞いたことがあります」

「手紙がきたんだ。自分を救けないと世界の損失になると書いてあった。救けたら何でも願い事をきいてやるとも」

「どこかの国の大統領ですか。それともアラブの王様」

「ニューヨークの生意気な子供だ」

「それで救えましたか」

「身体のほうはね。しかし、心は私の手に負えない」

血に混じって膿が滲み出てくる。膿んだ虫垂が破れて、完全に腹膜炎をおこしている。

「ひどいな」

ガーゼで拭き取ろうとしたが血と膿は腹部全体に広がっている。

カーチャがチューブを差し出した。

「吸引しましょう」

トオルはカーチャに視線を向けた。彼女がうなずくのを確認して、チューブの先を腹部に入れる。カーチャが血と膿を吸い出す。ダビの呪文を唱える声が低く響いている。

手術は二時間ほどで終わった。

「すぐに口内を消毒しろ」

「アルコールは使いきってます」

ボナールが携帯用のフラスコを差し出す。彼がときおり、大事そうに飲んでいたものだ。

「勇者の飲みものだ。全部使っていい」

カーチャがうがいをすると、部屋中にウイスキーの匂いが広がる。

「今後、私の手術は先生にお願いします」

カーチャが上気した顔で言った。緊張と興奮で声が上擦っている。

「やはり、先生はすごい」

「私もきみに執刀してもらいたい。お世辞ではなく本心だ」

トオルは、カーチャが持っているフラスコを取ってひと口飲んだ。

先生、とカーチャが呼び掛けた。

「先生の笑顔、素敵です」

ジミーたちの手を借りて、実験棟の隣の建物から運び込んだベッドにタニアを移した。

タニアは静かに眠っている。表情も穏やかで、落ち着いていた。脈も呼吸もしっかりしている。

「明日の朝には目が覚める。しばらく安静が必要だ」

不安そうな顔で、ベッドの横に立ってタニアを見ているダビに言った。

「連れて帰りたい。ここには悪魔が住んでいる」

ダビは室内を見回した。いままでの冷静さは消え、顔には怯えが浮かんでいる。

「悪魔が連れにくる」

震える声でベッドに手をかけた。

「やめてください。殺したいのですか」

カーチャがダビの腕をつかんで、ベッドから離した。異常な怯えようだ。建物の外からも言い合う声が聞こえてくる。

「村人が騒いでいる。連れて帰りたいらしい」

ボナールが来て言った。

トオルは考え込んでいる。

「今日一日はここで寝かすしかない。私がついているから、心配しないように。明日、様子をみて村に連れて帰ると伝えてくれ」

「でも先生――」

トオルはカーチャに黙るように目配せした。

ダビは口の中で呪文のような言葉を繰り返しながら、村人と共に村に帰っていった。

その夜はトオルとカーチャがタニアに付き添った。

ランプの光がタニアの顔をぼんやり照らしている。

「きれいな子ね」

カーチャがタニアの寝顔を見て呟いた。

彫りが深く、鼻筋が通っている。肌は褐色に日焼けしているが、素肌は白人に近いのかもしれない。

「白人の血が混じっている」

トオルは手術器具を片付けながら言った。

「神秘的な女の子。オリエンタルな雰囲気も含んでいる」

カーチャはタニアとトオルを交互に見た。

「この村の人たちは先生に似ている。日本人の血が混じっているんじゃないかしら」

「人類学は素人なんだ」

「強情で嫌味な性格は好きじゃないけど、先生の顔は嫌いじゃない」

カーチャはタニアの顔を覗き込みながら、独り言のように言った。

『生命の起源』を大学に入った年に読みました。内容はよくわからなかったけれど、科学書というより人間を愛し、慈しむ心がすごく感じられました。生命の神秘、人間の美しさ、宇宙の広大さを感じました。生命、人間、宇宙……みんな一つの輪でつながっている。そして、生きることの意味。先生の本は、世の中のすべてを賛美する詩だと思いました。本の背表紙の先生の写真を見て、この人がこの本を書いたんだと

だから……と言って、カーチャは顔を上げてトオルを見つめた。

「先生が神を信じないと言ったとき驚きました。一番、神様に近いと思っていた人なのに」

トオルは何も言わず、手術器具の片付けを続けている。

カーチャはしばらくタニアを見てから、ボナールが用意したハンモックに入っていった。

トオルはベッドの側に敷いた寝袋に横になった。

天窓から差し込む月の光で室内はほの暗く、幻想的にさえ思えた。ナチスの手術室にいるとは信じられなかった。泥のような疲れが全身に広がってくる。これからのことを考えようとした。意識を集中させようとしたが、定まらない。すぐに静かな波のような疲労が意識を押し流していく。

かすかな物音に目が醒めた。

閉じそうになる目を開けると、目の前に黒い影がある。その影は無言でトオルを見つめていた。汗の匂いと生暖かい息遣いを顔に感じたが、嫌なものではなかった。むしろ、身体の奥に封印し続けてきたものを揺り動かす甘美さを含んでいる。

「きみは――」

言い掛けた言葉を柔らかい唇が封じた。

ときが止まり、すべての森の声が消えた。部屋のなかは静寂で満ちた。

影はトオルの次の行動を待つようにゆっくりと唇を離し、頬をつけた。時間だけがすぎていく。

「私はきっと、夢を見ている」

トオルはそっと影を押し退けた。今は――その時ではない。

影は長い時間トオルを見つめていたが、あきらめたように身体を起こしてハンモックに戻っていった。窓から射し込む夜の光が、あらゆる音と気配を消しさっている。

トオルは目を閉じた。ひどくゆったりとした、満ち足りた気分だった。こんな安心した気分は何十年ぶりかだ。やがて穏やかな眠りのなかに引き込まれていった。

「先生――」

カーチャの押し殺した声で飛び起きた。陽はまだ昇ってはおらず、部屋は薄暗かった。カーチャがタニアに覆いかぶさっている。トオルはカーチャを押し退けて、タニアの首筋に手を当てた。力強い脈動が伝わってくる。

「こんなことって」

カーチャが驚きの目を向けている。

そのとき、タニアが目を開けた。不思議そうにトオルを見ていたが、すぐにカーチャを見つけ微笑んだ。

「恐ろしいほどの回復力だ」

ガーゼを外して傷口を見たトオルは低い声を上げた。すでに傷口を薄い皮膚が覆っている。

タニアは陽が昇る頃には麻酔も切れて、意識もはっきりしていた。笑顔を見せ、手を握ると握り返してくる。カーチャには特別な眼差しを送っていた。カーチャが血と膿を吸い出したことを知っているのかもしれない。

カーチャはトオルと目があったとき、一瞬、淋しそうな表情を浮かべた。しかしその後は、何事もなかったように明るく振る舞っている。トオルも昨夜の出来事が夢の一部のような気さえしてきた。いや、きっとそうなのだ。

夕方、ダビの強い希望でタニアを小屋に運んだ。村中のものがきて担架を担いだ。

その夜、村で祝いがあった。集会所のような小屋に村人が集まり、食事をしながら語り合うのだ。トオルたちも主賓として招かれた。

子供たちがやってきて、身体に触れたりシャツの間に手を入れたりした。小屋のなかには笑い声が満ちていた。

鍋から出た料理を見てカーチャは悲鳴を上げた。

サルの姿煮。毛をむしられたクモザルが出てきたのだ。ゆで上がった身体は赤紫色に膨れ、湯気を上げている。村人はそのまま全身を解体していく。腕、足、胴体……肉を切り取って食べ始めた。

「我々は仲間として認められた。最高のご馳走を振舞われ、最高のもてなしを受けている。食べないと失礼にあたる。七面鳥の蒸し焼きやリブステーキと同じだ」

トオルは、顔をそむけ目を閉じているカーチャに言う。

「心遣いだけで十分。もう満腹よ」

「日本食レストランで、生きたままのエビを食べたことがある。口のなかでまだ動いてたよ。それを噛み潰した。頭のついたままの刺身もあった。切り刻まれても、身はぴくぴく動いてるんだ」

「やめて。それ以上言うと、ここで吐きまくるわよ。医者なら、こういうときの身体の反応はわかるでしょ」

カーチャの顔は青ざめている。

「善意は受けるべきだと思うがね」

「私はこれだけでけっこう」

きっぱりと言って、子供が持ってきたスープを抱え込むように持ってすすった。

「そのスープは中華料理になるのかな」

トオルは目で子供たちのほうを指した。彼らの中央にあるのは、カピバラの頭だ。その頭に赤いスカーフが巻いてある。

「彼らにとって、死は決して特別なものじゃない。次の命を育むための手段なんだ」

「私は後悔なんてしていない、絶対に。やるべきことをやっただけ」

カーチャは呟くように言って、油の浮いた液体を見つめている。

ダビが椰子の実の殻で作ったカップを差し出した。濁った液体からは、強烈な臭いが漂っている。

「木の実を発酵させた酒だ」

トオルはカーチャの鼻先に持っていった。

「私はパス」

顔をそむけ、見ようともしない。

トオルは一気に飲み干した。

「クリスタルグラスに入っていれば、三つ星レストラン級だ」

ダビは嬉しそうな顔で見ている。

「ぜひ作り方を知りたいね」

むせながら言った。

「知らなかったの。木の実を発酵させるのよ。唾液を使ってね」

元同居者の言葉、とカーチャが言って顔をしかめた。

宴会は真夜中まで続いた。

トオルは小屋に戻って丸太に座った。全身がとろけそうに疲れている。集会所の小屋からはまだ明かりが漏れていた。

カーチャが両手にコーヒーカップを持って、トオルの隣に腰を下ろした。

トオルはカップを受け取った。強い香りが鼻腔を刺激する。

「村人について気づいたことは？」

トオルはひと口飲んでから聞いた。

「女の子供が異常に少ない。七対一という割合です。子供の個体数が十四人。統計を論ずるには少なすぎる数ですが、明らかにおかしな数値です」

「ところが、成人男女の割合は圧倒的に女性が多くなる。年齢が増すに連れて、その割合は増えている」

「この村で、ここ数十年の間になにかが起こったと考えられませんか。たとえば戦争。成人男性の多くが死んだ。女性の場合は、零歳から十代にかけ多数が死亡した。それとも――」

カーチャが途中まで言って、考え込んだ。

「幼い女の子がどこかに連れ去られた」

数秒の間をおいて、呟くように言った。

トオルの脳裏に、実験棟にある手術室と鉄格子の部屋が頭に浮かんだ。

「ジミーの話では、墓はすべてナチの軍人やドイツの民間人のものだったそうだ。先住民のものはない」

「宗教的な理由からではないですか。村人のお墓は、どこか他の場所にあるんでしょう」

地面を踏む音がした。顔を上げると、黒い影が二人を見下ろしている。悲鳴を上げそうになったカーチャをトオルが強く抱き締めた。

ジャングルを背景に、胸を張り彫刻のように立つ小柄な影は、ダビだった。

ダビはトオルとカーチャの間に腰を下ろした。

甘い香りがかすかに漂っている。酒の匂いとも違う。どこかで嗅いだことがある。

「ずっと昔のことだ。わしはおまえが助けてくれた少女より、もっと小さかった。大勢の白い男たちが、褐色の男たちに荷物を担がせてやってきた」

ダビはゆっくりと話し始めた。

「ドーナが話していた人たちと同じ」

「白い男たちは、わしらの父親に戦うか従うかを聞いた。従うなら危害は加えないと。父親らは話し合った。戦うには彼らはあまりに強かった。火を噴く棒や家を吹き飛ばす武器を無数に持っていた。村のものたちは、生き残るために従うことを選んだ」

　ダビは深い息を吐いた。

「男たちは村中のものを森に連れていった。そこで木を切って、草を刈るように命じた。父親らは木を切り、草を刈り続けた」

「あの建物を建てた場所ね」

「いまは森に飲み込まれてもうない」

「滑走路だ。ナチスはまず、滑走路を作った」

「森の木を切り始めて五日目の夜、父親らが作った長くて広い道に木を並べて、火を燃やすように言われた。雷のような音を立てて、大きな鉄の鳥が飛んできてそこに降りた」

「飛行機ですね」

　カーチャが小さな声を出した。

「鳥の腹からは黒い服の男たちが降りてきた。森を通ってきた男たちの仲間だった。わしらに、鳥が吐き出した荷物を運ぶように命じた」

「どんな荷物だ」

「大きなものも小さなものもあった。木箱に入っていて、見ることはできなかった」

「それから？」

「鉄の鳥は何度もやってきて、男と荷物を吐き出してはまた飛んでいった」

ダビはときおり、次の言葉を記憶の底から拾い出すように目を閉じて考え込んだ。

「鉄の鳥の腹には大きな刺青があった」

杖の先で地面をなぞった。

「ハーケンクロイツ」

トオルは呟いた。

「彼らは若い男が多く、友好的だった。わしらに彼らの言葉を教え、新しい食物をくれ、怪我や病気を治してくれた。腕に針を刺したり、腹を切ったりした。あんたがやったように」

「注射と手術か。だからあなたは、タニアの手術を頼みに来た」

「彼らは鉄の鳥が運んできた材料を使って、三つの建物を建てた。わしらはそれを手伝った。だが、建物ができてからは近づくことが禁止された」

「あの実験棟と二棟の宿舎ね」

「建物ができてから、ときどき村人がいなくなった。二、三日して帰ってきたが、なにも覚えてはいない」

「麻酔でも打たれていたのかしら」

カーチャがトオルに視線を向けた。

トオルはうなずいた。

「いなくなったものは、全員帰ってきたのか」

「大部分のものは帰ってきたが、何人かは帰らなかった」

「男か女か？」

「女だ」

「年は？」

「知らない。若い女だ。赤ん坊も子供もいた」

トオルは黙り込んだ。

「実験棟でなにをしていたかわからないの」

「近づくことはできなかった。いちばん彼らが嫌がったことだ。その他では親切だった。ときおり手伝いに呼ばれたが、川から水を引く道を作ったり、鉄の鳥が吐き出すものを運んだりする仕事だった。そのたびに彼らは――」

ダビの言葉が消え、ぼんやり空を眺めていた。やがて再び口を開いた。

「わしらは、前と同じように暮らした」

「ほかに彼らが要求したのは」

黙っていたトオルが聞いたが、ダビはジャングルに目を向けたまま答えない。

時間だけがすぎていった。

「わしらは血を差し出した」

ダビは自然な調子で言った。

「血？」

「あんたらが使っている針のついた道具で、血を抜き取った」

「だから注射を恐れなかった。なにをしているのか、聞こうともしなかった。血を抜くというのに。でも、彼らのやったのは献血じゃないでしょうね」

カーチャは視線をダビからトオルに戻した。

「同じようなものかもしれない。命を長らえるための」

トオルが呟いた。

「実験棟に恒温培養器や振盪器がありました。あれで、なにかの血清を作ろうとしていた」

「おそらくそうだ」

「でも、なんのために。製薬会社を作ろうとしてたわけじゃないでしょう」

「否定はできない」

トオルは無表情に言った。

「彼らはいつからいなくなった」

「何十回も雨季を迎える前だ。わしがまだあんたの連れの男と同じ歳ごろだった」

「ジミーね。彼が四十歳すぎ、この人が七十歳くらいだとすればおよそ三十年も前のことになる。私はまだ生まれてもいなかった」

老人は長い時間、考え込んでいた。

「彼らがいなくなってからも、ときどき数人の男が村にきた」

「でも、飛行場はずっと前から使った形跡はないわ」

「前ほど大きな鳥ではない。ハチドリのようなものだ。空から降ってきた」

「ヘリコプターよ。村に降りてきたの？」

ダビは首を横に振った。

「周りの木が高すぎる。穴のなかに降りるようなもんだ」

「飛行場の真ん中に灌木のない場所があったわね。そこよ」

「彼らはここでなにをしていた。実験棟はここ十年以上、使われた形跡はない」

「子供を求めた。その年に生まれた赤ん坊だ」

ダビの目は暗い森を見つめている。

「赤ん坊？」

カーチャが怪訝そうな声を上げた。

「いつも赤ん坊を連れていった」

「男か女か」

「初めは両方だった。しかし最近は女の赤ん坊だけだ」

「最近？　いまも彼らはやってくるのか」

「三度前の満月の日にきた」

「三ヵ月前か」

トオルが深い息を吐いた。

「なぜ黙って渡すの。親は抵抗しないの」

老人は無言で空を仰いだ。トオルはその目の奥に潜む影を見たような気がした。カーチャもそれに気づいたのか、ダビから目をそらせた。

「一人の母親が拒んだ。その夜、男たちが酒を持ってきた。わしらはそれを飲んだ。目が醒めると、母親も赤ん坊も消えていた」

「お酒に薬が入っていたのね」

「赤ん坊はどうなった」

「帰ってきたものもいた。帰ってこないものもいる。わしらはただ祈るだけだ」

トオルの動悸が激しくなった。落ち着け。自分に言い聞かせるように、何度も息を深く吸い込んだ。

「だから私たちが来たときも、赤ちゃんがいなかった。村の人たちは、赤ちゃんを隠したのね」

「他に彼らがしたことは」

「女たちを集めて血と小便を取る。子供が生まれていれば、その子供を調べる。わしらにはわからない方法で」

「女性には妊娠検査をしている」

「満月の日、月が送り込んでくる悪魔の使い」

カーチャが呟いた。

「悪魔そのものだ」

トオルの言葉に三人とも黙り込んだ。

頭には、聞かなければならないことが溢れている。しかし、言葉になって出てこない。トオルは、もどかしさに何度も唇を強く噛み締めた。

ダビが静かに立ち上がった。

「まだ聞きたいことがある」

「もう十分にしゃべった」

トオルはダビの腕をつかんで目をやった。乾いた細い腕だ。

ダビはそっとその手を解き、タニアのいる小屋に戻っていった。

トオルとカーチャは無言のまま座っていた。欠け始めた月が広場を照らしている。

「麻薬か」

トオルがため息のような声を出した。

「ナチは麻薬で村人を奴隷にした」

「なぜ麻薬なの？」

「彼の腕に注射の痕があった。ひどい中毒ではないが、長年打ち続けている。それに、手術前にタニアに飲ませた薬にも入っていた」

カーチャが深い息を吐いた。

「彼はまだなにかを隠している」

「ドーナのこと？」

「もっと本質的なことだ」

二人は長い間、無言で座っていた。

集会所の小屋の明かりはついているが、聞こえていた話し声はいつのまにか消えている。村は静寂に包まれていた。

「私たちも墓掘りをやってみるか」

トオルがぽつりと言った。

「だれが埋葬されているか見てみたい」

「ナチスでしょ」

カーチャがトオルを見つめている。

「ナチスの墓ではなくて村人の墓だ」

「よしてください、墓荒らしなんて」

「明日、探しに行く」

「あてはあるんですか」

「川の近くだ」

「根拠は？」

「ない。しかし、森と大地と水に対して、村人は特別の感情を持っている。死んでからも、喉が渇くのはいやなものだ」

森の方から風が吹いてくる。トオルはその風を深く吸った。どこかで嗅いだことがある。それがダビの匂いと同じなのに気づいた。

「タニアの様子を見てくる」

トオルは立ち上がり、ダビの小屋の方に歩いていった。

5

翌朝、トオルはタニアの様子を見るためダビの小屋に行った。

タニアはトオルの気配に目を開けた。傷口を調べるとほぼ閉じている。脈拍と血圧も平常値に戻っていた。

「これは、奇跡の一種ですかね。神様の祝福」

背後からカーチャが驚きを隠せない声で言った。

「神は信じないと言ったはずだ」

「血液、細胞。あらゆる検査をする必要があります」

「すべては体力が回復してからだ」

ジミーたちが最後の調査に出た後、トオルとカーチャは村人の墓を探しに森に入った。

それとなく村人に墓の場所を聞いたが、みんな不思議そうな顔をするだけで答えない。

「墓地の場所くらい教えてくれればいいのに」

「神聖な場所だ。よそものには教えたくないのだ」

「ジミーたちのように、掘り返すとでも思っているんでしょうかね」

「私はそうするつもりだ」

今日中に墓地を見つけなければならない。明日の朝には村を出るのだ。

川に沿って二時間も歩き続けていた。

二人きりで、初めてのジャングルを歩くのは不安だった。どこを見ても同じ森が続いている。高くそびえる木々と青々と繁る葉。湿った空気と陽と土の匂い。まとわりついてくる蚊と蚋。ときおり落ちてくる蛭。ボナールは毒蛇にも気をつけるように言っていた。

「そんなに遠くではないはずだ」

「あの子がいてくれたら」

カーチャのシャツは汗で身体に貼りついている。

道案内のいない熱帯雨林は迷路と同じだった。一時間歩いても、一キロも進んでいないときがある。

トオルは立ち止まった。樹木の厚い屋根を通してかすかな音が聞こえる。

見上げたが、何重にも折り重なる葉で空までは見えない。音は頭上を通り、村の方に消えていった。

「ヘリコプターですね」

カーチャがトオルに確認するように言った。

「あの飛行場に着陸？　ナチの残党ですか。それともフェルドマンの仲間？」

トオルはカーチャの言葉を無視して戻り始めた。カーチャが慌ててついてくる。

「先生！」

三十分ほど進んだところで、カーチャがトオルの肩をつかんだ。

銃声が聞こえてくる。連射の音は拳銃ではなく自動小銃だ。合間に悲鳴のような声が混ざっている。

「急げ！」

トオルはカーチャの腕を振りはらい、走り始めた。

なにかの焼ける臭いが大気に混じった。鼻を突く強烈な臭いだ。ガソリン、そして……。

トオルの足が速くなった。カーチャの呼吸が荒くなり、遅れ始めた。

すでに銃声は止み、森には元の静けさが戻っている。

村に近づくにつれて臭いはますます強くなり、薄い煙が流れてくる。

不意にヘリのローター音が聞こえた。音は急激に高くなり、上空から降ってきて、そのまま東のほうに消えていった。

トオルは村の入口で立ち尽くした。

村が消えている。小屋は焼け落ち、残った骨組みのわずかな木材が煙を上げていた。

トオルを追ってきたカーチャが、低い悲鳴を上げた。

広場の中央には数十の遺体が薪のように交互につまれ、炎と黒煙を上げている。火力は強く、強烈な異臭が鼻をついた。可燃性の化学物質をかけられて燃えているのだ。

「ジェノサイドだ」

大量虐殺、背後で低い声が聞こえた。

振り向くと、ジミーがボナールたちと一緒に立っている。顔はススで汚れ、服は破れていた。顔と腕の赤黒いものは血だ。

「なにが起こった」

「突然、襲われました」

ジミーは茫然とした顔で言った。

「私たちは墓場で最後の調査をしていました。ヘリの音が聞こえたので、音を追って飛行場に向かいました。着陸していたのはUH－1。アメリカ軍がベトナムで使っていた兵員輸送用のものです。いまでは南米の共産ゲリラも使っています。私たちが着いたときには、パイロットと自動小銃を持った警備員一人を残して、他にはだれもいませんでした。そのとき、村のほうから銃声が聞こえてきたのです。急いで村に戻りました。十人近い男が、村人を広場の中央に集めて――銃を乱射していた――見境なく殺していた。小屋に火をつけ、そのなかに死体を投げ込んで――。私たちは――武器もない――必死でジャングルに逃げ込み、隠れていました」

ジミーの声が途切れ、肩が震え始めた。目に涙が滲んでいる。

「広場で燃えているのは、狩りから帰ってきた男たちです。あっというまの出来事でした。三十分もたってない」

トオルは広場に入った。炎はますます激しくなっている。

「火を消して！」

駆け出そうとするカーチャをトオルが抱き止めた。

「このままにしておけ。水もないし、私たちには埋葬もできない」

炎が遺体の山を覆い尽くすように広がっている。そのなかに黒い塊が見えた。それは人というより黒い人形のように見える。

「タニアは？」

突然、カーチャがジミーに聞いた。

「わかりません。奴らは小屋をナパーム弾のようなもので燃やしました。小屋のなかを見もしないで。広場で殺した村人も、炎のなかに投げ込みました。その後のことは——あの少女も、おそらく——」

それから、と言ってジャングルに目を向けた。

木々の上に、実験棟のほうから煙が上がっているのが見える。

「実験棟と居住棟も破壊され、燃やされました。彼らはすべてを灰にしてしまった」

三人はしばらく言葉もなく煙の方を見ていた。

「私たちが集めた試料も炎のなかです。私たちに気づいていたら、私たちも殺されていた」

ジミーは唇を噛み締め、身体を小刻みに震わせている。

トオルは煙を上げる死体に目を向けた。焼け落ちた小屋のなかにも死体はあるはずだが、確認のしようがない。まだ黒煙を上げ続ける炭と灰の山になっている。

一時間近くたって、やっとジミーが落ち着きを取り戻した。

「迷彩服を着た白人でした。全員三十前後。素顔でした。最初から皆殺しにするつもりだったのです。一言もしゃべらず、ただ殺していました」

ジミーの顔が歪み、嗚咽が漏れ始めた。

「なにものだ。見当はついてるんだろう」

「我々を襲ったのならばわかります。しかし彼らは、村人を襲った」

ジミーは村人たちの遺体に目を移した。

まだ燃え続けている炎と黒煙のなかに、炭化したひと形が見える。

「この人たちが何をしたと言うの」

立ち尽くし炎を見つめるカーチャの頬にも、涙がつたっている。

視線の先には小さな足がある。ボナールが木の枝で炎のなかに押し込んだ。

「彼らが私たちに気づいていれば、私たちも生きてはいなかった。すぐにここを発ったほうがいい。いつ戻ってくるかわからない」

トオルが辺りを見回しながら言った。

「食料も装備もない。どうしろと言うのです」

「ヘリを呼べ。きみが持っているのは、衛星通信用の携帯電話だろう。すでに村の位置もわかっている。ヘリが降りられることも証明ずみだ。この国のさほど遠くないところに、フェルドマンが待機しているはずだ」

「できれば使いたくないんです。誰が聞いているかわかりません」

「何のために持ってきたんだ」

「もしものときのためです。最後の切り札です」

「見ろ！」

トオルは鋭い声を上げ、広場の中央でまだ黒煙を上げている遺体の山を指した。

「いまがそのときだ」

ジミーは躊躇していたが、やがてあきらめたように肩をすくめた。助手の一人を呼んで、デイパックから衛星電話を出すように指示した。

助手はパソコン大のカバンを出して、ノート型のアンテナを組み立てていく。

衛星電話は赤道上空三万六千キロの軌道上を回る四個の静止衛星を通じて、世界中と交信できる。

「やはり乗り気じゃないんですがね。きっと誰かが聞いている。敵も味方も含めましてね」

ジミーは繰り返した。

衛星通信傍受システム『エシュロン』のことを言っているのだ。アメリカ、イギリス、カナダなど英語圏五ヵ国が軍事、経済に関して自国を有利に導くために、一時間に数百万の通信を傍受し自動的に分析するシステムである。フェルドマンの組織も何らかの関係を持っているのか。

「アマゾンの奥地でのたれ死にするよりいい」

「ミスター・フェルドマンも大目に見てくれるでしょう」

ジミーは観念したように言った。

助手は受話器を耳に当ててボタンを押していく。

「通じない」

助手が空に向けたアンテナを調節しながら言った。

スピーカーに切り替えると、凄まじい音が響く。助手は慌ててボリュームを下げた。

「最新式のやつなんですが、ときどきこうなるんですよ。なんせ、宇宙を飛んでいる豆粒のような衛星をキャッチして電波を送るんです」

助手は言い訳のように言ってアンテナをいじっているが、雑音の大きさが変わるだけで通じる様子はない。

「代わって」

カーチャが助手を押し退けて衛星電話の前に座った。顔には涙とススで斑模様ができている。

慣れた手つきでアンテナの角度を変えながら、本体のボタンとダイヤルを調節している。

「人工衛星をとらえるのが難しいの。コツがあるのよ」

通じるはずです、と言って受話器をジミーに渡した。

ジミーは疑わしそうな顔で受け取り、ボタンを押していく。

「たいしたもんだ」

ジミーはカーチャに片目をつむり、背を向けて話し始めた。

トオルは荷物を置いていた小屋のあとに行った。小屋は完全に燃え落ち、灰と炭になった支柱が残っているだけだ。

小屋のなかには集めた試料のすべてがおいてあった。残っているのは、各自がデイパックに入れて身につけていたものだけだ。

「ただの金属の塊」

カーチャが熱で変形した保存ボックスを灰から掻き出した。

開ける気にもならない。なかには、村人五十七人分の血液が入っていた。

「三時間後に救出ヘリが来るそうです。急いで用意をしてください」

ジミーが来て言った。

「村は滅びてしまった。地球上から一つの種族が消滅した。まさにナチスの望んだことだ」

ジミーの声には怒りがこもっている。

陽が傾きかけたころ、南のほうからヘリのローター音が聞こえてきた。

第四章　秘密

1

翌日の午後には、トオルとカーチャはサンパウロ国際空港からアメリカに向かっていた。トオルは、ただちに帰国することを強く主張したのだ。

「国境を越えたコロンビアの左翼ゲリラが、ブラジル先住民の村を襲撃して虐殺。生存者は確認できず」

フェルドマンが手配してくれたファーストクラスの座席で、トオルは空港で買った新聞を読み上げた。村の襲撃は載ってはいたが扱いは小さく、明日には忘れられるものだ。

「フェルドマンたちがプレスに流した情報ですか」

「ナチスだろう。読み飛ばすような記事だ。フェルドマンたちはナチスの存在を世界に暴露したいはずだ。しかしナチスは、すべてを葬り去るつもりだ。政府は調査団を送る意思は示しているが、日時は不明とある。送られることはないだろう」

「マスコミがよく簡単に信じましたね。こんないい加減な情報を」

「政府とマスコミの両方の上層部に働きかけているんだ。ナチスの力は、南米にはまだ生きているということだ。いずれにしても、世界はアマゾン奥地の先住民の死など問題にしない」

トオルは新聞を畳んで座席のポケットに入れた。

「タニアも死んでしまった」

カーチャが呟くような声で言った。

サンフランシスコ空港に着いたのは夕方だった。

空港でレンタカーを借りてアーロンに向かった。サンフランシスコの東百キロにある研究都市だ。

カリフォルニア工科大学の付属研究施設、遺伝子研究所についたときには、六時を回っていた。

往年の〈シリコンバレー〉にならって名付けられた〈ジーンバレー〉が、夕陽を浴びて眼前に広がっている。〈遺伝子の町〉の名の通り、この町にはアメリカ中の遺伝子に関係する企業の研究所や大学の研究施設が集まり、ベンチャー企業が生まれては消えていく。

「あれがそうだ」

トオルが目で前方を指した。

沈みかけた陽のなかに、モダンな建物が浮かんでいる。

広い芝生の中央に、螺旋状の遺伝子をかたどった彫刻があった。その前に、『カリフォルニア工科大学、遺伝子研究所』と書かれたステンレスの看板が見える。

「敷地約一万四千平方メートル、地下一階、地上三階。生化学、分子生物学、生物化学など十二の遺伝子関係の研究室があり、ノーベル賞受賞者二名、候補者三名が在籍している。アメリカを代表する遺伝子研究施設だ」

「なかでも、先生はノーベル賞最有力候補者」

「十二年前に最新設備を導入して造られたが、すでに古くなっている。P４施設の使い勝手も悪くなったし、情報処理関係の設備も遅れている。所長が建て替えに奔走しているが、どうなることか」

トオルはカーチャには答えず言った。

車はロータリーに入り、正門前で止まった。警備員室には銃を持った警備員が二人座っている。

「お帰りなさい、先生」

トオルが車をおりると、年配の警備員がなつかしそうな声を上げた。

規則ですからと身分証明書の提示を求められ、さらに人事担当責任者に電話して本人確認が行なわれ、入所の許可が下りるまでに二十分もかかった。

「仮のＩＤカードを作っておきました。暗証番号は前と同じです。そちらのお嬢さんのものは手続きしてから三日後になります」

警備員は磁気カードをトオルに渡した。

「さすが先生ですね。一年も留守にすれば、普通ならここを通るだけで半日かかるところです。来月からＩＤが新しいタイプのものになります。瞳の虹彩を利用するやつですよ」

警備員が双眼鏡をのぞく動作をした。

車は研究所の敷地内に入った。

「警備員は正門と建物内の二ヵ所に二十四時間待機している。研究所の出入りはすべてカードと暗証番号で行なわれ、警備室のコンピュータに記録される。警報装置は警備室と地元警察につながっていて、異常があれば十分以内に駆けつける」

「警備員も銃を持ってましたね。ヨーロッパの大学より厳重です」

「ここはアメリカはもちろん、世界の遺伝子科学の総本山、遺伝子に関しては宝庫だからね。世界中の細胞が集められて冷凍保存され、ＤＮＡデータも保存されている。製薬会社にとっては、連邦銀行にも匹敵する」

車はビルの裏手に回った。

駐車場にはまだ数十台の車がとめてある。

トオルは車を奥のスペースに入れた。隣には幌のかかったメルセデスのオープンカーが駐車してある。

キーを出してメルセデスのドアを開け、荷物を積み替えた。

「私の車だ。研究所に車好きの友人がいてね。使用を条件に整備を頼んでいた」

自分のデイパックを抱えて、怪訝そうに見ているカーチャに言った。

食堂は閉まっていたが、隣接している自動販売機のコーナーでハンバーガーとコーヒーを買って研究室に向かった。

その間にも十人近い研究者に声をかけられ、握手を求められた。

警備員に渡されたカードと暗証番号で研究棟に入ると、ホテルのロビーのような空間が開ける。中央に受付があり、そこにも二人の警備員がいた。

「留守の間は助教授のドクター・ウエルナーが研究室を管理している。昨夜、連絡を取っておいた。すぐに実験室を使うことができる」

何度か廊下を曲がって一階の奥にある自室に行き、ドアのスリットにカードを差し込んだ。

「大学での私のポジションはパーマネント・プロフェッサー。学生は原則として取らない。授業の義務もない。年に二回、研究報告書を提出すればいい。今年の予算は二百万ドル。五十万ドルは大学から支給される。あとの百五十万ドルは、複数の財団と企業から出ている。単なる寄付もあれば、共同研究という形を取っているものもある。トーマス財団、カリフォルニア科学振興財団、マニフィーク製薬会社、ユニマック製薬会社、その他、多数だ。金額も一万ドルから数十万ドルまである。ヨーロッパやアジアのものもね。きみの給料もそうした基金のなかから支払われる。これ以上は秘書に聞いてくれ」

トオルは早口で言った。

部屋には正面に大型の机があり、その前にソファーとテーブル。右手の壁全面が作り付けの本棚になっていた。

荷物を置いてロッカーから白衣を出し、一着をカーチャに渡した。

「きみが私と同じサイズで助かるよ」

「何が始まるんですか」

「研究に来たんだろう」

デイパックから出した冷凍ボックスを持って、同じ階にある実験室に行った。

ドアにはＤＮＡの螺旋(らせん)図形が描かれたプレートがかかり、その下に「ウエルカム・トゥ・アワー・ラボ」と、飾り文字が躍っている。

トオルはカードを差し込み、ドアを開けた。カーチャは入口の前で立ち止まっている。

「初めて来た研究者は、例外なくそこで足を止める」

トオルはカーチャに向かって厳かに言った。

「緊張しています。ここは世界最高の遺伝子実験室の一つ」

「そういう表面的な権威以上に神聖な場所だ。ここで生命の神秘が解き明かされる。遺伝子とはなにか、命とはなにか、人間の本質とはなにか。それが明らかになれば、なぜ人間が存在するのか、人間はどこから来てどこに向かうのか。人間が人間たるゆえんは？　人間の存在価値が明らかになるかもしれない」

トオルはカーチャの手を取って招き入れた。

壁ぎわの棚には様々な機器が並んでいる。炭酸ガス・インキュベータ、恒温培養器、光学顕微鏡、電子顕微鏡……。奥には二台のクリーンベンチがある。

「マイクロマニピュレータは使えるかね」

カーチャはうなずいた。

倒立型顕微鏡のモニターを見ながら、先についた極細の針やピペットを動かす装置だ。核の入れ替えや除去などに使われる。人工授精で卵子に精子を付着させるときにも使用される。

「となりがP3ラボだ。P4ラボは二階にある。私の関係するテーマは、ここで九割の実験はできるがね」

「P4を使用するような危険な実験もやっているんですか」

Ｐ４レベルの実験室で扱われるのは、エボラウイルス、マールブルグウイルス、天然痘ウイルスなど、伝染性が強く致死性の高い病原微生物だ。その他、遺伝子組み換えなどで、未知の微生物ができる可能性のある場合に使用される。

「自然は我々人類を愛おしみ、育んでくれる。しかし我々は人類の性のために、与えられた範疇から踏み出そうとしている。その線から出るとき、考えられるすべての防護は行なわなければならない。人類としての責任だ。所長のドクター・トーマス・オーエンの方針だ」

カーチャは無言で室内を見回している。やがて、トオルに向き直った。

「これからなにが起こるんですか」

「学生の基礎実験だ」

「ドイツでも同じようなことを言って、手首を見せられました」

トオルは冷凍ボックスからケースを取り出した。なかには赤味を帯びた凍結肉片が入っている。

「いつこれを」

「アマゾンの土に還すにはおしいと思った」

「タニアの虫垂ですね」

カーチャが呟いた。

「タニアは特別だった。彼女こそアスカだ」

「あの子がアスカ？　アスカは人の名前。でもタニアと呼ばれてました」

「あの異常な治癒力。普通ではなかった。彼女こそ、ドーナの娘だと確信している」

「でも、名前が違う」

「彼女はゲーレンの子供でもある。ゲーレンは血を重視し、ゲルマン民族の優位性を主張するナチの一員だ。自分の子供がアマゾンの先住民の血を引くことに耐えられるだろうか。おそらくアスカは、村長であるダビにあずけられ、その子供として育てられていた。ファーターは育てるものに与えられる名前。その見返りにダビは……」

トオルは顔を歪めた。ナチは常に人の精神の弱さにつけ込み、魂を滅ぼしてきた。

「いずれにしても、アスカはタニアという名でダビの家族として育てられた」

「じゃドーナはなぜゲーレンと一緒に？　あの男がなぜドーナを妻として連れていたのです」

「一緒にいなければならない理由があったからだ」

「どういうことなんです」

「それをつきとめたい」

「タニアがアスカ。アスカはドーナとゲーレンの子供。だから、先生は帰国を急いだのですね」

そう言ってカーチャは、凍結した肉片を見つめている。

トオルは注意深く肉片をガラス板の上に置きながらうなずいた。

凍った肉片を薄く切ってプレパラートに載せて標本を作り、顕微鏡にセットした。

「残りの細胞は生理食塩水に入れて保管してくれ。細胞分裂の過程、ＤＮＡ、すべてチェックしたい」

トオルは顕微鏡を覗きながら言った。

カーチャはなにも言わず、トオルの言葉に従っている。

「なんとか間に合った」

トオルは独り言のように言って、顕微鏡に連動しているディスプレーのスイッチを入れた。

ディスプレーの画面に染色された細胞が映し出された。その一個一個が瑞々しく、力強く脈動している。

「普通の細胞です」

「これを分裂させてもらいたい」

カーチャは除菌に細心の注意を払いながら、培地を作り細胞を植え込む。それが終わるとＤＮＡの検出に入った。トオルは無言で顕微鏡の操作を続けている。

「この細胞になにがあるんです。先生はなにを望み、なにを求めているんです。結果は予測がついているんでしょう。だったら教えてください。私にも知る権利があります。あの村では死ぬほどの目にあった」

カーチャが手を止めて、不満を含んだ声で言った。トオルの動きは変わらない。

「待ってくれと言うんですね。わかりました。待ちます」

独り言のように言って、ＤＮＡの検出を続ける。

試料をすべてセットし終わったときは、午前一時を回っていた。この時間にもときおり、廊下から声が聞こえてくる。窓から見えるいくつかの部屋にも、まだ明かりがついていた。

二人はトオルの自室に戻った。

「疲れた顔をしている」

トオルは白衣を脱ぎながらカーチャに言った。

化粧気のない顔には艶がなく、目の周りには隈ができている。唇も乾いて、荒れが目立った。

「アマゾン探検が終わったと思ったら、翌日には帰国。アメリカ到着後ただちに空港から実験室に直行して、実験を始めるとは思ってもみませんでした」

「細胞が生き残るのは今日がリミットだった」

「不満ではありません。驚いているだけです」

「今夜は私の家に泊まるといい」

トオルは自分の荷物を持って立ち上がった。

メルセデスはひっそりした住宅街を走った。

広い道の両側には、パームツリーが街灯の光を浴びて黒い影を落としている。

車は小高い丘の上にある邸宅の前に止まった。二人は車を降りて家のほうに歩き始めた。

門灯がつき、庭の外灯もついている。手入れの行き届いた広い前庭を進むと、塀のなかにプールが見えた。

「だれかいるんですか」

カーチャが不安そうな顔を向けた。

「セキュリティ会社が管理している」

二人は家に入った。

家具の少ないシンプルな居間だった。テーブルの花瓶には花が飾られ、横に今日の新聞が置いてある。

カーチャが立ち止まった。

「誰かいます……女の人」

『ウエルカム・ホーム。ナンシー』トオルは花瓶の横のカードを読み上げた。

「近くにホテルは？　タクシーを呼んで下さい」

トオルはカーチャに怪訝そうな顔を向けた。

「ナンシーは週二日、掃除に来てくれる」

「有能な方らしいですね。ここの状態を見れば」

「きれいずきだ。私より百倍もね」

トオルは二階の客室にカーチャを案内してから書斎に入った。

机の上には郵便物の山ができている。月に一度、秘書が整理して、必要なものはドイツに送ってきていた。しかし、ドイツを引き払ってからの郵便物が数十たまっている。ほとんどの友人や仕事関係者とはＥメールでやりとりするが、まだ手紙は重要な通信手段の一つなのだ。

椅子に座り何通かの手紙の封を切ったが、途中で気力が萎えていくのを感じた。最近、こうした虚脱感を覚える頻度が高くなった。全身から力が抜け、目を閉じるとそのまま深い眠りに引き込まれていきそうになる。永遠に覚めない眠りに。

気を取り直して、手紙の整理を続けた。一通の封筒に目が止まった。送り主は、『カリフォルニア・メモリアル・ホスピタル』。

その封筒を横に置いた。入っているのはカルテのコピーと簡単な手紙。文面は読まなくてもわかっている。「異常はありません」だが、この異常なしという意味は、異常が進んでいるということだ。

軽くため息をつき、目の間を揉んだ。ドイツ滞在中にも、めぼしい成果は得られなかった。わずかな希望はアマゾンの奥地にあったが、自分に残された時間はさほど多くはない。

机に伏せて目を閉じると、急激に疲れが回ってくる。脳の奥に濃い灰色のものが溜まって、思考力を鈍らせている。それがなにかはわかっている。だがその解決方法は、未だ闇のなかに近い。

突然、全身に震えが走った。

両腕で強く身体を抱き締め、必死で耐えようとしたが震えは収まらない。全身に冷や汗が噴き出し、精神の奥からいいようのない恐怖と孤独が湧き上がってくる。誰か……自分を……。

立ち上がり、よろめくように歩き始めた。

部屋は静かだった。カーテンを通して外灯の光が差し込んでくる。その中にベッドが影絵のように浮かんでいる。ベッドに近づいた。

カーチャは、目を閉じているが眠ってはいない。熱い息遣いを感じる。震えるこぶしを握り締め、その姿を見つめていた。身体の奥から耐えきれないものがあふれてくる。恐怖、孤独、欲情。いや、もっと強い衝動だった。生への渇望。止めようのない感情が突き上げてくる。

カーチャの身体を抱き締めた。

「いや……やめて……」

カーチャは喘ぐような声を出して顔をそむけた。トオルは腕に力を入れた。カーチャの身体が強ばる。トオルはかまわず、彼女のパジャマのボタンを取った。暖かく柔らかい肌、瑞々しく若さにあふれた肉体。それは生命に違いなかった。

トオルは強く抱き締めた。じっとりと濡れた肌が触れ合い、生命に満ちた細胞が自分の体内に同化していく。トオルの震えがカーチャに吸収されるように徐々に消えていった。

「怖いんだ……」

トオルの口からかすれた声が漏れた。

カーチャの身体から力が抜けていく。

気が付くと、書斎の机に伏せたまま眠っていた。

カーテンの隙間から明るい光が差し込んでくる。背中に毛布がかかり、ついていたはずの明かりが消えていた。

壁の時計を見ると、八時を指している。

玄関のドアが開く音がした。

トオルは椅子から立とうとしてよろめいた。全身に重苦しいものが溜まり、力が入らない。発作の後ではいつもそうだ。記憶は半分抜け落ち、夢と現実の境にいる。しかし、昨夜のことは覚えていた。

「グッド・モーニング、トオル。お帰り」

書斎のドアが開き、明るい声が聞こえたと思うと、強い力で抱き締められた。頰にキスの雨が降ってくる。

「ありがとう。一年前とまったく同じだ」

「お土産、素敵だったわよ。特にあのソーセージとワイン。二週間も前に届いたわ」

ナンシーの動きが止まった。一瞬、怪訝そうな顔をしたが、すぐに顔いっぱいに笑みがあふれた。

「そういうことなのね」

ナンシーはトオルの身体を離し、顔の前で人差し指を振った。

振り向くとドアの前にカーチャが立っている。

「こういうことは前もって報せておくものよ。色んな準備が必要なんですからね。とくに心の」

諭すように言うが、嬉しさを隠し切れない様子だ。

「すごく可愛いお嬢さん」

ナンシーはカーチャに近づくなり抱き締めた。

「ドクター・カタリーナ・ローゼンバーグ。スタンフォード大で学位を取った優秀な生命科学者だ。助手として働いてもらう。住居が決まるまで、ここにいてもらおうと思っている。もちろん彼女の意思しだいだが」

カーチャは微笑もうとしたが、頬がわずかに引きつっただけだった。

「私の最強のライバル。彼女はノーベル賞を狙っている、優秀で野心に満ちた科学者だ」

ナンシーは納得できないという顔で聞いている。

「十分で食事の用意をしてほしい。研究所が待ってる」

「いつもの調子なんだから」

ナンシーは我に返ったように笑みを取り戻し、キッチンに行った。

カーチャは何も言わず立っている。

トオルは開きかけた口を閉じた。なにを言っていいかわからないし、なにを言っても無駄であることはわかっている。お互い無言のまま見つめ合っていた。

「私はきみに――」

カーチャはトオルの言葉を最後まで聞かず、目を伏せて部屋に戻っていった。

台所からはナンシーの歌声が聞こえてくる。

トオルは無言で運転していた。

カーチャは食事の間ひとことも口を開かなかった。ナンシーに見せる作り笑いが、トオルの心を凍らせた。

車に乗ってからもトオルから顔をそむけるように外を見たままだ。

「私は自分を恥じている」

カーチャは答えない。

「このままきみが去っていっても、訴えられても、私はきみの意思に従うつもりだ。私はきみを――」

「先生、私は……」

言い掛けた言葉を飲み込んだ。指先で目尻をぬぐい、その手を窓から出して風を受けている。

「私は弱い人間だ。ときに、自己を抑えられないほどの恐怖に襲われる。一人のときはただ耐えるだけだ。いままでは、ずっとそうしてきた。しかし、昨夜はきみがいた」

「先生は私にお休みのキスをしただけです。それ以外は、なにもしませんでした」

カーチャはトオルに顔を向けた。

笑みを浮かべようとしているが、頬が奇妙に歪んだだけだった。

「許してくれたと思っていいのか。私は二度ときみに――」

「ナンシーって素敵な人。それに美人」

明るい声を出そうとしているが、とんでもなく調子が狂っている。

「優秀なハウスキーパーだ」

「彼女いくつ？」

「五十歳で彼女の時間は止まったと言っている。ご主人が飛行機事故でなくなったときだ。当時二十歳だった長男が結婚して、その子供が中学生になった。長男はカリフォルニア大学バークレー校の東洋文学の教授だ。彼女は長男の生徒でもある。私よりもずっと日本に詳しい。八年目だ、私のところに通い始めて」

「だから、先生のことを知り尽くしているんですね」

「そう錯覚しているだけだ。好きな食物、好みの洋服。何時に起きて、何時に寝る。生活習慣、好きな女性のタイプ……。そんなことがなんになる。人が他人を知り尽くすなんて不可能だ。自分自身にすら、満足にわかってないのに」

「ムキにならないでください。でも、他人だからこそ気づくこともあります」

「たとえば？」

「先生がとんでもない自信家で、気難し屋の偏屈だってこと。自分ではちっとも気づいてないでしょ」

トオルは答えず運転を続けた。

「そして——」

カーチャは言いかけて、しばらく考えていた。

「なにか重要な秘密を持っている」

トオルの動きが一瞬、止まった。キャデラックがホーンを鳴らしながら、追い抜いていく。

「気をつけて。私の人生はこれからなんです」

カーチャはシートベルトを締め直した。

研究所に着いたときには、十時を回っていた。

「お披露目をしておこう」

カーチャを連れてカフェテリアに行った。

スーツ、ブレザー、Ｔシャツにジーンズ……様々な服装の科学者たちが、十人以上集まっている。

トオルはカーチャを彼らに紹介した。

「独身かい」

「趣味は？」

「新しい遺伝子の製造に興味は？　私は最高の手助けができる」

「今夜、きみともっと知り合いたい」

周囲から声が乱れ飛んだ。

「私、専属の助手なんだ。誰の引抜にも応じないよう契約書に入っている」

トオルはカーチャの腕をつかんで、カフェテリアを出た。

「無知なヒヨコどもだ」

「全員、世界的レベルの研究者です。ほぼ全員の論文を読んだことがあります」

カーチャの顔が緊張で硬くなっている。遺伝子関係の研究者なら、当然のことだ。

「研究所の合言葉は、〈人生を楽しめ。人生は美しい、そして短い〉。これは、すべての生物の遺伝子に組み込まれている遺伝情報だ」

トオルがカーチャの緊張をほぐすように言ったが、カーチャの顔は強ばったままだ。

「萎縮する必要なんかない。みんな普通の人間だ」

「スポーツ選手のドーピング。私には彼らの気持ちがよくわかります。薬を使うことはよくない。命を縮めるってことも十分理解してます。それでもいい。ベストの記録を出したい。オリンピックで優勝したい。もし、科学的才能を高める薬があれば、私は迷わず飲みます。たとえ、命を縮める副作用があっても」

トオルは歩みを止めてカーチャを見つめた。驚くほど真剣な顔をしている。

「自ら命を縮める。そんなことは冗談でも言うべきじゃない」

「先生には、私の気持ちは永遠にわかりません」

トオルは答えず歩き始めた。

部屋の前にくると、なかから電話のベルが聞こえる。急いで部屋に入り受話器を取った。

「DNAの解読に、そんなに時間がかかることはないはずだ。DNAを抽出してシーケンサーにかけるだけだ」

トオルは最初は黙って聞いていたが、突然激しい口調で言った。

「急ぐように言ってくれ」

受話器を荒々しく置いた。

「検査室からだ。昨夜出しておいた遺伝子解析は、今日いっぱいかかるそうだ。きみにやってもらえばよかった」

「やはり先生は焦ってます。なにかに脅迫されてるみたい」

「これが私のペースだ」

声が大きくなった。

激しい感情が突き上げてきたのだ。それはすぐに後悔に変わった。

「悪かった、大声をだして。時々、自分が抑えられなくなる」

「もっとゆっくりやるべきです。ドイツでもアマゾンでもそうでした。科学は逃げません」

「しかし、時は待ってはくれない」

トオルは呟くような声で言うと、白衣を羽織って実験室に向かった。

2

二日後の土曜日の午後、トオルは一人で家を出た。

カーチャは朝から出かけている。

車はフリーウエイをサンフランシスコから南に向かって走った。スピードは百キロを超えている。トオルはさらにアクセルを踏み込んだ。一時間以上走り続けている。

フリーウエイを乗り継ぎ、隣町に入った。右手には海が見えている。太平洋だ。

前方の小高い丘の上に、鳩が羽を広げたような白い建物が見え始める。

フリーウエイを降りて、丘に続く道に入った。

駐車場に入るとき、バックミラーに赤いトヨタが丘を上ってくるのが見えた。フリーウエイを走っているときにも、何度か見た車だ。運転しているのは女。黄色いスカーフで頭を包み濃いサングラスをかけているが、その横顔には見覚えがあった。

トオルは花束と小箱を持って車を下りた。公園のような広い庭を横切り、建物に向かって歩いた。

『カリフォルニア・メモリアル・ホスピタル』建物の前に、病院の名前が刻まれた御影石が置いてある。

病院に入り、ホールの隅にある背の高い植木の後ろに立った。

磨き込まれたドアガラスに一人の男が映っている。寝不足でむくんだ顔、赤くはれぼったい眼、くたびれ行き場をなくした表情。そしてなにより、精気というものが感じられない。思わず目をそむけたくなる男の姿だった。

数分の間をおいて、黄色いスカーフの女が入ってくる。

「いつから探偵に転職した」

トオルは女の前にいき、静かな声で言った。女の顔が強ばる。

「ただ、先生のことが――」

カーチャが途切れがちの声を出した。

不意にトオルの精神に寂寥感が押し寄せた。怒りとも違う、悲しみとも、否定とも違っていた。絶望とも諦めともいえるものだ。

トオルは無言でカーチャの腕をつかみ、歩みを速めた。一瞬カーチャの腕に力が入ったが、すぐに力は抜けトオルに従った。

ホールを横切ってエレベーターに向かう。

二人は三階まで上がった。

廊下を歩いていると、すれ違う看護師たちが親しそうな笑顔を向けてくる。トオルも挨拶を返している。トオルにとっては通い慣れた場所なのだ。カーチャの顔にもゆとりが出てきた。

病室の前に立ち止まり、ノックもなしでドアを開けた。わずかに消毒薬の臭いが漂うが、清潔で完全に管理された病室だ。

日溜まりに出した車椅子に、一人の男が背を向けて座っている。

トオルは男に近づき、その肩にそっと手をおいた。

入口に立っているカーチャに向き直り手招きした。カーチャが緊張した面持ちで入ってくる。

「遠慮なく見てくれ。彼には羞恥心とか誇りといった感情はない」

車椅子をカーチャのほうに回した。

カーチャの顔に、恐怖にも似た表情が現われた。

まばらな白髪を通して染みのある頭皮が透けて見え、顔には深い皺が刻まれている。目尻には涙が滲み、半開きの口からはよだれが糸を引いていた。半袖のパジャマから出た腕は骨張り、乾いた皮膚には染みが浮き出ている。肉の削げ落ちた身体は、老醜を漂わせていた。

トオルは老人の横に立ち、カーチャを見つめた。

「兄のハジメだ」

カーチャの表情に驚愕が加わる。

「今日は彼の誕生日だ。四十四歳になった。私より九歳年上だ」

虚ろな目をした老人が、カーチャを見つめている。その瞳は黄色く淀み、見えているとは思えなかった。どう見てもトオルの祖父にしか見えない。

「ウェルナー症候群……」

カーチャが呟くような声を出した。

この症状は思春期や青年期に現われ、急激に老化が進む。髪が抜け、白髪になり、皮膚は老人のものとなる。さらに白内障、糖尿病、心臓病など老年期特有の症状が現われるが、普通の老化現象とは異なっている。遺伝子欠陥による病気で、原因遺伝子であるＳＷ遺伝子は一九九六年に発見されている。

「類似性はあるが違っている」

トオルはテーブルのティッシュを取って、ハジメの口元を拭いた。

「早期老化症には十種類以上あるが、それらのどれとも違っていた。四十歳をすぎると、ある時急に症状が現われる。兄は四十二歳で現われた。父は四十三歳で症状が現われたが、翌年自殺した。祖父は四十一歳だと聞いている。症状が現われてから一年目で十歳、二年目で二十歳、三年目で三十歳と、加速度的に老化していく。しかし三年を生き抜いたものはいない。発病して二年以内に脳の異常も始まる。進行は遅いが、痴呆が現われる」

トオルはカーチャに向かって、医師が患者の病状を説明するように淡々と語った。

カーチャの目は車椅子に釘づけになっている。

「兄は有能な弁護士だった。バークレーのロースクールをトップで卒業して、ロサンゼルスの法律事務所に勤務していた。しかしいまは、自分の名前さえ覚えていない。私の顔すらも」

トオルは兄の白い頭に手を載せ、その顔を覗き込んだ。

「世界に例がないものだ。いや、似た症例はいくつかあったが、原因や治療法はまったくわかっていない。確かなことは、遺伝することと四十歳をすぎた男だけに現われること。それに、三年以内に確実に死ぬことだ」

「じゃあ、先生も……」

トオルは無言でうなずいた。

「私は三十五歳六ヵ月だ。残された時間は四年と少しだ」

カーチャの顔は青ざめ、指先が震えている。

「治療法の目処(めど)は？」

「いまのところ絶望的だ。私は兄の遺伝子を徹底的に調べた。しかし、世界に例がないということは、比較のしようがないということだ。父と祖父の代までの遺伝子は手に入れた。二人はアメリカで生まれ育っている。祖父以前の先祖の遺伝子を手に入れ、病歴を調べるために日本にも行った。曾祖父は広島から移民としてアメリカに渡ってきたんだ。しかし、残されていたものはすべて消え去っていた。広島に落とされた原爆でね」

「ハッチンソン・ギルフォード症候群やコケイン症候群、ダウン症候群などとの類似は？」

「症例のある早期老化症はすべて調べた。一部は類似し、一部は異なっている」

それにと、トオルは兄の肩に手をおいた。

「これらの症例については原因遺伝子の特定ができたものもあるが、治療法はない。あらゆる手は尽くした。しかし、この症例については遺伝子さえ特定できない」

「だから、ドイツに行ったんですね」

「違った角度から調べてみたかった。まったく違ったところで考え、違う人と議論すると、新しい発想が生まれるかとも思った」

「センテナリアンの遺伝子を調べてましたね。コンピュータのファイルにありました」

「百歳を超す人たち、長寿の人たちと遺伝子を比較することで、なにかがわかるかもしれないと思った。彼らとは対照的な立場にいるわけだから」

「じゃあ、ゲーレンやドーナは――」

カーチャは納得したようにうなずいた。

「カリウス・ゲーレン、ラインハルト・ベンツェル、そしてドーナ。彼らはクローンなんかじゃない。六十年前からナチの戦争犯罪人として追われている、ゲーレンやベンツェル自身だ。彼らはなんらかの方法で、若さを保っている。不老不死の手法を手にした」

カーチャは大きく目を見開いた。

「これは事実だ。そしてその原因があるはずだ。常人の何倍もの速さで年を取るものがいれば、何分の一かの速さでしか年を取らないものがいてもおかしくない」

トオルは自信を持った口調で言い、カーチャを見つめた。カーチャは困惑した眼差しを向けている。

「ゲーレンとドーナは事故で死んだ。だが事故が起こらなければ、まだ生きられたはずだ。これから何十年も。いや、致死性の事故さえ起こらなければ、また致命的な病気にさえかからなければ、何百年も生をまっとうできたはずだ。ベンツェルは、必ずどこかで生きている。若々しい姿のままでね」

トオルは言い切った。

「あのドンバの墓は偽物だと」

「彼らは自分たちの生存に関するすべての証拠を消し去った。そのための虐殺と破壊だ。あの村には――」

トオルは窓際に歩み、庭に目を落とした。

熱帯雨林に囲まれた広場で、炎と煙を上げる黒い塊の山を思い出したのだ。しばらく目を閉じて、込み上げる吐き気に耐えていた。

「その鍵がある。そしていまは、あの村に住んでいた少女の細胞にあると、考えておられるのですね」

カーチャがトオルの言葉を続けた。

「そうだ、あの驚異的な回復力。あの少女こそアスカだと確信した。ゲーレンとドーナの血を引く子供。奇跡の鍵をにぎる娘だ」

トオルは何度も息を吸い込んで、声を絞り出した。

明るい光が降り注ぐ芝生の丘に、何人かの患者が陽なたぼっこをしている。生と死が同居する場所。平和な光景であり、どこか寂しさに満ちた風景でもあった。

「で、なにかわかりましたか。一昨日の夜、遺伝子解析の結果を受け取ったんでしょう」

カーチャの声が聞こえた。

「非コード反復配列が一致した。ドーナとアスカは間違いなく親子だ」

それに、と続けてかすかに息を吐いた。

「彼女の細胞のテロメアは、常人の数倍の長さがある」

トオルは振り向いてカーチャに視線を戻した。

細胞は無限に分裂を繰り返すわけではない。染色体の両端には、テロメアと呼ばれる部分がある。細胞分裂の度ごとにこのテロメアが短くなり、消滅した時点で細胞は分裂ができなくなる。通常の細胞で三十回から六十回分裂を繰り返すと、分裂は止まりその細胞は死んでいく。これがヘイフリック限界と呼ばれるものだ。

「でも、それだけじゃ、長寿の根拠にはなりません」

　カーチャは困惑した顔で、ベッドの横にある椅子に座った。

「テロメアの長さによって細胞の分裂回数が増える可能性はあります。過去にヒトの細胞にテロメラーゼを与えることにより、寿命を四倍以上に延ばした実験結果もあります。しかし細胞分裂が増えても、活性酸素などによるDNAの損傷で、正常な細胞もいずれ癌化するだけです」

「アスカのDNAには、傷はほとんど見られない。抗酸化酵素の分泌も異常に多い。さらに――」

　トオルはカーチャを見つめた。

「テロメアもテロメラーゼも常人のものとは違っていた」

　カーチャの表情がさらに変わった。

「アスカのテロメラーゼはテロメアの減少を防ぐだけでなく、DNAについた傷の修復も兼ねている可能性がある。あるいは、細胞の傷を防ぐ他の遺伝子があるのかもしれない。おそらく、ES細胞についても違いがある」

　それがなにかわからない、トオルが低い声で呟いた。

　テロメラーゼは、テロメアが細胞分裂によって短縮していくのを防ぐ酵素である。癌細胞はテロメラーゼを生成することによって、分裂を無限に繰り返していく。だから不死の細胞と呼ばれる。しかし、テロメラーゼは成人のほとんどの細胞では働いておらず、胎児期、生殖細胞の生成時、幹細胞の分裂のとき機能するだけである。

老人がかすかなうめき声を上げて、二人を見上げた。トオルは老人の前にいき、その顔を見つめた。

二人の間に長い沈黙が流れた。トオルが静かにうなずき、指先で老人の目尻の涙をぬぐった。彼らは見つめ合うことにより会話し、心を通じさせている。

「ドーナやアスカ、ゲーレンやベンツェルとの関係がわかれば、治療の可能性があります」

カーチャが息苦しさを振り払うように言った。

トオルは答えない。彼自身、ドイツで千切れた手首を見て以来、それを探し求め、答えは未だ見えていないのだ。

ノックとともにドアが開き、中年の看護師が入ってきた。

「検査の時間です。その間にドクターに会ってきてください。いつでもいいと言ってました」

看護師はトオルに向かって明るい笑顔を見せた。

「一緒に来てほしい」

トオルはカーチャに言った。

「でも私は……」

「私はきみを研究のパートナーと決めた。パートナーなら、研究対象の症状を把握しておく必要がある」

　カーチャはトオルを見つめてうなずいた。

　トオルはカーチャを連れて診察室の一つに入った。

　落ち着いた雰囲気の中年の医師がトオルを見て立ち上がった。

　医師はトオルと握手をしてから、カーチャに目を移した。

「兄の主治医、ドクター・ジョージ・ハミルトンだ」

　トオルはカーチャに紹介した。

「共同研究者、ドクター・カタリーナ・ローゼンバーグです。医師であり、生命科学者でもあります。今後は、彼女の助けも借りようと思っています」

　ハミルトンは、カルテとＣＴスキャンのフィルムの入ったファイルを出して机の上においた。

「痴呆の進み方が予想よりいく分早いですね」

　ハミルトンは、二人に脳のＣＴスキャンの写真を見せながら言った。

　トオルは、シャーカステンに挟まれたフィルムを食い入るように見ている。

「治療は？」

「前回、話し合ったとおり、免疫抑制剤の投与とホルモン療法との混合です。効果は期待できます。しかし、病状の進行を多少遅らせることができても、根本的な治療にはならないでしょう」

トオルはカルテに目を移した。

「今後、現在のスピードで老化が進めば、問題は感染症ということになります。免疫力が著しく低下します。この点ではエイズと同じですが、老化は加速度的に進みます。あと数ヵ月で無菌室に入ることになります」

そうなれば、今までのように直接触れ合うことはできなくなる。

「以後は体力維持が最高の治療ということになるので、副作用の出るような薬は極力避けるつもりです」

「先生にお任せします」

トオルは頭を下げ、立ち上がった。

「プロフェッサー・アキツ」

ドアに向かうトオルにハミルトンが呼び掛けた。

「彼が、また病院に入ったそうです」

「何か問題でも」

トオルの顔色がわずかに変わった。

「身体のほうは問題ありません。完治していると言っていいでしょう。しかし精神のほうが……」

「それは彼自身の問題だ」

「教授はドイツ滞在中も彼と連絡を取っていたのですか」

「誕生日は覚えています」

「ずいぶん話したがっているそうです。彼は教授だけには心を許している。よほど信頼しているようだ」

「自分の能力を私に誇示したいだけです」

「それも、教授に対する彼独特の愛情表現です」

トオルは首をかしげて少し考え込んだが、なにも言わなかった。

二人は診察室を出た。

「彼ってだれですか」

「我々の昔の患者だ。ドクター・ハミルトンは私の昔の共同研究者だった」

トオルは足早にエレベーターに歩いていく。カーチャは慌ててあとを追った。

二人とも無言で、そのまま病院の建物を出て庭のほうに歩いた。

明るい日差しが降りそそいではいるが、海からの風は涼しかった。

「兄が二年前に入院してから、月に一度、ドクター・ハミルトンに会って治療法を相談していた。今日は一年ぶりに来たというわけだ」

「御免なさい、あとをつけたりして。車のディーラーに見にいく約束をしていました。先生に車を見てもらおうと帰ってきたら、先生は出かけるところだったんです。だから、そのままついてきてしまいました。悪いとはわかっていたんですが」

「いつか話さなければならなかったことだ」

トオルはカーチャにベンチに腰掛けるように言った。

「父は、私が十六歳のときに自殺したことは話したね」

カーチャはうなずいた。

「父は精神が弱かった。運命を恐れ、負けた。しかし、兄は負けなかった。父の葬儀の夜、約束をした。これからは二人で戦おうと。これは戦いなんだ。絶対に負けられない戦いだ。兄は必死で働いた。働きながら大学に行った。弁護士になったのも手っ取りばやく、しかも確実に金儲けができると判断したからだ。その通りになった。金を儲け、私に投資した。私は兄の援助で、勉強に集中できた。私は必死に研究した。この忌まわしい遺伝を断ち切る治療法を見つけるために」

青年と若い娘が、老人の乗った車椅子を押して丘を登っていく。トオルはそれを目で追った。

「きみは生命そのものに興味を持ち、医者をやめて生命科学を選択したと言った。私は兄を、つまり私自身を救うために医者になった。そして現在の医学では救えないとわかって、生命科学に進んだ」

トオルに注がれたカーチャの視線は微動だにしない。

「発病の歳が近づいたとき、兄は言った。私は自殺などしない。私の身体を調べて、おまえが生きろ。病根を突き止めて、この悪魔の病を葬り去れ。おまえにできないときは、おまえが標本となってその使命を子供に託せ」

トオルは耐えきれないように立ち上がり、再びまた座り込んだ。落ち着きのない動作で辺りを見回した。

「私は兄を救うことができなかった。自分自身をも救うことができないかもしれない。だが私には、兄が言うように、自分の子供に同じ苦しみを味わわせることは耐えられない」

兄は私に賭けた。そして彼は負けた。私は無力な……低い声で呟いた。

「ごめんなさい。なにも知らなくて」

「謝ることはない。これは秘密でもなんでもない。個人的な問題であり、他人に関係のないことだ。たまたまきみが知ってしまった。それだけのことだ」

「そんな言い方をしないで」

「これは真実なんだ。避けることができない現実だ」

「謝らなければならないことがあります」

カーチャは、すがるような視線をトオルに向けている。

「私は、コスモ製薬の特別研究員です」

次の言葉を探すように、トオルから目をそらせた。

「どうしてもアメリカの大学で学位が取りたかったのです。それには、奨学金が必要でした。ポーリング特別奨学生になったのは二年目からです。それまではコスモ製薬から奨学金をもらっていました。そのときの縁で、コスモ製薬とはずっとつながりがあります」

コスモ製薬はドイツ、ミュンヘンに本社がある大手製薬会社だ。事業展開は世界規模に行なわれ、研究、技術レベルも世界トップクラスで、最新式の研究施設を持ち、すぐれた研究者を集めている。

「知っている。調べさせてもらった」

「知っていて雇ったんですか」

「ますますきみが優秀だと確信したよ。医学部は金がかかる。それに、大学院は私も奨学金で卒業した。なにか問題があるのかね」

「卒業後、しばらくはコスモ製薬の仕事をすることが条件でした」

「悪い話じゃない」

「会社との契約は継続中です」

カーチャはトオルを見据えた。

「ミハエル教授はコスモ製薬の研究顧問でした。私は彼に頼んで、推薦状を書いてもらいました。彼は何も知りません。会社とは先生の研究テーマを報告する契約でした。先生の研究テーマを事前に知るだけでも、製薬会社にとっては大きな意味のあることなのです」

トオルは病棟を見上げた。青い空を突き抜けるように堂々と建っている。建物だけを見ればとても病院とは思えない。

「でも、それだけで先生のところに来たんじゃありません」

カーチャの声が震え、途切れた。

長い時間が流れた後、やがてゆっくりと話し始めた。

「大学院に進学した年、ＥＳ細胞と遺伝子の関連性に関する研究論文を書きました」

「私もやっていた」

「学部時代から、ずっとあたためていたアイデアでした。実験方法がひらめいて準備を始めたとき、先生が論文を発表しました。手法は同じでした」

「私も悔しい思いは何度もした。それが刺激になって、次のステップがある」

「私にとってはそんなに単純な話ではありません」

カーチャは深いため息をついた。

「焦るな。しかし怠けるな。人生は深く、短い。そして生命は美しい」

カーチャは声に出して言った。

「覚えている。『ネイチャー』の論文選考をしていたときのことだ。大学院の学生に贈った言葉だ。発想はユニークだったが、実験過程に無理があった」

「先生からもらった手紙です」

カーチャはポケットから財布を出して、丁寧に折りたたんだ紙切れを出した。

「あれは男子学生だったと記憶しているが」

「私がついていたドクターコースの先輩です。私は教授の次のサードネイムでした。でも、発想は私のものです」

「見込みがあるからコメントを送った」

「先生のところで仕事をするのが夢でした」

カーチャの漂っていた視線がトオルに戻った。

「驚かないんですか」

「驚いてる」

「そうは見えません」

「普通の研究員でないことは感じていた。きみほどの実績と技術を持っている科学者が、助手をやる必要もないだろう。おまけに、衛星電話の扱いに慣れている生命科学者を私は知らない」

頼みがある、と言ってトオルは改めてカーチャに向きあった。

「私に力を貸してほしい」

トオルはカーチャの手をにぎった。

「きみは優秀で勇気がある。きみなら私を理解してくれる。私に症状が現われ、脳が冒され始めたら私の研究を引き継いでほしい。私を研究材料として」

「先生は強い人です……そして優しい人……」

カーチャの低い声が聞こえた。

「私だったら耐えられない。自分をめちゃめちゃにしてる」

かすかにトオルの手をにぎり返してくる。

食事でもしていこう、というトオルの言葉を断わってカーチャは先に病院を出た。

トオルが研究所に戻ったのは、夜の十一時をすぎていた。

実験室に明かりがついている。

部屋に入ると、顕微鏡の前に一つの影がかがみ込んでいる。トオルが近づくと、顔を上げた。

「先生のおっしゃるとおりでした。アスカの細胞分裂の速度は異常に緩慢です。テロメアの長さも普通より数倍長いし、テロメラーゼの分泌も確認されます。テロメラーゼは分析が必要です。明らかに通常のものとは違います」

カーチャの顔は興奮のためか赤らんでいる。

「原理的には通常の数倍、いや十倍以上の細胞分裂が可能かもしれません」

二台のディスプレーには、アスカの細胞と遺伝子の解析結果が映っている。

「でも、テロメアが関係するのは分裂細胞だけですよね。寿命には、非分裂細胞のほうが大きな意味を持つんじゃないですか。脳の神経細胞や心筋細胞、筋肉細胞も調べる必要があります。もちろん生殖細胞も」

カーチャはトーンを落とした口調で続けた。

人間の細胞には常に置き代わっている皮膚や髪のような分裂細胞と、生成されれば生涯同じ細胞が機能し続ける、非分裂細胞がある。心臓を含む内臓を形成する細胞だ。

「アスカの細胞は、すべてがES細胞の働きもするのではないかとも考えた」

「でも、アスカは胎児じゃない」

カーチャが信じられないという顔で見ている。

ES細胞、つまり胚性幹細胞は受精卵が増殖を始めたころの細胞で、含まれる遺伝子情報により様々な臓器に成長していく。

「もしアスカの細胞がES細胞の働きをしたら。アスカの体内ではテロメラーゼによって細胞分裂が無数に繰り返され、さらに特殊なES細胞により常に古い細胞が新しい細胞に置き代わっている」

永遠の生命、とトオルは言葉を発した後、自分の考えを否定するように首を大きく横に振った。

「人体は謎に満ちている。ヒトのDNAで遺伝子として使われている部分は五パーセントにすぎない。残りの九十五パーセントは意味のない部分だ。しかし、アスカの遺伝子部分は八パーセントから九パーセントある。さらに多い可能性もある。まだ未解読だが、この部分になにかあるに違いない」

「ベンツェルたちは、なんらかの方法でその遺伝子を保有した。だから百歳を超えて、あの若さを保つことができた。つまり――」

カーチャは独り言のように言って、突然顔を上げた。

「細胞移植。ドンバの村から赤ちゃんがいなくなった。骨髄液の移植です」

「私も同じ考えだ。ナチは、この特殊な細胞を移植した」

「先生も同じ方法で治療すれば。有効な治療法になるかもしれません」

「しかし、ドナーがいない。細胞の提供者がいないことにはどうしようもない」

「アスカを捜し出せば――」

カーチャは言い掛けた言葉を飲み込んだ。村の惨状を思い出したのだ。とても生きているとは思えない。

「あの、外界から遮断された村は、特殊な遺伝子を持ったものたちの飼育場だった。ナチスの考えそうなことだ」

「だったらなぜ、彼らをもっと環境整備した場所に連れてこなかったのですか。いくらナチハンターから逃げていたとしても、あそこで育てるのは危険すぎます」

「彼らも初めはそう考えたと思う。あんな奥地で研究を続けるより、もっと適切な場所があるはずだ。アメリカでも、あそこよりは危険が少ない」

カーチャがうなずいた。

「昔、アマゾンの奥地の村を文明化しようとした試みがあった。住民に服を着せ、靴を履かせて、電気を引いた。栄養バランスを考えて、小麦やトウモロコシ、牛肉も入ってきた。村人は一年で半数に減った。原因はわからなかった」

カーチャの目はトオルに釘づけになっている。

「彼らは隔離されたアマゾンでしか生きることができなかった。遺伝子が村人をそのように創ったのだ」

「ドーナは？　彼女はヨーロッパにいました」

「文明に触れても、すぐに死ぬわけじゃない。徐々に狂いが生じ始める。個人差や年齢差もあるに違いない。ドーナは百歳を超えている。しかも、ゲーレンの妻だ。長年、彼と暮らすうちに、環境適合性がついたとも考えられる」

それとも、と言って黙り込んだ。次の言葉が見つからない。

「でも……あの村が飼育場だったとすれば、なぜベンツェルたちは村人をすべて殺してしまったんです。貴重な遺伝子を持った人たちです。ベンツェルたちは、あの村の特殊な遺伝子を持った人たちによって生かされてたんでしょう」

カーチャは視線をディスプレーに向けた。なにかを確認するように見つめている。

「もう生かしておく必要がなくなったということ」

カーチャの言葉に、トオルはゆっくりとうなずいた。

「彼らは、あの細胞を手に入れる別の方法を見つけたのだ。村人に頼ることなく、生命を得る方法を発見した」

トオルの声が実験室に不気味に響いた。

「怖い……」

カーチャの唇が震えた。

「だがこれは、あくまで推測にすぎない」

「それ以外には考えられません。ということは」

「フェルドマンが言ったヒットラーの第四帝国が、復活しつつあるのかもしれない」

「でも、アスカは生きています。そう、信じたい」

カーチャの呟くような声が漏れた。

トオルは顕微鏡の倍率を上げた。

モニター・ディスプレーいっぱいに、なにかを語りかけるように細胞が広がる。その鮮やかな色彩を保った細胞は、いまも分裂を続けている。

二人は長い時間、その脈動にも似た動きを見つめていた。

A細胞。アスカの細胞はそう名付けられて、遺伝子の解明が続けられた。

3

トオルとカーチャが研究所のロビーに入ったとき、一人の男が寄ってきた。ドクター・フィリップス。彼も有力なノーベル賞候補者の一人だ。

「あの細胞はどこで手に入れたんだね」

トオルの肩に手をやり、耳元に口を近づけて言った。

「すごい細胞だそうじゃないか。テロメアの長さが普通の数倍ある」

「プラナリアの話かね。それともショウジョウバエ?」

「俺と組まないか。俺は陸軍に顔がきく。研究費集めならまかせておけ。百万ドルなら来週にでも集める」

トオルはフィリップスの手を外した。

「培養して、製薬会社か研究施設に売ることもできる。本物ならば、百万ドル単位の値はすぐにつく。俺たちでベンチャー企業を立ち上げてもいい」

しゃべりながらカーチャに片目をつむった。カーチャは露骨に顔をしかめて横を向いた。

「ヒトの細胞なんだろう。だったらクローンを創ろう。胚の状態にして、まだヒトクローン研究が禁止されてない国に持っていって育てるのさ。俺はここでやっても一向にかまわないがね」

「夢は寝てるときだけでたくさんだ」

「共同研究ってのはどうかね。俺はクローンを受け持つ。どんな化けものが生まれるか、実に楽しみだね。きみは細胞を提供してくれるだけでいい。ノーベル賞も共同受賞だ」

「ネズミかハエの細胞でよければ、今日にでも提供する。ゴキブリというのも大いに将来性がある」

フィリップスは大げさに肩をすくめると、やってきたエレベーターに乗り込んだ。

カーチャがトオルを促して歩き始めた。

「呆れた人ね。礼節をわきまえないアメリカ人の典型」

カーチャが眉根を寄せた。

「どこから漏れたんだ。彼はA細胞について言っている」

「ここは内部に対してオープンすぎる。企業を見習わなくちゃ。今後は、ＤＮＡの抽出も検査も私がやる」

カーチャはトオルを力付けるように言って腕を取った。

病院を訪れてから一週間がすぎた。

カーチャとの間に兄のことが話題に上ることはなかった。しかしハジメの姿が、二人の脳裏に深く刻まれていることはお互いに察することができる。

トオルの部屋に助教授のウエルナーがやってきた。

カーチャを見て、トオルに視線を移した。カーチャに席を外すように促しているのだ。

「その必要はない。彼女も研究室の一員だ」

出て行こうとするカーチャを止めた。

ウエルナーは一瞬の躊躇後、持っていた手紙を机の上に置いた。

「ジョージ・トーマス財団からです」

トオルは手紙を手に取った。

「どうなっているんですか。納得できません」

ウエルナーはおし殺した声で言った。

トオルは無言で手紙を読んでいる。

「いい話ではなさそうですね」

カーチャがウエルナーに聞いた。

「研究助成金打ち切りの通知書です。金額は四十万ドル。研究室の年間予算の二十パーセントです。突然のキャンセルは大きなダメージです」

「先週、報告書を出したときには、成果に関しては十分満足していると話していたが」

トオルが手紙を置いて、ウエルナーに言った。

「財団の担当者も成果の問題ではなく、あくまで財団内部の財政上の問題だと強調していました。しかし最近、グリーン・アースがトーマス氏に近づいていると聞いています。彼らは、遺伝子組み換え食品反対の急先鋒です」

グリーン・アースは、ここ数年力を持ってきた環境保護団体だ。地球温暖化問題から遺伝子組み換え食品、化学物質の氾濫反対にまで幅広く取り組み、社会に強い影響力を持ち始めている。

「我々の研究が、遺伝子組み換え食品と直接関係あるとは思えないが」

トオルは受話器を取って、秘書にトーマス財団につなぐよう指示した。

名前を名乗り、理事長のジョージ・トーマス氏と話したいと言った。しばらく頷きながら聞いていたが、そのまま受話器を置いた。

「トーマス氏はいま、ヨーロッパだそうだ。歯切れの悪い言い方だったが」

「教授と直接話せないことがあるんですかね」

ウエルナーは不満を含んだ声で言った。

「私がなんとかする。しばらく他の研究員には内緒にしてくれ」

ウエルナーは、お願いしますと言って出ていった。

「警告かもしれない」

考え込んでいたトオルが呟いた。

「まさか……だれが、なにを警告していると言うんです」

「私たちは、ドイツでもあの村でも襲われた。命まで落とすところだった。フェルドマンが追っていた敵が、今度は私たちをつぶそうとしている」

「相手は世界中から憎まれているナチの戦犯ではないのですか。だったら、どうしてトーマス財団なんです」

「彼らが戦後六十年近くも生き残ってきたのは、世界は彼らの敵ばかりではないということだ。ナチズムの信奉者は現在でも世界中にいる」

「ジョージ・トーマスがナチの信奉者だと」

「彼はそんな人間じゃない。私は彼をよく知っている。しかし、彼に圧力をかけることのできる人間はいるのだろう。世界有数の金持ちは、それなりの問題や悩みを抱えているものだ。彼が直接連絡してこないということは、私と話しづらいことがあるんだ」

「私には理解できません」

「人が理解できないことは山ほどある。世界は謎に満ちているんだ」

トオルは自分自身を納得させるように言うと、カーチャの肩を軽く叩いた。

その週のうちに、五つの財団と企業から研究資金打ち切りの報告があった。電話で連絡してきたものも手紙によるものもある。一様に事務的に片付けようとしていた。いずれも打ち切りの理由は研究成果ではなく、あくまで財政的理由と内部事情によることを強調した。

来年度からの研究資金は、一気に九十万ドル減ることになる。研究室にとって、大きなダメージだった。


翌週、月曜日の朝、カフェテリアに入ると、すべての視線がトオルに集中した。トオルが挨拶の手を上げると、ぎこちない笑みを浮かべて視線を外す。

「なにかあったの？」

カーチャが聞いた。

「私のほうが聞きたい」

「じゃあ、聞いてみたら」

カーチャが、あからさまにトオルを避ける研究者を目で追いながら言った。

一人の研究者がトオルの肩を叩いて、新聞を手に置いた。サンフランシスコ周辺の地方紙だった。

「世の中は実にミステリアスだ。だからこそ楽しい」

眉を吊り上げ、大げさに肩をすくめると行ってしまった。

『栄光の陰に』と題された記事の冒頭に、名刺大のトオルの写真がある。

記事に目を通すと、無言でカフェテリアを出た。

カーチャが慌ててあとを追う。

「そんなにミステリアスなこと？」

部屋に戻るなり、カーチャが聞いた。

トオルは新聞をデスクの上においた。

『カリフォルニア工科大学、世界的生命科学者プロフェッサー・トオル・アキツの素顔』サブタイトルの下に、高校時代のマリファナによる逮捕歴や飲酒運転、暴力事件について書いてあった。

「事実なの？」

「すべて決着はついている」

「二十年前の亡霊ってわけね」

記事から目を上げたカーチャが言った。

「しかし、世間はそうは思わない」

「でも、なぜそんなことを」

「きみの高校生活はどうだった？　きみは美しく聡明で健康だ。学校でも注目の的だったに違いない。未来はばら色。きっと最高の高校生活だ」

トオルは机に両手をつき、強く目を閉じた。

「突然、父の髪に白髪が増え、抜け始めた。身体中に皺が目立ち始め、血管が浮き出て染みが現われた。母は最初は戸惑い、次に恐れた。半年後には家を出ていった。だれも母を責めることはできなかった。私たちみんなが、心のそこでは父を恐れ、避けていたんだ。目の前で進行していく老いと死をね。彼は、人間の恐怖そのものだった」

トオルは顔を上げ、カーチャを見据えた。

「しかし、一番苦しんだのは父だったはずだ。急速に進行する老いに加え、愛するものたちから恐れられ疎まれた。だから死を選んだ。これが私の高校生活の始まりだった」

トオルの顔から血の気が抜けていった。カーチャがそっと視線をはずした。

「さらに私を苦しめたのは、それまでの自分が、すべて否定されたことだ。小学校、中学校と、私はフットボールの選手になりたかった。地域のリトルリーグに入ってエースだった。それが、自分には未来がないと自覚したときのことを考えてほしい。十年後、二十年後の自分の未来が描けない」

トオルの声が震えた。

「なにをするにしても、それがどうなると思った。初めは死の影に怯え、ベッドに潜り込んで震えてすごした。自暴自棄になるのに、たいして時間はかからなかった」

トオルは遠くを見るように視線を空に漂わせた。

「街をさまよって、マリファナを手に入れた。ドラッグはやらなかったが、一歩手前まではいった。金を手に入れるために喧嘩もやった。かなり危険なこともね。飲酒運転で捕まったのも、暴力事件で裁判を受けたのもそのころのことだ」

トオルの手が震えている。カーチャはその手を握った。

「先生が私の部屋にきたのも――」

「違う。そうじゃない。いや……きみを抱きたかった。きみといると不思議と心が安らいだ。失っていたものが満たされるような気がしてくる」

トオルは何度も深く息を吸って吐いた。次第に落ち着きを取り戻してきた。

「そんな自分を救ってくれたのは、やはり兄のハジメだった。ハジメは私を引き取りに警察署にきた。その足で父が自殺した湖に連れていかれた。ハジメは私の腕をつかんで湖に入っていった。父の葬儀の夜に誓った約束が守れないなら、これから二人で父の後を追おうと言った。どうせ四十までしか生きられない命だ。自分に勝てないのなら、惨めな死が待っているだけだと。兄は私より遥かに優秀で偉大な人だ。私は必ず兄を、そして自分を救うと誓った」

トオルは顔を上げてカーチャを見た。

「それから私は必死で勉強した。二度とフットボールのボールに触れないと誓った。なんとしても、父や祖父たちを殺した原因を突き止める。そして、兄と私は生き延びる」

「お母さんは?」

「再婚して東部に住んでいる」

　カーチャは一度大きく息を吐いて、持っていた新聞をくず籠に捨てた。

　その日の午後、トオルは所長のドクター・トーマス・オーエンに呼ばれた。

　部屋に入ると、オーエン所長は座ったまま上目遣いにトオルを見た。

　長めの白髪と髭は、穏やかな老人という雰囲気をかもしだしている。しかし、分厚いレンズの奥の目は人の心を射抜くような鋭さを秘めていた。彼自身はノーベル賞は取っていないが、弟子のなかには二人の受賞者がいる。

　現在は研究からは退いて、研究所の運営に力を注いでいた。しかしその人柄と科学に対する取り組みは〈科学者の良心〉と呼ばれ、世界中の研究者から尊敬と支持を受けている。

　特にその洞察力は卓越していた。ＩＣが騒がれている時代に、二十一世紀はゲノムの時代であると予言し、遺伝子研究所設立に尽力した。設立と同時に初代所長として就任し、世界で活躍する第一線の研究者を集め、遺伝子界では中心的な研究所に育て上げた。現在は、すでに老朽化の傾向にある研究所の建て替えに尽力している。

　机の上には一通の手紙があった。オーエン所長が読むように目で促している。

　トオルは手紙を取った。差出人の名前はない。

　予想はしていたが、手紙を持つ手が震えそうだった。

いと思ってね」

「匿名の手紙だ。私宛にきた。捨ててもよかったが、その前にきみに見せておいたほうがいいと思ってね」

顔と同じように温和な口調で言った。

手紙はトオルの学生時代の恋愛に触れていた。

「アニー・ジョーンズという女性は、たしかにハイスクール時代の同級生です。卒業後は、ニューヨークに住んでいると聞いたことがあります。しかしかなり前の話です」

「手紙に書いてあるようなことはあったのかね」

高校時代に妊娠して中絶したと書かれ、相手はトオル・アキツだと言い切っている。そのときの手術がもとで不妊の身体になり、不幸な人生を送っていること。さらにトオルの不誠実な態度と、暴力についても詳細に書いてあった。

「いいえ。彼女とは付き合ったこともないし、高校卒業以来、話したことはありません」

「警察に届けるか、名誉毀損で告訴するかね」

「捨ててください」

「それだけ聞けば十分だ」

所長は立ち上がり、トオルの手から手紙を取った。

「一応、預かっておこう。現在、きみの周辺にはおかしな動きがあるようだ。いずれ警察に提出する必要がないとも限らない」

トオルは一礼してドアの方に歩いた。

「プロフェッサー・アキツ」

ドアのノブに手をかけたとき、オーエンの声が背を打った。トオルは動きを止めて振り返った。

「十五年前を覚えているかね。きみは私の学生だった」

はい、とトオルは答えた。

「あの数学の問題、覚えているかね」

オーエンは遠くを見るような眼差しで言った。

「私は新年度の最初の授業には、必ずあの問題を出すことにしていた。シンプルな一問の問題。二時間の間、フレッシュマン諸君に悩んでもらう。解けるとは思っていない高等数学の問題だ。大学とは知的チャレンジをするところ、偉大な問題に取り組むところだと、学生たちに思い知らせるためにね」

オーエンは思い出したように、かすかな笑みを浮かべた。

「三十分が経過して、教室は静まり返っていた。若い熱気でむせ返りそうだった。私はこの時間が好きだった。しかしその中で、ぼんやり外を見ている一人の学生がいた。私は叱り付けてやろうと近づいた。ところがその学生の後ろに立って啞然（あぜん）としたね。机の上には、整然と答の書かれたペーパーがあったんだ。さらに驚いたことに、答は完璧だった。こんなことはカルテック始まって以来だった。その学生がきみだった」

オーエンはトオルを見つめている。その瞳の奥には、深い慈しみと優しさが溢れている。

「私はきみに感謝している」

えっ、という顔でトオルはドクター・オーエンを見た。

「私はきみに出会えて、教えることの意義と楽しさを味わった。きみはまさに、海岸の砂地だった。私の知識と技術を砂が水を吸い込むように吸収していった。最高の学生だったよ」

ドクター・オーエンは机に両肘をつき、組んだ手の甲に顎を載せてトオルを見つめている。その慈愛に満ちた眼差しは、トオルの心を突き動かした。

「きみの才能には、大きな期待を持っている。また、科学に対する精神にも師弟の枠を超えて尊敬の念を抱いている。なにが起ころうと、私はきみを信じているし、擁護するつもりだ。きみの頭脳はこの研究所、いや世界の宝だと思っている」

オーエンはかすかに笑った。

「あの数学の問題は、私の恩師がやはり私がカルテックに入った年に出したものだ。実は私も解けなかったんだ。半年後にやっと解けたがね」

オーエンは笑いをこらえながら、行きなさいというふうに手を振った。

トオルは再び頭を下げて部屋を出た。

翌日の夕方、トオルはカーチャの運転するメルセデスで家に帰った。

なにかを考え込んでいるトオルを見かねて、カーチャが運転を代わったのだ。

カーチャは家からワンブロック手前で車を止めた。家の前には数台の車が止まっている。

大型のワンボックスカーはテレビ局の車だ。トオルの帰りを待ち構えているのだ。

「いよいよ追い詰められた」

トオルは助手席から身体を起こして、カーチャの前に新聞を出した。

「同居する謎の女性？　私のことですか」

「ナンシーじゃないだろうな」

カーチャは、写真入りの新聞記事と家の前で待ち構える車を交互に見た。

新聞にはトオルとカーチャが並んで家に入る写真と、車に乗っている写真が並んでいる。見様によっては身体を寄せ合い、腕を組んでいる姿とも、抱き合ってキスをしているようにも見えた。

「絶妙のタイミング。いつ撮ったのかしら。粒子が粗いから、すごい望遠レンズなのは間違いない」

「研究資金打ち切りの次はゴシップか。踏んだり蹴ったりというのはこのことだな」

トオルは所長にきた手紙のことを話した。

「心当たりは？」

「ガールフレンドもいたし、多少、羽目も外した」

トオルは静かな口調で言って、ため息をついた。

「前に話したように喧嘩で警察にいったこともある。交通違反で切符を切られたことも数えきれない。きみは一度も法律を破ったことはないか」

声が次第に大きくなった。

「しかし、手紙のようなことはなかった。私の覚えているかぎりはね」

トオルはカーチャの手から新聞をひったくった。

「落ち着いて。先生が聖人君子じゃないってことは知ってます。宗教家じゃなく、科学者だってことも。やましいことがなければ恐れることはありません。対決するのもけっこう。私は恐れません」

カーチャは車のエンジンをかけた。

「心の準備は?」

「きみさえよければ」

レポーターの一人がメルセデスを指差して、テレビカメラを担いだ男になにか言っている。

「やはり、私には荷が大きすぎます」

カーチャはバックして、横道に入り方向を変えた。

バックミラーに車を追ってくる報道陣の姿が見える。カーチャはアクセルを踏み込んだ。

二人はその夜、ダウンタウンのホテルに泊まった。


翌朝、ホテルから研究所に行った。

ホールに入ったところで、ドクター・フィリップスが近づいてきた。

「今ごろ、大学本部じゃなかったのか」

時計を見ながら笑いを含んだ声で言った。

「所長はすでに出かけているはずだ」

「何の話だ」

「きみの査問会だと聞いてるが」

トオルは急いで部屋に行き、オーエン所長に連絡を取った。

査問会について聞くと、これから始まるところだと言う。

〈すべて、私に任せるように言ったはずだよ〉

いつも通りの温和な声が返ってきた。

「しかし……」

〈きみはたしか三十五歳だったね。私は六十二だ。私もそろそろ焦り始めている。このまま研究所の運営ばかりをやっていいものかどうか。もうひと花咲かせてもいいとは思わない

かね。アイデアなら、まだまだきみたちにも負けない〉

明るい声で冗談のように言った。

「所長を辞めるという意味ですか」

〈場合によってはね。しかし、きみのためじゃない〉

声の調子が変わった。

〈私は教えることも、運営することも嫌いじゃない。研究同様、意義ある仕事だと信じている。むしろ、私に合っているのかもしれない。きみという生命科学者を育てることもできた。私は私のすべてを賭けてきみを守るつもりだ。力およばないときは許してほしい。今後の私の道は神が決めることだ〉

トオルがなにか言おうと考えている間に電話は切れた。

しばらくの間、受話器を持ったまま動かなかった。その横で、カーチャが心配そうな眼差しを送っている。

「多くの人を傷つけてしまった」

受話器を戻してから、ぽつりと言った。

「そんなに落ち込まないでください」

「私が甘く考えすぎていた。村人を全員虐殺しても、もみ消すことのできる奴らだ。研究資金の打ち切り工作や、マスコミ操作くらいたやすいことに気付かなかった」

「無給でも先生についていく覚悟はできています。その代わり、当分お宅においてください」

カーチャがトオルを元気付けるように言った。

ノックが終わらないうちにドアが開き、ウエルナーが飛び込んできた。手に新聞を持っている。

「新聞に訂正記事が出ています。テレビでもやってましたよ。この無責任なゴシップ新聞が訂正記事を出すなんて異例だ。よほど反省したか、強い力が動いたんだ。いずれにしても、査問会は解散です」

ドアが開いて、今度は秘書が顔を出した。

「ロスミック財団のテオドル・ロスミック氏の代理の方から電話です。先生と直接話したいと」

早く取ってくださいと受話器を指している。

「またスポンサーの打ち切りですか」

ウエルナーの顔から笑みが消えた。

トオルは外線ボタンを押して受話器を取った。

「ニューヨークに本部がある世界屈指の財団です。ＩＴの企業設立で財をなしたテオドル・ロスミックが四十五歳で引退して設立した財団で、世界の数十の研究所や大学に資金提供をしています。しかしおかしいな。うちはロスミック財団の基金はもらってないはずですが」

ウエルナーが声をひそめてカーチャに説明した。

「研究資金提供の話だ。数日中に、ロスミック氏の秘書が契約事項の取り決めに来るそうだ」

受話器を戻したトオルが言った。

「金額は？」

「九十万ドル」

ウエルナーのため息が聞こえた。

「先生がロスミック氏と知り合いだとは知りませんでした」

「いま初めて話した。ミセス・キャサリン・ロスミック。財団理事長代理だったが、妻だと名乗った」

「きっかり、キャンセルになった金額だ。偶然とは思えませんね」

トオルは考え込んでいる。

「スタッフに報告してきます。こうなれば、キャンセル取り消しのところも出てきますよ。今期の研究費は国家予算ばかりです。電子顕微鏡と新型のシーケンサーをお願いします」

やっと安心して眠れます、とウエルナーは弾んだ声で言って出ていった。

「フェルドマンだ」

トオルが顔を上げた。

「テオドル・ロスミックはユダヤ人だ。フェルドマンが手を回した」

「彼にそんな力があるの」

「ナチスに対するユダヤ人の憎しみだ。世界が彼らを支えているとも言っていた」

「責任を感じてるのね。あなたを巻き込んだのは彼」

「私は自ら関わった。後悔はしていない」

「ナチスにユダヤ資金が勝ったということね」

突然、全身が締め付けられ、喉元に熱いものが突き上げた。トオルは慌ててハンカチを出して口元を押さえた。

「どうかしたんですか」

カーチャが心配そうに覗き込んでいる。

「なんでもない」

かすれた声を出したが、心臓が飛び出しそうに打っている。

喜びとは裏腹に、脳裏には重苦しいものが流れている。それは量と濃度を増して、脈打ちながら全身に広がっていく。

何度も深く息を吸うと、次第に落ち着きを取り戻してくる。

「私たちは、単に踊らされているだけにすぎないのかもしれない」

トオルは呟くように言って、パソコンのスイッチを入れた。

ディスプレーには、すでに目に焼きついているDNA塩基配列と波形が現われた。

4

土曜日の夜、トオルとカーチャは実験室にいた。

すでに十一時を回っている。非常灯の赤っぽい光が静まり返った廊下を照らしていた。夜の実験室。学生時代の生活はすべてそこにあった。トオルはそこで目覚め、食事し、眠った。

ふと顕微鏡から顔を上げた。部屋の隅で白衣のカーチャが、恒温槽に細胞サンプルをセットしている。その姿が揺れた。

腹に響く音とともに、床が数センチ浮き上がった。

背中に強い衝撃を感じ、気が付いたときには壁に向かって弾き飛ばされていた。全身に鈍い痛みが広がる。

室内は完全に闇に覆われていた。電源が切れたのだ。立ち上がろうとしたが背中に激しい痛みが走り、そのまま床に倒れた。

「カーチャ!」

名前を呼んだが返事はない。

「無事か。だったら返事をしろ」

やはり答えはなかった。

しばらくじっとしていると、痛みは引いていった。倒れた棚につかまって、なんとか立ち上がった。

息をすると、化学物質の焼け焦げた臭いと粉塵が口と鼻に流れ込む。

踏み出そうとして、慌てて横の装置にしがみついた。床がない。

闇のなかを床の穴に注意しながら机まで歩き、引き出しを探って懐中電灯を出した。

光に照らされた部屋は煙と崩壊した床と壁の粉塵が立ち籠め、視界はほとんどない。だがやがて濁った光線のなかに、中央部の床が抜けた実験室が浮かび上がった。

「カーチャ、どこにいる」

カーチャの立っていた部屋の隅は、崩れた天井の漆喰と壁のコンクリートで埋まっている。

倒れた棚や砕け散った実験器具を避けながら、恒温槽のあった場所に行った。

棚と床の隙間に白衣が見える。机の上に懐中電灯を置き、渾身の力を込めて棚を持ち上げた。隙間に腕を入れて、カーチャの身体をさぐる。生きている。

床に落ちていた鉄パイプをてこにして棚を持ち上げ、カーチャの身体を引き出した。カーチャはぐったりした身体をトオルの腕に任せてくる。

カーチャを支えてドアに向かった。

廊下に出ると、壁に沿って床が半分崩れ落ち、粉塵が舞っている。穴の底に炎が見えた。

立ち籠める粉塵の向こうに光が動いている。懐中電灯の光だ。

「こっちだ！」

トオルは光に向かって叫んだ。

「非常口は開きません。正面出口に行ってください」

非常口のほうから走ってきた警備員が咳き込みながら言った。

そのとき、床の割れ目から炎が吹き上げた。

急いで部屋に戻ると、スプリンクラーから水が噴き出している。白衣を切り裂いて濡らし、カーチャの顔を覆って煙のなかを正面出口に向かって走った。

ロビーに出たとき、建物に入ってくる数人の消防士たちに会った。

「なにが起こった」

トオルは一人の腕をつかんで聞いた。

「地下で爆発が起きました」

「怪我人は？」

「現在、三人。大学病院に収容しています」

「だれか残っているのか」

「不明です。これから調べます」

建物の外は混乱していた。消防車と救急車、そしてパトカーも止まっている。

「建物から離れてください。まだ爆発が起こる可能性があります」

警官のハンドスピーカーが鳴っている。集まり始めた野次馬を整理しているのだ。

カーチャの意識が戻った。彼女は救急隊員が救急車に連れていこうとするのを断わり、現場に残った。

「どうして……」

トオルは茫然と立ち尽くしていた。空白になった頭にはカーチャの声が響いている。

辺りには薬品、プラスチック、有機物……様々なものが燃える臭いが入り混じった異様な臭気が立ち籠めていた。崩れ落ちた建物からは、まだ煙か粉塵かわからない白煙が上がっている。

『国際バイオ戦争の始まりか？』

『遺伝子をめぐる第三次世界大戦の開始』

『標的となったアメリカ最先端バイオ研究所』

翌日の新聞の見出しには、様々な記事が躍っていた。

午後、警察と消防の合同現場検証が始まった。大学側の立会人の一人にトオルがいた。

爆弾はトオルの実験室の下で爆発している。

一階、二階で二十七室ある研究室のなかで、被害の最も大きかったのはトオルの研究室だった。

同時に、隣の共通細胞保管室と実験器具の倉庫も半壊した。細胞保管室は半日電源が止まり、冷凍保存していた試料はすべて使いものにならなくなっていた。

実験室は中央の床が抜け、地下に崩れ落ちている。さらに火災の熱により、コンピュータデータやディスクもほぼ完全に破壊されていた。奇跡的にその他の実験室の被害はほとんどなかった。

「地下室に仕掛けられていた複数の爆弾が爆発しました。ナパーム弾のような可燃性の爆発物もあったようです。そのため、火事が起こりました」

消防士の一人がメモを見ながら説明を始めた。

「犯人は地下のエアコンシステムの点検を装って、研究所内に侵入したようです。警備員が確認しています。点検が土曜日の夜から行なわれているのを知っていたのです。犯人の乗っていた車、着ていた制服、すべて本物でした。メンテナンス会社から盗難届が出ています。さらに警備員が会社に確認の電話をしたところ、派遣したと連絡がありました。警備会社の配電盤を調べたところ、回線をいじったあとがありました。会社に通話が回る前に、犯人側につながるように細工したのでしょう」

消防士はメモを閉じた。

「綿密に計画された犯行だ。犯人の車は研究棟地下の搬入口まできて、数キロの爆薬を運び込んだ」

横にいた私服の刑事が消防士に代わった。

「使用されたのは最新のプラスチック爆弾。時限発火装置もＩＣを使った精巧なものだ。そこらで簡単に手に入るものじゃない。爆弾は地下の配管上にセットされていた。ナパーム弾もどきの可燃物をつめた爆弾のおまけつきだ。爆発数分後に発火するようにセットされていて、火災が起きた。まず破壊しておいて、燃やし尽くす。本格的なテロ組織が関係してるね。一九九五年のオクラホマシティーの連邦ビル爆破を思い出すよ。あの事件では百六十八名が死亡し、約五百名が負傷した」

刑事は爆発で開いた穴をのぞき込んでいたが、トオルに向き直った。

「まるであんたの実験室を狙い撃ちしたようだ」

「だったら、実験室に爆薬を仕掛ければいい」

「実験室内部に入るのは難しい。カードと暗証番号がなければ入れない。しかし、地下室なら業者を装えば可能だった。これで納得できるかね」

刑事は淡々とした口調で言った。

「土曜日、おまけに深夜。だから死者は奇跡的にゼロ。負傷者も、慌てて階段から落ちた警備員の骨折を含めて五人ですんだ。ふつう、この規模の爆発だと数十人単位の死傷者が出てもおかしくない。明らかに、施設のみの破壊を狙ったものだ」

トオルは穴に目を向けた。コンクリートから曲がった鉄骨が何本も露出し、その間から地下の駐車場が見える。プラスチックやゴムの燃えた異臭がまだ強く漂っている。刑事がおもいきり顔をしかめた。

「心当たりは？」

刑事が答えをうながすように聞いた。

トオルは黙っていた。言うべき言葉が見つからない。

「ライバルの研究所が、研究の遅延を狙うということは考えられないか。こういう研究には、ライバルが多いんだろう。遺伝子は金になるって聞いている」

「我々は科学者だ。こんな野蛮な真似はしない。これで世界の遺伝子研究は数年遅れる」

思ってもみなかった激しい口調の言葉が出た。

「それを喜ぶものも多いはずだ」

刑事が畳み掛けるように続ける。

「環境保護派はどうだね。グリーン・アースって環境保護団体があるだろう。その一派で、バイオ技術に反対している過激派がある。マスコミにはまだ公表していないが、そこから犯行声明が出てるんだよ。人間は神の領域を侵すなってね。私のような無学なものでも、もっともだと思うがね」

「神はときにとんでもない気紛れを起こす。人間はその気紛れに、ただ翻弄されるだけなのか。立ち向かう権利があってもいいんじゃないか」

トオルのいくぶん語気を強めた言葉を、刑事は意外そうな顔で聞いている。

「この爆弾テロは私の実験室を狙ったものだ」

調査が終わり、帰りの車のなかでトオルは独り言のように言った。

「考えすぎです。偶然、先生の実験室の下で爆弾が爆発した。警察の言うように、バイオ技術全体に反感を持ったテロリストの犯行です」

「本気でそう思っているのか」

カーチャは答えない。

「彼らは、人類の宝を消し去った」

トオルが絞り出すような声を出した。

「研究所には十七万五千件の遺伝子情報と研究データが保管されていた。八十七人の研究者の何十年もの研究成果だ。血と汗の結晶、生涯をかけた研究だ。それをすべて消し去ってしまった」

「死者はいないのよ。奇跡的だわ。生きてさえいれば研究は続けられる」

カーチャがそっとトオルの肩に手をおいた。

「もう潮時かもしれない。命を操作しようなどとは、人間の思い上がりだ」

「ナチスはそれをやっているんでしょう」

「私にナチスに対抗しろと言うのか。第二次世界大戦の原爆開発のように」

「先生には、お兄さんとの約束があるということです」

「メドゥーサの血」

トオルが呟いた。

「ギリシャ神話の怪物ですね」

「切り取られた首から流れた血が大地に落ち、そこから毒蛇が生まれたという醜い血だ。私の代でこのまま滅びたほうがいいのかもしれない」

メドゥーサ——髪の毛一本一本が蛇の頭を持ち、その顔があまりに醜く恐ろしいため見るものすべてを石に変えたという怪物だ。

「でも、メドゥーサの血からは天馬ペガサスも生まれました。天空を自由に駆け巡る白馬です」

カーチャが静かな口調で言った。

「いずれにしろ、この爆破事件は私の責任だ」

トオルはそれっきり口を閉ざして運転を続けた。カーチャも無言だった。

夏の日差しがカリフォルニアの大地に輝いている。


その日の夕方、トオルは自宅の書斎にいた。

爆破テロ以来、ほとんど眠っていない。大学や州に提出する書類の作成に忙殺されていたのだ。

頭の整理がつかない。これからどうすればいいのか。なにが起こっているのかすら、わからなくなった。ただ実験室の責任者としての義務感だけで動いていた。

カタリと音がした。顔を上げると、書斎のドアが開き、男が入ってくる。長身のがっちりした男だ。

「フェルドマンか」

トオルの口から無意識に声が漏れた。

「玄関のドアの鍵が開いていました。セキュリティも切られている。いくら治安のいい地区とはいえ、この時期に不用心すぎますね」

「もう、どうでもいいことだ」

「とんだ目にあいましたね。同情しますよ」

フェルドマンはゆっくりとした足取りでトオルの前に来た。

「これが奴らのやり方です」

「なぜ、私の研究を邪魔する」

「先生の研究が奴らの核心を捕らえたからでしょう。これは警告にすぎません。今度は、先生の命が狙われます。いや、今回も狙われたのだ。先生は運がいい」

フェルドマンは淡々とした口調で言って、机の前のソファーに座った。

甘い葉巻の香りがかすかに漂ってくる。トオルは不思議な懐かしさを覚えた。

「いったい、なにを見つけたのです。我々にも教えてくれませんか」

「あなたの組織はすでに知っているんじゃないですか」

「概要はね。しかし、しょせん素人の推測だ。仲間に諜報と破壊のプロはいても、生命科学のプロはいません」

「もう研究は続けることはできない。すべては消え去った。私にはなにも残っていない」

フェルドマンは軽くため息をつき、先生、と呼び掛けた。そして、指先で自分の頭を軽く叩いた。

「先生にはここがある。ここには、世界でもっともすぐれた頭脳がある。データや試料がなんです。たかがものにすぎない。だが、先生のここにはそれらを遥かに超えたものがある。世界のどのスーパーコンピュータにも負けない、どの図書館や研究所にも負けない知恵と創造力がある。それに勇気もあるはずだ。先生はアマゾンの奥地にまで行って、なにかをつかんできた。それさえ残っていれば、どんな奴らにも負けやしない」

フェルドマンは冷静だが熱っぽく語った。

「私のスキャンダル記事に訂正記事を書かせ、テオドル・ロスミックに働き掛けたのはあなたか」

「いままで、ジミーの報告の裏付けを取っていました。もちろん、ドンバを襲ったのはどんな組織かということも調べながらね」

フェルドマンはトオルの問いには答えず、元の落ちついた口調に戻った。

「だが、残念なことに、まだ実態はつかめていません。十人あまりの白人で、近隣諸国の左翼ゲリラと同じ迷彩服を着ていた。彼らの乗ってきたヘリは、UH－1中型輸送ヘリ。アメリカ軍が兵士の輸送に使っているものです。彼らはカラシニコフ自動小銃で武装していて、住民を広場に集めると見境なく射殺したということしかわかっていません」

「それだけわかっていれば、犯人の特定はできるだろう。あの辺りの地理に詳しいものだ。近くに基地があるはずだ。あれだけの事件を起こして、国際的にもまったく問題になっていない。ゲリラの仕業として終わらせてしまった。ブラジル政府にも顔の利く組織だ」

フェルドマンは無言で聞いている。

「あなたにはわかっているはずだ」

「推測では動けない世界なんです。上のものが臆病なんでね」

「きみにも上がいるのか」

「金を出し、人を出している組織です」

「その組織は、研究所を爆破したものたちに対抗できる組織か」

「そう信じて戦っています」

「だったら、その組織を教えてほしい。私が直接交渉する」

トオルはドイツでの農家や事務所の襲撃、工場跡地での銃撃戦を思い出した。とても個人で戦える相手ではない。

先生、と言ってフェルドマンは足を組み直しトオルを見据えた。

「先生はそんなことを考えるべきじゃない。先生にもっともふさわしくないことだ。そういうことは、私たちに任せてください」

それに、とフェルドマンは付け加えた。

「先生はまだ隠していることがある。すべてを話してください。私たちの組織も彼らに決して負けません」

フェルドマンは持っていた新聞をトオルの前に置いた。

『再び悪魔の到来か。欧州諸国に極右政党の勢力拡大』

一面に見出しが躍っている。最近フランスであった総選挙で、極右政党が大躍進したことを述べているのだ。それに伴い欧州各地でネオナチの集会が開かれ、活動も活発になっている。

「私には関係ないことだ」

「みんながそう言って、世界の悲劇は起こっている」

「だから手段は選ばないというわけか。ドルトンの爆破犯はいまだに捕まっていない。暴力はネオナチだけの専売特許ではない。あなたたちの組織なら十分可能だと思うが」

トオルは強い口調で言った。

フェルドマンは視線を落として、何かを考え込んでいる。やがてゆっくりと顔を上げ、トオルを見つめた。

「私は先生が好きだ。尊敬もしている。なんとしても協力してほしいと願っている。お互いの信頼は、隠し立てのない関係から生まれると信じている」

「やはり、あの爆破事件はあなたたちか」

「カラムと彼の部下の暴走です。カラムの死後、彼のアパートからガリル・スナイパーライフルが発見されました。イスラエル製の狙撃銃です。セムテックスもありました。プラスチック爆弾です。爆破事件で使ったものの残りでしょう。組織は関係ない。彼はナチズムを心から憎んでいました」

フェルドマンの声が震えた。

「カラムは全身を癌に冒されていました。ナチスに人体実験を行なわれたことは話しましたね。そのとき、放射線を全身に浴びせられたのです。放射線と断種の関係を探る実験と称してね。そしてその後、ナチの悪魔は彼の……。彼は自分の死を察して、焦っていました。何としても、ゲーレンとベンツェルを自分の生きている間に裁きたかった」

「だからと言って許されることじゃない」

「わかっています。カラムは死ぬ覚悟でした。しかし、あの爆発で思いがけないことが明るみに出た。以後は先生もご存じの通りです」

「罪のないものも多く死んだ」

フェルドマンは組んだ両手の上に目を落とし、黙り込んだ。

トオルはしばらく無言で座っていた。通りを走る車の音が低く響いてくる。

やがて立ち上がり、本棚の本の間から一枚のCD－Rを取り出した。

パソコンに入れてキーボードを叩く。ディスプレーに画像が現われた。アスカの虫垂、細胞分裂の撮影、DNA分析結果が映し出される。最後にトオルが現われて、アスカの持つA細胞についてのテロメアとテロメラーゼ、そしてES細胞について話している。

フェルドマンは無言でディスプレーを見つめていた。画像が終わりトオルがスイッチを切っても、なにも言わず考え込んでいる。

いつのまにか差し込んでいた陽の光は消え、部屋には薄い闇が漂っていた。

「やはり、ベンツェルは生きている」

フェルドマンが呟きのような声を出した。

「奴らがこの先も生き続ける。許されないことだ」

肘掛けにおいた指先が、かすかに震えている。

「神はそれを許した」

「神が許すはずがない。彼らは神を欺いただけです」

顔を上げ、トオルを睨むように見た。

「なんとしても私の手で……そのためには、魂を悪魔に売り渡してもかまわない……」

その顔に憎悪にも似た表情が走った。しかしそれも一瞬で、すぐにもとの冷静さを取り戻している。

「彼らはなにをやろうとしている」

トオルはフェルドマンに聞いた。

「我々もそれを突きとめようとしているのです」

「あなたには、彼らに対抗できる組織も情熱もあるのではないのか」

「過去の亡霊を暴き出すような仕事には、懐疑的な人たちも多くてね」

フェルドマンはため息をついてから、表情を引き締めた。

「そのCD－Rをいただけますか」

「駄目だ。これは私の推測にすぎない。科学的実証はこれからだ」

フェルドマンはかすかにうなずき、自分の指先に目を落とした。

「なにかが世界で動き始めています。私は感じることができる。世界におけるネオナチの活動も活発に、かつ大胆になっています。ベンツェルが生きていることで納得がいく」

「私はすべてを話した。今度はあなたの番だ。あなたはなにかを隠している」

トオルは再度、聞いた。

「いまはなにも言えません。時間が必要です。私たちも全力で調べています。彼らの目的、活動拠点、資金、人脈、すべてに関してです。もう少し待ってください。いま言えることは、彼らは動き始めているということです。そして、彼らの活動を阻止するには先生の協力が必要だ」

フェルドマンは深く息をついた。

「ヒットラーの精神分析はさんざん行なわれてきました。彼は冷静で用心深い。かつ狡猾だった。だからこそ、何度かの暗殺計画にも生き延びることができた。影武者もいたし、どこにいるときも常に逃走ルートを確保していました。公式には一九四五年四月三十日、彼はベルリンの官邸地下壕でピストル自殺をとげた後、妻のエバ・ブラウンとともにガソリンをかけられて燃やされたとなっています。しかし、これを裏付ける証拠はなにも残っていない」

「やめてくれ。あなたはだれを探している。ヒットラーか」

「そうかもしれません」

長い時間がすぎていった。フェルドマンの姿が、亡霊のように黒い影となって漂っている。

亡霊たちの復活。ふっとトオルの心に浮かんだ。

「第四帝国の復活です」

フェルドマンの声が薄い闇のなかに響いた。

「第四帝国？」

「ヒットラーの第三帝国の次に造られるべき帝国です」

「馬鹿な……」

フェルドマンは広げていた新聞をトオルのほうに押した。

「世界各国でその兆候が見られます。ネオナチの胎動、ユダヤ組織に対する批判、右翼団体も動き始めました。ヒットラーの行為を見なおす動きも出てきています。あの悪魔の行為に、正当性を見出そうとしているのです。それらのすべてが第四帝国創造につながるとは思えませんが、危険な動きであることに違いありません」

「ジミーは？」

ふと思いついて聞いた。

「ヨーロッパです。フランス、ドイツ、イタリア。ブラジルから帰って、精力的に飛び回っています。我々も遊んでいるわけではありません。神との対話も必要でしてね」

神との対話――フェルドマンは口のなかで繰り返し、わずかに顔を歪めた。

トオルは眉根をしかめた。頭が痛み始めたのだ。身体が重く、タールのようなものが全身に広がっていく。目を閉じて、眉間を強く揉んだ。

目を開けるとフェルドマンの姿はなく、静かにドアの閉まる音が響いた。

第四帝国の復活。その言葉は重苦しい響きとなって、トオルの脳裏に残っている。

第五章　研究所

1

爆破事件が起こってから一週間がすぎた。

大学本部と州政府からの援助を得て、研究所の修復は予定より早く進んだ。建物の応急修理は終わり、新しい実験機器の搬入も終わっていた。中心になって動いたのは、やはり所長のドクター・オーエンだった。彼は全米はもとより、全世界に向かって精力的に活動し、研究態勢を整えていった。

多くのデータと資料、試料を喪失した研究者をなにより勇気づけたのは、同じ敷地内に新研究所を建設する構想が立ち上がったことだ。ドクター・オーエンが彼の持つ幅広い人脈を活用して、さらに最新設備を備えた研究所の設立構想を異例の短期間でまとめ上げたのだ。

トオルの実験室は被害が最もひどく、一時隣の棟に移ることになった。実験装置と保存していた試料、細胞サンプルの大部分が破壊され、残ったものも損傷がひどく廃棄された。しかし、徐々にではあるが研究を再開していた。これはカーチャの助言と献身的努力、そして励ましによるところが大きい。

アスカのA細胞は爆発と火災により喪失した。実験室のパソコンに入っていた遺伝子データもすべて破壊されたが、カーチャが自分のパソコンにコピーを取っていたので、なんとか研究を続けることができた。

トオルは自室で、大学本部に提出する何通目かの爆破被害の報告書を書いていた。

午後五時を回っている。すでに三時間以上も単調な書類を打ち続けていた。

カフェテリアに行く前にメールをチェックした。いくつかの事務的な連絡事項に混じって、添付ファイル付きのメールがある。差出人の名前はなく、メールアドレスも削除されていた。ウイルスの可能性を考え、ポインターを消去に置いたとき、ダビデの星のマークに目が止まった。フェルドマン……。添付ファイルを開いた。

『アステック研究所』の名の下に、会社概要が書いてある。資本金三千七百万ドル。従業員八十名。主に組み換え遺伝子の研究。各種野菜や果物の遺伝子組み換え作物を作って、特許を取得する研究所だった。昨年度研究費、五千七百万ドル。カリフォルニア、ディエグ。所在地なのだろう。他になんのメッセージもなかった。

「我々も遊んでいるわけではありません」フェルドマンの言葉がよみがえった。会社概要を読むと、どこか引っ掛かるものがある。フェルドマンもそう思ったからこそ送ってきたのだ。


トオルは椅子に座りなおした。

それから三時間キーボードを叩き続け、何本かの電話をした。気が付くと、外は暗くなっている。

プリンターで打ち出した資料を持って、自宅に帰るために部屋を出た。

実験室の前を通ると、明かりがついている。そっとドアを開け、なかに入った。

パソコンの前に人影が見える。カーチャだった。

彼女は『カリフォルニア・メモリアル・ホスピタル』でトオルの兄に会い、トオルの病気を知ってからは、研究に没頭していた。現段階でできることは、喪失を免れた遺伝子データの解析だったが、部屋には明け方まで明かりがついていることが多かった。

「それは？」

カーチャの肩越しにディスプレーを見て声を出した。

振り返ったカーチャの顔が、驚きから安堵の表情に変わった。

「お兄さんの遺伝子解析の結果です。先生に渡されたデータに入っていました」

「なにか新しいことは？」

「先生のおっしゃった通りです。比較するDNAがなければ進展しません。やはりアスカの細胞と遺伝子をもっと詳しく調べる必要があります」

「アスカはいない」

「いいえ。きっと生きていると思います。彼らが殺すはずがありません」

トオルは椅子を引き寄せてカーチャの横に座った。

「アステック研究所という名前は？」

カーチャはしばらく考えていたが、首を横に振った。

「主に遺伝子組み換えの研究を行なっている民間研究所だ」

「私は聞いたことがないです。業界と付き合いがなくて、論文発表の少ないところでしょう。でも、最近は遺伝子関係のベンチャー企業は腐るほどありますから。研究所の場所は？」

「ディエグ。サンディエゴの北にある小さな町だ。五年前に研究所ができる前は、漁師町だった。それ以上のことはわからない」

「その研究所がどうかしたのですか」

「私のメールに入っていた。おそらくフェルドマンが送ってきた」

「彼はどうしてその研究所を？」

「世界中に仲間がいると言っている。おそらく、世界に散らばるユダヤ人組織だろう。つまり、世界的な情報ネットワークを持っているということだ」

「インターネットで調べましょうか」

「載っていない。市当局に問い合わせたが、概略的なことしかわからない」

トオルは数枚の用紙をカーチャに渡した。

「市の公開情報から取り出したものだ」

「中堅の研究所ですね」

カーチャは用紙をくりながら言った。

「しかし、これだけの規模の研究所がインターネットに載ってないというのはおかしいです。意図的に拒否してるんでしょうね。それに、研究費のわりに資本金が少なすぎます」

「遺伝子組み換え植物を主にやっている研究所だと思う」

「年間研究費、五千七百万ドル。すごい研究費が動いています。よほど高レベルの研究をやっているか、なにか強力な特許を持っているかですね。売り上げとか決済報告は出ていません」

「経営の大部分がベンチャーキャピタルというか、寄付でまかなわれている」

「アステック財団ですね。調べましたか」

カーチャは用紙を目で追っている。

「本部はパリにあるが実態は不明だ。だいたい、アメリカのベンチャービジネスに、フランスの財団が資金を提供するということ自体おかしなことだ」

「この種の研究所には、政府の関与がかなりあります。いろんな許認可事項が必要ですから。政府機関に問い合わせれば、それなりのことはわかります」

「CDCに問い合わせたが、管轄外だと言われた。アステック研究所はP4ラボは持っているが、伝染性のあるウイルスやバクテリアは扱っていない。研究内容は、遺伝子分野に限られているらしい。組み換え植物、医薬品の開発が主になっている。CDCにも資料はほとんどない」

CDCとはアメリカ疾病管理センターのことで、本部はアトランタにある。世界の公衆衛生学研究の総本山ともいえる組織だ。十一の研究所を持ち、六千五百人の研究者、職員を擁している。アメリカ国内の各地域の衛生局と協力して、特に感染症の監視体制を確立している。エイズやエボラ出血熱に対しては大きな貢献をはたした。

「じゃあ、食品管理局かWHOの管轄とでもいうんですか」

「二つとも問い合わせた。やはり資料はない。政府の友人にも聞いたが、大したことはわからなかった。実質的な仕事はなにもやってないということだ」

「秘密だらけの研究所。それでよく認可がおりて、運営が続けられますね」

カーチャが呆れたように言った。

「政治家が動いているんだ。それも並の政治家じゃない。州知事か大統領に近いものでなければ、それだけの権限はない。あとはフェルドマンに任せたほうがいいのかもしれない」

　カーチャはパソコンの方に椅子を回し、すごい勢いでキーを叩き始めた。

「研究所のコンピュータへの侵入は私もやってみた。しかしブロックが厳重すぎる。どこの研究所でも同じだ」

　カーチャはトオルの言葉を無視して、キーを叩き続ける。

「アステック研究所に侵入するのではなく、バイオ関係の研究所と取引している企業や団体を調べています。なにかわかるかもしれません」

「そういうことは可能なのか」

「関連のありそうな企業や団体を検索します。遺伝子研究に必要な薬品や器具の会社の取引先リストを呼び出しました」

　ディスプレーいっぱいに企業名が現われた。カーチャは軽いため息をついた。

「なん百社もある。私だったらあきらめる」

「なにもしないでいるより百万倍も可能性があります。今度は、コンピュータ関係です。遺伝子の詳細解析、精製タンパク質の分子構造の決定には、スーパーコンピュータは必需品です。スーパーコンピュータの納入先は、政府がすべて把握しています」

　トオルは肩をすくめた。

「すごい……」

カーチャがディスプレーに顔をつけて声を上げた。

「ＪＳＸ－５が入っています。日本製で現在、世界最高速レベルのスーパーコンピュータですよ。ＣＰＵ台数五百十二台、最大演算性能５・１２テラフロップス、主記憶容量８・１９２テラバイト、主記憶装置の最大データ転送性能、毎秒40テラバイト。一台四千万ドルから六千万ドルはします。しかも二台」

「遺伝子解析か分子構造の決定をやっているということか。それとも、その両方」

カーチャのキーを叩く速度は増した。

「今度はなにがわかる」

「スーパーコンピュータに侵入できないかと思って。これだけのスーパーコンピュータだと、大学や他の研究施設とつながっているでしょう」

「たしかにそのほうが効率的だ」

「でも、その傾向はありません。完全にクローズしてます。よほど他人に干渉されたくないんでしょう。つながってても、どうせ何重にもブロックされてるんでしょうけど」

悔しそうに言うと、カーチャの指は再びキーボード上をピアニストのように躍った。

「これも誇るべき大した才能だ」

トオルはカーチャの指先を目で追いながら言った。

「私は別の才能に憧れています」

「コンピュータを使って世界を征服すると言った若者を知っているが、信じたくなる」

「半分は当たってます。でも、世界より人の精神の征服のほうが魅力的だとは思いませんか」

トオルはカーチャの後ろに立って、目まぐるしく変わる画面を見ていた。やがて、軽いため息をついて部屋を出た。

再び部屋に戻り、カバンからアスカの遺伝子情報のシートを出した。

二時間がすぎた。ノックとともにドアが開いて、カーチャが入ってきた。厚さ数センチもある用紙の束を抱えている。その束をトオルの前に置いた。

「アステック研究所がこの一年に取引した企業と購入した薬品リストです。いくら閉鎖的でも、すべてを自前でまかなうわけにはいきません。アステック研究所は、薬品会社や機器の会社にとって上得意です。全部網羅しているとは思えませんから、これ以上あるはずです」

トオルはリストを目で追っていった。

「エクストラクション・バッファー、DTT、エンジム液、プライマー、フェノール、クロロホルム、イソアミルアルコール、マーカー、エッペンドルフチューブ、キムワイプ、マイクロピペット、ボルテックスミキサー……。遺伝子研究をしているのだから、当然の購入品だ」

「分光器十二台はどうですか」

「台数が異常に多いが、必需品だ。ここで遺伝子研究が行なわれていることは確実だ」

「これだけでもかなりな額です。でも、研究所自体の企業収入の額は、総収入の二十パーセント以下です。他はすべてアステック財団からの出資です。完全に資本主義の企業原理からは逸脱しています」

「たしかに寄付だけでまかなうには大きすぎる額だ。商売抜きの研究になる」

トオルはしばらく考え込んだ。

「やはりフェルドマンに任せるべきだ。これ以上は私たちの手には負えない」

「でもこのままでは先生は――。私はアスカは必ず――」

カーチャは言葉を探すように、トオルから視線を外した。

「この研究所にいるというのか」

「可能性はあります。なんとしても、アスカを見つけるべきです。彼女の細胞と遺伝子は、必ず新しいなにかを導いてくれます。それに――」

懇願するような眼差しを向けている。

「アスカは溺(おぼ)れそうになった私の命を救ってくれた。今度は私の番です」

「行ってみるしかないか」

トオルは呟くように言って、用紙の束に目を移した。

2

二日後、トオルとカーチャはディエグに向かった。

サンフランシスコからサンディエゴまで飛行機で行き、空港でレンタカーを借りてフリーウエイを北に向かった。

車は海岸線にそって走った。左手には太平洋が陽を浴びて輝いている。南に二十キロも行けばメキシコ国境という場所だった。

飛行場でもらった観光案内には、ディエグはリゾート地だと紹介してあった。人口五万の市にある小さな田舎町で、ヨットハーバーがあり、フィッシングとダイビングが楽しめると書いてある。

地図には、アステック研究所とカリフォルニア大学の海洋研究所が小さく載っていた。二つの研究所は町の北寄りにあり、海に面している。

「きれいなところですね」

ぼんやりと海を眺めていたカーチャが言った。

濃紺の海に紺碧（こんぺき）の空。反対側には緩やかな丘陵が続いている。ときおり、赤や黄の原色のウインドサーフィンの帆が見えた。絵に描いたようなカリフォルニアの風景が広がっていた。

サンディエゴから一時間も走ると、ディエグに入った。

二人は町の入口にあるモーテルに車を止めた。コの字形に部屋が並び、中央にプールがある。そのまわりが駐車スペースになっている。部屋数は四十近く。町の規模に比べて大きなモーテルだった。

受付のカウンターには不精髭をはやした初老の男が一人、釣りの専門誌を読んでいた。

「部屋を二つ借りたい。隣どうしにしてくれ」

男はトオルをじろりと見て、その目をカーチャに移した。

「ベッドはキングサイズだ。二人で寝ても十分だがね。値段も一部屋のほうが割安だ。うちは良心的なんだよ」

「しかし、一人のほうが落ち着くんだ」

男は肩をすくめてキーを取り、指先でプールの両端を指した。

「悪いね。釣りとダイビングの客で満員なんだ。離れてるといっても車で行く距離じゃない」

カーチャはトオルの後ろに無言で立っている。

「アステック研究所を知ってるか。ここから十キロばかりのところだと聞いてるが」

トオルは支払いをすませ、キーを受け取ってから聞いた。

男の動きが一瞬止まった。だがすぐに、何事もなかったように椅子に戻った。

「町とは付き合いのない研究所だよ。関係は納税してるってことだけ。それも超がつく高額納税企業だ」

「職員と研究員はどこに住んでる」

「プライベートビーチまであるんだ。広大な敷地だよ。なかに住宅もある。病院からレストラン、スーパーマーケットまであると聞いてる。学校だけは不明。子供は見たことがないからな。もっとも、町で研究所の人間に会うことはないのでわからないけどね」

トオルの脳裏にエスタンジアという名が浮かんだ。カーチャもトオルに目でうなずいた。同じことを考えたのか。

「入ったことは？」

「お断わりだよ。バイオとか遺伝子とかを研究してるんだろう。フランケンシュタイン博士の怪物を作ってるって噂だぜ」

「Ｐ４施設のある研究所だ。建設決定の前には公聴会もあったと思うが」

「俺は知らんね。バイオハザードなどまったく怖くない。超高額納税企業は町だって大歓迎だ。どこになにができようと、興味はないよ」

男は、話はこれで終わり、というように雑誌に目を落とした。

トオルはカーチャの荷物を持って、部屋に向かった。

「後でそっちに行ってもいいでしょう」

カーチャはトオルから荷物と部屋のキーを受け取りながら言った。

十分ほどしてカーチャはやってきた。トオルは受付のカウンターにおいてあったガイドブックを見ていた。ここにもアステック研究所については載っていない。

「あの男は嘘を言ってる。Ｐ４とバイオハザードをすぐに結びつけた。そんな一般人はそう多くはいない。危険性は十分承知しているんだ。研究所は五年前にできている。建設当初は大きな反対運動が起きたと新聞には書いてあった。それが、急に賛成になった」

「住民の買収ですか」

「おそらくね。このモーテルも町の規模には不釣り合いなほどりっぱだ」

一時間ほど部屋で休んでから、車で海岸に向かった。

左右二車線ずつの舗装道路が続いている。走っている車はほとんど見えなかった。

『アステック』のロゴの入った大型トラックが二台、トオルたちの車を追い抜いていく。

「研究所のために造られた道路ですかね」

「十キロほど先に、カリフォルニア大学の海洋研究所とキャンプ場がある。キャンプ場はアステック研究所が建設される前からあったものだ」

トオルはトラックを目で追いながら言った。

緩やかな丘陵の海よりに、白い塀に囲まれた建物が見えてきた。箱型のビルが三棟、広大な敷地のなかに見える。

「アステック研究所だ」

トオルがカーチャに目で指した。

「想像以上に大きいですね」

「海側は約二キロにわたってプライベートビーチ。立ち入り禁止だ」

車は塀に沿って続く道まできた。

スピードを落とし、時速十キロほどで走った。

「なかがまったく見えません」

カーチャが車の窓に顔を付けて見ている。

トオルは車を止めて、研究所のなかをうかがった。

高さ三メートル近くある塀が続いている。しかし途中から塀が消え、鉄条網のフェンスになった。内部は見通しのよい芝生で、二百メートルほど先に研究所の建物がある。芝生には数本の木が植えられているだけで、他の遮蔽物はない。

「きっと電流が流れてるのよ」

カーチャが冗談のような口調で言うと、トオルはフェンスにかかっているプレートを指差した。

『私有地につき立入禁止』その下に、通電中と赤い文字がある。

「いくら厳重警備といっても、フェンスに電流を流している民間企業なんてしりません。間違って怪我でもさせれば、膨大な損害賠償が生じます。どう見ても、ただの遺伝子研究所には思えませんね」

そう言いながらカーチャは、フェンスの上に視線を向けた。

フェンスの上の監視カメラが、トオルたちの車に向いている。

ゆっくりと研究所の周りを回った。数分で道は行き止まり、その先は崖になっている。

バックミラーに4WDが近づいてくるのが見えた。逃げようにも十メートル先は海に続く崖だ。

「道に迷った振りをするんだ」

トオルはダッシュボードから地図を出して、ハンドルの上に広げた。

4WDからは、ブルーの半袖の制服を着た警備員が二人下りてきた。百八十センチを超える長身の引き締まった身体。金髪で鼻筋の通った典型的なゲルマン民族だ。二人とも、腰の拳銃に手をかけている。

運転手はハンドルに手をおいて、トオルたちに視線を向けていた。

「海洋研究所に行きたいんですがね」

窓から覗(のぞ)き込んできた男にトオルは地図を示した。二つの研究所はどちらも海岸線上にあり、この道がつながっていると考えても不思議ではない。

二人は車から離れ、トオルたちを見ながら小声で話し合っている。一人が近づいてきた。

「三キロ引き返してください。二股に分かれている道の狭いほうを真っすぐ行くと海洋研究所です」

慇懃(いんぎん)な口調で言った。

トオルは車をスタートさせた。

「いつも見張ってるんでしょうかね」

カーチャが身体をかがめて、バックミラーを覗いている。

「通電されたフェンス、監視カメラ、拳銃を携帯した警備員。よほど人間嫌いの研究所だ」

４ＷＤは三十メートルほど後ろをついてくる。

トオルは車のスピードを上げた。


モーテルに帰る前に港に寄った。

三十隻あまりのヨットが停泊している。ほとんどが外洋クルーザーで、中には十二メートル級のものもある。小さな港町には不釣り合いな小綺麗なヨットハーバーだった。

数キロ離れた湾の先に、白い建物が並んでいるのが見える。アステック研究所だ。

「さすがに海側は塀はありませんね」

カーチャが研究所の方に目を向けて言った。

二人はヨットハーバーに沿って歩いた。

突き当たりにダイビングの店がある。二十歳すぎのココナツ色の肌をした青年が、エアボンベをコンプレッサーにつないでいた。

「ダイビングができるの？」

カーチャが青年に聞いた。

「他になにがあるって言うの。ここにあるのは海と空だけ。鮫が交尾してるところを見せてやるよ。あんたなら一日二百ドルでいい。道具のレンタル料込みだ」

青年はカーチャの全身をなめるように見ながら、はしゃいだ声を出した。

「鮫はないけど、クジラの交尾は見たわ」

「ダイビングをやったことあるの？」

「クジラの交尾を見たと言ったでしょう」

「俺はアルバート。アルと呼んでくれ」

アルは油のついた手をズボンで拭いて、トオルとカーチャに握手を求めた。

「じゃあ、沈没船の散策ってのはどう。一人百ドルでいいよ。ロマンチックだぜ」

「毎日、沖に出てるの」

「嵐以外はね。でも嵐なんて一年に数日あるかないか」

「研究所のほうにも行くでしょう」

カーチャはアステック研究所を指差した。

「沖を通るよ」

「研究所の敷地で女の子を見なかった？　十四、五歳のインディオと白人の混血」

「町の警察署の署長から、研究所には近づくなって言われてるんだ。研究所ができた年に、プライベートビーチでデートしてて警備員に捕まった。銃を持ったごつい奴らが現われて、手錠をかけられたよ。運よく仲間が見てて、署長に報せてくれた。署長がきてやっと帰してくれたよ。署長とは遠い親戚にあたるんだ」

「見たの見ないの」

「見ないね。女の子どころか、女さえも見たこともないぜ。あそこはゲイの集団だ」

アルは眉を吊り上げ、肩をすくめた。

「研究所のなかはどうだったの。連れて行かれたんでしょう」

「見てる余裕なんてなかったよ。内緒だけど、ちびりそうになった。連れの女にも振られたし」

ただ、とアルは言葉を濁した。

「机と椅子しかない部屋に入れられた。病院みたいな臭いがしてたね。俺はあれが大嫌いなんだ。鳥肌が立つ。これから切り刻まれるって感じがするんだ」

本当は、と言って少し考え込んだ。

「廊下を歩くとき目隠しされてたけど、俺は見たね。ぴかぴかした器具がいろいろあって、清潔そうだった。みんな白衣なんか着て、賢いんだろうな。さすが研究所と思ったよ。でも、妙な雰囲気だった。全員ロボットみたいで表情がないんだ。嫌な感じだったぜ」

「海から入れないかしら」

カーチャがエアボンベに目を移した。

「潮流が速くてね。特に研究所の前はひどい。年に何人か巻き込まれて死んでるんだ。先月は一人」

アルはエアボンベにロープを結ぶ手を止めてカーチャを見た。

「岬の沖ではダイビングはできないわよね」

「去年、二人のダイバーが沈没船を探しに出て、研究所のプライベートビーチに打ち上げられた」

「彼らはなにか言ってた？　研究所について」

「死体が話せるわけないだろう。波と魚にやられてぼろぼろだった」

「溺れて打ち上げられたの」

「引き取りにいった警官の話だ。溺死には間違いなかったらしい。どこで溺死したのかはしらないがね。これは検死官の話」

「あの辺りでダイビングのできるところは？」

「湾から離れれば問題ないよ。ただ、腕のいいプロの指導者がついてればね。隣はバハカリフォルニアだ。海は続いてる。ダイビングは最高のマリンスポーツだよ」

「あなた、どこに住んでるの」

「ボートハウスの二階。いつでもおいでよ。二十四時間オーケーだよ」

アルの言葉を無視して、カーチャは手を腰に当てて研究所を睨むように見ている。

陽が沈みかけている。赤い光が海を染めて、血を流したようだ。

二人は一度モーテルに帰った。


トオルとカーチャは海岸近くのレストランに入った。

海に突き出した店で、隣がヨットハーバーになっている。

二人は窓ぎわの席に座った。すぐ下にヨットが見え、かすかに波の音が聞こえていた。ヨットのマストに付けたランプが、青白い光を夜の海に投げ掛けている。

湾の先に光の連なりが見えた。アステック研究所の明かりだ。ときおり爆竹の音が聞こえる。港で鳴らしているのだ。

カキとカニを頼んだ。ワインは白のハーフボトル。ウエイターがテーブルのロウソクに火をつけていった。

「急がなきゃ」

カーチャが海から視線を戻した。

「まだ時間はある。四年と六ヵ月だ」

トオルはカニの足を割りながら言った。

「たったそれだけです」

「科学が飛躍的に進歩するには、十分な時間だ」

「癌の治療薬は二十世紀から研究は続いていますができていません。風邪薬でさえ、決定的なものはまだです。エイズも延命治療はできても、根本的な治療薬はいつになるのか。糖尿病も対症療法だけ」

「天然痘は撲滅した。ポリオもワクチンさえ飲めば恐ろしい病気じゃない。癌の遺伝子もいくつか見つかった」

「院内感染では、どんな抗生物質にも抗体を持った菌が生まれています。エボラ出血熱やマールブルグ出血熱のような、新たな難病も現われました。結核の復活も報告されています」

「アルツハイマーの原因は突き止めた」

「治療薬はいつになるか不明です」

「少なくとも、私が生きている間には間に合わないだろう」

「飛躍的な進歩があるんでしょう」

「私もそれを信じている。だから、ここでのんびりカニを食べている」

二人は顔を見合わせて笑った。しかしそれは、淋しさに満ちた笑いだった。

「生物は進化を選択することによって不死を捨てた」

トオルの顔から笑みが消えた。

「大腸菌やミトコンドリアのない原核生物のDNAは、リング状なのでテロメアがない。だからいくらでも細胞分裂ができ、事実上不死の生物だ。一方、酵母菌のような核を持つ真核生物のDNAは線状で、端にはテロメアがある。そして線状であることにより有性生殖を行ない、二つのDNAを組み合わせることができ、多様性のある子孫を生み出すことが可能になった。雌雄のセックスの選択こそが多様な子孫を残し、生物に進化をもたらした」

「死は人類が進化を選択した結果。淋しいですね」

カーチャはトオルから目をそらせて、ぽつりと言った。

「小学生のころ、ふと真夜中に目が覚めるんだ。闇を見つめていると、そのなかに吸い込まれていくような錯覚におちいる。死がいつも頭にあった。この闇こそが死に違いないと思ったものだ。永遠に続く闇と無。これこそ死の姿だ。自分を失った無の状態が、永遠に続く。その永遠とはなにか。だれも経験したものはいやしない。いや、だれもがいつかは経験する。だが、私は〈永遠〉に恐怖した。当時の私にとって、すべてが耐え難い恐怖だった。飛び起きて机に向かった。なにかをしていることが、唯一の救いだった」

トオルは海を見ながら、記憶の糸を手繰るように話した。

「きみは死とはなんだと思う」

カーチャに目を向けた。

「不可逆的な、意識および機能の停止と習いました」

「きみ自身の言葉が聞きたい」

「わかりません。いえ、考えたくないのだと思います」

「きみも無神論者だね。神を信じないものは、たいてい死を考えないか恐れている」

カーチャはカニの肉を刺したフォークを口元で止めた。首を傾げてなにか考えている。

「いずれ必ずやってくる、大きなやすらぎ。苦しみからも悲しみからも解放された一瞬。そう、一瞬にすぎません」

「永遠は一瞬、そうかもしれない。永遠に覚めることのない一瞬だ。だが私は、その一瞬のやすらぎが恐ろしい。醒めることのない自己の喪失に違いないのだから」

「人はだれしもその瞬間を受け入れなければなりません。生は時間じゃない。充実だとは思いませんか。シェークスピアは五十二歳で死にました。モーツァルトは三十五歳。二人とも、いまでも世界を魅了しています。二十一歳で死んだ数学者ガロアの解いた問題は、いつまで世界を悩ませるのか。人は死ぬために生まれてきました。生を受けた瞬間から、死に向かって歩み始めています」

「死を受け入れるのは耐え難いことだが、兄を見ているとそれも運命かと思うときがある。

人間の生死など、しょせん大したことではないのだ」

「初めてあなたの論文を読んだとき、生命の神秘と共に美しさを感じました。はかないものほどいとおしい。生命は一瞬の煌めきであると言っています。しかしその煌めきは、永遠であるとも。星は生まれて何百億年ものときをへて消えていく。人の一生も星の誕生、消滅と同じようなもの。すべては宇宙の永遠の営みのなかに組み込まれている、と述べています」

カーチャは軽く息を吐いた。

「あなたは一瞬のなかに、永遠を見ることのできる人です」

「私は未熟で弱い一科学者にすぎない」

「あなたは私の……」

カーチャの言葉が途切れた。トオルを見つめる瞳のなかに、ロウソクの赤い炎が揺れている。

白いローブの中年女性が出てきて、ハープの演奏が始まった。静かな清んだ音色が流れてくる。

「でも、死は本人一人のものではありません。家族のものであり、友人のものであり、時に社会的なものです。私はあなたに生きていてもらいたい」

「私は科学を信じている。しかし、科学の限界も知っている。そして、私に課せられている現実も」

「すべては神様しだい。私たちが意識しなくても、すべてに神の意思が働いています」

神の意思、トオルは口の中で繰り返した。

「死の影に怯える子供。友人たちが未来を語っているときに、ひとり死の影に震えていた。そういう現実をきみは考えたことがあるか」

「ただ私は、あなたを助けたい。生きていてもらいたい」

カーチャはトオルを見つめている。

「あなたに私の近くにいてほしい。そのためなら——」

トオルは思わず目をそらせた。怖くなるほど真剣な眼差しだった。

「やめよう、無意味な議論は」

「人生は楽しむためにある」

「うまい酒、うまい食事、美しい音楽、そして美しい女性」

トオルは歌うように言った。

ハープの演奏は続いている。二人はしばらく見つめ合っていた。

「やはり、アステック研究所にはなにかがあるんでしょうね」

カーチャが研究所の明かりに目を向けた。

「海から行けないこともない」

カーチャがぽつりと呟いた。

「こいつらにはね」

トオルがカニの足をカーチャの前に突き出した。

ロウソクの炎がカーチャの顔を赤く染めている。トオルはそっと手を伸ばしカーチャの手に重ねた。熱い体温が伝わってくる。

モーテルに戻ったときには十時を回っていた。二人はそのまま別々の部屋に入っていった。

3

翌日トオルが目を覚ますと、すっかり明るくなっている。

窓の側にいってカーチャの部屋を見ると、窓にはまだカーテンが引かれていた。

急いで着替えて、カーチャの部屋にいった。ノックをしたが返事はない。ドアに耳を付けたが、人の気配はなかった。携帯電話を出してカーチャの番号を押したが、留守番電話になっている。

フロントに行くと、男は昨日と同じように椅子に座って釣りの専門誌を読んでいた。

「連れの女性を知らないか」

男は雑誌から目を上げ、トオルだと気づくと笑いを含んだ顔に変わった。

「若い婦人は三時間ほど前に、車を呼んで出てったよ」

ただしチェックアウトじゃないがね、と言って雑誌に目を戻した。

「どこに行ったかわからないか」

「客のプライベートには立ち入らないのが、良心的なモーテル経営者の心得でね」

男は上目遣いにトオルを見て、片目をつむって見せた。

トオルは港に車を走らせた。いやな予感がした。昨夜のカーチャのどこかうわの空のような表情を思い出した。もっと注意をするべきだったのだ。胸の奥に生まれた不安は、次第に大きく膨らんでいく。

港に人影はなかった。

ヨットハーバーに沿って走った。数隻のヨットが出航の荷物を積み込んでいる。カーチャの特徴を言って見かけなかったか聞いたが、みんな一様に知らないと答えた。

昨日行った、ダイビングスクールに向かった。アルと名乗った青年が、ボートハウスから出てきたところだった。

「連れの女性のことだが」

「あんたのところに行こうとしてたところだ」

アルはトオルの言葉をさえぎって言った。

「カーチャに頼まれてたんだ。今朝六時ごろやってきて、ダイビング用具一式、借りてった。朝の海に潜りたいんだって」

「どこの海だ」

「研究所の近く。実は、俺がボートで連れてった。ビデオを撮るように頼まれたんだ」

アルは持っていた袋からビデオカメラを出した。カーチャのものだ。

「二時間たって戻ってこなかったら、あんたのところに持ってってくれって」

トオルはビデオを再生した。

ボート上のカーチャがカメラに向かって笑いかけ、ポーズをとってから海に入った。海流の様子を調べるようにしばらく浮いていたが、目に見えて流されている。やがて、手を振ると潜っていった。

「俺は止めたんだ。やばいって」

横から覗き込んでいたアルが言った。

トオルはビデオを早送りした。十五分後、浜の近くに人影が浮かび、浜に向かって泳ぎ始める。

さらに早送りすると五分後には、砂浜にたどりついたカーチャがよろめきながら歩いていく。そのとき数人の警備員が現われて、カーチャを抱えて建物のほうに連れていった。

「どうしてもと言うんだ。しかし大したもんだね。あの流れを泳ぎ切った」

最後に諦(あきら)めたように、三百ドルくれたんだ、と小声で付け加えた。

「あの娘、初めから研究所に入るつもりだったんだ。俺が引き受けなかったら一人でも行ったよ。そのほうがよほどやばいだろう」

「なにか言ってなかったか」

「潮に流されたら、あのビーチにたどりつけるかって聞かれた」

「なんと答えた」

「たどりつく前に溺れるだろうって。だけど、たどりついたよ。ちゃんと生きてね」

大したもんだと繰り返しながら、アルは何度も首を振った。

「ビデオは、ビーチに上がるところまで撮ってくれって。いい度胸だよ。女にしておくには惜しい女だ。でも、あの研究所になにがあるんだよ」

トオルはビデオを止めた。

「きみを引き取りにいった警察署は？」

「俺のことは黙っててくれよな」

アルはボートハウスに入って、ダイビングの申込用紙の裏に地図を描いて持ってきた。

トオルはビデオを持って車に戻った。

警察署のカウンターでは若い警官が一人、暇そうに雑誌を読んでいた。

「連れの女性がアステック研究所のビーチに流れついたまま帰ってこない。なんとか連れ戻したい」

「確かなんですか」

警官は面倒臭そうに雑誌から顔を上げた。

「あそこは立ち入り禁止になってるんですよ。ちょっとやそっとじゃ入れない」

「近くでダイビングをやってて、潮に流されたんだ」

「ダイビング禁止地域になってるんですがね」

「知らなかった」

「じゃあ、あなたの連れはおそらく――」

「署長を呼んでくれないか」

トオルが警官の言葉をさえぎると、警官の表情が変わった。

「署長は忙しい」

「時間がないんだ」

思わず声のトーンが上がった。

「アステック研究所のビーチにたどりついたのはわかっている。研究所の警備員が連れていったのもわかっている」

「証拠は？」

「ビデオがある」

トオルは警官にビデオを突き付けた。

警官は露骨に不快感を表わしてトオルを見つめた。

「もし、あんたの連れが入り込んだのなら、不法侵入で撃ち殺されても文句は言えないんだ」

「だから、至急行ってほしいと頼んでる」

「アステック研究所も、あの辺りのビーチも私有地なんだ」

「署長を呼んでくれと言ってる」

「忙しいと言っただろう」

壁の時計は十一時三十分をさしている。ビデオの時間表示からすると、カーチャが研究所に入って三時間がすぎようとしている。

トオルは携帯電話を出してボタンを押した。若い警官は黙って見ている。

〈だれだ？〉

二度目の呼び出し音が終わらないうちに受話器が取られ、相変わらずの不機嫌そうな声が返ってきた。午前十一時三十分というと、東部時間では午後二時三十分。あの男はそろそろドーナツとコーヒーを頭にちらつかせている時間だ。

〈いま、どこだ〉

トオルが名乗ると声の調子が変わった。トオルの脳裏に、歓迎、戸惑い、不安の入り混じった複雑な男の顔が浮かんだ。

「ディエグという町だ。カリフォルニアの南部にある」

知らんな、と尊大な声が聞こえる。

「頼みがある」

〈俺がお前のためにできることってあるのか〉

トオルが話している間、警官はペン先を鼻の頭に当てたまま聞いている。しかし、その顔に浮かんでいた薄ら笑いが徐々に消えていった。

「ここの電話番号を教えてくれないか」

トオルは警官が言った番号を繰り返して携帯電話を切った。警官は緊張した表情で自分の前の受話器を見つめている。

電話が鳴り始めた。警官は一度トオルを見てから受話器を取った。

「少々お待ちください。すぐ、呼んできます」

警官は馬鹿丁寧な口調で言うと、慌てて奥の部屋に飛び込んで行った。

十秒もたたない間に、中年の警官と一緒に出てきた。

「ブライアン署長です」

若い警官はトオルに向かって言った。

「嘘だったら、あいつはブタ箱に放り込んで、おまえは一生パトカーで深夜勤務だ」

署長はトオルを睨みながら呟き、受話器を取った。いつのまにか数人の警官が現われ、おもしろそうに見ている。

署長はしばらく頷きながら聞いていたが、その顔は次第に緊張で引きつった。

「ただちに人数を集めろ。パトカー五台を出動させる」

受話器を置き、首を振りながら鋭い声で命令した。若い警官は茫然と立ち尽くしている。

「さっさと用意しろ!」

署長が怒鳴り付けると、慌てて外に飛び出して行った。

署長は眉根をしかめて、トオルに向きなおった。

「ジェフォード市長の要請は、最大限にあなたの便宜を図ってくれということです。これから研究所に向かいますが、あなたも同行してください。個人的には、納得いきませんのでね」

慇懃な態度で、吐き捨てるように言った。顔には明らかに不快な表情が表われている。

署長以下、十六名の制服警官がパトカーに分乗して研究所に向かった。

鉄骨の塊のようなゲート前でパトカーは止まった。

トオルと署長がパトカーから降りると、警備員が飛び出してきた。

「研究所のプライベートビーチに、若い女性が流れ着いたはずだ。ただちに病院に収容したい」

トオルは警備員に言った。署長は腕を組んで、トオルと警備員を交互に見ている。警備員は署長とパトカーの前に並んだ制服警官たちを見て、慌てて腰の無線機を取った。すぐにスーツ姿の男たちが数人、建物から出てきた。

「女性が研究所のビーチに漂着して、ここの職員に救助されるのを釣りのボートから見たものがいます。彼女は私の連れです。至急会わせていただきたい」

トオルは強い調子で言った。

横では署長が憮然とした顔で、トオルの言葉を聞いている。

「そんな報告は受けていない。なにかの間違いではないですか」

あとから出てきた男の一人が言った。

「ダイビング中の女性が潮流に巻き込まれて、研究所のプライベートビーチに漂着した。あなた方は彼女を保護した。それだけです。女性が戻ってくればすべて解決です」

トオルは断固とした口調で言った。

男たちは困惑した表情で、お互い顔を見合わせている。

「ビーチにたどりついた彼女をここの警備員が支えて、研究所に入っていくビデオがあります。たしかに私の連れの女性でした。あなた方が彼女を救ってくれた。私は感謝しているのです」

トオルは一方的にしゃべった。

「そうですね、署長」

トオルは確認するように署長を見た。署長はトオルに視線を向けたまま、わずかに顎を下げてうなずいた。

「待ってください。もう一度、調べてみます」

一人の男が慌てて守衛室に入って、受話器を取っている。

数分して、男は出てきた。

「今朝、ビーチで女性を一人保護して、医務室で治療中ということです。すぐにお連れします」

男は馬鹿丁寧に言った。

十分ほどして、白いガウンを着たカーチャが両側から白衣の男に支えられて出てきた。全身から力が抜けたように頼りない足取りだ。トオルの前に立ったが、うなだれたままで目は焦点を失っている。

「かなり海水を飲んでいました。興奮していたので、うちの医師が鎮静剤を打っています。数時間で意識ははっきりします」

スーツの一人が説明して、エアボンベなどの潜水用具一式とウエットスーツの入った袋をトオルに渡した。

トオルは礼を言って受け取り、署長の許可を得てパトカーに積み込んだ。

トオルとカーチャは、パトカーでモーテルまで戻った。

「面倒は今回限りにしてもらいたい」

トオルがパトカーを降りようとしたとき、署長が腕をつかんだ。

「アステック研究所とは、トラブルを起こしたくないんだ。俺たちが通ってきた道は、四年前までは片道一車線のがたがた道だった。いまでは見てみろよ」

つかんだ腕を放し、トオルを睨んだまま親指で背後を指した。

「港にも行っただろう。昔は魚臭い漁船の船着場だった。いまでは小綺麗なヨットハーバーだ。美味いレストランもできた」

「町のスポンサーには逆らえないわけか」

「上からの文句も御免だし、研究所に不満もないんだ。あそこは高額納税企業だ。町にも市にも多額の寄付をしてる。国と州の認可も受けているし、州の環境局の基準にも問題なく通っている。建設されてからも、なんのトラブルも起こしちゃいない」

「なにが言いたい」

「明日には町を出てほしいんだよ。俺たちには、あんたのほうがよほどトラブルメーカーになりそうだ。これは俺のカンだがね」

トオルはうなずいてパトカーを降りた。

警官が運転するトオルの車がモーテルに入ってきた。

「一つ聞き忘れていた」

トオルがカーチャを支えて歩き始めたとき、署長が窓から顔を出して呼び止めた。

「あんたは何者なんだね」

「ただの旅行者だよ。明日になったらこの町から消える旅行者だ。もうあなたをわずらわせることもない」

「ただの旅行者じゃなくて、大統領補佐官と知り合いの旅行者だろう」

署長は顔を突き出し、トオルの足元に音を立てて唾を吐いた。

「補佐官が州知事に電話をかけ、州知事が市長に電話した。その補佐官、俺が頼りにならないのなら、州兵を出動させろと言ったそうだぜ。俺を脅そうってんだから、本物なんだろうよ」

「こんど会ったときに言っておくよ。署長は不満そうだったと」

署長は目を吊り上げて再度唾を吐き、車を出すように言った。

トオルはカーチャを彼女の部屋に連れていって、ベッドに寝かせた。

カーチャは目を開けてトオルを見ている。まだ身体はだるそうだった。

「馬鹿なことはやめてくれ」

「どこが馬鹿なの。私にとっては重要なこと」

上半身を起こしかけたが、顔をしかめて再び横になった。身体が思うように動かないようだ。

「研究所に捕まりにいくことがか」

「帰ってきたわ。あなたが助けてくれると信じてた」

喉（のど）の奥から絞り出すような声で言った。

「たまたまうまくいっただけだ。こんな無茶はしないでほしい」

「無茶じゃない。私は——」

カーチャは一瞬、言葉を止めた。トオルを見つめる目が大きく膨れ上がり、揺れた。

「なぜ私に相談しなかった」

「反対されることはわかっている」

トオルはカーチャの背に手をやった。小刻みな震えが伝わってくる。

「私はどうしてもアスカを見つけたい。彼女を調べることで、新しいなにかがわかります。そうでないと、先生は——」

「もうしゃべるな」

「先生に、あなたに生き続けてもらいたい」

カーチャはトオルから目をそらせた。頬に涙が伝っている。

トオルは自動販売機からコーヒーを買ってきて、カーチャに渡した。

「やはり普通の研究所じゃない」

目を閉じていたカーチャが身体を起こして、ウエットスーツと潜水道具に手を伸ばした。

「まだ動くな」

「水中撮影用のデジタルカメラを持ってたの。鎮静剤を打たれるまでに、隙を見て何度かシャッターを押した」

カメラは潜水道具と一緒にあった。しかしメモリーはすべて消去されている。

カーチャは目を閉じ、考え込んでいる。

やがて目を開け、記憶を引き出すように一語一語確認しながら話し始めた。

「私は海側の建物に連れていかれた。医務室は大病院なみの設備を持っていた。手術室やCTスキャンの装置もあるみたい。医師も複数いた。かなり大規模な研究施設であることはたしか」

それに、と言って頭に手をやった。

「医務室の男が女の子の話をしていた」

「アスカか」

「わからない。ドーター。そう呼んで、先週研究所を出たと言ってた。マザーの代わりだって」

かすかな息を吐いた。顔が青ざめ、呼吸が速くなっている。

「続きは明日だ」

トオルはカーチャの肩を押して寝かせた。

「でもなぜ、警察が来たの。あんなに大勢」

横になったカーチャが聞いた。

「私一人で研究所に行っても追い返されるだけだ。かえってきみの身が危険になる」

「あの署長がよく来てくれたわね」

「友人に頼んでもらった。大統領補佐官ジョージ・アンダーソンは、大学時代のルームメイトだ」

「ただのルームメイト？」

「彼はいい奴だったし能力もあった。しかし、彼の能力はひどく片寄っていたんだ。数学と物理は頭の悪い高校生並みだ。どうして、カルテックに入学できたか謎だった。彼は高校ではトップクラスだったと言い訳したが、カルテックではトップ以外は通用しないんだ」

「可哀相……」

「彼のレポートはほとんど私が書いた。私が彼を卒業させてやった」

「不正をしたわけね」

「きみの元同居者と同じさ。彼には理系の才能がなかっただけだ。私に政治の才能がないのと同じようにね。いまでは彼は、合衆国を支えるブレーンの一人だ」

「だったら、自分に合った専攻を選ぶべきなのよ」

「残念なことに、途中で気づいた。やり直すには遅すぎた」

でも……と言って、カーチャは淋しそうに目を落とした。

「彼の気持ち、私にはよくわかる」

「きみのタイプとはとうてい思えない。言い訳だけで生きているようなやつだ」

「彼はラッキーだったのよ。早く夢から醒めて、現実に戻ることができて。彼の気持ち、あなたには決して理解できない」

「いまは眠ることだ」

トオルはカーチャの額に手をおいて熱がないことを確かめ、指先でそっと頬に触れ立ち上がった。

「行かないで……」

カーチャがトオルの手を握った。

4

トオルは違和感を覚えて目を醒ました。

ベッドの横に持ってきた椅子に座ったまま、いつのまにか眠っていた。カーチャの顔を見たが、静かな寝息をたてている。

座り直すと、ズボンのポケットで携帯電話が震えている。呼び出し音を消して、バイブレーションに切り替えていたのだ。ディスプレーは午前二時十分を表示している。

〈黙って私の言うことを聞いて〉

圧し殺した女の声がする。

「だれだ」

〈味方です。窓の外を見てください。明かりはつけないで〉

腰を屈めて窓のそばにいった。

カーテンの隙間からのぞくと、プールの横に一台の車が止まっている。なかに数人の影が見えた。

〈急いで部屋を出てください〉

一瞬迷ったが、カーチャの肩を揺すった。カーチャは薄く目を開けた。

「出かける用意をしろ」

カーチャの口に手を当てて言った。

カーチャは驚いた顔をしたが、なにも言わずに起き上がった。動きは鈍いが、薬はかなり抜けているようだ。

トオルは再び窓の前にいった。車から数人の人影が下りてくる。

〈私が騒ぎを起こします。その隙に部屋を出てください。出たら駐車場の出口のほうに進んで。北寄りのスペースに、ブルーのフォードが止まっています。運転席にいるのが私です〉

携帯電話からは緊迫した声が聞こえてくる。

「きみを信じろと言うのか」

〈助かりたいのなら〉

「携帯電話の番号はだれからきいた」

〈あなたの友人からです〉

「名前を言え」

〈急いで！〉

「名前は？」

〈ミスター・フェルドマンです〉

振り返ると、服を着替えたカーチャがデイパックを持って立っている。

「私についてこい」

トオルはドアのチェーンをはずして言った。

「出口右側のブルーのフォードだな」

車からおりた人影は、トオルの部屋に向かって歩いている。

〈あなたから見て左側〉

「いや、右だ」

〈待って！〉

　携帯電話から鋭い声が聞こえた。

　トオルの部屋の前に黒い影がしゃがんでいる。鍵を開けているのだ。

〈あなたはどこにいるの〉

　声に緊迫感が増した。

　トオルの部屋のドアが開いた。影は背後に向かって合図を送っている。

「連れの女性の部屋だ」

〈彼らはプール側から見て、右端の部屋に入っていきます〉

「そこが私の部屋だ。私はその正面の部屋にいる」

〈合図をしたら部屋を出てください〉

　トオルはノブに手をかけた。

〈彼らは部屋に入りました。急いで出て！〉

　トオルは部屋を出て、カーチャの身体を支えて駐車場を歩いた。そのまま足音を忍ばせて出口に向かう。

　女の言った場所にブルーのフォードは止まっていた。後部座席を開けて、カーチャを押し込んだ。

二人が乗り込むと同時に、トオルの部屋から男たちが出てくる。彼らはカーチャの部屋のほうに歩いていく。

女は車をスタートさせた。モーテルから出るとき振り返ると、叫びながら車に向かって走る男たちが見えた。

「どこにいく」

通りに出たところで、エンジン音と甲高いタイヤのスリップ音が聞こえてきた。

女は答えずスピードを上げる。激しい勢いでシートに押しつけられた。

「追ってくる」

カーチャが悲鳴のような声を上げる。その瞬間、リアウインドウのガラスが砕けた。

「銃を撃ってる」

トオルはカーチャの頭を抱えてシートに伏せた。

「警察に行ってくれ」

「反対方向です」

闇のなかにライトが迫る。カーチャがトオルの身体にしがみついてくる。

何度か銃弾が車体に当たる音が響いた。そのたびにカーチャの腕に力が入る。

車体が大きく蛇行し、電柱に接触して激しい音をたてた。

車はいつのまにか町を抜け、海岸線を走っている。

「もっとスピードを上げろ！」

トオルは背後を見ながら怒鳴った。

ヘッドライトの光が視野いっぱいに広がるほどの距離に迫っている。

「横は崖。その下は海よ」

女はそう言いながらもアクセルを踏み込み、車はスピードを増した。

光は徐々に遠ざかっていくが、まだ銃弾が車体を打ち抜く音が響いている。

「ライトを消せ！　テールランプを狙って撃ってる」

「無茶言わないで。自殺する気」

「撃たれて死ぬのも、崖から落ちて死ぬのも一緒だ」

「デイパックを開けて。助手席よ」

助手席からデイパックを取って開けると、暗視ゴーグルが入っている。ドーナを奪いにいったとき、フェルドマンたちが持っていたのと同じ型だ。

暗視ゴーグルを女に差し出すと、女は左手で受け取り慣れた動作で顔につける。数秒の間をおいてライトが消え、前方は闇に包まれた。

銃声が止み、背後のライトが遠ざかっていく。目標を失ったのだ。

しばらくして再び銃撃の音が聞こえ始めた。今度はヘッドライトの光で車をとらえているのだ。

「銃を撃って。デイパックに入ってる」

女が怒鳴るように言った。

デイパックを探ると底に拳銃がある。トオルは割れたリアウインドウから、迫ってくるライトに向けて引き金を引いた。

何発目かに火花が見え、ライトの一つが消える。残ったライトは遠ざかったが、すぐにまた近づいてきた。

闇のなかにヘリのローター音が聞こえる。

「空からもきた」

身体を屈めて空を見たが、闇が広がっているだけだ。

カーチャが悲鳴を上げた。残っていたリアウインドウのガラスが砕け散る。

上空の闇に銃撃の火が輝く。追跡車のライトが照らし出す地面を銃弾のあとが走っていった。

「頭を下げろ」

トオルが大声を出した。

「ヘリからも撃ってきた」

追跡車のライトが消えた。激しいブレーキ音と地面との摩擦音が聞こえる。なにかにぶつかる音と男の叫び声。炎が上がり、そのなかに車が見えた。

女が車のスピードを落とし、ライトをつけた。

「ライトを消せ！」

トオルが短く叫んで、窓からのりだすようにして上空を見た。ヘリが高度を下げ、轟音を響かせて頭上を通りすぎていく。

車が止まった。

「止まるな！　上にヘリがいる！」

トオルが叫ぶが女は答えない。

運転席を見ると、女はハンドルに顔をうめて荒い息を吐いている。

トオルは銃を構えて車を降りた。五十メートルほど後方に、炎に包まれた車が見える。炎が弾けた。火柱が上がり、爆発音が聞こえた。空を見上げると、戻ってきたヘリの音が頭上で聞こえている。

激しい風が巻き起こった。ヘリが赤いライトを点滅させながら、高度を下げてくる。

車に戻り、運転席の女の肩を揺すった。女はハンドルにうつぶしたまま動こうとはしない。

ヘリは二十メートルほど離れた丘陵に着陸した。

トオルは銃をヘリに向けた。

「撃つな！　私だ」

ローター音に混じって怒鳴り声が聞こえた。

ドアが開き、背中を丸めた男が帽子を押さえて下りてくる。長身のがっちりした体格と白髪。フェルドマンだ。

フェルドマンは燃え盛る車のほうに歩いていく。トオルはフェルドマンに向かって走った。

火の勢いは弱まってはいるが、歪んだボンネットの隙間から炎が噴き出してくる。運転席と助手席にうつぶした黒いひと形が見えた。後部座席から半身を出した男が、フェルドマンに向かって腕を突き出した。フェルドマンの腕が上がる。その手には――。

銃声が響いた。男の目が見開かれ、フェルドマンに向かってなにか言った。再び銃声がして男の腕が落ちた。

トオルは立ち止まり、茫然と見ていた。「おまえは……」男の言葉は、トオルにはそう聞こえた。

フェルドマンはトオルの強ばった手から銃を取り、車のほうに歩いていく。

フェルドマンは助手席に乗り込んだ。女は身体を起こし、ハンドルを握っている。トオルは後部座席に座り、ぐったりしているカーチャの肩を抱いた。

女はなにも言わず、車をスタートさせた。

「どうしてここに……」

トオルの言葉を無視して、フェルドマンは目前に広がる闇を睨むように見ている。

ヘリが上空を雛（ひな）を見守る親鳥のように飛んでいた。

車は一時間近く走り続けた。ディエグの町を抜け、深夜のフリーウエイを走った。いつのまにか、頭上を飛んでいたヘリは消えている。フェルドマンは腕を組み、無言で前方を見つめたままだ。

町並みが変わり、小さな町のオフィス街を走っていた。

車は裏道に入り、古いビルの前に止まった。フェルドマンは二人に下りるよう合図をした。

四人は事務所の一室に入った。

「もう少しで死ぬところだった」

ドアが閉まった瞬間、振り向いたフェルドマンが声を上げた。その顔には初めて見る表情があった。怒りだ。

フェルドマンは何度も深く息を吸い込み、懸命に怒りを静めようとしている。

コーヒーの香りの漂う紙コップを両手に持った女が入ってきた。車を運転していた女だ。歳は三十半ば。黒い髪、黒い瞳の知的な顔立ちの美人だった。おそらく、スペイン系の血が混じっている。肩ほどある髪を無造作に後ろで束ねていた。

女はコップをトオルとカーチャに渡すと、再び両手にコップを持って戻って来て、一つをフェルドマンに渡した。

「ミズ・ライアンです。先生たちの命の恩人だ」

二人が礼を言って頭を下げると、ライアンはかすかに笑みを浮かべた。

「私たちの仲間です。彼女がアステック研究所を調べていました。偶然、研究所から出てきた車のあとをつけたら、先生たちのモーテルに行った。先生たちは運がよかった。彼女がいなければ確実に死んでいた」

フェルドマンの口調は、すでにいつもの穏やかなものに戻っている。落ち着きを取り戻したようだ。

「私たちは最高にラッキーだった。彼女も来たし、あなたも来てくれた。感謝するのは当然だ。しかし、あなたは嘘をついてる。彼女が見張っていたのは研究所ではなく、私たちだ。昨日の夜、私はモーテルの前に止まっていた彼女の車を見ている」

「思い過ごしだ。私たちがいなければ、二人とも死んでいた」

「彼らが私たちを殺すつもりだった？　なぜわかる。カーチャは、研究所から生きて戻ってきた」

「食事に招待するつもりだったとでも言うのか。銃撃までしてきたんだ」

フェルドマンが再び声を荒らげた。

「私には殺される理由はない」

「言ったはずだ。先生はすでに彼らの首根っ子をつかんでいる。なにか重要なことを握っているんですよ。今回は自ら敵地に乗り込んだ。だから彼らは先生を殺そうとした。もう傍観者じゃない。どっぷり首まで浸かっている。これはナチスとの戦争の続きなんです」

フェルドマンは言葉を区切りながら、ゆっくりと言った。ときおり首に手をやり、頭を回した。懸命に冷静さを取り戻そうとしている。

「私がなにを知っていると言うんだ」

「私もそれが知りたい。それに——」

フェルドマンは軽いため息をついてトオルを見つめた。

「あまり派手な動きは控えてください。寝てる子を起こすことになる」

「はっきり言ってくれ」

「言葉通りです」

「どうして、私たちがあの町にいるのがあなたにわかった」

「先生は大統領補佐官に連絡を取った。大統領補佐官、州知事、市長。そして、警察署長。だれもが不審に思う」

「彼らを盗聴していたのか」

「まさか。アメリカを敵に回す気なんてありません。盗聴ばかりが情報を集める方法ではありません」

フェルドマンはトオルを見据えた。

「私は言ったはずだ。彼らと私たちはプロで、先生はアマチュアだ。私が先生の仕事を理解できないように、先生も私たちの仕事は理解できません。またその必要もない。お互いの領分をしっかり自覚して、協力しあえばいいのです」

フェルドマンは改まった表情を浮かべた。

「人間の精神は強靭です。先生の精神は特に強い。しかし、肉体は脆弱だ。ちょっとしたことで肉体は滅びる。人を殺すなんてのは指先を一ミリ動かすだけでいい。それだけで肉体とともに精神も滅びるのです」

「なにが言いたい」

「彼らが先生を殺すのは、蚊を殺すくらい簡単だということです」

フェルドマンは表情も変えず言った。

「やめて！」

鋭い声がした。

振り向くと、カーチャがトオルとフェルドマンを見つめている。

「もう喧嘩はやめて。私たち、殺されそうになったのよ。今日一日だけで、何人かの人が死んでいる。あの車に乗ってたのは三人？　それとも四人？」

カーチャは激しく頭を振りながら、叫ぶように言った。

「もうたくさん。ドンバでは村の人たちが全員死んだ。子供たちも、大人たちも、老人も、みんな。撃たれて、私の目の前で燃えていった。殺し合いが続いているのよ。それなのに、よく喧嘩なんかしてられるわね。もうたくさん」

カーチャの頬を涙がつたっている。

トオルとフェルドマンは言葉を失っていた。ライアンがカーチャの横に行って、肩を抱いた。

「カーチャが研究所で少女の話をしているのを聞いている。ドンバでいなくなった少女かもしれない」

トオルの言葉にライアンの動きが止まった。

「十四、五歳のインディオと白人の混血。ドーターと呼ばれていた」

ライアンが言った。

「少女を知っているのか」

「数日前まで研究所にいたらしい。食堂に出入りしている業者から聞いたの。車椅子で運ばれる女の子を見たって」

「なぜ報告しない」

フェルドマンの顔色が変わっている。

「昨日の朝、聞いた話よ。その後、私は彼の監視――」

ライアンはトオルに目を向けた。

「彼女はいまどこに？」

「船でメキシコに向かったと聞いたわ」

「きみも見たのか」

「業者よ。研究所から出るクルーザーに乗せられるのを見たと言っていた。あそこで初めて見た女の子だから覚えていたって」

「あの子が生きている。アスカが生きている」

カーチャが呟くような声を出した。

「メキシコのどこに連れていかれた？　彼女がすべての秘密を握っているかもしれない」

「至急、調べさせます」

フェルドマンは立ち上がり、ライアンの肩を叩き隣の部屋にいった。

その夜、カーチャは落ち込んでいた。ベッドに横になり、無言で壁のほうを向いている。トオルが話し掛けても、顔を向けようとはしなかった。肩に手をやると、細かい震えが伝わってくる。

どうしていいかわからなかった。しばらくそのままでいたが、あきらめて隣の部屋に行った。

翌朝、トオルが寝ている部屋にフェルドマンが入ってきた。

六時。外はすでに明るくなっている。

持っていたコーヒーカップの一つをトオルに差し出した。トオルはベッドに身体を起こして、カップを受け取った。強い香りが部屋に広がる。

フェルドマンの目は赤く、周りに隈ができている。動きも鈍く、昨夜は寝ていないことは明らかだった。

フェルドマンは、ベッドの横に椅子を引き寄せて座った。

「二日前、少女と三人の男が、メキシコシティーの空港からヨーロッパに発っています」

フェルドマンはコーヒーを一口飲んで言った。

「ヨーロッパのどこだ」

「ローマ」

「ローマ？」

トオルは聞き返した。

「おそらく――バチカンだ」

フェルドマンの声が一瞬途切れたが、確信を持った言い方だった。

トオルは口のなかでその単語を繰り返した。

〈神との対話も必要でしてね〉トオルの家の書斎で、フェルドマンが言った言葉を思い出した。

「ジミーの調査ですか」

フェルドマンが答える前にノックの音がして、ライアンが入ってきた。トオルに笑顔を向けたが、彼女の顔も疲れを滲(にじ)ませている。

フェルドマンに分厚いファイルを渡すと出ていった。

「ジミーが送ってきたものです」

「彼はいま——」

「ヨーロッパです。フランスからローマへ。現在は、バチカンにいます」

ファイルには、数枚の写真と資料が入っていた。人と建物。写真はファックスで送ってきたもので、粒子が粗く滲んでいる。

「アステック財団。本部はフランス。パリの裏通りにある古びたビルです。スタッフは三人。実態のよくつかめない組織です」

「その財団が、アステック研究所にトータルで数億ドルの研究資金を提供している」

「財団の母体となる資金源は不明。名前だけの財団です。我々は二ヵ月にわたって、金の流れについて調べていました。やっと今朝、最後の出納係を見つけました。それがバチカンでした」

フェルドマンは最後の単語を言って、大きなため息をついた。

いつのまにか隣の部屋と通じているドアが開いて、カーチャが立っている。

トオルは目でベッドに座るように示した。カーチャが座ると、持っていたコーヒーカップを渡した。カーチャは薫りを味わうように深く息を吸った。

「バチカンがアステック財団を通して、研究所に金を出しているというのか」

フェルドマンはうなずいた。

「バチカンとナチスの関係はご存じですか」

「私は歴史学者ではない」

フェルドマンは考えを整理するようにしばらく黙っていたが、やがてゆっくりと話し始めた。

「第二次世界大戦前、バチカンにとって最大の敵は宗教を否定する共産主義でした。そして、その象徴であるソ連はヨーロッパに迫っていた。放っておけば、ヨーロッパ全体が赤く染まる勢いでした。バチカンは、ソ連に対抗できる国はドイツしかないと思ったのです。そのドイツは、ヒットラー率いるナチスが支配していた」

さらに、と言って息を深く吸った。

「バチカン内部にも、ナチス寄りの司祭がいました」

フェルドマンはファイルから一枚の写真を抜き出し、テーブルに置いた。

「クロアチア人司祭、ユーノフ・アルブノヴィッチです」

聖職者の衣服を着た温和そうな男が、正面を見つめている。

緩くウエーブのかかった髪が額にかかり、整った顔立ちをしている。澄んだ涼しげな眼差しを向け、表情には笑みさえ含んでいた。神に仕えるものというよりむしろ、往年のハリウッドスターを彷彿とさせた。

「彼はグッド・ファーザーと呼ばれ、その最たる一人でした。終戦時、連合国に追われたナチスの高官やSS幹部の多くが、バチカンの助けを借りて南米に逃れました。ゲーレンやベンツエルもそうです」

フェルドマンは写真をテーブルにおき、葉巻を出した。

香りを嗅ぎ、葉巻カッターで両端を切って火をつけた。香ばしい空気が漂う。

「戦後、ヨーロッパ中にナチス狩りのために連合軍とユダヤ機関の網が張り巡らされていました。その網をかいくぐって逃れるために、多くの組織が作られました。オデッサ、スパイダー、ロック・ゲート、ブラザーフッド、ＨＩＧＡ……。これらの組織を通じて、ヨーロッパや西アジア、そして南米に多くのナチが逃亡したのです。しかし、最大の組織はバチカンでした。バチカン内部には一時、数千名のナチがかくまわれていたとも言われている」

フェルドマンは淡々と話した。トオルとカーチャは、瞬きもしないで聞いている。

「逃れていったナチスの党員たちの運命も様々でした。アメリカ軍とソ連軍がベルリンに入って最初にやったことは、科学者狩りです。ナチスの科学者たちは多くが一流でした。それも超のつく。ロケット技術やミサイル誘導技術は、両国をはるかにしのいでいた。終戦前にロンドンに撃ち込まれたV1、V2ミサイルを見ても明らかです。原爆すらも開発寸前だった。ロケット開発の中心となった科学者ウエルナー・フォン・ブラウンを筆頭に、戦争犯罪を問わないことを条件に半強制的にアメリカとソ連に連行していったのです。連合軍が利用したナチは、科学者だけではありません。その後、世界は新たな戦争に突入しました。東西冷戦です。その次なる戦争を利用して、生き残っていったナチも多くいます。多くのナチス高官やSS幹部は、その情報と経験を世界の右翼政権に売り付けてきたのです。特に南米でね」

フェルドマンの言葉は鋭い刃のようにトオルの精神を切り裂き、体内に染み込んでいった。

「私には月の裏側の出来事のようだ」

「我々にとっては、現在も続いている事実にすぎません」

「バチカン。神とはいったいなにものだ」

「すべてを理解している存在。すべてをなしうる存在。すべてを創造しうる存在。司祭など、しょせん人にすぎません。神は人の上にある」

「しかしなぜ、アスカがローマにいる」

「それは先生のほうがよくご存じではないのですか」

フェルドマンはトオルに視線を向けた。

「ベンツェルが、いまもバチカンにかくまわれているというのか」

「わかりません」

「アスカを助けて」

カーチャが細い声を出した。

「私はナチの戦争犯罪人にも、バチカンにも興味はない。ただアスカを救いたい。アスカは私に必要な存在だ。私が生きるために」

「アスカ。その少女がどうだと言うのです」

フェルドマンがもどかしそうな声を出した。

「私は神ではない。すべてを知ったわけではない。アスカは、ドーナとゲーレンの子供だ。すべての鍵は彼女が握っている」

「私たちは今日中にローマに発ちます。先生もご一緒願えるでしょうね。ローマには、多少の知り合いもいます」

先生を放っておくと、なにをしでかすかわからない、フェルドマンは独り言のように言って立ち上がった。

「急がなくては。アスカはアマゾンを離れては、長くは生きられないかもしれない」

トオルが低い声で言った。

カーチャがトオルに不安そうな視線を向けている。

第六章　バチカン

1

レオナルド・ダ・ヴィンチ空港に着いたのは、午後四時をすぎたころだった。

空港からタクシーで、ローマ市内のホテルに向かった。

市内に入ったときちょうど夕方の渋滞にぶつかり、パンテオン近くのホテルに着くのに一時間以上かかった。

フロントで名前を告げると、トオルとカーチャは同室になっている。

「急な予約でこうなりました。それとも、ミズ・ライアンが気をきかせたのか」

フェルドマンが笑いを含んだ声で言った。

「あなたと私が同室になればいい」

「先生といえど、この歳で余計な気遣いは辛いものです。老人のささやかなわがままを許してください」

フェルドマンはボーイに荷物を持たせると、エレベーターに向かっていった。

「私はかまいません」

カーチャがフロントに交渉しようとするトオルに言った。横でボーイがカバンを持って待っている。

トオルはキーを受け取り歩き始めた。

部屋は中世ヨーロッパ風の落ち着いた造りだった。古風な形のベッドが二つに、チーク材のレターデスク。壁は淡いブラウンの壁紙が貼ってあった。

窓からテヴェレ川を隔てて、サン・ピエトロ大聖堂の屋根が見える。

陽は西に傾き、その強い陽光はローマの町を朱色に染めあげていた。

「石の街。私はあまり好きではない」

トオルはローマの町並みを眺めながら呟いた。

「私は好き。石は時代を刻んでいる。見ていると、時の流れを感じることができる。ここで多くの文化が作られ、歴史が作られた」

カーチャがそっと寄り添ってくる。

「奴隷、剣闘士、キリスト教信者……多くの人々が意思に反して死んでいった都だ」

トオルは窓際を離れた。

フェルドマンが電話で外出を告げてきたので、二人はホテルのレストランで食事をした。部屋に戻ってからは、二人してぎこちない時間をすごした。テレビの早口のイタリア語は理解できなかった。

交代で風呂に入り、十時をすぎたころにはベッドに横になっていた。

八月のローマの夜。静かな時間が流れていく。トオルはカーチャに背を向けて目を閉じていた。

お互いの息遣いさえ、聞こえてきそうだった。ふっと、ブラジルのジャングルでの夜が浮かんだ。アスカの手術の日の夜だ。

「先生……」

カーチャの低い声が聞こえた。

半分ほど開いた窓からは、涼しい風が吹き込んでくる。

「眠れないのか」

「私は魅力がないですか」

窓から差し込む月明かりで、部屋のなかがほの暗く浮かんで見える。

「私の理性はとっくに砕け散っている」

「じゃあ、どうしてこっちに来ないんですか」

「私は小心者だ。きみのような魅力的な女性に受け入れられる自信がない」

「ずっと先生に憧れていました。こうして二人でいるなんて信じられません」

「会ってまだ数週間だ」

「五年と六ヵ月です。ドイツで会ったのは三度目。スタンフォード大学の講演のとき、私は最前列の右端にいました。カルテックの学会のときにも握手しました。まったく覚えていなかったようですが」

しばらく沈黙が続いた。

「製薬会社の申し出を受けたのも、先生と仕事がしたかったから」

呟くような声が聞こえた。

「憧れと恋愛感情とは違うものだ」

「男と女です。雄と雌、引かれ合うのは遺伝子のなせるわざ。それに逆らうのは神に逆らうことだと、先生の本にも書いてありました。憧れが愛情に変わっても、ちっとも不思議ではありません」

「私は女性を愛することを恐れていた。次の世代に、私と同じ苦しみを与えることには耐えられない」

「苦しみも生の証です。無よりもすばらしいとは思いませんか」

トオルはカーチャに身体を向けた。

カーチャがベッドの上に起き上がり、トオルを見ている。腕を上げパジャマ代わりのTシャツを脱いだ。下にはなにもつけていない。月光のなかにカーチャの白い肌が光っている。なだらかな肩に形のよい乳房。

トオルはベッドを降りて、淡い影に近寄っていった。

翌朝、ノックの音で目が覚めた。

トオルがドアを開けると、フェルドマンが立っている。

「下で待っています」

フェルドマンはひとこと言うと、馬鹿丁寧に頭を下げてエレベーターのほうに歩いていく。

すでに約束の時間を一時間すぎている。

二人は慌てて身仕度をしてロビーに降りた。フェルドマンは二人を見て軽く咳払いをしたが、なにも言わなかった。

朝食の後、三人は徒歩でバチカンに向かった。

ローマ市内をゆっくりと歩き、一時間近くかけてバチカン市国についた。

サンタンジェロ橋を渡り、サン・ピエトロ寺院に通じるコンチリアツィオーネ通りに入る。そこは、すでに人であふれていた。

「はぐれないように」

前を歩くフェルドマンが二人を振り返った。

カーチャがトオルの腕をにぎる手に力を込める。トオルは人混みに紛れそうになるフェルドマンの頭を必死で追った。

「いつもこの調子なんですか」

カーチャが辺りを見回しながら、フェルドマンに聞いた。

「今日は日曜日です。教皇のミサがあります」

サン・ピエトロ広場に近づくにつれて、人はますます多くなった。

三人は人波に流されるようにして、広場に入っていった。

「ミサは十時からです。寺院のテラスから教皇が民衆に語りかけます」

トオルの視線の先には、巨大な石柱で支えられたサン・ピエトロ大聖堂がある。ドームの上にある十字架までの高さは百三十六メートル。その威厳に満ちた姿は、信者でなくとも見るものを圧倒した。あの中のどこかに、目指すものがあるのか。なぜかトオルの背筋に、冷たいものが流れた。

「カトリックの総本山、バチカン市国の中心です。ここにキリスト教のすべてがあると言っても過言ではありません。面積〇・四四平方キロメートル、約九百人の住民が住んでいます。通貨はユーロが使われているが、独自の切手、パスポートさえある。さらに、裁判所やラジオ局まで持っています。バチカン市国の主権は教皇が持ち、世界最小の国家として独立しているのです」

フェルドマンは大聖堂に目を向けたまま言った。

「初代のローマ司教、聖ペテロが暴君ネロによって逆さ十字架にかけられて殉教し、葬られた場所です。その地にサン・ピエトロ大聖堂が建てられました。当初はこの聖堂も、埋葬に使われる人里離れた聖堂でした。聖堂の地下は巨大な納骨堂になっていて、いまも多くの殉教者が眠っています。やがて周りに教皇の宿舎が造られ、次々に宮殿が建設されていきました。最後は小塔のある城壁で囲って、バチカン市国ができました」

「そして現在は、偉大なる観光地だ」

トオルは周囲に目をやって言った。世界中から人が集まっているが、そのすべてが信者とは思えない。

「宗教は嫌いですか。先生が神に疑問を持っているのはわかりますが」

「宗教はすべて血なまぐさい。キリスト教、イスラム教、仏教、ヒンズー教……神の名のもとに、数限りない人たちが死んでいった。いまも世界で多くの血が流されている。それが神と呼べるものなのか」

「生は死をもってはかるにあらず。生きながらの死もあります。同様に、死をもって生を得ることもあるのです。精神(こころ)を生かすための死は、当人にとって生き続けるより意味のあることもあります。殉教者はみな、精神の平安と勝利を得て死んでいきました」

「やはり私には信じられない世界だ」

「実は私もね」

フェルドマンは平然とした顔で言った。

やがて、ざわめきが静まっていった。数万の目が一人の男に集中した。多くの人に支えられ、テラスに人影が現われた。ヨハネ・パウロ二世。

マイクを通した声が静かに響き始め、広場は荘厳な空気に包まれていった。ミサの間もフェルドマンの視線はまわりに向けられている。

ミサは三十分ほどで終わり、再び人波が動き始めた。

大聖堂の横に、バチカン宮殿の屋根が見える。教皇はそこに住んでいるのだ。

「バチカン宮殿は非公開になっています。一般人は入ることができません」

立ち止まって宮殿を見ているトオルに、フェルドマンが言った。

「アスカはあのなかに？」

「わかりません。しかし、すべての鍵を握る人物がここにいると推測しています。今夜にでも、私の仲間が連絡をくれます。それまでローマを楽しんでください」

「私は観光に来たのではない」

トオルは周囲に目を走らせながら言った。

「焦りは最大の敵です。下手をすると、世界を敵に回すことになる。慎重にやらざるを得ません」

「ここのどこかにアスカがいる」

カーチャが呟くように言って、大聖堂から宮殿にかけて視線をめぐらせた。

「宮殿に向かって右側は、衛兵兵舎になっています。昔は独自の軍隊を持っていましたが、一九七〇年に解散になって、以後はスイス人の衛兵のみがいます」

「あれが兵士ですか」

カーチャの視線の先に、槍を持った衛兵が立っている。着ているのは、ミケランジェロがデザインしたといわれる黄色とブルーの縦縞のルネッサンス風制服。とても近代戦を戦える兵士ではない。

「バチカンの警備は、我々にもよくわからないのです。軍隊が廃止されてからは、スイス人衛兵をのぞいて民間警備隊が警備しています。しかし武装など一切不明です。一九八一年にヨハネ・パウロ二世が狙撃されたときから、厳重にはなっているはずですがね」

三人はサン・ピエトロ大聖堂に入った。

薄暗く巨大な空間が前方に広がっている。

全長およそ二百メートル、三つの廊を含んだ幅は六十メートル近く、身廊の天井の最も高い部分は四十五メートルある。そのどっしりとした造りは荘厳、かつ厳粛な雰囲気をかもしだしていた。

「世界最大の聖堂です」

フェルドマンの低い声が、重い響きとなって広がる。

二人はフェルドマンの後について、聖堂を歩いていった。

聖堂の交差部を覆っている巨大なクーポラの下で立ち止まった。

フェルドマンが天井を仰いだ。このミケランジェロ設計のクーポラは、円頂まで百三十メートルある。

「教皇の祭壇です。コンフェッシオーネと呼ばれている。告白の意味です。教皇はここで、自己の信仰を告白する」

「ナチスとは最も馴染まない場所だ」

「あなたはペテロである。この岩の上に、私は私の教会を建てよう。そして、あなたに天国の鍵を授けよう」

フェルドマンがクーポラを見上げて言った。

「マタイ伝一六章、一八節から一九節」

トオルが続ける。

「信仰と教養は別らしい。クーポラの周りに刻まれている言葉です。ラテン語ですがね」

「神の国の中心。地上から天国へ続く階段というわけね」

カーチャの呟きが聞こえた。

クーポラのガラス窓から差し込むわずかな陽光が、その真下にあるペテロの祭壇を浮かび上がらせ、さらに神聖なものへと変えている。

大聖堂から城壁上の通路に出た。正面に巨大な円形の城が見える。がっちりとした城壁の上に、円筒形の建物がそびえている。サンタンジェロ城だ。現在は、国立サンタンジェロ城博物館になっている。その天辺に立つのは、剣を持った天使の像。剣を収めようとしているとガイドブックにはあったが、トオルには剣を抜き放った姿に見えた。その剣の向かうところはどこだ。

「バチカンとナチス、神と悪魔。共通項はなんでしょうかね」

フェルドマンが皮肉を込めて言った。

「生と死。いや、死のイメージだ。どちらも根底に死が存在している」

「私も同意します」

トオルの言葉に、フェルドマンは城を睨むように見ながらうなずいた。

三人は観光客と一緒に城のなかに入った。城門を入ると中庭が広がり、錆び付いた大砲や砲弾がおいてある。

城のテラスからは、テヴェレ川を見下ろすことができた。遥か彼方にジャニコロの丘が続いている。

城壁から続く通路はサン・ピエトロ広場に向かって伸び、バチカン市国を取り巻くように続いている。はるか十世紀のころ、皇帝に追われた教皇がバチカン宮殿から逃れてきた逃避路なのだ。そして二十世紀には、ナチスが連合国の追及を逃れてこの地に隠れた。

三人はバチカンを出て、ローマ市内のレストランに入った。

強い日差し、行き交う車と人、午後のローマは喧騒にあふれている。

テラスのテーブルに座り、ぼんやりと通りを眺めていた。

〈総選挙で大幅に議席をのばした——極右政党という——ドイツ、フランスに増え続ける移民と不法滞在者の——〉

隣のテーブルのラジオから、ニュースを読み上げる英語の声が聞こえてくる。アメリカ人らしい中年男女六人のグループが、ビールを飲みながらバチカン美術館の話をしている。

〈——ドイツ、ドルトンでの爆発事件の犯人はいまだ特定されず、警察当局は引き続き捜査を行なうと——〉

「いやな世の中ね」

カーチャがワイングラスをおいて言った。

「だから私たちがナチを追い求めている」

「許すということも大切じゃないの」

「許せないこともあります」

「ここで何が得られるというの。観光に来たわけじゃないでしょう」

カーチャが街に目を向けて言った。

「もし一粒の麦が地に落ちて死なねば、それは一粒のまま残る。しかし死ねば、豊かに実を結ぶ」

「ヨハネ、一二章二四節」

「先生が小学校時代、聖書をすべて暗記していたというのは本当らしい」

フェルドマンの言葉に、カーチャがトオルに目を向けた。

「それも私のデータファイルにあったのか」

ええ、とフェルドマンはうなずいた。

「噂は常におひれが付いて伝わる。母に連れられて、日曜学校に行っただけだ」

「私も教会には通った。でも、聖書なんて読まなかったわ」

「牧師の説教より、聖書のほうがおもしろかっただけだ。教会から一歩出ると、私の頭から神様は消え去った。待っているのはフットボールのボールだ」

「その一粒の麦がどうしたというの」

カーチャがいらいらした調子で言った。

「私にもわかりません。私に届いた伝言の一部です」

フェルドマンが足元に視線を移した。椅子の下に赤いボールが転がってくる。背後で四、五歳の女の子がボールを見ている。その目をフェルドマンに移した。大きな黒い瞳の少女だ。

「拾ってあげなさいよ」

カーチャが言った。

フェルドマンはぎこちない動作でボールを拾い上げ、カーチャに目を向けた。

「彼女に渡すのよ」

フェルドマンは女の子を見て、ためらいながらボールを差し出した。

「ありがとう。おじいちゃん」

女の子は笑みを浮べ、恥ずかしそうに手を出してボールを受け取った。

十メートルばかり離れたテーブルで、若いカップルが微笑みながら頭を下げている。

「子供と話したことないの」

カーチャが呆れたような口調で聞いた。

「忙しすぎてね」

フェルドマンは、子供を間に手をつないで立ち去る三人を見つめている。

「家族か……」

呟くような声で言った。

通りにタクシーが止まり、ドアが開いた。

派手なジャケットを着たジミーが降りてくる。トオルとカーチャに眼で挨拶をして、フェルドマンの耳元で何ごとか囁いた。

「私はいかなければなりません。ローマは美しい。お二人は、しばしこの美しい都の休日を楽しんでください」

フェルドマンは歩きかけた足を止めた。

「九時にはホテルに戻っていて下さい」

いつもの真面目腐った顔で言うと、ジミーが待たせているタクシーに乗り込んでいった。

トオルとカーチャはもう一度バチカンに戻り、サン・ピエトロ寺院とサンタンジェロ城のまわりを歩いた。

夏の日差しの下でバチカンとローマの町は輝いていたが、トオルは落ち着かなかった。カーチャもたえず時間を気にしている。

夕方になって、テルミニ駅近くの路上市場を回った。

「メルカートっていうんです。イタリア語でマーケット。昔、両親と来たことがあります」

カーチャは、ごく自然にトオルと腕を組んで歩いた。トオルもそれを受け入れることができた。時折、昨夜のことが頭に浮かんだが、現実と思うにはあまりに実感がなく、夢と考えるには、まだカーチャの肌のぬくもりと香が残っている。

市場は町の人たちや観光客であふれている。

「素敵な町ですね」

カーチャの顔には言葉とは裏腹に、明るさは感じられない。やはり、アスカのことが頭から離れないのだ。時間をもてあましフェルドマンの携帯電話に電話したが、留守番電話になっている。

パンテオン近くのレストランで食事をして、カフェテリアに入った。

ホテルに戻ったのは、七時をすぎてからだった。

フロントでフェルドマンからの伝言を聞いたが、なにもなかった。

入浴後、ぼんやりとテレビを見てすごした。何度かフェルドマンの部屋に電話したが、返事はなかった。携帯電話も留守番電話になったままだ。

十時をすぎたが、相変わらずフェルドマンからの連絡はない。

トオルは窓の前に立った。

テヴェレ川を隔てて、斜め右手にサンタンジェロ城の黒い影が見える。その西側にサン・ピエトロ広場、サン・ピエトロ大聖堂と続いているはずだ。あのなかに自分が求めるものがある。そう思うと、熱いものが込み上げてくる。

「不安です」

背後でカーチャの声が聞こえた。その飾り気のない言葉は、トオルの精神にも染み込んでいく。

「心配することはない。ここは神の土地。そして、見えているのは神の場所だ」

カーチャの手がトオルの手に触れた。トオルがその手をそっと握ると、カーチャが強く握り返してくる。かすかな化粧の香りが鼻先に漂う。

「フェルドマンは、すべての答はあのなかにあると言った」

「すべての答。私は、ただアスカのことがわかればいい。アスカが戻ってくればいい。そうすれば——」

途中で言葉を飲んで黙り込んだ。

窓の外には、星のまたたきのなかに黄色みを帯びた月が輝いている。

「フェルドマンは、これからどうしようというのです。バチカンが、私たちに黙って扉を開けてくれるとは思えません。ナチスとの関わりなんて、バチカンは決して公にはしないし、世界も追及しようとはしないでしょう」

「ナチスを追うものにとっては、避けて通れない道だ。だからフェルドマンたちの組織も、ここに行き着いた」

「彼の仕事も最終段階に入ったのですね。そして先生の目的も」

「しかし、フェルドマンは——」

精神のなかに割り切れないものがある。なにかはわからないが、黒点のように現われた不安はその深さを増し、濃さを増して重苦しい塊となって全身に広がっていく。

「私にはわからない」

トオルはそう言って黙り込んだ。

ノックの音がした。ドアを開けると、フェルドマンが立っている。

「今夜、出発します」

気のせいか、フェルドマンの顔が強ばって見えた。

「あなたは残ったほうがいい」

トオルの横に立っているカーチャに視線を移した。

「冗談言わないで。私はなんのためにローマまで来たの」

「なにが起こるか、私たちにも想像がつきません。初めての経験です」

「いつからそんなフェミニストになったの」

「バチカンがジャングルより危険なはずがない。神の場所で殺されることはないと思うが」

トオルは皮肉を込めて言った。

昼間歩いた、バチカン市国の荘厳なたたずまいが脳裏に浮かんだ。

フェルドマンはもう一度カーチャを見て、わかりましたと言ってうなずいた。

「一人の人物に会いに行きます」

「ナチスの戦争犯罪人か」

「重要人物です。それしか聞いていません。バチカン内部のものが案内してくれます」

「裏切りか」

「それもわかりません。ただ、組織のあるところ必ず歪みは起こります」

とにかく、と言って、しばらく次の言葉を探すように考え込んでいる。

「これでなにかが終わるような気がします。私たちが六十年間探し求めていた答えのいくつかは、あのなかにある」

「これから始まるのかもしれない」

トオルは独り言のように言った。

「私は、アスカを救い出すことができればいい」

カーチャが呟いた。

「零時に迎えに来ます。もう一度シャワーを浴びる時間はあるでしょう。神のしもべは香りには敏感だと聞いている」

フェルドマンはカーチャの髪に指先を当てて匂うしぐさをすると、軽く頭を下げて出ていった。

2

午前零時十分。

トオルとカーチャは、フェルドマンについてホテルを出た。ホテルの前の通りには、まだかなりの人が行き交っている。

フェルドマンは足早に裏通りに入っていく。急に人通りが途絶え、街灯の明かりがひっそりした通りを照らしていた。ときおり表通りを走りすぎていく車のライトが建物の壁面をなめ、エンジン音が異様に大きく響いた。

三人の前に黒塗りの車が止まった。乗っているのは二人の僧侶だった。

三人が車に乗ると、僧侶は無言でスタートさせた。運転しているのは、黒いガウンを着た若い僧侶。彼はひどく怯えている。たえず視線を辺りに配り、身体を丸めるようにしてハンドルを握っている。

助手席に同じガウンの僧侶が、やはり無言で座っている。バックミラーに映る顔は、白い髭をたくわえた初老の僧侶だった。その僧侶も平静を保っているように見えたが、内心はひどく怯えているのは確かだった。怯えがトオルたちにも伝わってくる。

「これを着てください」

初老の僧侶が振り向いて、黒い衣服を三人に渡した。僧服だった。

車のスピードが落ちた。横にパトカーが並び、助手席の警官がトオルたちの車を見ている。ハンドルを握る僧侶の顔が強ばっている。初老の僧侶が軽く頭を下げると、パトカーは速度を上げて遠ざかっていった。

二十分あまりの間、五人はひと言も口を開かなかった。

車はサンタンジェロ橋を渡り、ヴァチカノ川岸通りに入ってサンタンジェロ城の前に止まった。初老の僧侶が僧服を着て頭巾をかぶったトオルたちと一緒に車を降りると、車はそのまま走り去っていく。

目の前には黒い山のような城がそびえている。昼間の堂々としたたたずまいは消え、ただ不気味さだけが支配していた。

僧侶はトオルたちを一瞥して歩き始めた。

城の背後に回ると、堅牢な扉がある。僧侶は扉を押し開けて、三人をなかに入れた。

静まり返った廊下が続いている。

高い天井、時の流れを塗り込んだような壁、中世の空気をそのまま封じ込めたような空間だった。昼間感じた、荘厳さのなかにも漂っていた優しさは微塵もない。建設以来、ここで数限りないドラマが繰り広げられたのだ。それはカトリックの総本山というより、亡霊の徘徊する古城を思わせるものだった。事実、おびただしい血が流されているに違いなかった。

三人は僧侶のあとについて無言で歩いた。

突然、僧侶が立ち止まり、三人を柱の陰に押しつける。二人の警備員が廊下を歩いてくる。僧侶の腕に力が入った。

かすかな音がした。カーチャの靴が壁に当たったのだ。警備員の動きが止まる。二人で言葉を交わし、一人がトオルたちのほうに歩いてくる。

僧侶は人差し指を口に当て、待っているように目で合図をした。そして背筋を伸ばすと、柱の陰から出て歩き始めた。警備員が立ち止まり僧侶を見ている。

トオルはフェルドマンの手元を見た。いつの間にか、サイレンサーの付いた拳銃が握られている。

僧侶は警備員と話している。警備員は何度かトオルたちのほうを指差し、何事か言った。フェルドマンの腕が上がり、銃口が警備員に向けられる。トオルはその銃口を押さえた。

やがて警備員は僧侶に向かってうなずき、もう一人とともに廊下を歩いていった。警備員が廊下の突き当たりを曲がったのを確認して、僧侶は三人に向かって出てくるように合図した。

四人は再びがらんとした廊下を進んだ。

僧侶は一つのドアの前に立ち止まった。三度ノックして、ドアに向かって十字を切った。なかからはなんの反応もない。僧侶は三人にそっと頭を下げると、廊下を戻っていった。

トオルがノブを回すと、ドアは静かに開いた。

薄暗い部屋に男が一人立っている。白いガウン、手にはなにかを抱くように持っていた。男はそのままの姿勢で三人を見つめている。

フェルドマンが二人の背を押して部屋に入った。

テーブルに置かれた燭台のロウソクの炎が揺らめき、壁に巨大な影を作っている。まるで、古城に幽閉された亡霊のようにも見える。背後でドアの閉まる音が虚ろに響いた。

目が慣れてくると、男が持っているのは聖書なのに気づいた。

「あなたか、すべてを話すというのは」

フェルドマンが言葉を投げ掛けたが、男は答えない。

木製のベッドに机。壁と天井は白の漆喰だった。飾りはなく、驚くほど質素な部屋だった。中世の僧院にいるような錯覚におちいる。トオルの横でカーチャが男に挑むような視線を向けていた。

壁のスイッチを入れると、淡い光が室内を照らした。光のなかに男の姿が浮かび上がる。

カーチャがトオルの腕をつかんだ。カーチャの震えが伝わってくる。

トオルとフェルドマンは茫然と司祭を見ていた。

「あなたは――」

フェルドマンの口からかすれた声が漏れた。

六十年前のひとコマが、そのままタイムスリップしたかのようだった。緩やかにウエーブのかかった栗色の髪、整った鼻筋に引き締まった唇、往年のハリウッドスターを思わせる顔立ち。照明のなかでも皺は見られず、つやのある肌が光を反射している。トオルの脳裏には、ディエグ近くの町の事務所でフェルドマンに見せられた一枚の写真が浮かんでいた。目前の男は、ユーノフ・アルブノヴィッチだ。

背筋を伸ばしたアルブノヴィッチ司祭の姿は、まだ四十代のものだ。すでに百歳を超えているはずの司祭の姿は、壮年の若さを保っている。

「私はあなたの――」

フェルドマンの言葉をアルブノヴィッチ司祭が、右手を上げてさえぎった。

「このときを待っていました」

低い声が聞こえた。

アルブノヴィッチは、フェルドマン、トオル、カーチャを順番に見つめた。青みを帯びた瞳、髪にはわずかに白髪が混じっている。しかしその穏やかな表情の奥に、底知れぬ恐怖と悲しみが潜んでいるのをトオルは感じた。この男の精神の中には、自分と同じものが潜んでいる。

3

時間が止まり、四人を取り囲む空気は凍り付いたように動かなかった。長い沈黙が続いている。

「我々は古城の住人から、真実を知ることができると言われてここに来ました」

最初に口を開いたのはフェルドマンだった。

「真実──私自身が真実なのだが」

アルブノヴィッチは静かに言うと、テーブルの燭台を持ち三人の前をゆっくりと歩いた。

フェルドマンが彼の肩に腕を伸ばしたが、その腕をトオルが押さえた。

ドアが開き、アルブノヴィッチは廊下に出ていく。三人は白いガウンの司祭に従った。

無言で廊下を歩き、突き当たりにある階段を下りた。螺旋状(らせんじょう)の階段は、地の底を目指すように果てしなく続いている。やがて階段は途切れ、分厚い鉄の扉が行く手を阻んだ。

「ここは……」

「サンタンジェロ城の地下です」

トオルの声にフェルドマンが答えた。

アルブノヴィッチは、ガウンのポケットから出した鍵で扉を開けた。扉は音もなく開き、ひやりとした空気が四人を包んだ。奥には、煉瓦(れんが)で囲まれた狭い通路が続いている。

アルブノヴィッチはためらうことなく通路に入っていく。ロウソクの炎が煉瓦壁を照らし、爬虫類(はちゅうるい)の肌のようなぬめりのある壁面を浮かび上がらせた。中世の空気をそのまま封じ込めたような黴(かび)臭い空気が漂い、暗黒の世界に引き込まれていくような錯覚におちいる。

「教皇が秘密に作った通路だ。何世代も前のね」

フェルドマンがトオルとカーチャに低い声で言った。不気味な靴音が壁にこだましている。

アルブノヴィッチは慣れた足取りで進んでいく。何度も行き慣れた道なのだ。

「この先は？」

「私にもわかりません」

やがて、入ってきたときと同じ鉄の扉に行き当たった。

アルブノヴィッチは再び鍵を出し、錆の浮いた穴に差し込んだ。扉の向こうには、やはり階段が続いている。

司祭はゆっくりだが、確固たる足取りで上がっていく。彼らが出たところ、そこはバチカン博物館だった。

アルブノヴィッチはシスティナ礼拝堂に入った。三人は戸惑いながらも後に続いた。

礼拝堂に光が満ちた。昼間消されていたライトは、数倍の明るさで礼拝堂を照らしだしている。

三人が同時に立ち止まった。巨大な建物のなかに、無数の人間たちが蠢（うごめ）いている錯覚に囚われたのだ。

額縁状に切り取られた天井は、神による光の創造から、星と月の創造、アダムの創造、イブの創造……神の業を示す、巨大なフレスコ画が覆っている。預言者ヨナが、聖バルトロメオが、聖母マリアが……そして審判者イエス・キリストが、礼拝堂にたたずむ四人の人間を見つめていた。

　ミケランジェロの大天井絵画。その巨大な絵画が、四人の頭上を覆っている。

　祭壇の奥の壁面には、最後の審判の絵図が四人に対峙していた。

　深夜、ひと気のない礼拝堂で見ると、巨大な壁画は昼間見たものとは異なる圧倒的な荘厳さを感じる。

　トオルの身体を冷たいものが通りすぎた。恐れとも、驚嘆とも違う。あえて呼ぶなら、畏敬ともいうべきものだった。

　アルブノヴィッチは祭壇に近づき、ひざまずいた。顔を上げ、フレスコ画を見ている。

　静かな時間がすぎていく。数分――数秒かもしれなかった。しかしそれは、天井に描かれた宇宙へと吸い込まれていく、悠久の時の流れにも似ている。

　やがて頭をたれ、祈りの姿勢に入った。三人は背後に立ち、その背を見つめていた。

　トオルは、時間が停止したかのような錯覚におちいった。そこにはたしかに、なにかがある。そしてそれは、トオルが恐れ、憎んでいたものを超えるものだ。なにかがトオルを包んでいる。いや、包まれている。いままで感じたことのない安らぎを覚えた。

　祈りを終えたアルブノヴィッチは静かに立ち上がり、三人に向き直った。

「中央にいるのが、審判者キリストです」

穏やかな声で言った。その声はまだ若々しく、広い礼拝堂に染みるように響いていく。

若く逞しいキリストの裸像は、高く振り上げた右腕をいまにも打ち下ろそうとしている。その横には、顔を背けるように聖母マリアが哀しげな眼差しを地上に向けている。そして左右には、選ばれし人々と罪深きものたち。天に昇るものたちと地に落ちるものたち。

「キリストは、永遠の若さを持つために十字架にかかったのかもしれません」

アルブノヴィッチは、視線を巨大なフレスコ画の中央に止めたまま言った。

しばらく、その一人一人の姿を確かめるように見つめていた。

「預言者ヨナ、聖バルトロメオ、そして地獄に落ちる女」

アルブノヴィッチの声が震えた。

筋肉質の女の顔が恐怖と悔恨にゆがんでいる。その足には悪魔がからみつき、地獄へと引き込もうとしている。女の口からは、嗚咽と悲鳴が聞こえてきそうだった。

トオルの脳裏を不思議な感動が満たしていた。死――。それはいままで、トオルがもっとも恐れてきたものだった。醜く醜悪なもの、永遠に続く無、無限の暗黒。常にトオルの身体にからみつき、精神を蝕みながらも一向にその正体を現わそうとはせず、おののく姿を嘲笑ってきた。

しかしいま、目の前に広がる光景はその死のイメージにつながりながらも、抱いていた恐れを一掃するものだった。トオルはその天空の絵画に心を奪われていた。

「私は神に背いた」

呟くような声が聞こえた。

「大戦後、バチカンはナチスの残党をかくまいました。人が人を裁くことは許されることではない。裁く権利を持つものは神だけだ。私たちはそう自らに言い聞かせ、ナチスを助けたのです。多いときには、二百人以上のナチスが滞在していました。彼らは様々な機関を通じて、外国に脱出していきました。バチカンはその手助けをしたのです」

深いため息が漏れた。

「私がバチカンとナチスとの実質的な窓口の役割を果たしてきました。連合軍から逃れてきた、ナチスを受け入れたのです」

靴音が響いた。フェルドマンが一歩、アルブノヴィッチに向かって踏み出したのだ。

「大戦前、私たちは教会を守ることに必死だった。いずれソ連が強大な力を持ち、ヨーロッパは、いや世界は共産主義という黒い霧に覆われる。共産主義者たちが、教会に圧力をかけてくるのは必至でした。世界中の神を信じるものは、迫害にあうと恐れていたのです。それこそ、宗教者にとって悪魔の到来でした。その力に対抗できるのは、ナチスしかいないと結論を下しました。すべて、神の国を護る行為だと信じて行なったことです」

「信じてやったことをなぜ隠す」

フェルドマンの声がアルブノヴィッチの背を打った。

「人は神ではありません。教皇とても過ちは犯します」

「その過ちを認め、わびるのが神に仕えるものの義務ではないのか」

「過ちが大きすぎました。世界を揺さぶる過ちです。世界中の、バチカンをあがめ信じて従ってきたものたちはどうなるのです」

声がわずかに高くなり消えていった。

「教会はそれを隠蔽し、閉ざしました。世界はあえて追及しようとはしませんでした」

アルブノヴィッチはほっとしたように息を吐いた。

またしばらく沈黙が続いた。アルブノヴィッチは、ゆっくりとトオルたちのほうに向き直った。

「そして私は、さらに大きな過ちを犯しました」

声が震え、目には涙が浮かんでいる。

「私は教会の古文書を読み解く役を授かっていました。あるとき、十八世紀の南アメリカに派遣された伝道師の報告書を見つけました。ラテン語で書かれた遥か南米からの手紙。私は寝食、昼夜を忘れて読み耽(ふけ)りました」

アルブノヴィッチは天を仰ぎ、両腕を高く上げた。

『彼の地に不思議な種族ありき。その生、数百年におよぶがごとし。まさに神のなせる業と思うべし。彼女ら大いなる大地と木々に抱かれ、その生は……若き滑らかな肌、黒く艶(つや)やかなる髪は……視力、聴力はもとより……衰えを知らぬそのしなやかな身体は生に満ち、美に満ち、まさに神の宿るがごとくなり。永遠に彼女らの体内にやどる生命の泉を……その泉の水を飲み干すものこそ、さらにまた、永遠の生命を得るもの……』

アルブノヴィッチの声が次第に大きくなり、礼拝堂にこだました。

「『命の泉を体内に持った民』まさに、不老の民の存在を示すものでした。その地は、ドンバ。描かれている地図によると、現在のブラジルとペルー、コロンビアとの国境付近に存在する地でした。私は上司に報告しました。が、だれも信じようとはしませんでした。私の発見はそのまま埋もれるはずでした」

アルブノヴィッチは肩を落とし深く息を吸った。

「ナチスはそれを信じ、人を送った」

フェルドマンがアルブノヴィッチの言葉を続けた。

「ナチスはヒットラー直々の命令により、調査団を派遣しました。調査結果がでる前に連合軍がベルリンに迫り、ヒットラーは自殺し、ドイツは降伏しました。彼の帝国は滅びたのです。しかし、ヒットラーの志をつぐものは、多く生き残りました」

「ゲーレン、ベンツェル……」

フェルドマンが呟いた。

「戦後、バチカンは彼らと手を切ろうとしました。だが、ベンツェルはさらに狡猾で残忍でした。私たちに、逃れることのできない手を打ってきたのです」

「ナチスとつながっていたという脅迫ですか。それとも——」

フェルドマンの声が震え、途中で言葉が途絶えた。

「海外に逃れた一部のナチのグループは、さらなる要求をしてきました。もはや私たちに拒否することはできませんでした。すべて、彼らの言いなりになるしかなかったのです」

アルブノヴィッチは静かに続けた。

「それが研究資金ですね」

アルブノヴィッチはうなずいた。

「バチカンはナチスをかくまう見返りに、彼らが大戦中にヨーロッパ全土から奪った美術品を譲り受けました。それらの多くはバチカン内の個人の手に渡り、秘密のうちに海外に持ち出され売却されていったのです。ナチスは次に、バチカンを通して彼らが所有する膨大な掠奪美術品を金に換えることを要求してきました。その後はバチカン自身に直接、資金を要求してきたのです」

「アステック財団……」

カーチャが呟いたが、アルブノヴィッチは答えなかった。

「教会の資金力と窓口は巨大なものです。世界中から金を集め、世界のどこにでも合法的に移動させることができます」

「その組織を利用して、アステック研究所に資金を提供していた」

「それも一つです」

「ナチスの研究を知っていたのですね。あなたの姿を見れば否定しようがない」

アルブノヴィッチはそっと顔を背けた。

「何度も彼らの要求を拒もうと思いました。しかし、私にはできなかった。私は誘惑に負けた。私は魂を悪魔に売り渡した。その代償として、永遠の命を手に入れたのです」

アルブノヴィッチの深いため息が聞こえた。彼の握り締めた拳が細かく震えている。

「さらに恐ろしいことが起こっています」

若き姿の司祭は続けた。

「若い修道僧のなかに、私を神だと思うものが現われたことです。永遠の命を手に入れたもの、それこそ神に違いない」

十字を切って祭壇を見上げた。そこには瑞々しく、美しい肉体を誇張するイエス・キリストの姿がある。

「神を発見した人間は、次になにを望むと思いますか」

「自分も神になりたいと」

トオルの言葉にアルブノヴィッチはうなずいた。

「私を神と崇めると同時に、自分もそうありたいと望み始めた。私は教皇に頼みました。私の命を奪ってほしいと。しかし、神に仕えるものとして、それはやはり許されないことなのです。私は自ら命を断つことさえできない」

「私にならできる」

フェルドマンの手には、いつのまにか拳銃が握られている。

アルブノヴィッチは、フェルドマンの行為を見ても何の反応も示さない。

「あなたらしくない。あなたの使命は、ナチスとナチスに協力するものを捕らえて裁判を受けさせることだ」

トオルは自身の身体を、フェルドマンとアルブノヴィッチの間に移した。

「私には許せない。私も神を信じている。その神に仕えるものが悪魔と手を組み、手先と成り下がった。私は神の名においてあなたを――」

「なぜあなたは、私たちに話す気になったのです」

トオルの声がフェルドマンの言葉をさえぎった。

「ご覧なさい」

アルブノヴィッチは天井のフレスコ画を仰いだ。

「ここには人間の持つ姿のすべてがある。喜び、悲しみ、怒り、慈悲、憎悪。生、そして死もある。そのすべては、神が人に与えたもうたものです。死は生と同様に、人間の一部なのです。どちらが欠けても、すでに人間とは呼べません。どちらも神の意思なのです」

「しかしあなたには——」

トオルは最後の言葉を飲み込んだ。死の姿はないと言おうとしたのだ。

「私の愛したものたちも愛してくれたものたちも、支えてきてくれたものたちも、すべてが過去の人となってしまった。この姿を見てください」

アルブノヴィッチは、三人の方に向き直った。両手でガウンの胸元を広く開いた。色白の艶やかな肌が天井のキリストとダブった。

「私はもはや、神が創った人ではない。悪魔が創ったものとしか思えない。この聖なる場所にいて、私は常に問いかけている。私の行きつく先はどこなのだと」

アルブノヴィッチはフレスコ画に目を移し、なにかを訴えるかのように両腕を高くかかげた。トオルは彼の視線を追った。その先には、蛇に巻かれ地獄に落ちる女の姿がある。

「私は夜な夜な、恐怖に打ち震えました。そして、一つの結論に達しました。この先、私が生き続けるのは罰でしかない。人の生は唯一、死をもって完結する。神は私を生きさせることによって、罰を与えているのだとね」

彼は絵画を見ながら続けた。

「私はすでに地獄に落ちている。この孤独な場所で、誰の目にも触れることなく、一人永遠に生きていかなければならない。それこそ地獄です。私は生に怯え、自分自身の存在に嫌悪すら抱いている。私自身の姿を恐れ、憎んでいる。人は死があるからこそ、人といえるのです。死なくしては、もはや人とは呼べない。私はなにものなのだ」

　アルブノヴィッチの深いため息が聞こえた。

「ベンツェルたちは、なにをしようとしているのです。ブラジルの村は、すでに彼ら自身の手によって消滅しました。命の遺伝子を体内に持った女たちも。アステック研究所について教えてもらいたい」

「私も十分には知りません。私は、ただ彼らによって生かされているだけの身です。このバチカンを支配するために。しかし――」

　アルブノヴィッチはしばらく考えていた。

「私にもわからない」

　静かに言って、再び祈りの姿勢を取った。

「アスカは……ここに少女が来たはずです。あなたに若さを与える遺伝子を持った少女。インディオと白人の混血、ドーナとゲーレンの娘です」

　黙っていたカーチャが声を出した。

　アルブノヴィッチの顔が曇った。

「知っているのですね」

「儀式。彼らはそう呼んでいました」

　アルブノヴィッチは目を閉じた。長い時間、そのままの姿勢を保っていた。

「どういう意味です」

トオルが耐え切れず聞いた。カーチャがそのトオルを見つめている。

「彼らは私を眠らせます。おそらく、睡眠薬か麻酔薬を注射するのでしょう。そして、その間になにごとかを行なっていました」

「あなたは、自分がなにをされているか知らないと言うのですか」

沈黙が訪れた。

アルブノヴィッチの目は空をさ迷っている。時間と空間が溶け合うような長い沈黙だった。

やがて天井絵画の一点を見つめ、司祭は口を開いた。

「何年か前、彼らは私の意識がすでにないと思って、儀式を始めました。私は必死で意識を保ち続けました。女性の声を聞きました。姿も見た……。そのときは、夢だと思っていました。しかし、その光景は私のなかで徐々に鮮明になっていきました」

アルブノヴィッチは遥か昔の恐怖がよみがえったように、身体を震わせた。

「私はベッドにうつぶせに寝ていた。女性が連れて来られました。両腕を二人の男に支えられていました。彼女は裸だった。褐色の肌、黒い髪。白人ではない」

「アスカよ。いえ、ドーナ」

カーチャが低い声を出した。

「彼女はベッドの横のソファーに、うつぶせに横たわりました。そして、その背に……。私の背にも注射針が刺さりました。痛みはありませんでした。その後の記憶はありません。気がついたときには、いつもの通りでした。部屋には私一人がベッドに寝ていました」

「身体に違和感は？」

トオルが聞いた。

「背中が重いような……それよりも、儀式後の私の身体には、あたかも新しい生命が宿ったかのごとく、活力にあふれていました」

「骨髄移植だ。ナチスはあなたに、〈命の遺伝子〉を持ったインディオの女性の骨髄細胞を移植していたのだ。いままではドーナを使っていた。そして今回はドーター、アスカが連れてこられた」

「アスカは？　彼女はどこにいるの」

カーチャの声が礼拝堂に響いた。

「昨夜、彼らはやってきました。彼らは私を眠らせ、儀式を行ないました。そのときの女性が、あなたがたの捜している女性かもしれません」

「アスカ……」

カーチャが呟いた。

「彼女はどこに」

「私は知りません。女性の顔すら見たことがないのですから」

「あなたは、その女性の命を吸って生き続けている」

「おお……神よ……」

司祭の口から呻きのような声がもれた。

「なんのために彼らは、あなたを生かし続けるのか」

「私の存在こそが、彼らがバチカンをあやつる術なのです。私こそが彼らがなした行為であり、証であるのです。私の存在によって、バチカンは彼らの要求を拒否できない」

アルブノヴィッチは震えるような声を出した。

「ディエグという町をご存じですか。アメリカ、カリフォルニアの小さな町です」

トオルの問いに司祭は答えない。知っているのだ。

「アスカはそこですか」

やはり無言のままだった。

「その町にアステック研究所という、バイオ関係の研究所があります。アスカはそこに戻されたのでは？　あなたの知っていることを教えてほしい」

トオルはアルブノヴィッチの顔を覗き込むように見たが、その表情を無くした顔からはなにも読み取ることができない。

「教えて。あの娘の仲間はみんな殺された。あの娘だけでも救いたい」

カーチャの叫ぶような声が響いた。

やがてアルブノヴィッチはゆっくりと立ち上がり、礼拝堂の出口に向かって歩き始めた。

サン・ピエトロ大聖堂のベランダに出た。足元には広場の深い闇が続いている。

トオルはローマの町に視線を移した。テヴェレ川を隔てて、古都の夜の灯が広がっている。

ふっと、赤い光を見たような気がした。はるかローマの時代、皇帝ネロはローマに火をかけ、邸宅のベランダから燃えさかる家々と逃げ惑う人々を見ながら饗宴に耽り、詩を歌った。コロシアムでは奴隷が生き残るために戦い、キリスト教徒たちは神と生きるために獣に食われた。死の町、という言葉が脳裏に浮かんだ。

カーチャの悲鳴のような声で我に返った。手摺りの上にアルブノヴィッチが立っている。まるで十字架にかかるキリストのように両腕を広げ、天を仰いでいる。

「私は罪を犯しました。そしてさらに、神を信じるしもべとして大きな罪を犯そうとしている。神よ、私の取る道をお教えください」

アルブノヴィッチは闇に向かって語りかける。

「自らの命を愛するものはそれを失い、この世で命を憎むものは、それを保って永遠に生きるであろう。主よ、私はあなたのもとにまいります」

アルブノヴィッチは三人のほうを見て、かすかに顔を歪めた。それは、彼が泣いているようにも笑っているようにも見えた。

「やめろ！」

フェルドマンが短く叫んだ。

「神こそ永遠なり。すべての扉を開く言葉です」

アルブノヴィッチは、静かな声で語りかける。

「リベラテ・ツウテエメ・エクス・インフェルノ！」

絶叫に似た声が響く。

白いガウンが風になびき、ベランダに立つ影が消えた。カーチャの口から短い悲鳴が漏れる。

「神は自ら命をたつことを禁じている。彼は神の法を破ったのか」

フェルドマンが呟くように言った。


「動くな！」

イタリア語が聞こえた。

三人のまわりを銃を持った警備員が取り囲んでいる。

フェルドマンが上着のポケットに手を入れた。銃を握っているのだ。

「銃を下ろしなさい」

警備員の背後で、静かだが力強い声が響いた。

声のほうを見ると、ほの暗い月明かりのなかに数人の修道僧に守られるようにして、白いガウンの男が立っている。男は柔らかな、しかしどこか沈んだ表情でトオルたちを見つめていた。

全身が硬直したように動かなかった。フェルドマンとカーチャも、身体中を針金で縛られたように身じろぎひとつしない。目は一点に集中して、顔からはすべての意思が抜け落ちたように見える。

警備員たちが銃を下ろし後ろに下がった。

その男は三人に近づいてくる。

白髪の下の穏やかな目が、三人を見つめている。慈愛、優しさ、慈しみ。すべての人間、動物はもとより、植物さえも包み込む大らかさに溢れていた。世界のカトリック教会の頂点に立つ人物だ。

「教皇……」

カーチャの口から低い声が漏れた。

教皇はしばらくの間、アルブノヴィッチの消えていった闇を見つめていた。

「終わった……すべては神の思し召しなのか……」

薄い闇のなかに、遠い天上からの響きのような声が流れた。

その声は悲しみも、哀れみも、またすべてを容認する寛容をも含んでいる。

教皇は静かに十字を切り、警備兵に目で合図を送ると宮殿のほうに戻っていった。

三人は警備兵に連れられて出口に向かった。

4

トオルとフェルドマンとカーチャの三人は、無言で座っていた。

窓からはローマの光が見えている。

ホテルに帰ってから、フェルドマンの部屋でウイスキーを飲み続けていた。すでに三分の二がなくなっているが、だれも酔ってはいなかった。いくら飲んでも、数時間前の光景が生々しく甦ってくる。

アルブノヴィッチ司祭は永遠の命を求めた。しかし、最後にはその命を憎んでいた。そして、自ら決着をつけた。彼にとって生とはなんだったのか、死とはなにか。トオルの心に重くのしかかっていた。

「彼は最後になんて言ったの」

カーチャが重い沈黙を破った。

「己れを助けよ、地獄から。ラテン語だ」

トオルはグラスをテーブルに置いた。

「死を恐れるものがいるように、生を恐れるものもいるということです」

フェルドマンがぽつりと言った。

「彼はなにを求めていたの」

「私に仕えたいものは私に従え。私がいるところに、私に仕えるものもいるであろう。父は、私に仕えるものに誉れを与えるであろう。ヨハネ、一二章二六節」

トオルは静かな口調で言った。

「私にもわかるように言って」

「魂の救済だ。アルブノヴィッチの死出の言葉は、フェルドマンが言った〈一粒の麦〉のあとに続く二五節だ。魂の救済を意味したものだ。神とともにあること、その神に仕えるもの、キリストはこの世にはいない」

トオルの脳裏に、ベランダに立つアルブノヴィッチの姿が浮かんだ。

「あの行為で、それが得られたのかしら」

「自ら神の懐に飛び込んだのだ。受け入れられるられないは別にしてね。彼にとって、生き続けることこそ地獄だった。いずれにしても、いまごろはやすらぎを得ている。彼には、死は苦しみではなく救済だった」

「発作的に飛び降りた。単に自分の罪から逃れたかっただけじゃないですかね」

フェルドマンが突き放すように言って、ウイスキーを飲み干した。顔を歪めるようにして、からになったグラスにウイスキーをついだ。

「カトリックでは自殺は禁じられている。自ら死を選んだものは、神に受け入れられない。堕胎やコンドームさえ禁止している人たちです。彼は単なる臆病者だ。逃げ出したのです。罪の意識に耐え切れず、自分の生に自ら決着を付けただけです」

「それを自殺というんでしょう」

「我々が苦しんだように、彼ももっと苦しむべきだった」

「十分苦しんだ。だから死を選んだ」

窓の外に、いつのまにかローマの町が姿を現わしてきた。

トオルの心に父の姿が浮かんだ。彼にとっても死は救済だったのか。

「あなたには気の毒だが、彼は無に帰ったんだ。すべての細胞が動きを止め、それとともに彼という精神も消えてしまった。いまの彼には苦しみも悲しみも喜びも、すべての感情が消滅している。それを安らぎと呼ぶのかもしれない」

「先生のいう科学ではね。しかし、私たちはそれだけでは解決できないと信じているんですよ。だから、この歳になっても彼らを追い続けている」

一瞬、フェルドマンの顔に憎しみが走った。ウイスキーグラスを手に取り、精神を鎮めるようにひと口飲んだ。

「地獄に送るためにね」

そう言って、フェルドマンは再度グラスを口元に近づけたが、思い直したようにそのままテーブルにおいた。

「一緒に地獄に落ちてもかまわない。ナチを葬り去るためには」

呟くような声が聞こえる。

カーチャが青ざめた顔でトオルを見ている。会話が途切れ、凍り付いたような沈黙が三人を覆っていた。

「アスカ……どこにいるの」

ふいにカーチャが声を出した。

「彼女の役割はすみました。すでにこの地にはいないでしょう」

「彼女はアメリカに連れ戻されたってことね」

「司祭はなにが言いたかったのか」

トオルは彼の最後の言葉を思い浮かべた。「神こそ永遠なり」彼はたしかにそう言った。すべての扉を開く言葉。頭が痛み始めた。すべてを忘れて眠りたい。だが、いまはまだ、そのときではないことは確かだ。

「だれが我々をバチカンに導いたのです」

トオルはフェルドマンに目を向けた。フェルドマンは答えない。

「まさか、教皇が」

「神がなされたことです」

フェルドマンはトオルの言葉を否定するように言った。

「神、バチカン、そしてナチス。みんな一緒だとでもいうの」

カーチャが呟く。

「バチカンを支配するということは、すべてを支配し、世界の頂点に近づくことなのです。あの方が我々を導いたのも、それだけは彼らに許したくなかったのでしょう」

「どういうこと？」

「彼らは世界を支配しようとしている。金と力を得ました。次に必要なのはなんでしょうかね」

フェルドマンが自問するように言った。

「心です。人の心を支配すること。彼らは世界の精神をも手に入れようとしている」

フェルドマンはグラスを取って一気に飲み干した。

「明日、アメリカに帰る」

トオルは立ち上がった。

「私には時間がない」

部屋を出て行くトオルの後をカーチャが追った。

第七章　テロメア

1

翌日、トオルとカーチャは午前の便でアメリカに発った。

フェルドマンはローマでの仕事を片付けてからイスラエルに向かう。その後のことは、まだ決めていないと言った。

トオルは飛行機に乗っている間中、黙り込んでいた。カーチャがときおり心配そうな眼差しを向けてきたが、話しかけてはこなかった。ベンツェル、ゲーレン、ドーナ、アルブノヴィッチ、そしてアスカ。彼らの半数はすでに死んだ。トオルの脳裏には、ここ数週間の出来事が浮かんでいた。

少し眠っておこうと目を閉じたが、やはり目蓋の裏に黒い影が渦巻くように現われては消えていく。死のマントをまとったその影はぴったりと寄り添い、マントでトオルの身体をも包み込もうとしている。

「すごい汗。気分が悪いの？」

気が付くと、カーチャが覗き込んでいる。

「疲労と寝不足。それに空腹が加わるが、どうってことない」

「嘘を言わないで。熱があるわよ。私だって医師免許を持っている」

カーチャが額に手を当てようとしたが、トオルはその手を払った。

「悪いが考えたいことがある」

ハジメの発病前を思い出していた。彼は三十をすぎた頃から克明な日記をつけていた。体温、脈拍、血圧……。その日記は、いまはトオルの机にある。

サンフランシスコ空港に着いたのは午後四時をすぎていた。

まだ陽は高かったが、それも急速に輝きを失っていく。

トオルは荷物を受け取ると、無言のまま空港出口に歩いた。

レンタカーで家に向かった。車を運転しているうちに、次第に現実に引き戻された。これは時間との戦いだ。自分は必ず敵を発見し、打ち倒してみせる。自分の体内に潜み、宿主を食い尽くしていく敵を見つけ、自分が生き延びる方法を探り出す。トオルはハンドルを握りながら、自分自身に言い聞かせていた。

どこかで夕食を食べるか、なにか買っていこうというカーチャの言葉を無視して、そのまま家に帰った。

キッチンのテーブルには、サンドイッチが置いてある。ナンシーが用意したのだ。

「ナンシーは今夜帰るのを知ってたの」

「ローマの空港で電話しておいた」

二人でただ黙々とサンドイッチを食べた。

食べ終わると一人で書斎にいった。カーチャと話さなければならないことは山ほどあったが、考えがまとまらない。バチカンでの出来事が強烈すぎたのだ。

書斎の机の上には、封筒の山ができている。

「全部見ていたら、まる一日はかかりそう」

コーヒーカップを持ってきたカーチャが言った。

カーチャの気遣いは痛いほど感じたが、どう応えていいかわからない。そして、そんな自分がもどかしかった。

「十分で片付けるのが現代を生き抜くコツだ」

トオルは封筒の差出人を見ながら、ごみ箱と机の上とにわけていく。九割が封も切られずごみ箱に納まった。

机に残った封筒のうちの一つを手に取った。その厳重に封がされた厚めの封筒を見つめている。

「もう寝る時間だ」

トオルは封筒をおいてカーチャに言った。

「当分はゆっくり休むといい。研究所も休業状態だ」

そう言って立ち上がると、カーチャを送って階段まで行った。

カーチャはなにか言いたそうな眼差しを向けたが、なにも言わず階段を上がっていく。

トオルは書斎に戻って椅子に座った。開け放った窓からは涼しい風が吹き込み、すべての音が消え去ったかのような静寂が広がっている。

トオルは机の封筒を眺めた。隔月に届く一通の封筒。これを開けるのも儀式だ。

深く息を吸い込んでから指で封を切った。入っているのは、一枚のＤＶＤ。目を閉じて祈るような仕草をした後、パソコンに差し込んだ。

キーを何度か叩(たた)くと、ディスプレーにＤＮＡ解析結果と細胞の電子顕微鏡写真、血液サンプルの検査結果が現われる。白血球数、異常なし。赤血球数、異常なし、ＧＯＴ、ＧＰＴ、ガンマＧＴＰも異常はなかった。尿検査、タンパク異常なし、血糖値……目で追っていく。

ＤＮＡ検査――一ヵ所で視線が止まった。頭からすっと血液が抜けていく。

「やはり始まってるのね」

背後で声がした。

振り向くと、カーチャが肩ごしにディスプレーを見ている。

「あなたのDNA解析結果と染色体の顕微鏡写真でしょう。テロメアの長さが短い。細胞の老化も始まってるの？」

トオルはカーチャの質問には答えず、パソコンのスイッチを切った。

「覗きが趣味だとは履歴書に書いてなかった」

「もう時間がないんでしょう」

「私の老化は予想より早く始まるかもしれない」

カーチャが腕を伸ばし、再びスイッチを入れた。ディスプレーを見ながら、何度かキーを叩いた。

「残された時間は三年ってところ」

「一年か二年だ」

「だったら、急がなくちゃ」

「神にでも祈るか」

「アルブノヴィッチ司祭はベンツェルによって、百歳を超えても若さを保っていた」

「しかし、彼も死んでしまった」

「でも私たちは事実を見た。百歳を超えた人間が、人的行為により四十代の若さを保っていた。現実は否定しようがない。この事実が必ずあなたを救ってくれる」

「その方法は？」

カーチャのため息がかすかに聞こえた。

二人は言葉を交わすことなく、ディスプレーを見ている。ひっそりとした室内に、さらに深い沈黙が広がった。全身を押しつぶすような圧迫感が押し寄せてくる。平静を保っていられるのが不思議だった。

目の前に、食い入るようにディスプレーを見つめるカーチャの姿がある。


翌日、トオルのもとに頑丈に包装された荷物が届けられた。

持ってきたのはイスラエル大使館の若い職員だった。彼はワシントンＤＣに帰る途中だが、イタリアから東まわりにサンフランシスコまで来たと言った。すごい回り道だ。

「誰から？」

貼ってあるラベルを見ながら聞いた。送り主の欄は空白になっている。

「私は上司に命令されただけです」

「中身は？」

「税関は通らなかったけど、爆弾じゃない」

若い大使館員はトオルに向かって首を傾げてから肩をすくめた。

荷物は外交行李として持ち込まれ、なんの検査も受けずトオルのもとに運ばれたのだ。

「フェルドマンからだ」

ずっしりと重みのある荷物の中身は、冷凍保存用の容器だった。

「アルブノヴィッチ司祭の血液と骨髄液が入っている」

トオルがラベルを読み上げると同時に、カーチャがひったくるように取った。

「すぐにDNAシーケンサーにかけましょう」

「研究所のシーケンサーは二台しか動いていない。順番が回ってくるのは一週間も先だ。大学に頼むしかない」

「今日中にはとても無理でしょう」

「手続きだけで一日かかる。強引に割り込むこともできるがやりたくない」

「そんなこと言ってる場合じゃないでしょ」

そう言いながら、カーチャはしばらく考え込んでいた。

トオルを押し退けるようにしてパソコンの前に座り、キーボードを叩き始めた。

「まず、ここから車で三時間以内にある遺伝子関係の研究所の検索。二十四ヵ所あるわ。高性能のDNAシーケンサーとスーパーコンピュータを持っているところ。四ヵ所に減少。そのうちの一つは、あなたのところよ」

カーチャは他の三ヵ所のデータを打ち出した。

「ユージン研究所。コンピュータはカルテックともつながってる。場所はチアロット。隣町よ。車で一時間ってところ」

「知ってる研究所か」

「一方的にね。出かける用意をしてて」

カーチャはパソコンのスイッチを切って、準備をしてくると言って二階に駆け上がっていった。


カーチャの運転する車でチアロットに着いた。

サンフランシスコとアーロンの中間にある新興の町だ。アーロンより規模は小さいが、同じようにバイオ関係の研究所やベンチャービジネスが集まっている。

ゆったりした空間のなかに、広い道路、手入れされた芝生が続き、小綺麗な建物が並んでいる。バイオバレー。平面的な美しい町で、アーロン同様かつてのシリコンバレーを思い浮かばせた。

「そろそろ話してくれてもいいだろう。きみのすばらしい計画を」

「私はいまでも、コスモ製薬に在籍してるの。ドイツの口座には、定期的にお金が振り込まれてるはずよ。あなたの研究経過を報告するという約束でね。ユージン研究所は、コスモ製薬の百パーセント出資の研究所なの」

「ドロボウの親玉の出張所ってわけか」

「報告だけなら、大きな違法性はないと説明されたわ」

「日々のスケジュールの報告だけならね」

カーチャは答えない。

「産業スパイって言葉は知ってるよな。きみはそれに当たる」

「それだけあなたが注目されてるってこと。スーパースターなのよ」

「きみはスターの見張り役ってわけか」

「私の本当の目的は、前に言ったでしょ」

カーチャの言葉がとぎれ、車のスピードが上がった。

「あなたと仕事がしたかった。あなたの頭脳を身近に感じたかった」

カーチャは前方を睨むように見て、唇を嚙み締めている。

「もう忘れよう。私の頭脳など大したことがないことがよくわかったはずだ」

「あれよ」

カーチャは目で建物を指した。

道の両側には芝生の丘が広がり、その中央に白い建物が見える。

『ユージン研究所』芝生のなかに芸術家が作ったような複雑な形をした看板が立っている。

「きみが在籍しているのはコスモ製薬であって、ユージン研究所じゃない」

カーチャは胸のポケットからカードを取り出した。

「コスモ製薬は多国籍企業よ。世界中に研究所や工場や出張所を持ってるの。社員は世界を飛び回ってる。ユージン研究所は、コスモ製薬の遺伝子研究所のブランチの一つ」

「共通カードを使っているのか」

「さすがノーベル賞候補者。理解が早い。私のカードで、世界中のコスモ関連企業に出入り自由というわけ。カードはAからEまであって、Aは重役クラス。社長室以外はどこにでも入れるわね。Eクラスが自由に出入りできるのは、専属部署の駐車場とトイレくらい。同じ鍵穴だけど、持ってるキーで出入りできるかどうかが決まるのよ。本社だと、それに指紋が加わる。虹彩でキーの代わりをしてるところもあるわ」

「きみのカードは？」

「Bクラス。本当はCクラスなんだけど、Bクラスに格上げしたの。個人的にね」

どういう意味だと聞くトオルを無視して、カーチャは駐車場に車を止めた。

受付にいって、身分証明書を見せてサインをした。

ビジター用の名札を持ってきて、トオルの胸につける。

「もっと胸を張って。なにも盗みに入ろうってわけじゃないんだから。ちょっと装置を借りるだけ」

廊下を歩きながらカーチャが囁く。

「たしかにきみらがやってることと比べると、ガールスカウトのようなものだ」

カーチャはトオルに黙るように合図して、やってきた職員に「検査室」を聞いた。

「まず血液からＤＮＡを抽出して、シーケンサーにかけましょ。それからスーパーコンピュータ。それと細胞チェックね。忙しいわよ」

廊下の角にあったレストルームに入り、持っていたデイパックから白衣を二着出して、一つをトオルに渡した。

二人は白衣を着て廊下に出た。何人かの職員とすれ違ったが、カーチャは軽く会釈をして進んでいく。

部屋から出てきた三人連れが立ち止まり、トオルを見ている。

「間違っていたら大変失礼なのですが、あなたはプロフェッサー・アキツじゃありませんか」

眼鏡の青年が緊張した顔つきで聞いた。トオルがうなずくと一瞬顔がほころんだが、すぐにまた強ばった表情に戻った。

「いつからここに」

「ほんの十分前からだ」

「あなたの『生命と遺伝子』を読みました。論文にはすべて目を通してます」

わずかに表情を崩したが、声はまだ掠(かす)れている。

「いい研究所だ。ここで働けるきみたちは幸せだ」

「どうして、あなたがここに？」

「うちの研究所があんなことになってね」

「遺憾に思っています。でも、あなたがここにいらっしゃるなんて光栄です」

三人が、かわるがわるトオルに握手を求めてくる。

カーチャがトオルを急がせて歩き始めた。廊下を曲がるとき振り向くと、三人はまだ二人のほうを見ている。

「十分後には研究所中に広まるわ」

「有名人が得だと言ったのはきみだ」

二人は足を速めた。

カーチャは「検査室」とプレートのかかった部屋の前で立ち止まった。カードを出してスリットに差し込む。ドアは開き、二人は部屋に入った。

「DNAを抽出して、シーケンサーにかけてもらいたいのよ」

「書類に記入して受付へ。早くて明後日になるよ。予約がつまってるんだ」

若い研究員は顕微鏡から目を離そうともせず言った。

「プロフェッサー・アキツ。残念ながらそういうことです」

カーチャの言葉に研究員は顔を上げた。目を大きく開けてトオルを見つめている。

「あなたは――」

トオルは若い研究員の視線をさけて、横の電子顕微鏡に目を向けた。

「カルテックのプロフェッサー・アキツ」

研究員の声で部屋中の視線が集まる。

「これは彼の依頼なの。彼の研究所があんなことになったのは、あなたも知ってるでしょ。ドクター・トンプソン」

カーチャが研究員のIDを見ながら言った。

「三十分以内に持ってきます。コーヒーでも飲んで待っていてください」

トンプソンはカーチャからサンプルを受け取ったが、目はトオルのほうを向いている。

「検査結果はDVDに落としてね」

カーチャはトンプソンに言った。

トンプソンは何度もトオルのほうを振り返りながら、部屋続きのラボに入っていった。

長髪の男がコーヒーカップを二人に持ってきた。だれかが椅子を二脚持ってきておいてある。

「有名なのも損じゃないでしょう」

カーチャが真面目腐った顔で言った。

二人はコーヒーを飲みながら待っていた。その間に十五人の研究員が握手を求め、七人がトオルの著書を持ってきてサインを求めた。

「噂になる前に片付けたいわね。もう遅いみたいだけど」

カーチャが窓のほうを見ながら言った。

窓の外には数人の研究員が集まり、二人を見てなにか話している。

「ぎりぎりセーフってところか」

トンプソンが飛び込んできた。手にはＤＶＤを持っている。

「どうして、他ではなく我々の研究所へ」

「これは内緒なんだ。大っぴらにしないでほしい。重役が内々にはからってくれた」

声をひそめて言った。

「任せておいてください。あなたのためなら、私の口は牡蠣になります」

トンプソンは顔を強ばらせ、同様に声をひそめた。

「この検査結果はプライベートなものだ。私の来たことも内緒にしておいてほしい」

「了解」

片目をつむって答えた。その間も部屋中の視線が三人に向けられている。

「ちょっと部屋を借りたいのだが。静かなところがいい」

「コンピュータルームはどうです。人の出入りはほとんどありません。少し寒いけど」

「我慢するわ」

トオルとカーチャはコンピュータルームに案内された。

「ＪＳＸ－３Ａ。アステック研究所のスーパーコンピュータより落ちるけど、世界最高速度に近いもの。タンパク質の構造解析はできるわ」

カーチャはブラインドを下ろし、端末機の前に座った。

「遺伝子はその人間の百科事典。さあ、百科事典を開きましょ」

独り言のように言いながら、コンピュータにＤＶＤをセットした。ディスプレーにＤＮＡ塩基配列が現われる。

「アルブノヴィッチ司祭のものです。ドーナ、アスカ、そしてゲーレンの塩基配列と比較すればいいんですね」

「急いでくれ。時間がない」

「慌てないで。精製タンパク質の構成も知りたいでしょう」

カーチャはディスプレーを覗き込んでいる。

「遺伝子解析とタンパク質の構造解析用のプログラムも、最新のものが入っているわ」

口のなかで呟き（つぶや）ながらキーを叩き始めた。コンピュータが稼働を開始した。

トオルは窓の側にいき、ブラインドの陰から外をうかがっている。

「急げ。だれかくる」

「膨大な計算量なのよ。この計算機でも三十分はかかる」

「そんなに待てない」

カーチャはキーを叩き続ける。

「あなたの大学のファイルに、自動送信するようにセットしたわ」

「私のファイルのパスワードを知ってるのか」

「百回やってヒットするパスワードなんて、秘密でもなんでもないわ。あなたのは二度目。最初はあなたの生年月日でやってダメ。二度目はお兄さんの。これでビンゴ。カルテを見せてもらったときに覚えてたのよ」

「大した才能だ。十分賞賛に値する」

「うらやむ必要のないものよ。私の才能なんて」

トオルはカーチャの背後に回り、ディスプレーを覗き込んだ。

「私が求めていたものとはまったく違う。あなたなら、その気になればもっとうまくできる。馬鹿馬鹿しくて、その気にならないだけ」

「誉められたら素直に喜ぶように、とアドバイスしたのはきみだ」

「中学校のとき、数学オリンピックのカリフォルニア州チャンプだったんでしょう。全米では何位だったの」

「全米大会には行かなかったんだ。地区のフットボールの試合と重なった。全米チャンピオンはカリフォルニア州で二位の女の子だった」

「それってすごい嫌味なのよ」

「彼女は世界チャンピオンになって、フィールズ賞も取った」

カーチャはため息をついた。

トオルが手を伸ばし、端末機のスイッチを切ろうとした。

「待って。最後の仕上げが残ってる。大学に自動送信したらすべての痕跡は消去する。このプログラムが大切なの」

カーチャはトオルの腕をつかんで、もう一方の手でキーを叩いた。

「やはり私にはない才能だ」

二人はコンピュータルームを出た。

「後、五分で大騒ぎになるわ」

カーチャはトオルの耳元で言って、二人のほうを見ながら囁き合っている研究者たちに軽く頭を下げた。


二人は研究所を出て、近くのマクドナルドに入った。

DNA解析と精製タンパク質解析をユージン研究所のスーパーコンピュータにセットして、三十分がすぎている。

カーチャはハンバーガーを食べながら、デイパックから出した自分のパソコンに携帯電話を接続して大学のファイルを呼び出した。

ディスプレーにA、T、G、Cの四種類の塩基配列とその遺伝子部分、さらにそこで精製されるタンパク質モデルが現われる。スーパーコンピュータの計算データは転送されていた。

「これはA細胞、アスカのDNAデータでしょう」

「いや、さっきの有能な若者が抽出してくれたアルブノヴィッチ司祭のデータだ」

「どういうこと?」

トオルはキーを押した。画面が上下二分割され、もう一つのデータが現われる。

「上がアスカのDNA塩基配列。下がアルブノヴィッチ司祭のものだ」

「同じね。やはり、司祭はアスカの骨髄液を移植されている」

トオルはうなずいてコーヒーを一口飲んだ。

「だったら司祭の骨髄液からA細胞のDNAを抽出して、クローンを作って増やしましょ。それをあなたに移植すればいい」

トオルは答えず、さらにキーを叩いた。ディスプレー上をA、T、G、Cのアルファベットと数字と画像が流れていく。二人は無言で見つめている。

「待って」

カーチャが声を上げた。

「第三染色体のX5番からX6番領域が違っている。違いはまだある。でも、これは元からのものじゃない」

カーチャが指でディスプレーの数字をなぞった。

「移植された骨髄液は、司祭の体内に入ってから変化しているんだ」

「私にもわかるように言って」

トオルは指をキーに置いたまま考え込んでいる。やがてゆっくりとキーから離した。

「A細胞は宿主のテロメアを伸ばし、染色体の傷を修復し、その他の器官の細胞を修復しながら変化している。しかし同時に、A細胞の遺伝子のどこかの部分にスイッチが入って、短期間に増殖機能がなくなるんだ」

「そのためアルブノヴィッチもゲーレンたちも、定期的にA細胞を移植しなければならなかった。だから、ゲーレンはドーナを連れて旅行していた」

カーチャがトオルの言葉を補うように続けた。

「あなたはこのことに気づいてたの」

「最初にゲーレンの遺伝子を調べたときから、予測はしていた。これでその予測が証明された」

トオルはパソコンのスイッチを切った。

「A細胞の遺伝子は、私たちの常識を超えた機能を持っている。たしかに、他の細胞を若返らせることができる。だが、その機能は長期間維持できない。本来の身体から離れると、なにかが起こる。ほかにも特殊な性質があるに違いない。この遺伝子を持つものは、きわめて妊娠しにくいのもその一つだ。おそらく排卵周期がかなり長い」

「そんな……」

「それも生き残りの手段の一つだ。彼らの長寿で毎年子供が生まれていれば、家族構成がメチャメチャに崩れ、人口爆発は避けられない。もし三百歳が彼らの平均寿命だとすれば、普通の人間を基準にすると妊娠はその三分の一に抑えなければならない」

「三ヵ月に一度の排卵ですか」

「それはわからない。人口抑制のために身体が変化してきているとすれば、一年に一度、あるいはそれ以上ということも考えられる。ナチスにとっては、アスカは貴重な子供だ」

これは推測だが、とトオルは続けた。

「子供のころは普通の成長を続ける。十分に成熟した段階で、ES細胞と異常に長いテロメアと遺伝子の修復能力を持つ特殊なテロメラーゼの働きで、その状態が長期間維持される。これが長寿ということなんだろう。ゲーレンやアルブノヴィッチは成熟最終期の四十代で移植が始められ、移植時の状態が維持されていた」

「そんなに貴重な遺伝子を持つ村の人たちを、なぜベンツェルたちは殺してしまったのかしら」

「おそらく――」

目の前のカーチャの姿がぼやけ、ふっと意識が薄れていく。テーブルの端をつかんでかろうじて身体を支えた。

　カーチャが顔を覗き込んでいる。

　トオルは窓の外に視線を移した。駐車場には十台近い車が止まっている。奥のスペースに駐車したブルーのセダンのなかで男が新聞を読んでいる。カリフォルニア郊外の見慣れた光景だ。ゆったりと時間がすぎていく。次第に意識が戻ってきた。

「彼らは、人工的にアスカたちと同じ遺伝情報を持つ細胞の生成に成功した。だから、アスカたちが必要なくなった」

　トオルは、クローンという言葉を飲み込んだ。カーチャにもわかっているはずだ。

「アスカたちと同じＤＮＡを持つ？　やはりクローン」

「動物ではすでに確立された技術だ」

「じゃあ、アステック研究所ではそれを人間に応用したと」

　トオルはうなずいた。

「本当ならすごいことです。不老不死。人類永劫の悲願の達成ですから」

「彼らの目的はもっと他にある。第四帝国の実現だ。ヒットラーが夢見た第三帝国の次にくる世界だ。この発見を利用すれば夢ではない。事実、彼らはバチカンをも支配しようとした」

「でも、失敗した」

「こんどは成功するかもしれない」

トオルは窓の外に視線を移した。脳裏にあるのはアルブノヴィッチの若々しい姿だ。

「武力でではなく、人間の業で心を征服しようとしている。人間が願い続けてきた不老不死を武器にして」

「フェルドマンには連絡するの」

「彼は当分ヨーロッパだろう。ナチスの戦犯が逃げたのは、アメリカ大陸ばかりじゃない」

「もう諦めるべきよ。六十年。気の遠くなるような時間。ナチを憎み追い続けた人生。彼にも、もっと違う人生があったはず」

「彼がそれを望んだ。彼にとっては、これが最良の人生なのだ」

「本気でそう思っているの。人を追い詰め、捕まえるだけの人生。ときには殺すこともある。ナチハンター。たしかにハンターよ。人を狩るね。私には耐えられない。いずれ、必ず悔やむときがくる。彼は死を迎えるとき、なにを思い、なにを考えるのかしら」

カーチャは言ってから、戸惑った表情でトオルを見た。

トオルは視線を外に向けたままだ。最近、死という言葉に敏感になっている。カーチャもそれを意識しているのだ。カーチャはしばらく無言でなにかを考え込んでいた。

「もう一度、アステック研究所にいきましょう」

突然、顔を上げて言った。

「あそこで、なにかの研究が行なわれていることは間違いない。あなたの病気を治す可能性のある研究がね。アスカも、ローマから連れ戻されて必ずそこにいる」

「危険すぎる。彼らは私たちを殺そうとした」

「このままだと、あなたの命はあとわずか」

「たとえ研究所に入れても、彼らが快く研究所を案内してくれるとは思えないがね。まして、研究成果を披露してくれるとはね」

「でもそれしかない」

カーチャが呟くように言った。

2

二人は一時間ほどでマクドナルドを出て、自宅に向かって車を走らせていた。

「気づいてる？」

運転しているカーチャが、バックミラーに目を向けて言った。

「五分前から。運転を代わろう」

車を路肩に寄せて止めた。

トオルが車を降りると、横を黒いセダンが通りすぎていく。前座席に中年の男が二人。スモークガラスの入った後部座席は見えなかった。

「違ったのかしら」

「まだわからない」

再び走り始めてすぐに、トオルの携帯電話が鳴り始めた。

〈いまどこですか〉

フェルドマンの声が聞こえた。

「自宅に向かっている」

〈ちょっと寄り道しませんか。自宅周辺には、おかしな連中が待っているという情報が入りました〉

「あなたの仲間だろう」

〈冗談はやめにしましょう〉

「あなたはどこにいる」

〈同じアメリカ国内ですよ。八十キロも離れていない〉

そのとき、カーチャがバックミラーを指差した。追い抜いて行ったはずの黒のセダンが、いつのまにか背後を走っている。助手席の男が手になにかを持っている。銃だ。それも短機関銃。

「かけなおしてくれ。こっちにもおかしな連中だ」

トオルは携帯電話を切り、車のスピードを上げた。セダンもスピードを上げる。

「助手席の男が持っているのは拳銃でしょう」

「もっと弾の多く出るやつだ」

「まさか、街中で撃ったりはしないでしょうね」

「彼らに聞いてくれ」

トオルはアクセルを踏み込んだ。カーチャが低い悲鳴を上げ、身体がシートに叩きつけられる。

再び携帯電話が鳴っている。トオルはポケットに手を入れて電源を切った。

「赤よ。気をつけて！」

カーチャの悲鳴のような叫びを無視して、トオルはさらにアクセルを踏み込み、信号を走り抜けた。

周りからいっせいにホーンが鳴り、急ブレーキの音が響く。バックミラーに信号で停止しているセダンと、胸の前で拳を握り締め目をかたく閉じているカーチャが映っている。

トオルは最初の角を曲がり、走り続けた。

「けっこう無茶をするのね」

カーチャが前方に視線を固定したまま言った。

「生き延びるためにはね」

何度も脇道に入って、尾行のないのを確かめてから町を出た。ダッシュボードの時計は三時十分を表示している。

抜けるような青空が続いている。メルセデスは、九十キロのスピードでフリーウエイを走った。砂漠の中の一本道が、いつのまにか緑の山道へと変わっている。

「どこに行くの。人気のないところは危険じゃない？」

「人生は楽しむためにある、と言ったのはきみの父上だった」

「銃を持ったならずものに追われてないときの話。いまは、そんな気分じゃない」

二時間ほど走ると、民家はほとんど見られなくなった。

「この先に店はないんだ」

ガソリンスタンドで車のガソリンを満タンにしてから、隣接しているスーパーで食料を買い込んだ。

山道を走り始めてからは、車の幌を収納している。ひやりとした空気が髪をなぜ、心地よかった。カーチャは目を細めて、遥かに続く山並みを見ている。

一時間ほど走ると、湖が見え始めた。木々の合間にブルーの水面が輝いている。

「たしかに危険を冒す価値はあるわね」

カーチャの呟きが風で震えた。

湖畔に小さなログハウスが見える。トオルは小屋の前に車を止めた。

「私の別荘だ。正確には兄と私の」

直径三十センチもある丸太を組み上げたログハウスで、テラスが周りを囲んでいる。広い窓が湖に面してあった。

入口を入るとリビングになっていて、正面には石造りの暖炉がある。


暖炉の火が燃えている。

ときおり薪の爆ぜる音が静寂を破った。陽が沈んでから、山の気温は急に下がった。

トオルとカーチャは一時間も前から暖炉の前に座り、炎を見つめていた。八時をすぎたところだが、辺りからは物音ひとつ聞こえない。

「静かですね」

カーチャがトオルに身体を寄せて腰に腕を回した。

カーテンの隙間から見える外には、漆黒の闇が広がっている。

「世界への絶望が頭をもたげると、私は雄鴨が羽を休め、青鷺が餌をついばむところへ行き、我が身を横たえる。そこには、あらぶる物事のなかに、将来の憂いも、人生の重荷もない憩いがある。眼前に静かに横たわるよどみ、そして、まばゆい昼の空に隠れて、夜を待つ星たち。このひとときに、私は心安らかに平和を得て、自由になる」

「ウェンデル・ベリーの"The Peace of Wild Things"ですね」

「きみもただのガリ勉ではなかったようだ」

カーチャはかすかに微笑んだ。

「しかし私は、どこに行こうと心の平和などなかった。たえず死の影に怯え、未来に追い立てられてきた」

しばらく会話が途切れた。

「前に父親のことを話したね」

トオルがぽつりと言った。

「子供のころ、闇と静寂が恐ろしかった。眠るとき目を閉じると、そのまま死の世界に引き込まれるような恐怖におちいった。二度と目覚めることのないね。飛び起きて明かりをつけたよ。部屋中の電灯をつけ、ヘッドホンでロックを聞きながら目を開けているんだ。自分は確かに生きていると納得させながらね。二日で疲れ切り、脳が壊れそうだった。それでも死の恐怖よりはよかった」

「私には耐えられない」

「父親が湖に浮いているのを見て、動揺したよ。死との距離は一気に縮まった。いつかはたどり着く終点だが、まだ何キロも先にあると思っていたものが、ほんの数センチ先に潜んでいたことに気づかされた」

それに、とトオルは続けた。

「父が死んだ翌年、兄から一冊のノートを渡された。父親の日記だった。私は半年机に入れたままにしておいた。読むのが怖かった。なにより、父の惨めな姿を知りたくなかった。だがそれは自分を欺く口実で、本当は死と向き合うことが恐ろしかったんだ。しかしある夜、耐え切れず読み始めた。それはやはり私と同じ死の恐怖に満ちていたが、恐怖はずっと深く、残酷なものだった」

トオルは遠い過去を見るように、暖炉の火を見つめている。

「彼自身も、自分の父親の死を見たんだ。私の祖父はピストル自殺だった。当時はまだ遺伝子なんて一般的ではなかった。将来を嘱望されていた海軍のエリート軍人だったが、四十歳をすぎてから発病した。不治の病、呪われた病だった。私の父親は、海軍病院のベッドを血に染めて頭を撃ち抜いて死んでいる祖父を発見した」

トオルは薪を一本暖炉に入れた。炎が上がり、カーチャの顔を明るく照らした。

「何度も挫折し、そして立ち直った。負け犬……父親や祖父のようにはなりたくなかった。それからのことは話した通りだ」

トオルはさらに薪を一本入れた。そして熱を避けるふりをして横を向いた。込み上げてくるものを見られたくなかった。

「聞こえるだろう」

そう言って耳をすませた。

「波の音だ」

風に混じってかすかな音が聞こえる。

「この山小屋の前の湖で、父は死んだ。十九年前の冬だ」

カーチャの目が一瞬、大きく見開かれた。

「この場所でキャンプをしていたのね」

「月に一度はここにきてすごすことにしている。今回は一年と二ヵ月振りだが。兄が元気なときはいつも一緒だった。だが二年前からは私一人だ。昔はテントだったが、七年前に兄と一緒にこのログハウスを建てた。父を忘れないためだ。つまり、自分の死を心に刻み付けるためだ。ここに泊まって、闘う決意を再確認している」

「私たちは、すでに治療法のキーを見つけているわ」

「キーの形はわかっても、そのキーの作り方もドアすらも見つからない。たとえドアが見つかったとしても、ドアがどこに通じるかさえもわかっていない」

「大丈夫。きっとすべてうまくいく」

カーチャはそっとトオルの首に腕を回した。トオルは力を入れてその柔らかい身体を抱き締めた。唇にしっとりと潤んだ感触を感じる。みずみずしい、生そのものの感触だ。

暖炉の炎がカーテンにその影を映して大きく揺れた。

ガラスの割れる鋭い音がして、大気を切り裂く振動が伝わる。

トオルは反射的にカーチャを押し倒していた。湖に面した窓ガラスに穴が開き、亀裂が走っている。

「狙撃されてる」

トオルはカーチャの上に覆いかぶさった。

ガラスが砕け散り、激しい衝撃が部屋中を揺るがす。銃弾が壁の丸太をえぐりながら走っていく。銃声は聞こえなかった。消音器をつけた自動小銃による銃撃だ。二人は床に身を伏せ、銃撃がおさまるのを待った。

やがて、静寂がおとずれた。

「きみはここにいるんだ」

トオルは暖炉の側にあった火かき棒を持って、寝室に移動しようとした。

「行かないで」

カーチャがトオルの腕をつかむ。

「クローゼットに銃がおいてある」

トオルの言葉が終わらないうちに、再び部屋の壁を銃弾が打ち抜いていく。暖炉の上の写真立てや花瓶が砕け散った。

カーチャが短い悲鳴を上げてトオルにしがみつく。

窓に人影が現われ、ドアに近づいてくる。

トオルはカーチャの腕を解き、火かき棒を構えてドアの背後に立った。

激しい勢いでドアが開き、黒い影が飛び込んでくる。トオルは火かき棒で力任せに男の背を殴りつけた。鈍い感触が手に伝わり、男が倒れた。消音器を付けた銃が男の手を離れて転がる。

床に落ちた銃を拾って男に向けたが、男は倒れたまま動かない。振り返ると、カーチャが立ち上がろうとしている。トオルは手を振って、そのまま伏せているよう合図した。

窓ガラスの砕ける音とともに、角のある男の姿が眼前に現われる。

カーチャの悲鳴が響く。暗視ゴーグルをつけ、自動小銃を構えた男が窓ガラスを破って飛び込んできたのだ。

「伏せろ！」

トオルは叫んだ。

カーチャが床に倒れるのとトオルの銃が火を噴くのと、ほとんど同時だった。男がジャンプするように後方に倒れる。

再び銃撃が始まった。音もなく飛び込んでくる銃弾が壁の丸太をえぐり、棚の本と置物を破壊していく。トオルは這ってカーチャに近づき、肩を抱いてソファーの陰に隠れた。左腕に焼けるような熱を感じる。

突然、銃撃が止んだ。嘘のような静けさが広がっている。

テラスで床のきしむかすかな音がした。トオルは銃を構える。カーチャの震えが伝わってくる。

「くるわ」

「ここでじっとしてろ」

トオルはカーチャの肩から手を離し、壁の方に移動した。

左腕に手をやると、湿った感触が伝わるが痛みは感じない。

壁の丸太に銃弾が撃ち込まれていく。トオルは外の闇に向かって銃の引き金を引き続けたが、すぐに薬室がスライドしたまま動かなくなった。全弾を撃ち尽くしたのだ。

数台の車のブレーキ音とともに、タイヤがきしむ音が聞こえる。車のドアが開き、複数の人間が飛び出してくる気配がする。靴音が交錯して、銃声に混じり命令を与える声が聞こえた。今度は消音器は付けていない。

銃声と物音が消え、再び波の音が聞こえ始めた。

テラスに人影が現われる。トオルは銃を捨て、床に落ちている火かき棒を拾った。

ドアが弾かれるように開き、目出し帽をかぶり自動小銃を構えた男が飛び込んできた。男はトオルに気づき銃を向ける。

悲鳴を上げながらカーチャが立ち上がった。トオルはカーチャを突き飛ばし、男の前に立った。男の銃口がトオルの胸に向く。

トオルが思わず目を閉じた瞬間、短い自動小銃の連射音が響いた。

「やめて！」

カーチャの声が耳の奥に聞こえる。

目を開けると、銃を構えた男がトオルに向かって倒れてくる。床に倒れた男の背中には複数の穴が開き、血が滲んでいた。

人の気配に顔を上げると、暗視ゴーグルをつけ、自動小銃を持った男がドアの前に立っている。トオルは倒れている目出し帽の男から銃を取り、男に向けた。

「撃つな。私だ」

男は暗視ゴーグルを外して、怒鳴るような声を出した。

トオルの前には、フェルドマンが立っていた。

そのとき、倒れた男の目が開きフェルドマンを見て声を出そうとした。かすかに腕が上がる。

フェルドマンの腕が無造作に動き、銃声が轟いた。男の身体が跳ね上がり、目を閉じた。

「撃つことはなかった」

「そう言って死んでいったヒューマニストを多く知っています」

トオルの呟きに答えてフェルドマンが言った。

懐中電灯の光が交錯して、室内を照らしだした。フェルドマンの背後から自動小銃を持った男が二人、辺りに目を配りながら入ってくる。

トオルは電池式の大型ランプをつけた。室内には、銃弾に打ち砕かれた窓ガラスやソファー、本棚の破片が飛び散り、床にはクッションから出た羽毛が雪のように散っている。

カーチャがトオルの手を強く握った。目が真っ赤だ。

「怪我をしている」

トオルの腕を見て叫ぶような声を出した。

「かすっただけだ」

トオルをソファーに座らせて、腕の傷を調べた。

「勝手な行動は慎むように言ったでしょう」

フェルドマンの口調はいつになく厳しかった。

「レストハウスに来ただけだ」

「永久に休憩するつもりならそれもいいでしょう」

フェルドマンは、カーチャがトオルのシャツの腕を切り裂くのに手を貸しながら言った。

男が入ってきて、トオルに向かって右手を軽く上げた。ジミーだ。

ジミーはフェルドマンに、タバコの箱サイズのボックスをわたした。

「先生の車についていました。発信装置です。ＧＰＳ、全地球測位システムを利用して位置特定ができる。本来は車の盗難防止用に保険会社が開発したものだが、用途はそれだけじゃない」

「彼らがつけたのか」

「私らじゃない。利用はさせてもらいましたがね」

トオルはカーチャに、ベッドルームにある診療カバンを持ってくるように言った。

フェルドマンが目で合図を送ると、ジミーは入口のドアをいっぱいに開けた。数人の黒服の男が入ってきて、死体を袋に入れ始める。

「これで二度目ですね。我々の到着が一分遅ければどうなっていたか。先生もお嬢さんも、少しは協力してくださいよ」

「絶妙のタイミングにはいつも感謝している」

トオルは腕の傷の治療を終えて、放心したような顔のカーチャの肩を抱いた。速い鼓動がまだ伝わってくる。

「これほど徹底的にやるとは」

トオルは室内を見回した。

「ハリケーンと竜巻が同時に襲ったようだ」

「一つの民族を抹殺しようという思想を持っているものたちです。あなたたちを殺すことなど、なんとも思っていない」

「私は一科学者にすぎない」

「彼らの秘密を握る科学者です」

「司祭の遺伝子と細胞についてのことか」

「いかがでした。もう結果は出てるんでしょう」

「彼の言葉通りだ。一人の少女によって生かされていた。司祭の細胞には、アスカの遺伝子が組み込まれていた。アスカの骨髄細胞の移植によって、テロメラーゼの分泌が多くなり、さらに特殊なタンパク質が生成され、その働きによって遺伝子の傷が修復されている。細胞は癌化されることなく、分裂し続ける。これが彼の若さの秘密だ。厳密には、こんなに単純な話ではないがね」

「難しいことはわかりませんが、先生自身の治療にお役に立ちますかね。私はむしろ、それを念じて送ったのですが」

トオルは答えず、リビングに視線を移した。死体を入れ終わったジミーたちが、袋を運び出している。

「すべて彼らが処理します。ここではなにも起こらなかった。静かな湖畔のレストハウスだ。先生は美しいご婦人と休暇を楽しみ、階段で滑って腕を怪我して家に帰る。その程度の事故はしかたないでしょう」

フェルドマンは肩をすくめた。

「なぜアメリカに戻った」

「まず、先生を守りたい。私は個人的にも先生が好きなんです。それに、前にも言ったように人類にとっても大切な人だ。長生きしてもらいたい。少なくとも、下らない事故では死んでもらいたくない」

そしてと言って、トオルを見つめる表情が厳しくなった。

「私たちはベンツェルに近づいている。私にはその臭いがわかる。いくら顔を変え、姿を変え、声を変えようとも……」

絞り出すような声を出した。胸の前で両手を強く組んで、突き上げてくる感情を必死で押し込めようとしている。

〈一緒に地獄に落ちてもかまわない〉トオルの脳裏をフェルドマンの言葉がよぎった。

「やはり、アステック研究所に問題がありましてね」

フェルドマンは深く息を吸った。すでにもとの穏やかな声に戻っている。

「なんとかして近づきたい。しかしこれは、あくまで私たちの問題です。素人が首を突っ込むと、命を落とすことになる」

フェルドマンは辺りを見回した。窓ガラスが一枚もないのと、壁に食い込んだ銃弾以外はきれいに片付けられている。

「今夜は我々が見張っています。明日、夜が明けしだい出発して、家に帰ってもらいます。家には護衛を付けています。いいですね」

うむを言わせない言い方だった。トオルはうなずくしかない。

フェルドマンは大きなあくびをして、目の間を指でもみながらログハウスを出ていった。

3

翌朝、トオルとカーチャはフェルドマンたちの車に挟まれてアーロンに戻った。

家の前には、見慣れないバンが止まっている。窓にはスモークガラスが入っていて、中は見えない。

二人が家に入ると、ナンシーが何事もなかったように迎えてくれた。しかし何かを感じてはいるらしく、どこか落ち着きがなかった。

その夜、トオルは書斎でパソコンの画面を見ていた。ユージン研究所で調べたＤＮＡの解析結果だった。スーパーコンピュータのすべての計算結果が、トオルのファイルに送られてきている。

横では、同じように眉根をよせたカーチャがパソコンのディスプレーを睨んでいた。

「自由に使える実験室も機材もない。試料はＤＮＡと細胞サンプルだけ。いまの私たちには、これ以上はどうにもなりませんね」

「待っていても、なにかが生まれるわけじゃない」

「やはりもう一度、アステック研究所に行くべきです」

カーチャがトオルを押し退けるようにして、パソコンの前に座った。

アップテンポのジャズピアノを弾くようにキーを叩き始める。ディスプレーが動画のように変わっていく。画面の流れが止まった。カーチャはその画面を食い入るように見ている。

「パシフィック建設」

トオルはホームページの製作会社の名前を読んだ。

「アステック研究所を建設した会社だな」

「ビンゴ」

トオルの言葉にカーチャが声を上げる。

「ロサンゼルスに本社がある中堅の建設会社だ。研究所、大学や企業の研究施設の建設にも実績がある」

「図面が残ってるはずよ。竣工は五年前……」

再び画面が変わり始めた。写真、図面、仕様書、見積書が次々に現われる。そういった繰り返しが、二時間あまり続いた。

カーチャが身体を起こして、伸びをした。目のまわりに陰りができ、化粧気のない顔には疲れが滲んでいる。

「私が代わろう」

「あなたはもっと有意義なことに、才能を使ってちょうだい。それぞれ、自分の領域というものがあるものよ。これは私の領域」

「もっと素直になるべきだ。きみは十分に優秀だ」

「小学校の先生もそう言ったわ。中学と高校の先生もね。世間一般からみれば、私は優秀。それもかなりね。先生やクラスメイトや近所の人や親戚は、いまもそう信じてる」

でもね、とカーチャはトオルを見つめた。

「自分が一番よく知ってるのよ。私には、あなたのような才能はないってこと」

「才能なんて世間が評価するものだ。自分で決めるものじゃない」

「じゃあ言って。私が死ぬほど努力して、あなたみたいな研究業績を残すことができる？」

「不可能じゃない。新しい発見なんてものは、二十パーセントの才能と五十パーセントの努力だ」

一瞬の躊躇（ちゅうちょ）の後、言った。

「残りの三十パーセントは？」

「神様の気紛れ。運だ」

「優しいのね」

カーチャはトオルの唇に指を当て、かすかに笑みを浮かべた。あきらめ、淋しさ……その笑みに含まれるものをトオルは感じることができた。原因は違うが、自分も同じような感情を持ったことがある。

しばらく沈黙が続いた。

やがてカーチャは自分を奮い立たせるように頰を二、三度叩き、再びパソコンに向き直った。

「神様は私が好きじゃないみたい。私は現実を知ってる」

独り言のように言って、再びキーボードを叩き始めた。

一時間がすぎた。カーチャはキーボードから手を離して、何度目かのため息をついた。

「アステック研究所建設の記録はあるけれど、その資料類は完全に消えてる」

「資料の破棄が研究所建設の条件だったんだ。警備会社はどこを使ってる」

「内部でやってるわ。元親衛隊やゲシュタポもいるのよ。警備なんてお手のもの」

トオルは腕を伸ばしてマウスを移動させ、何度かクリックした。

ディスプレーの全面に名前の列が現われる。

「パシフィック建設の設計者リストだ。研究所の設計者がいるかもしれない。当人なら保管している可能性がある」

「たしかに設計者ともなれば、自分が設計した図面を簡単に破棄する気にはなれないわね。

でも、どうやって担当者を見つけるの」

「遺伝子操作を行なえる研究所は限られている。アステック研究所は、Ｐ４ラボを持っている。Ｐ４ラボの設計経験のある設計者を捜せばいい」

一時間ほどキーボードを叩き続けたが、それらしい人物は見つからなかった。

「待って」

諦めかけたとき、カーチャが声を上げた。

「設計を外注しているのもいくつかある」

カーチャは外注の設計者リストを呼び出す。

「ダニエル・オールソン。彼はスタンフォード大学とカリフォルニア大学のＰ４ラボの設計もしてる。西海岸の主要ラボの設計もいくつかやってるわ。所属は、オールソン設計事務所。所長よ、この人」

カーチャが事務所名で検索すると、数十の検索結果が現われる。

「ホームページを持ってる。けっこう有名な設計事務所よ」

ディスプレーには、いかにも建築家らしいホームページの画面が現われた。

「オールソン所長は、なかなか自己顕示欲の強い人らしいわ」

ホームページの最初に経歴が現われ、建築関係の賞の授賞式で表彰されている写真が多数載っている。カウボーイハットをかぶった中年男が満面に笑みを浮かべて、両手を高くかかげている。ゴルフや釣りの優勝カップにキスをしている写真もあった。

「才能と容姿が一致しないのは知ってたけど、彼ほど極端なのも珍しいわね」

オールソンは典型的な南部の遊び人タイプだ。しかし、業績は上げているようだ。

「これはヨットレースのときのものだ」

「こういう人物は、自分の設計した図面を捨てるわけないわよね」

カーチャはホームページを目でたどりながら言った。数ページにわたって、過去の仕事の詳細が載っている。

「だめ。アステック研究所についての記録はないわ。やはり消去したのね。資料破棄の約束を守ってる」

トオルがカーチャの横から腕を伸ばし、キーボードを叩いた。

「ホームページに載せる度胸がないだけだ。きみなら発表後、自分の論文や資料を破棄するかね。特に自慢のものは」

「それとはわけが違うでしょう」

「人間の心理なんて同じようなものだ。特にこの男なら絶対だ」

「ホームページから事務所のファイルに入り込めるかもしれない」

カーチャは姿勢を正して座り直した。

さらに一時間がすぎた。トオルがコーヒーカップを二つ持ってくると、カーチャがディスプレーに顔を近づけ指先でたどっている。

「唯一、あなたに勝る私の才能。いま私は、オールソン設計事務所のパソコンのなかを自由に歩いてる」

カーチャはトオルからコーヒーカップを受け取った。

「五年前に、パシフィック建設の仕事をやっている。『ディエグ湾岸公園』これなんてどう？　あの辺りにこんな名の公園なんてない」

マウスをクリックすると、数十枚の写真が現われた。

「アステック研究所です」

カーチャが声を上げた。

海を背景にした美しい研究所。なにもない岩肌を露出した状態から、基礎ができ、しだいに研究所の形ができ上がる過程の写真が撮られている。

トオルはキーボードを叩いた。ディスプレーが次々に変わっていく。画面が止まった。道路側の一棟は遺伝子組み換え植物の研究施設だ。

「ここで植物の遺伝子組み換えが行なわれ、新種の植物が人工的に作られている。研究所の表向きの顔だ」

真ん中の棟は事務関係の建物だった。

「海側の建物には、なにも表示が出てないわ」

「規模としては一棟と同じだ。きみが連れていかれたのは？」

「どこの棟かわからないけど、医務室。地下にあったんじゃないかしら。予想以上に流れが速くて、死ぬほど水を飲んでたから。これは計画外。でも、すごい設備だった。大病院に匹敵するわね。意識がないふりをして見てた。レントゲン装置、ＣＴスキャン、人工透析機まであった。全部最新式だった」

トオルはキーを叩く手を止めた。ディスプレーには図面が現われている。第三棟。海側の建物だ。

図面は詳細なものだった。主要ドアのロックの種類まで書いてある。

「部屋の配置、大きさ、配電設備、配管、すべて特殊だ」

「ここよ。この建物で、秘密の研究が行なわれている」

Ｐ４、コンピュータルーム、シャワー室。カーチャが声を出しながら指で示した。

さらにキーを叩くと、再び写真が現われる。なかには詳細な内部写真まである。

「すべての図面と写真まであるわ。トイレやドアのキーの形状まで載ってる。オールソン所長の病的几帳面さに感謝しなきゃ」

「依頼主に知られれば銃殺ものだ。ナチスと知ったら腰を抜かす」

「海からは入れない」

カーチャはディスプレー上の海岸線を指先でなぞった。

「私が無理だったんだから」

「小学生のとき、五十メートルプールで溺(おぼ)れかけたことがある。だから陸上スポーツに決めて、プールには近づかないようにした」

「ボートハウスのアルが言うにはレーダーで海を監視していて、近づくとマイクで立入禁止の呼び掛けをするそうよ。不法侵入者は容赦しないって」

カーチャはカップを口に運びながらキーボードを叩いた。

「警備に関するものもある」

研究所の全体図には、周囲の塀に取り付けられた監視カメラ、赤外線監視装置の位置も詳しく載っている。

「以前、警備員に止められたのはここね」

カーチャが図面の一点をさした。

トオルは、プリントアウトした図面に定規を当てて線を引いていく。カメラと赤外線監視装置の有効範囲だ。たしかに、トオルたちの車はモニターされていた。

「これらの監視カメラで死角はなくなる」

「これが彼が提案した警備システムの基本仕様。これに現役のゲシュタポの手が加えられているとすると、入り込む余地はないわね」

二人はしばらくの間、建築家のホームページをさまよい歩いた。

「食料納入業者にでもまぎれて、入り込むしかないのか」

カーチャはキーボードを何度か叩いて、ディスプレーを指した。

アステック研究所に出入りしている食品業者のホームページが現われる。週の初めに、一週間分の食料を運び込んでいる。それだけが唯一、定期的なものだ。

「牛肉に化けて潜り込むわけか。キャベツのほうが私には似合ってる」

「ふざけないで。他に方法はあるの」

「フェルドマンの言葉通り、私たちはプロのスパイじゃない」

「このまま、ただ時間がすぎるのを待つってわけね。それじゃ、あなたのお兄さんとの約束も破ることになるんじゃない」

カーチャが突然、強い調子で言った。彼女も焦っているのだ。

「兄のことは忘れたことはない」

「悪かったわ」

トオルは考え込んでいた。脳裏には車椅子に座り、一人自分の老いと対峙し、死を見つめている兄ハジメの姿が刻まれている。

「今夜はもう寝よう。それくらいの時間は兄も許してくれる」

パソコンのスイッチを切って、窓際に行った。通りの向こうには、相変わらずバンが止まっている。トオルたちを守っているのか、見張っているのか。

カーチャはなにか言い掛けたが、なにも言わず自分のパソコンを持って立ち上がった。

トオルは椅子に座って窓の外を見ていた。

静かな住宅地、車の音も聞こえない。外灯の光が道路を明るく照らし、緑の芝生をより緑に、白い壁をより白く浮かび上がらせている。

サイドテーブルのデジタル時計が午前二時を表示した。机に向き直り、受話器を取って番号を押していく。十三回目の呼び出し音の後、受話器は取られた。昔と同じだ。しかし受話器からの声はない。これも同じだ。

「私だ」

トオルは無言の相手に呼び掛けた。

〈先生ですか。元気にやってます。安心してください〉

多少甲高い、落ち着いた声が返ってくる。だがその裏には、喜びを隠し切れない響きを感じることもできる。

〈ありがとうございました。アインシュタインっておかしな人が、いつも雑誌を送ってくれます。とくにこの前のドイツの暗号の本、一週間楽しめましたよ〉

トオルは言い掛けた言葉を飲み込んだ。適当な言葉が見つからない。

〈どうしたんです。急に電話があったかと思うと、黙り込んでしまって。先生らしくないで

すね〉

「頼みがある。少々、頼みにくいことだが」

一瞬ためらった後、言った。

ニューヨークの郊外、広い一軒家の地下室。薄暗い部屋のなかで数台のパソコンのディスプレーが青白い光を放ち、キーを打つ音が呪文のように響いている。

パソコンの前に座っているのは、身長百九十センチ、体重五十二キロ、青白く、ぶ厚い眼鏡をかけたワラのような少年だ。トオルはそうした光景を思い浮かべた。

〈約束したでしょう。先生のためなら、なんでもやるって。先生がくれた命ですから〉

その後、トオルは三十分ばかり話し続けた。

相手は無言で聞いている。初めて彼と話す相手は、彼が聞いているのかいないのかわからない。トオルも最初はそうだった。しかし、相手の言葉は一語ものがさず彼の脳に刻まれている。

「できるのか」

〈そんなに深刻な声を出さないでください。大層なことじゃない〉

返ってきた声は、第一声に比べずいぶん明るくなっている。これも昔通りだ。

〈こういう頼みなら、いつでもオーケーです。でも、こんなこと先生から頼まれるとは思ってもいませんでした。理由は聞かないことにします。なんだか、ずいぶん困っている様子だ

から〉

「かなり相手の心が理解できるようになった」

〈あれ、役に立っていますか〉

「助かってるよ」

かすかに笑い声が聞こえてくる。

「じゃあ、きみを信じているよ」

〈先生──〉

切ろうとしたとき、呼び掛けてきた。

〈これが大統領の頼みなら興味がありません。でも、先生の頼みです。理由、いまは聞きません。でも、いつか話してください。実は、すごく興味があるんです〉

「私も話せるときがくるといいと思う」

〈いつまででも待ってます。僕は気だけは長いですから。知ってるでしょう。それに、先生よりも長生きできる〉

かすかに笑う声が聞こえた。

「あの子が物心ついてから、私以外に笑顔を見せたのは先生が初めてなんですよ」彼の母親から聞いたのは、三年も前のことだ。「どこか似ているところがあるのかしら」そう言って、慌ててその言葉を取り消した。ニューヨーク州の片田舎にある、大学病院の精神科病棟での話だ。

受話器を戻す音がした。

トオルはしばらく受話器を耳に当て、聞こえるはずのない声を聞いていた。もう後戻りはできない。

4

トオルは物音に目を覚ました。ソファーに横になり、いつのまにか眠っていたのだ。ドアの前にカーチャが立ち尽くしている。部屋中が、プリントアウトされた図面と写真で埋まっているのだ。トオルはソファーから立ち上がり、椅子に座った。机の上も図面でいっぱいだった。カーチャが図面をよけながらやってくる。

「目が真っ赤」

「これからアステック研究所に出発する」

カーチャは驚いた表情を見せながらも、なにも言わず床に散乱している写真と図面を拾い始めた。

トオルは窓の側にいって外を見た。バンは相変わらず、同じところに止まっている。

「私一人でいくつもりだ」

カーチャの動きが止まり、ゆっくりと顔を上げた。

「これは危険な仕事だ。きみには関係ない」

カーチャは集めた図面をテーブルにおき、トオルの前に来た。

「よく、そんなことが言えるわね。あなたが巻き込んだのよ。九十五パーセントはあなたの責任」

「残りの五パーセントは？」

「私の興味よ」

カーチャはトオルを見つめている。その目は心なしか潤んでいるように見えた。

「あなたを助けたいの。そしてアスカも」

トオルはなにも言わず、テーブルの上の図面に目を落とした。

「監視カメラと赤外線センサーの展示場のような場所だ。いくつあるかわからない」

赤い印を指して言った。

「運よく敷地に入れても、建物のなかに入るまでに必ず見つかる。唯一ラッキーなのは、地雷原じゃないってこと」

「そうであることを祈るだけだ」

「軍隊でも連れて行かなきゃ、難しいわね」

そう言いながらもカーチャの目は、図面に釘付けになっている。

「部屋の配置はどうやって見つけたの」

カーチャが図面の書き込みを指した。実験室、P2、P3、P4実験室、更衣室、食堂、トイレ……昨夜の図面にはなかったものだ。

「私ならどう使うか考えた。部屋の場所、電気系統、配管から想像できる」

「この太いパイプは？」

「メインの配水管だ。直径一メートルで、海に通じている。人が入れないこともないが、とてもそんな勇気はないね。多数の細管が通っているのは、実験室か医療関係の部屋だ」

「すごい数。広い部屋が十近くある。配水管、電気配線、たしかに特殊ね。ここでも実験をやっているというの。それも人体実験を」

「何かがやられていることは間違いない」

「ここがコンピュータルームね。電気配線が特別。ここにスーパーコンピュータJSX－5が設置されている。このなかに、私たちの求めている情報があるのね」

「私たちはアスカを取り戻すだけだ。後はフェルドマンにまかせればいい」

カーチャはトオルを見て首を横に振った。

二人は裏口から出て、ナンシーの車でサンフランシスコ国際空港まで送ってもらった。ナンシーにはいつもと同じように振る舞い、家事をするように頼んだ。彼女は戸惑いながらも同意した。最近のトオルの様子と家の前に停まっているバンから、なにかが起こっていることは察している。

前と同様にサンディエゴまで飛行機で行って、レンタカーでディエグに入った。前回よりアステック研究所に近いモーテルに、偽名を使ってチェックインした。今度は二人同室だった。

「フェルドマンにメールを送った。アステック研究所に侵入してみると」

バスルームから出てきたカーチャに言った。

「反対したでしょう」

「すぐに携帯に電話があった。わめき始めたので、この電話は盗聴されている可能性が高いと言ったら静かになった」

「まんざら、でたらめでもなさそう」

「彼が言ってたことだ」

トオルは肩をすくめたが、すぐに表情を引き締めた。

「いまのところ大丈夫だとは思う。とにかく、考え直すようにということだ。最後まで興奮していた」

「でも、もう止められない」

テーブルに研究所の図面を並べた。

陽が暮れる前に二度、侵入のシミュレーションを行なった。

「肝心なことが抜けている。フェンスから、どうやって研究棟にたどりつくの。塀は三メートル以上あったし、フェンスには電流が流れていた。おまけに、どちらも監視カメラつき」

「それは解決済みだ」

「どうして？」

「行けばわかる」

トオルは図面に目を止めたまま言った。

「アスカはこの部屋のどこかってことね」

カーチャは赤印のついた三つの部屋を指した。

一つは医務室のとなり、もう一つは実験室らしい大部屋の前、三つ目は手術室のなかにある小部屋だった。彼女は常に医療チェックができる場所の近くのはずだ。

「少し眠ったほうがいい。昨夜からほとんど寝てないんでしょう」

「飛行機のなかで眠った」

「昼寝にもならないわ」

たしかに身体は重く、動きも緩慢になっている。意識はしないが、思考力も落ちているに違いない。

カーチャにうながされて、トオルはソファーに横になった。これからのことを考えていたが、いつのまにか意識はなくなっていた。

カーチャに起こされたときは十時になっていた。四時間ほどしか寝ていないが、身体は軽くなっていた。テーブルの上には、コーヒーとピザが用意されている。

午後十一時をすぎて、モーテルを出た。町外れの小さなスーパーマーケットの駐車場の片すみに車を止めて歩いた。

三十分ほどでアステック研究所が見え始めた。二人は監視カメラを避けながら、はうようにして鉄条網の側に近づいた。前に警備員に止められたところだ。

鉄条網内部の前方百メートルあまりのところに研究所の建物が見える。その間は、数本の木があるだけの芝生が続いている。

「図面にあったカメラは？」

トオルは無言で等間隔に立っている外灯を指した。いくつかの外灯には監視カメラがついている。これらのカメラで芝生内に死角はない。デイパックをおろし、大型カッターを取り出した。鉄条網を切断するためのものだ。

「制限時間は一分三十秒。あの木の背後まで走る」

「無理な距離じゃないわよね。往年の花形アメリカンフットボール選手としては」

トオルが腕時計を見て、カッターを構えた。

「でも鉄条網の電流とカメラはどうするの？　魔法でも使うの」

カーチャの言葉が終わらないうちに、辺りは闇に包まれた。

「なんなの、これって」

闇の中でカーチャが言った。

「魔法だ」

カッターは鉄条網をあっけなく切り裂いていく。

トオルはカーチャを研究所内に押し込み、全力で走った。

打ち合わせどおり、芝生中央にある木の背後にお互いの背中をぴったりとつけて立った。

辺りが明るくなった。外灯にも電気がきている。自家発電装置が動き始めたのだ。

「カリフォルニアの電力不足？　それとも神様が味方してる」

「魔法使いでないとしても、魔法使いの知り合いを持つことはできる」

「ふざけないで」

「私の患者にコンピュータの天才がいた。末期のリンパ癌でね。東部のすべての病院に見離されて、私のところにやってきた。若かったので進行も早かった。私も必死だった。なにしろ、ＩＱ一九〇の少年をむざむざ死なせるわけにはいかないからね」

「お兄さんの主治医、ドクター・ハミルトンと共同で治療した少年ね」

トオルは直立不動のままうなずいた。

「残された道は遺伝子治療しかなかった。骨髄に直接、抗癌作用を持つ遺伝子を注入する初めての治療だった。まだ動物実験もやってない試みだ。手術の前に取引をもちかけられた。命が助かればなんでもやってあげるとね。アラジンの魔法のランプだ」

　トオルは腕を伸ばしたまま時計を見ている。

「そして、あなたはランプを手に入れた」

「彼に、銀行の預金口座の桁を好きなだけ増やすのと、大統領のメールを読んで楽しむのとどちらがいいか聞かれた」

「私なら躊躇なく最初のほう」

「どちらも私には荷が重すぎると答えた。で、魔法はまたの機会に取っておいたんだ」

「それがこの停電ってわけ？」

「電力会社と電話会社のシステムは熟知してる、と言っていたのを思い出した。電話代と電力料金を一生無料にしましょうかとも提案されたんだ。最近は、カリフォルニアの停電も夏の行事だしね」

「でも、問題はこれから。これじゃ、ハエ取り紙に貼りついたドジなハエ。動くに動けない」

「もう、電力会社の電気はきている。自家発電はすでに止まっているはずだ」

「じゃあ次の魔法もあるの」

　カーチャの言葉が終わると同時に、辺りは闇になった。

二人は全力で走った。再び自家発電に切り替わるまでの一分三十秒で、第三研究棟までたどりつかなければならない。

研究棟のドアの前にしゃがみ込むと同時に明かりがついた。そこは唯一、監視カメラの死角になっている。ドアには、把手の横にカードのスリットと暗証番号のパネルがある。すべて図面どおりだ。

「その天才はドアキーも操作できるの」

「やり方は聞いている」

トオルはデイパックからパソコンを出して、コードにつながったカードをスリットに差し込む。ディスプレーに数字の列が現われ、それがすさまじい勢いで変わっていく。

「それも彼のプレゼントってわけ」

「私の誕生日にね。彼なりに気をきかせたんだ。私がよくドアのカードをなくすって話をしてたから」

「まさか、いつも持ち歩いてたわけじゃないでしょう」

「彼が病院にいた半年間はね。会うたびに使い勝手を聞かれた」

やがて、一の位から数字が決まり始めた。

時計を見ると一時八分。最初の停電が起こってから十分もたっていない。トオルの心にふっと不安が走った。あまりにうまくゆきすぎている。

「その天才コンピュータ少年いくつなの」

カーチャの声が思考をさえぎった。

「来月で十八歳になる」

「今度、紹介してくれる」

「ニューヨークの医療少年院にまで行く気があるなら」

ディスプレーの数字は最後の二桁を探している。

「交通事故で死んだ父親の墓を掘り起こして、遺体に火をつけた」

「天才には似合わない犯罪ね」

「幼児期に父親にレイプされて育った。ときどき発作が起きて、自分を傷つける。私がはじめて会ったとき、指の半分に爪がなかった」

カーチャのため息と同時に数字が止まった。ドアのロックは外れている。

二人は第三研究棟のなかに入った。建物全体に明かりがつき、ひと気のない廊下が続いている。低い足音がリノリウムの床に吸い込まれるように響く。

廊下を歩いていると、部屋から話し声が聞こえてくる。

「角の部屋が洗濯室だ。ドアに鍵はかかっていない」

なかに入ると、籠（かご）に入った洗濯物が積まれている。

「身体にあうのを探せ」

トオルは洗濯籠の白衣をひっくり返しながら言った。

「汚れものを着るなんて私の趣味じゃない」

カーチャは棚から糊のきいた白衣を取ってトオルに渡した。

廊下に出て、実験室のほうに歩いた。

突然、トオルは立ち止まった。

「だれかに見られているような気がする」

トオルは辺りを見回した。説明しがたい、不安にも似たものが体内からわきあがってくる。この気分は、敷地に入ったときから続いている。だが、二人の前後には、無機質な空間が広がっているだけだ。

「いや、気のせいだ」

トオルは低い声で言って、再び歩き始めた。

角を曲がると、片面がガラスになっている廊下が続いている。

ガラスの向こうには実験室が並び、白衣の男たちがディスプレーを見ながらマイクロマニピュレータを操作している。ディスプレーに映し出されているのは卵子だ。横には倒立型顕微鏡がある。

「二十四時間営業のコンビニね」

カーチャは横目で実験室を見ながら言った。

「突き当たりの部屋が、トップシークレットになっていた」

歩き始めたカーチャの腕をトオルがつかんだ。

「オットー・アースキン博士……」

呟くような声を出し、ガラスの向こうの白衣の男を見ている。

「だれ？　それ」

「医者だ。メンゲレ博士の片腕だった」

「メンゲレ博士って、死の天使と言われたナチスの科学者。ドンバの墓地であなたが話した、人体実験で人間を殺し続けた医者」

「真ん中の男だ」

白衣の男たちの中央に立ち、指示を出している男を目で指した。

高い鼻梁、薄い唇。眼鏡の奥の目の色はわからないが、頬骨の突き出た骨格は間違いない。額から頭にかけて禿げ上がっているが、肌の色艶はやはり四十代の男だった。

トオルの視線はディスプレーに静止した。画面には丸い画像が映っている。

「卵子の核を抜き取っている。卵子は牛や羊のものではないだろう」

「彼らがやろうとしているのは――」

ディスプレーの卵子にピペットの先が近づき、新しい核が挿入された。

背後のドアが開き、話し声が聞こえた。ガラス面に、歩いてくる三人の男の姿が映っている。

トオルとカーチャはその場を離れた。

「あの角を曲がると、コンピュータルームに通じる部屋があるはず」

カーチャがうつむきかげんで顔を隠しながら、議論をしているふりをしてささやく。二人は歩みを速めた。

角を曲がるとドアがある。

ドアのノブを引いたが鍵がかかっている。

「図面ではこのドアに鍵はなかった」

「あとで付けたのよ。この先が実験室」

「どうやって入る」

「天才少年からのアドバイスは？」

「状況の説明不足だ」

「どいて」

カーチャはトオルを押し退け、ドアの前にしゃがんだ。髪に付けていたピンを外して鍵穴に差し込む。

「普通のシリンダー錠。私にはかならずできる」

口の中で呪文のように呟きながら、鍵穴に神経を集中している。

かすかな金属音がしてドアは開いた。

「これも特技のうちの一つ。器用だって言ったでしょう」

突っ立っているトオルを部屋のなかに押し込んだ。

「二度目のアパートがオートロックだったの。管理人を呼びにいくより早いでしょう」

数秒後、話し声が聞こえ、足音がドアの前を通り遠ざかっていく。

淡い光と生暖かい空気が二人を包んでいる。

「なに、あれ」

部屋の正面を向いたカーチャが低い声を出した。トオルの目も前方に固定されている。

中央の台に、高さ一メートル、直径五十センチほどの円筒形のガラス容器がある。なかにはわずかに茶色がかった液体が満ち、鼠（ねずみ）に似た小動物が浮いていた。

「胎児なの」

「三ヵ月、いや二ヵ月」

「標本？　まさか……」

カーチャが自分の目を確かめるように、円筒に近づいていく。

約十センチのピンク色の肌をした胎児だ。まだ目は開いていない。尻にはしっぽの名残の突起が残っている。ぴくりと動いた。カーチャが後ずさった。

「生きてる」

「人工子宮だ。ガラスの筒が子宮で、なかの液体が羊水。胎児はこのなかで育っている」

胎児がかすかに口を開けて液体を飲み込んだ。

胎児の腹から管が伸び、円筒の上部につながっている。この管が臍の緒の代わりに、栄養素と血液を胎児の体内に送り込んでいるのだ。

「時間がない」

トオルはカーチャの腕をつかんで、次の部屋に向かった。

二人は茫然と立ち尽くした。白光を浴びてガラスの円筒が整然と並んでいる。直径五十センチから七十センチ、現代アートの光のオブジェのようにさえ見えた。

二人は引き寄せられるように部屋に入っていった。

「三ヵ月から七ヵ月といったところだ。保育器で十分育つものもある」

「三十はあるわ」

「五十以上だ」

二人はガラス容器の間を歩いた。

体長三十センチあまり、すでに指の形も整い、指しゃぶりをしているものもある。

「全員、女の子」

「ドーター7、ドーター8……14……15……マザー7、マザー8」

トオルは円筒に貼ってあるラベルを読んだ。

「クローンだ。これは人間のクローンだ」

トオルが呻くような声を出す。

「ここでドーナとアスカのクローンを作っているんだ」

「彼らはこの子供たちを育てて、遺伝子を取り出すのね」

「みんな命の遺伝子を持った胎児たちだ。胎児から骨髄液を取り出し、それを使って遺伝子移植を行なうつもりだ。彼らはこの子供たちから、自分たちの命を得ようとしている。テロメラーゼも、胎児期のものがもっとも効果的だ」

「こんな胎児から骨髄液を取れば命はない」

「村の男が、妊婦がいなくなると言っていたのはこのためだ。クローン技術が確立されていないときは、妊婦から胎児を取り出した」

「許されることじゃない」

カーチャはそっと腕を伸ばし、指先でガラスをなぞった。

トオルはカーチャをうながし、さらに次の部屋に移った。広い台の上に様々なサイズのガラスの筒や器具が置いてある。クローン実験の準備室なのだ。

「廊下の突き当たりがコンピュータルームのはず」

二人は人がいないのを確かめて廊下に出た。

「コンピュータ室のドアはカード式になっている」

トオルはパソコンを出して、カードをスリットに差し込んだ。

ドアはかすかな音を立てて開いた。

なかは無人だった。肌寒いくらいの温度に保たれていて、空調の低いうなりが響いている。

「JSX－5だわ。現時点では世界最速のスーパーコンピュータ」

カーチャは、部屋の中央に置かれているスーパーコンピュータの前に立った。箱型のコンピュータは、かすかな音をたてて計算を続けている。

「どこかに研究結果が保存されてるはずよ」

カーチャは壁にそって並ぶ端末機の一つに座り、キーを叩き始めた。

「あったわ。でも——やはりパスワードが必要」

「行こう。我々の目的はアスカだ」

「ヒットラー、アドルフ、エバ、ブラウン、第三帝国……」

呟きながらカーチャの指はキーボードの上を躍っている。

十分がたった。カーチャが打ち込むパスワードは、すべてエラーとなって戻ってくる。

「あきらめろ。無理だ」

「あと、一分」

カーチャはキーボードから顔を上げようとしない。時間だけがすぎていく。

「ヒットラーの誕生日は？」

「私が知ってるわけがない」

「一八〇〇年代後半から一九〇〇年にかけて……ダメ」

泣きそうな声を出してトオルを見上げた。

トオルが肩越しに腕を伸ばし、キーを叩いた。〈神こそ永遠なり〉扉は開いた。

「これも天才少年の魔法のランプ？」

「すべての扉を開く言葉。アルブノヴィッチ司祭が最期に言った。ナチスのパスワードとしては完璧だ。だれも想像できない」

カーチャは再びキーボードを叩き始める。

「まず、インターネットに接続して、データのすべてを大学のコンピュータに移すの。ユージン研究所のときと同じ」

ディスプレーに文字が並んだ。ほとんどがドイツ語だ。

「ドーナとアスカの遺伝子情報だ。精製タンパク質の分子構造も解析している。やはり、彼らの科学力はすごい」

「過去の研究データも保存されてる。きっと宝の山よ」

「膨大な容量だ」

「大学の計算センターにつないだわ」

カーチャはキーボードから指を下ろした。

「実行キーを押せば、このコンピュータの中身がすべて大学のあなたのファイルに移動する」

カーチャは人差し指で弾くようにキーを押した。

「十分もすれば宝の山は私たちのものよ。これを解析すれば、きっとあなたを救うキーが手に入る」

「急いでアスカを探そう」

「あと五分」

カーチャは隣のパソコンを立ち上げ、キーを叩いた。

ディスプレーは次々に変わり、図面が現われる。トオルたちが設計事務所のファイルで見たものと同じだ。違うのは、各部屋に番号が入っていることだ。そしてその番号に名前が入っている。

「あなたの推測の三分の二は当たってる。でも問題は残りの三分の一」

カーチャがディスプレーに視線を向けたまま言った。

「実験体保管室。どういう意味なの」

カーチャは番号にポインターを移動させる。ディスプレーが瞬きして、図面の拡大図に変わる。

「三階です。ここを出て、右にいくと倉庫があります。そこのドアが階段につながっている。そこから三階に上がりましょ」

カーチャが図面を指でたどりながら言った。

二人は廊下に出た。人はいない。

三階の廊下はひっそりとしていた。明かりが消え、非常灯の光だけがぼんやりと照らしている。

「ここよ」

「キーは？」

「開いてる」

カーチャがドアを開けた。

二人の前に闇が広がっている。トオルがカーチャをかばいながら一歩踏み出した。

「止まれ！」

突然、声が響き、眩い光が二人を直撃した。思わず腕で目を覆う。

「あなたは――」

トオルは声を上げた。光源のなかに見慣れた顔を見たような気がしたのだ。

「どうしてここにいる」

声は最後まで続かなかった。

頭に強い衝撃を受け、前のめりに倒れた。

「カーチャ……」

薄れていく意識のなかで、必死に声を出そうとした。しかし、カーチャの姿を確認する間もなく意識は消えていった。

第八章　生命の遺伝子

1

ここはどこだ。

いったいなにが起こった……。頰にひやりとした感触がする。ビニールタイルだ。動こうとすると、頭に激しい痛みが走った。思わず身体を凍り付かせ、痛みが引くのを待った。

明かりがついた。強烈な光が目の奥に射し込み、痺れに似た衝撃が脳にまで広がる。目を強く閉じた。

トオルが薄く目を開けると、光源のなかに男が立っている。一人、二人、三人……全員がぼやけた影のようだ。彼らはトオルを見つめていた。

ゆっくりと首を曲げ、辺りを見回した。広い空間に打ち放しのコンクリート壁。天井の光もむき出しの蛍光管だ。壁ぎわにスチール机と数脚の椅子がある。地下室か倉庫のたぐいだろう。カーチャはどこだ。

「はじめまして、プロフェッサー・トオル・アキツ」

尊大な声が聞こえた。脳に直接響くような甲高い声だ。

深く息を吸い込むと、わずかに意識がはっきりする。

声の主を見ようと身体を起こそうとしたが、手首に痛みが走り動かない。身体の動きがおかしいのに気づいた。後ろ手に手錠をかけられて、床に転がっているのだ。

頭痛をこらえて身体をそらせ、顔を上げた。

目が慣れてくるにつれ、男たちの輪郭が網膜に浮かぶ。中央の長身の男は眼鏡をかけ、頭は半分禿げている。痩せた身体を真っすぐに伸ばし、トオルを見つめている。両側の男たちは身長は真ん中の男より低いが、体重は倍近くありそうだった。

中央の男が一歩前に出た。

「ドクター・オットー・アースキン」

トオルは低い声を出した。

「光栄ですな。私の名を知っているとは」

爬虫類を思わせる、のっぺりとした色白の顔に笑みが浮かんだ。

アースキンは、神経質そうに胸の前で組んだ指をすり合わせている。細く長い指が蛇がくねるように動く。

アースキンはさらに前に踏み出した。彼の動きに連れて、両側の二人も前に出る。

トオルの前で立ち止まり、椅子を取って腰を下ろした。

アースキンは身体を傾け、右側の大男になにごとか囁（ささや）く。大男は確認するようにアースキンの顔を見たが、トオルに近づき手錠を外した。

トオルは両手を床につき身体を支えた。この男の前では跪（ひざまず）きたくない。精神（こころ）の奥で叫ぶ声が聞こえる。

「メンゲレの背後に潜む謎の科学者。才能はメンゲレをしのぐとさえ言われていた」

トオルはアースキンを見据えて言った。自分でも驚くほどのかすれた声だが、言葉ははっきりしている。

机の脚にすがって立ち上がろうとしたが、崩れ落ちた。下半身に力が入らない。頭を殴られただけではなさそうだ。膝をついたまま、アースキンを見上げた。

アースキンは楽しむようにトオルを見つめている。

「ありがとう」

やがてゆっくりと口を開いた。

「プロフェッサー・アキツにそう言われると光栄ですな」

「人体実験に特別な執着を示した異常者と聞いている。とくに命の消える瞬間に興味を持ち、その手で直接何百という命を奪った、となにかで読んだことがある。その残忍さと非情さは、死の天使、ナチの虐殺者と呼ばれたメンゲレさえもおよばないと書かれていた」

トオルはアースキンの顔の筋肉が動き、表情が変わるのがわかった。

アースキンは、二人の大男に外で待つように言った。大男は不満そうな表情をしたがアースキンが指でドアを指すと、もう一人の大男に目配せして出ていった。

「やっと二人になれた。無能で役立たずのバカ面を見ていると、苛々してくる。殺したくなる、というほうが正確だ」

アースキンはトオルに近づき、脇の下に手を入れて立たせた。

トオルは思わず息を止めた。強い体臭が鼻腔を刺激する。ホルマリン、アルコール、そして他の様々な薬品の臭い。長い年月をかけてアースキンに染み付いた臭いだ。死の臭いともいえるものだ。

机に手をついて身体を支えた。頭に激痛が走り、顔を歪めた。アースキンはその表情を楽しむように、指先でトオルの首筋をなぞった。柔らかい指がトオルの首筋に触れ、全身に鳥肌が立ち悪寒が走る。撥ね除けようとしたが身体に力が入らない。やはりなにかの薬を打たれている。

「カーチャとアスカはどうした」

「つまらないことを話すのはやめよう。せっかくの偉大な科学者の出会いの瞬間だ」

「心に引っ掛かることがあると、集中できない性分なんだ」

「無事だよ。そう言えばいいかね」

「証拠は？」

「お互い、世界最高の科学者同士だ。信頼し合おう」

アースキンは眼鏡を外し、ポケットから出したハンカチでレンズを拭いた。

「きみの制限酵素とベクターの論文は読ませてもらった。革命的な発見だった。また、遺伝子治療の理論と実践は、生命に関する考え方を変えるだろう。去年の『ネイチャー』に発表したクローンに関する論文も、画期的なものだった。私の研究にも大いに役に立っている。正直言って、きみの論文がなかったら、私の研究も十年は遅れていた」

「悪魔に手を貸したとは痛恨の極みだよ。しかし、私には、あなたほどのことはできなかった。ゲーレン、アルブノヴィッチ、そしてあなた自身に行なったようなことは」

「単に運がなかったというだけだ。私には、ドンバの遺伝子を手に入れるという強運があった。それに、動物実験ではあれが限界だ。本当によくやったよ。やはり、きみはすばらしい才能の持ち主だ。世間では天才と呼ばれるにふさわしい」

「あなたに誉められて、喜んでいいものか」

「これ以上の名誉はない。天才は天才を知っている。どうして、ノーベル賞候補のままなのか。世の凡人どもには、きみの発見の重要性がわからないのだ。生命に関する概念を変えるものだ。もっとも、無知な馬鹿者どものお祭りだ。あんなものになんの価値もない」

「私は、その無知な馬鹿者から多くを学び、育てられてきたんだ」

「だから、彼らを超えられない。彼らがありがたがる良識とか倫理とかは、科学にとって足かせでしかない。そういうやつらは、自分の才能の限界を知り、無能さを隠すために騒いでいるのだ。きみの限界は、その枠から抜け出ることができないことだ」

アースキンの顔と言葉は、誇りと自信に満ちている。

「人体ほど魅力ある実験体はない。神が作り上げた最高傑作だ。私は最初から人を使って実験した。人の核は、他の動物よりはるかに扱いやすい。きみは、自分が人の〈核〉を使っていたらと思ったことはないかね」

「ないね」

トオルは言い切った。しかし、それほどきっぱりと言い切れるものなのか。そう思ったことは一度ならず、あるはずだ。

「私を見るがいい」

アースキンはトオルの前に立ち、両腕を広げて回って見せた。足取りは軽やかで、少しの乱れもない。まだ壮年の動きだった。白衣の袖を上げ、トオルの前に腕を突き出した。肌は滑らかで染み一つない。

「これが私だ。私自身が自分の研究対象であり、成果であり、芸術品なのだ」

「たしかに、だれもあなたが百歳を超えているとは信じないだろう。活力にあふれた壮年期の肉体だ。だが、その精神は膿んで腐っている。臭わないのか、この死臭が。私にはその臭いがわかる。あなたには永久にわからないものだ」

「失望させないでくれ。私はきみを世界最高の頭脳だと思っている。もちろん、私をのぞいてだがね」

「あなたの思い違いだ。あなたと比較されるほど私は愚かではない」

アースキンは二、三度揺れるように頭を振った。そして、軽いため息をついた。

「私は偉大な発見をした。永遠の生命だ」

「そんなものはありえない」

「私の存在こそがそうだ」

「永遠などと呼べるものかどうか」

「百年を二百年に、二百年を三百年に。私はやってみせる。そのための研究だ」

「人の生命のコントロールなど、人間がするものではない。また、できるものではない」

「私は神に選ばれしものだ。私の存在こそ、その証だ」

「では神は選択を誤った」

「神が無能だと言うのか」

「神もときには誤ることもある。しかし、私にはあなたは悪魔に選ばれしものだと思えるがね。それならば正解だ。いや、あなた自身が悪魔なのかもしれない」

アースキンの口から低い笑いが漏れた。

「悪魔か。それもいいだろう。永遠の生命。それに足るものとは思えないかね。なにものにも勝るものだ」

「そんなものはありえないと言っている。ましてや、すべての人間が生きられるわけではない」

「選ばれたものだけで十分ではないか。支配するものとされるもの。一握りの権力者と使い捨てられるものたち。それでいいではないか。すぐれた種のみが生き残る」

「選ばれたもの？　それはだれだ。金持ちか、権力者か。それをだれが決める。自分で決めるか、それともあなたたちか。そのうち、世界は金持ちと権力者ばかりになる」

「きみもその仲間に入らないか。第四帝国を創る、選ばれしものたちのグループだ。私の助手として働いてほしい」

「私には身に余りすぎる光栄だ」

「ニュートンが、ガリレオが、バッハが、ミケランジェロが……、現代に生き続けていたら、と考えたことはないかね。ガリレオは、宇宙の秘密を解き明かしていたかもしれない。バッハは世界を感動させる曲を作り続けているだろう。我々はミケランジェロが刻む彫刻に、いまも魅了される。史上の天才たちが永遠の命を持つことができれば、世界はどんなにすばらしいものとなることか」

　アースキンはうっとりと、夢を見るような眼差しでしゃべり続けた。

「ネロが、ヒットラーが、スターリンが、ポルポトが……と考えたことはないか。世界は悪魔の巣窟と成り果て、とっくに滅びている」

「彼らも、永遠の命の魅力には勝てなかったはずだ。彼らにとって研究、作曲を続け、彫刻を刻み絵画を描き続けることこそ、望んでいたことだったはずだ。そのためには、永遠の命が必要だった」

　アースキンは、トオルの言葉を無視して言った。その目は空を見つめ、ときおり、魂が抜けたような視線を向けた。

「あらゆる科学の行く末を見ることができる。すばらしいことだ。私は石炭の時代に育ち、石油の時代を生き、原子力の時代を体験した。いずれ、核融合の時代も体験できる。人の手による太陽の創造だ。手動計算機から電動計算機、コンピュータの時代も見てきた。インターネットという、まやかしの時代も生きている。今後が楽しみだよ。しかし、きわめつきは人間だった。人間とはなにか。この問いにきみは答えることができるかね」

「あなたに聞かれようとは思ってもみなかった。私にとっては、永遠のなぞだ」

「人間は、いや、生命はＤＮＡが作り出したタンパク質の塊だ。それがわずかな電気信号で動くだけのことだ。死ねば朽ち果て、土に還る。魂など、どこにあるというのだ」

「ただのタンパク質が意思を持つか。愛し、憎み、悲しみ、喜ぶか。私は人間だ。愛し合い、子孫を残すのが人間だ。精神を持ったタンパク質。それが、人間だ」

トオルは叫ぶように言って、アースキンを見据えた。自分でも思いがけない言葉だった。

「あなたが得ようとしている数百年の命、生命は三十六億年前にアミノ酸の連鎖として誕生した。その生命が進化を続け、いまの人類が存在する。その人類も時とともに進化を続けている。生命は時の流れとともにある。あなたはそれを止めようというのか。不死など、とうていありえない」

「あと数ヵ月で、私はさらに進化した不死をも手に入れることができる。私は永遠に生き続ける」

アースキンの顔は自信に満ち、陶酔にも似た笑みが浮かんでいる。

トオルはかすかにため息をついた。この男はやはり異常だ。

「私と共にこい。この世紀を、そしてさらなる世紀を一緒に旅しよう。我々の手で新しい世界を創るんだ」

アースキンがトオルを見つめている。その目の奥に不気味に光るものがある。それはたしかに狂気に通じるものだ。

「私はきみを調べた。きみのことはすべて知っている。ＩＱ、学校の成績、趣味、好きな食物、芸術の好み、女の好みまでね。それに、もちろん病気のことも」

アースキンの顔に、勝ち誇ったような笑みが浮かんだ。トオルは思わず視線を外した。

「時がすぎるのが怖くはないかね。人は緩やかな変化には耐えられる。耐えられなくとも、慣らされ、それを受け入れざるを得ない心の準備をする。ところが、急激な変化にはとても心がついていかない」

アースキンはトオルを見つめている。その目には、蛇が追い詰めた鼠を弄ぶような残酷さが溢れている。

「アルブノヴィッチ司祭は自ら死を選んだ。生よりさらなる安息を見つけたからだ」

トオルはアースキンの視線を跳ね返すように睨んだ。

「ただの無に帰っただけだ。奴はただの臆病者だった。せっかく私が与えた生を無駄にした。彼の存在の痕跡など、この世に欠片ほども残ってはいない。まやかしの神に翻弄され、真実を見ることができなかった」

アースキンは吐き捨てるように言った。

「死より辛い生もある。彼にとって死は、生より幸せだった」

「きみには失望したよ」

「あなたに称賛されようとは思っていない」

「私のよきパートナーになれないのなら、よき実験材料になってもらうだけだ。きみの頭脳は貴重だが、身体も同じように貴重だ。きみの老化をじっくり観察したいが、私にその忍耐はない。その代わり、もっと早く老いさせてあげよう。私にもそれくらいは可能になった。一歩神に近づいたというわけだ」

「悪魔に近づいたのだろう。いや、すでに悪魔になりきっている」

「それもいいだろう。死を克服した人間にとって、神も悪魔も同様に人間の作り上げた妄想にすぎない」

アースキンは微笑んだ。そして軽く息を吸った。

「連れていけ」

ドアに向かって大声を上げた。

ドアが開き、二人の大男が入ってくる。トオルは再び後ろ手に手錠をかけられ、新たにやってきた二人の男に部屋の外に連れ出された。

トオルは両側を男に挟まれて歩いた。

一人は銃を持っている。もう一人は白衣を着て警棒に似た棒を持ち、カルテのようなファイルを抱えている。白衣からのぞく手首に髑髏(どくろ)の刺青(いれずみ)が見えた。

その髑髏男が廊下の端のドアを開けた。薄暗い部屋のなかには狭い廊下があり、その両側に、ドアが並んでいる。ドアに付いている二十センチ四方の小窓には鉄格子が入っていた。部屋からは人の気配はするが、物音ひとつ聞こえない。

「試験体が入ってる」

髑髏男がぼそりと言った。

「ここでの実験動物は人間か。動物保護団体が知ったら、黙っちゃいない」

「サルよりはるかに安あがりだ。ここはメキシコとのボーダーに近いから、不自由はしない。生きのいいのがいくらでも手に入る」

「密入国のメキシコ人をさらってくるというわけか」

「消えても、誰も気に掛けない。消えたことにすら気づかない」

髑髏男が棒でドアの一つを叩くと金属音が虚ろに響く。部屋からはなんの反応もないが、緊張だけは伝わってくる。

トオルは突き当たりの部屋に連れていかれた。

「カーチャ。ここにいるの――」

トオルの声が終わらないうちに首筋に激しい痛みが走り、床に崩れ落ちた。思わず、低い呻き声が漏れる。

「やめて！」

どこからかカーチャの声が聞こえた。髑髏男が持っている棒はスタンガンだ。

「ここでは静かにしてもらわなくては。たとえ、プロフェッサー・アキツであっても容赦はしません」

トオルの手錠を外すと、突き飛ばすように背中を押して部屋のなかに入れた。両足の関節から力が抜け、床にひざまずいた。

髑髏男は、棒でドアを叩いてから出ていった。メインドアの閉まる乾いた音が聞こえる。男たちの足音が廊下にこだまし、やがてそれも聞こえなくなった。

「カーチャはいるか」

トオルは鉄格子から外に向かって声を出した。

「ここよ」

すぐに声が返ってくる。

「怪我はないか」

「大丈夫。あなたは?」

「私も問題ない。アースキンがいた」

「彼らは待ち構えていた。なぜなの」

そうだ、彼らはトオルたちの侵入を知っていた。なぜだ。いままで黒い澱のように心の隅を漂っていたものが、一気に明確な形となって浮かび上がってくる。しかし、そんなことはあり得ない。トオルは頭を強く鉄格子につけて、その考えを振り払った。

「彼と一緒にいたのはだれなの」

「もうしゃべるな。どこかでモニターされている可能性が高い」

トオルはカーチャの言葉をさえぎった。

「わかったわ」

カーチャの声が消え、静寂が辺りを支配した。

トオルはベッドに腰を下ろし、辺りを見回した。廊下の明かりがドアの鉄格子を通して入ってくるだけの薄暗い部屋だった。

頭のなかをまとめようとした。身体の芯に詰まっていた重苦しいものが、全身へと広がってくる。全身がだるい。薬がまだ残っている。

突然、明かりが消えた。完全な闇のなかに、息をひそめる人の気配のみが伝わってくる。トオルはゆっくりと数を数えた。二百を超えたとき、再び明かりがついた。

ベッドに横になった。複雑に絡み合った出来事が思考を拒否している。手錠をかけられていた両手首がまだ痺れていた。

目を閉じると急激に意識が遠退いていく。アースキン、ガラス筒の胎児……フェルドマン。ジョセフあなたは……。

2

どのくらい時間がすぎたのだろう。メインドアの開く音がして、靴音が響いた。

いくつか離れた部屋のドアの鍵を開ける音がして、廊下に出る靴音が聞こえる。

トオルはベッドの上に身体を起こした。手足の関節の痛みに顔をしかめたが、全身にたまっていただるさは消えかなり楽になっている。

足音が部屋の前で止まり、鍵穴に鍵が差し込まれると乱暴にドアが開いた。

二人の男が立っている。一人は百九十センチ近くある長身、もう一人は白衣の男だった。白衣の方はここに連れてきた髑髏男だ。

トオルは再び後ろ手に手錠をかけられ、引き出された。ノッポの横で、カーチャが怯えた眼差しを向けている。

「血が出てる」

カーチャがトオルの額に手を当てた。

「少し切っただけだ」

二人の男は時計を見ながら小声で話している。ときおりノッポが薄笑いを浮かべ、舐めるような視線をカーチャに向けた。

「何時だ」

トオルは髑髏男に聞いた。

「もうすぐ、五時だ」

「午後か午前か。正確な時間が知りたい」

「午前四時四十六分だ」

髑髏男が笑いを含んだ声で言った。

ノッポがトオルの背中を乱暴に押して、歩くように合図した。

小部屋の並ぶ一画から、外の廊下に連れ出された。男たちは二人を急き立てながら、足早に歩いていく。

「急げ」

髑髏男がトオルの肩を強く突いた。トオルはバランスを崩し、よろめいて倒れそうになった。

「乱暴しないで。怪我をしてるのよ」

カーチャがトオルの腕を支える。

廊下の角を曲がった最初の部屋の前で二人は立ち止まった。お互いに目配せしてドアを開ける。

中央にテーブルが一つと、部屋の隅にスチール製の机のある殺風景な部屋だ。

トオルの首筋に激しい衝撃が走った。身体が仰け反る(のぞ)ように硬直して、脳のなかが空白になる。そのまま崩れるように倒れた。

「何するの」

カーチャの声が水中を通ってきたように、くぐもって響く。閉じようとする目の端に、黒い棒を持った男が覗き(のぞ)込んでいるのが見えた。スタンガンを当てられたのだ。

カーチャが何か叫ぶように口を開けた。ノッポがその身体を背後から押さえている。

「電圧を下げろ。意識があるほうがおもしろい」

「やめて!」

擦れたカーチャの声が聞こえる。

前方に立つ髑髏男が、カーチャの首筋にスタンガンを当てた。

「や……め……ろ」

トオルは声を出したが、声にはならない。

手錠をつかまれ、部屋の隅に引きずられていく。全身が鉛で固められたように動かない。

「どうせあんたの身体は、切り刻まれてめちゃめちゃになるんだ。その前に俺たちが可愛がってやる」

カーチャを抱きかかえたノッポが、カーチャの口にテープを貼っている。

すべてがスローモーション映像のように目の奥を流れていく。カーチャの歪んだ顔、男たちの笑い声……。遠ざかる意識を必死で引き止めた。カーチャの白い肌が目蓋の奥に焼きつく。

一瞬消えた意識が再び戻った。カーチャがテーブルの上に押さえられている。ノッポはトオルに背を向け、カーチャのジーンズを脱がしている。

髑髏男が見えない。テーブルの向こうでカーチャの腕を押さえている男がそうか。男の上半身は裸だ。

混濁した意識で辺りを見回した。部屋の隅に白衣が脱ぎ捨てられている。その横に落ちているのはカーチャの上着。白衣のポケットから見えているのはスタンガンだ。腕を伸ばすと身体が引き戻され、左手首を痛みが襲った。手錠の一方が机の脚にとめられている。ノッポがズボンを脱いで、背後に投げた。

トオルは必死で腕を伸ばした。あと十センチ。渾身の力を込めた。机が動き指先がプラスチックに触れる。

下半身をむき出したノッポが振り向いた。表情が変わり、カーチャの身体から離れる。そのとき、部屋は闇に包まれた。トオルはスタンガンを持った腕を突き出した。先端が柔らかいものに触れる。呻き声とともに重い身体がのしかかってくる。しかしその身体に力はなかった。

「停電だ。カリフォルニアの電力会社はどうなってる」

闇のなかから髑髏男の声が聞こえる。

トオルはノッポの身体を押し退けた。床を探りノッポのズボンを探す。ポケットに手錠のキーがあるはずだ。

「さっさとやって、早く代われ」

手がズボンに触れる。ポケットを探るとキーはあった。必死で手錠の鍵穴を探したが、闇のなかでキーがうまく入らない。

「何をやってる。時間がない。博士が来る前に、実験室に連れて行かなきゃならないんだ」

再び髑髏男の声。

明かりがついた。トオルと髑髏男の目があった。男の顔に驚愕の表情が浮かぶ。

髑髏男は下半身を出したまま倒れているノッポを見て、テーブルに飛び上がりトオルに飛び掛かってくる。顎に強い衝撃を受けた。スタンガンが手から離れ、部屋の隅に転がる。思いきり足を上げ男の顔を蹴った。男は部屋の隅に飛ばされ、壁に背中をぶつける。キーはどこだ。慌てて辺りを見たが見当たらない。殴られたとき、どこかにいってしまった。

髑髏男が呻き声を出して起き上がってくる。トオルの動きが止まった。男の手には拳銃が握られている。髑髏男がトオルの腹を蹴り上げる。胃液が喉元にあふれた。

トオルに向かって足を上げた男の身体が反り上がった。白目をむいて全身を震わせている。やがて崩れるように膝をつき、前のめりに倒れた。

下着姿のカーチャが、両手でスタンガンを握り締めて立っている。トオルはカーチャから目をそらせ、机の下に転がっているキーで手錠を外した。

上着を拾って、スタンガンを持ったまま立ち尽くしているカーチャの側にいって肩にかけた。

「何も……言わないで」

る。


トオルが口のテープを外すと、震える声を出した。顔は青ざめ、目には涙がたまってい
る。

二人の男が完全に気を失っているのを確認して、口にテープを貼り、手足をテープで固定した。

服を着終わったカーチャが強ばった顔で銃を構え、二人を見ている。トオルはカーチャの手から銃を取った。

再び電気が消えた。

「私から離れるな」

トオルはカーチャの手を握った。

「ここがどの辺りかわかるか」

「コンピュータ室の北側。出口から……」

カーチャの声が乱れ、泣き声に変わった。トオルはカーチャを引き寄せて肩を抱いた。

「大丈夫よ。私は大丈夫。でも、もう十秒遅かったら、あいつら、生かしておかない」

カーチャは確認するように言って歩き始める。

「この停電もコンピュータ天才少年が起こしたの」

「午前五時。予備の脱出用だ。この時間はモーターボートで海岸線を走っているか、ワインで乾杯しているはずだった」

「彼が私を救ってくれた」

明かりがついた。自家発電に切り替わったのだ。

「廊下を曲がったところに階段があるはず」

カーチャが走りながら言った。

二人は階段を使って地下から一階に上がった。

「まだランプの願いは残ってるの」

「律儀な魔法使いだ」

「あと何回」

「私から連絡がない限り、二度連続の停電が三時間ごとに三日間続く。彼の提案だ。ただし、発電所に連絡がいくだろうね。コンピュータをチェックして、あとは彼と発電所のエンジニアの知恵比べだ。彼が負けるとは思えないがね」

「研究所がずっと自家発電をやるということはないの」

「十分ありうるが、これだけの研究所だ。自家発電で全面的に電力供給できるのは、緊急性のあるところだけだ。それにしても、せいぜい数時間が限度だろう」

「次の魔法までここにいる気はないわ」

トオルがカーチャの腕をつかんで止まった。前方の角から足音と声が聞こえる。

近くのドアの把手を回すと、ドアは開いた。

数秒後、部屋の前を数人の足音が通りすぎていく。

「なんなの？」

背後にいたカーチャが声を上げた。

トオルが振り向くと、カーチャが部屋の奥を見つめて立ち尽くしている。

冷やりとした空気が二人を包んだ。ゆっくりと奥に進んでいく。

急に視界が開けた。十メートル四方の吹き抜けの部屋だ。二階にあたる部分をぐるりと回廊が取り巻いている。

部屋の中央には、四本のガラスの円筒が白色光に包まれて並んでいる。壁にそって数台の大型機器が置かれていた。円筒は高さ三メートル近くもある巨大なものだ。なかに入っているのは胎児ではない。大人の人体だ。

その人体が二人を見ている。

「生きてる……」

カーチャがトオルの腕を強くつかんだ。

たしかにその人体は、液体のなかで漂うように揺れながら液体を吸い込んでは吐き出している。

「これは……」

トオルは言葉を失っていた。ここは現実の世界ではない。死の世界なのか。

背後のガラス筒には頭部のない人体が立っている。その人体の入った円筒の横にあるのは脳だ。灰色に近い固まりが、やはり円筒形のガラスの液体のなかに浮いている。そして、もう一つの筒にあるのは頭部。後頭部には穴が開き、中身が抜き取られている。その顔は――。


「アースキン……」

カーチャがトオルの背に顔をうめた。全身が細かく震えている。

「アースキンのクローンだ」

トオルはガラス筒に近づいた。

なかの人体が二人を見つめている。薄い頭髪、ライトブルーの瞳、尖った鼻梁はアースキンのものに違いなかった。頭部のない等身大の人間。この人体もアースキンだ。

「アースキンは自分のクローンを作った」

「でも……これはなんなの。正気じゃない」

「彼は自分自身の身体をさえ、もてあそんでいる」

「なんのために。まさか、友達を作っているわけじゃないでしょう」

二人は茫然と立ち尽くしていた。

「銃を捨てろ！」

突然、頭上で甲高い声が響いた。

トオルはその声に銃口を向けた。回廊にアースキンが立っている。カーチャがさらに身体を寄せてきた。かすかな震えと共に、恐怖がじかに伝わってくる。トオルはカーチャの身体を抱くようにして、ガラス筒の背後に移動した。

アースキンの両側には十人近い警備員が立っている。警備員の手に握られているのは、拳銃ではなく自動小銃だ。アースキンの横で小さな身体が動いた。

「お願い。その人たちを救けてあげて」

ドイツ語の高い声が響いた。

「アスカ！」

カーチャが声を上げた。やはりアスカはドーナの娘だ。

「この子はきみらのことが好きなんだ。殺さないでくれと懇願している」

アースキンはアスカの腕をつかみ、背後から引き出した。小さな悲鳴が上がる。

「その子を傷つけないで」

カーチャが叫んだ。

「銃を捨てて出てくるんだ」

「きみらにアスカは殺せない。その子の遺伝子は、この世に一つしかないものだ」

「私はこの一族の持っているテロメラーゼの生成に成功した。ＥＳ細胞の培養にも、成功しつつある。この子はもう必要ない」

警備員の腕がアスカの首に回り、もう一方の手で銃を頭に押しつけている。

円筒の陰から出ようとするカーチャの腕をトオルがつかんだ。

「嘘だ。おまえにアスカは撃てない」

アースキンはわずかに手を上げて、警備員に合図を送った。警備員の腕が動き、アスカが低い悲鳴を上げる。

「惑わされるな、カーチャ。彼にとってアスカは必要だ。アスカはドーナよりも、もっとすばらしい遺伝子を持っている。アスカの細胞の再生能力は、ドーナの細胞の数十倍ある」

「でも、彼らはアスカのクローンを作った」

「作ろうとしているだけだ。まだ成功はしていない。アスカのクローンは彼らには作れない。彼女のDNAは常人よりはるかに多い遺伝子を持っている。その遺伝子がお互いに作用し合って、成長段階で順番にスイッチが入る。アスカは謎だ。今後、彼女の身体になにが起こるかわからない。すばらしい可能性を秘めている子供だ」

カーチャの視線がトオルからアスカに移った。アスカは苦しそうに顔を歪めている。

「さすが、私の見込んだ科学者だ。プロフェッサー・アキツ、もう気付いていたのか」

アースキンの顔に笑みが浮かんだ。

「アスカの遺伝子は、母親やその仲間のものよりさらに進化したものだ。彼女の遺伝子が解析でき、私の遺伝子に組み込むことができれば、今度は正真正銘の不死を手に入れることができる。しかしすでに、サンプルも取ってある。もうアスカに用はない」

「そう言い切っていいのか。アスカの進化は続いている」

「何が起ころうと、私は永遠の生命を手に入れる」

「無駄だ。第三染色体と第九染色体を調べてみろ。両方とも、テロメラーゼとES細胞に関する遺伝子が存在している。アスカもいずれは死ぬ運命だ」

「第三染色体はドーナと一緒だった。アスカ固有のものではなかったはずだ」

「問題は第九染色体が働き始める時期だ。それがスイッチの役割を果たして、細胞のアポトーシスが始まる。その細胞死は進化に通じるものだ。あなたの身体にも、老いの兆候は徐々に現われているはずだ」

アースキンの声が途絶えた。笑みが消え、一瞬、恐怖の表情が浮かんだ。

「人類は進化の途上にある。いや、進化は人類が存続する限り永遠に続く。その進化を進めているのが死だ。死を受け入れ、新しい種を残すことによってのみ進化は行なわれる」

トオルはカーチャに下がるように合図をした。背後には、大型コンプレッサーが低い音を立てている。

「形あるものがいつかは崩れ去るように、彼女の細胞にもアポトーシスは起こっている。いくら緩慢であろうとも、人であり続けるかぎり死は免れない。生物が不死を得るとき、それは進化を止めるときだ。そんなことはありえない。不死など見果てぬ夢だ。それに——不死など意味がない」

「いや、私は不死を実現する。あと一歩だ。技術的な問題がわずかに残っているにすぎない」

アースキンは我に返ったように声を上げた。その顔には、再び不敵な笑いが浮かんでいる。

トオルは巨大な円筒形のガラスに目を移した。

「脳移植か」

トオルの声にアースキンの身体が反応した。

「自分のクローンの身体に、自分の脳を移植する。それだと拒否反応は起こらない。脳はさらに活性化したES細胞で新しい細胞に置き換える。理論的には可能なことだ」

「さすが、プロフェッサー・アキツ。きみの洞察力には敬服する。その通りだ。きみの協力があれば近い将来、実現できる」

「私は協力などしない。あなたは人間をもてあそんでいるだけだ。自分自身のクローンさえも、生命として考えていない」

「私のクローンは私自身だ。私の一部だ」

アースキンは深く息を吸った。

「私は十五年前、人クローンの製造に成功した。成長を促進するには苦労したがね。それも特殊な培養液の中で育てることで解決した。ここにあるのは私のクローンだ。私は自分のクローンの若い肉体に、私の脳を移植する。それは私自身だ」

「いっそ、コンピュータに記憶を移し替えたらどうだ。あなたには合っているかもしれない。あなたの思考能力は、壊れた機械なみだ」

「それもいいだろう。残されている問題も解決に向かっている。あとは時間の問題だ。だれも、不死の誘惑には勝てなかった。永遠の命は古代からの夢だった。いま、私はその夢を手に入れている」

アースキンは勝ち誇ったように、両手を高く上げた。

「あの男も不死の誘惑に負けた」

アースキンは視線を部屋の一角に向けた。闇に溶けるように、黒い影が立っている。

トオルとカーチャはその影を見つめた。やがてその影は、一人の男の輪郭を結び始めた。

「ミスター・ジョセフ・フェルドマン。あなたなの」

カーチャが呼び掛けたが、影は答えない。

「私に、この子の骨髄液の移植を願い出たよ。おまえたちの身柄と引き替えにね。彼が、おまえたちが忍び込んだのを教えてくれた」

「どういうことだ……フェルドマン」

フェルドマンは答えない。

「これが現実だ。人間には、どうしても手に入れなければならないものがある。なにものにも代え難いもの、それが生命だ。銃を下ろせ。おまえも考え直す気はないか」

アースキンの声が響く。

「フェルドマン、嘘だと言ってくれ」

トオルは懇願するように言った。

「彼を責めるな。死はだれだって恐ろしい。特に、彼のような老人にはね」

アースキンはフェルドマンに手招きをした。フェルドマンはそれに従って数歩前に出た。

ジョセフ・フェルドマンの姿が光のなかに現われた。

「アウシュビッツの囚人たちは従順だった。自分たちの運命を受け入れ、死を当然のこととして甘受した。すべてのユダヤ人が彼らのように従順だったら、私たちも違った方法を取ることができた」

フェルドマンの顔が引きつったように歪んでいる。握っているのは拳銃だ。その銃口がゆっくりと動いた。

「あなたは……」

銃口はトオルの胸に向けられ静止した。

「ジョセフ、あなたがなぜ」

「私にもわからない」

フェルドマンはそう言って、なにかを探し求めるように数秒間黙っていた。

「いや、わかっている。考えたんだよ、自分の人生を。私の人生に、なにがあったんだろうってね。苦しみ、悲しみ、憎しみ、怒り……それだけだ。私は人生をやりなおしたい。彼らは約束した。私に新しい人生を与えると。永遠の命を与えるとね」

フェルドマンの顔にかすかな笑みが浮かんだ。しかし、それもすぐに元の無表情な顔に戻った。

「それに、もう疲れた。十歳で強制収容所に入れられたときからずっとだった。六十三年間。長いとは思わないかね。その間、私の頭には一つのことしかなかった。ナチスをこの世から消し去る。それだけが人生だった。悲しい、あまりにも淋しい人生だと思わないか」

「あなたがそれを選んだ」

「私が死を迎えるとき、いったいなにを考えるのだろうね。恋人との語らいか。妻との安らぎのときか。子供といった釣りや、友人たちとのパーティやハイキングのことか。家族でともにした夕食か……。私にはそんな経験はないんだ」

「いまからでも遅くはない」

フェルドマンの口から低い笑いが漏れた。

「私は七十三歳だ。来月には七十四だ。この手を見てくれ。染みが浮き、血管が浮き出ている。視力も落ち、朝は手足の関節が痛む。歯も半分以上が義歯だ。髪も髭も真っ白だ。それが老いだ。きみに、昔の私の髪が想像できるかね。きれいな栗色だった。十三歳で収容所を出たときには、いまの色になっていた。白髪の少年だった。その後、私の頭にはナチス狩りしかなかった。これが人の一生と言えるか。だから私は、人生をやり直す決心をした」

「それは、憎しみを忘れることができなかったあなたの責任だ。あなたが、その人生を選んだ」

「私にはそういう選択肢しかなかった」

「違う！」

トオルの鋭い声が響いた。

「自分なんだ、ジョセフ。すべては、あなた自身が決めたことだ」

トオルは静かな口調で言った。

「ナチスが奪った人生を、彼らが返すと言っている。私は決心した。もう一度、人生を生きると。今度は、私自身の人生をね」

「悪魔と取引したのか」

トオルの胸に向けられている銃口が、わずかに動いた。

「永遠の命と有り余る金。きみはカーチャと暮らすこともできる。研究を続けるのが、きみのすべてなんだろう。何十年も、ことによってはなん百年も。新しい人生だ。きみも一緒にこないか。彼らがそれを可能にしてくれる」

フェルドマンは軽い息を吐いて、トオルを見つめた。

「きみには十分にその理由がある」

「断わるよ、ジョセフ・フェルドマン。私は自分の人生を生きる。運命をね。そして運がよければ、自らの手で新しい運命を手に入れる」

「一度だけ目をつぶればすむことだ。きみには才能がある。どんな手段であるにせよ、きみが生き続けることに、世界は不満を示さない」

「そういう問題じゃない。生きるにも、いろんな方法があるということだ。どう生きるかということを含めてね」

「手段は関係ない。生きることに価値がある。死んだら無になるだけだ」

「よしてくれ、あなたらしくない。アルブノヴィッチ司祭を見ただろう。彼の生は死よりも苦しかった。きっといまごろ、ほっとしてるよ」

「では死を待つだけだ。もう症状が出始めているんだろう、先生」

「自分の力で解決するよ。あなたのように悪魔に魂を売ったりしない。それが、自分の人生を生きるということだ」

「言いたいことはそれだけかね」

フェルドマンは大きく息をついた。

「そろそろ本題に戻ろう」

アースキンが声を出した。

「この男を撃て。おまえが不死を手に入れる切符だ。ジョセフ・フェルドマン」

甲高い声が響いた。

フェルドマンの銃を握る手が、かすかに震えている。彼の意志が必死にそれを押さえているのがわかった。

「やめて。殺さないで」

アスカが叫んだ。

カーチャがコンプレッサーの横で、泣きそうな視線をアスカに送っている。

「早くしろ!」

アースキンがフェルドマンとトオルを交互に見た。

「お願いだ、先生。銃を捨てて、彼の言うことを聞いてくれ。私は友人を撃ちたくない」

フェルドマンは懇願するように言った。

「あなたに私は撃てない」

トオルはゆっくりと銃を上げていく。

銃声が轟(とどろ)いた。巨大なガラス筒の表面に亀裂が入る。

「やめろ!」

アースキンが悲鳴のような声を上げた。

トオルは引き金を引き続ける。すぐにマガジンは空になり、銃声は途絶えた。

ガラス筒の亀裂は急激に広がっていく。その隙間を突き破り、液体が噴き出す。鋭い音を発してガラスが砕け、飛び散った。

膨大な量の液体が床を覆う。横にあった三本のガラス円筒の土台が揺らぎ、ゆっくりと傾き倒れていく。警備員たちはみな、茫然と階下を見つめているだけだ。

静寂が漂った。

部屋のすべての目は一人の男に注がれている。床に倒れている男は何度か身体を震わせると、両手を床についてゆっくりと立ち上がった。雫の垂れる肌は、薄いピンクの膜を被ったように輝き、無数の血管が透けて見える。

男はゆっくりと辺りを見回した。そしてその目をカーチャに止めると、腕を伸ばした。

カーチャの悲鳴と銃声が、ほとんど同時に上がった。

フェルドマンは男に銃を向けたまま後ずさった。男の額と胸の銃弾のあとから血が流れている。男は胸を押さえ手に付いた血を不思議そうに眺めていたが、やがて床に膝をつき前のめりに倒れていった。

「私のクローンが……」

アースキンの顔は蒼白になり、どす黒い血管が浮き出ている。数秒前と同じ人間とは思えなかった。

床は液体であふれ、頭部と脳の入ったガラス筒が砕け散っている。そのなかに男の血が混ざり、床を黒く染めていく。床の上に露出した脳がかすかに動いている。

「殺せ！　皆殺しにしろ！」

アースキンの顔は怒りに歪んでいる。

警備員の手から自動小銃を取り、銃口をトオルに向ける。

「やめて！」

カーチャが叫んでトオルの前に飛び出す。

銃声が響いた。

アースキンの視線が、ゆっくりとフェルドマンに向けられた。不思議そうな表情でフェルドマンを見ている。フェルドマンは構えていた銃を下ろし、床に膝をついた。

アースキンがよろめきながら手摺りのほうに歩いていく。銃が手を離れ一階に落下し、乾いた音を立てて転がった。アースキンの身体は一度手摺りにぶつかり、上半身を大きく乗り出して落下してきた。頭蓋骨が砕ける音がして、床に黒いものが広がっていく。

「なぜ……」

トオルは顔を上げてフェルドマンを見た。

アスカが警備員の腕を振り払い、階段に向かって駆け出してくる。

「こっちよ。アスカ！」

カーチャが叫んだ。その瞬間、ライトが消え辺りは闇に包まれた。

3

ドアの開く音がしてライトがついた。強烈な光がトオルの目を直撃した。

明かりのなかに、複数の男が立っていた。前方に小柄な男が三人。背後の人数はわからないが、おそらく十人を超えている。

階段の下に、カーチャとアスカが抱き合うようにしてうずくまっていた。

「いよいよ主役の登場だ」

フェルドマンが立ち上がり、トオルの横に立った。右頬に血が流れ、弾のかすった痕がついている。

「ベンツェルか」

フェルドマンが問い掛けた。三つの黒い影は答えない。

「残念だが、そろそろゲームは終わりにしよう」

中央の小男が言った。

逆光のなかで銃を構える気配がする。

「やめろ！」

フェルドマンが男たちに向かって叫んだ。

「アースキンは死んだ。この男を殺すと、永遠の命は二度と手に入らない。アースキンに代わる生命遺伝子の研究者は、プロフェッサー・アキツしかいない」

中央の小男はちらりと左隣の小男を見た。小男はかすかにうなずいて、持っていた銃を握り直した。

「女とアスカを助ける代わりに協力できるか」

「すでに答えたはずだ。私は悪魔に手を貸す意思はない」

小男の銃を持つ手が上がる。

「待て！」

フェルドマンがトオルを突き飛ばし銃を上げるのと、小男の銃が火を噴くのは同時だった。

フェルドマンの身体が大きく揺れ、崩れるように倒れる。

「ジョセフ――」

トオルはフェルドマンのそばに駆け寄り、抱き起こした。スーツの右肩に赤い染みが広がっている。

「私の右ポケットにもう一丁拳銃がある」

フェルドマンが目を閉じたまま低い声で言った。

「右の小男を撃て」

「なぜだ」

「私を信じろ、トオル」

トオルはそっとポケットに手を入れた。固い銃の感触を感じる。

「私にはできない」

「世界を救え、トオル」

フェルドマンが目をわずかに開け、絞り出すような声で言う。

「立て、プロフェッサー・アキツ」

中央の小男が怒鳴った。

トオルはフェルドマンの身体を床に下ろして立ち上がった。もう一度フェルドマンを見ると、細く開けた目蓋から射るような視線を向けている。

「一発でやるんだ」

フェルドマンの唇が震えた。

銃声が轟いた。右端の小男が膝をついた。ゆっくりと顔を上げ、トオルとフェルドマンを探すように視線を漂わせた。左胸からは血が流れている。

男たちの中にざわめきが起こった。小男の周りに、男たちが集まり始める。

トオルは、まだ発射の余韻の残る腕をそっと下ろした。

「なにが起こった」

「あの右側の小男がベンツェルだ」

「どういうことだ」

「来るんだ。急げ！」

トオルに答えず、フェルドマンはカーチャに向かって怒鳴った。そしてトオルの手から銃を取って壁のブレーカーに向ける。

銃声とともにブレーカーから火花が飛び、明かりが消えた。部屋は闇に包まれ、男たちの叫び合う声が聞こえる。

「奴らを捕らえろ！　殺してもかまわん！」

男の声とともに足音が入り混じり、懐中電灯の光が交錯を始めた。光のいくつかはステップを駆け降りてくる。

フェルドマンが光に向かって拳銃を連射した。光が消え、靴音も途絶えたが、二人の周囲には銃弾が当たる音が響く。

「出口を封鎖しろ！　逃がすな！」

闇のなかで声がして、回廊の背後にあるドアが半分開いた。廊下の明かりが射し込み、部屋の内部を照らした。

トオルはフェルドマンの脇の下に腕を入れて、部屋の隅に引いていく。そこは男たちのいる回廊からは、死角になっているはずだ。

「私の胸ポケットに小箱がある。スイッチを押せ。発信機だ。ここからでも外部に電波を発信できる」

フェルドマンは回廊に向かって拳銃を構えたまま言った。

トオルは発信機を出してスイッチを押した。

「終了の合図だ。屋上に行け。十五分後に救出ヘリがくる。ヘリは五分待って離陸する」

カーチャがアスカの手を引いて、二人のところに駆け込んできた。

「行け！　時間がない。ここは私が防ぐ」

フェルドマンの言葉が終わらないうちに、一人の警備員が砕け散った円筒の土台の背後から飛び出してくる。

フェルドマンの銃が火を噴き、銃弾を胸に受けた警備員がそのままトオルたちに向かって突っ込んできて倒れた。フェルドマンはその警備員から、自動小銃と懐中電灯を奪った。

「銃を拾え」

トオルに怒鳴って、回廊に向かって自動小銃を乱射した。その隙（すき）にトオルは、アースキンの死体のそばに落ちている自動小銃をつかんで土台の陰に滑り込んだ。

回廊からは人影が消えている。胸から血を流していた小男もいない。

「屋上に急げ。奴らは仲間を呼びに行った」

トオルはフェルドマンに駆け寄り、腕を支えて立たせようとした。

「撃たれたのは肩だ。一人で歩ける」

フェルドマンはトオルの腕を払って、よろめきながら立ち上がった。フェルドマンは撃ち尽くした銃を捨て、トオルから銃を取った。

アスカの腕をつかんでいたカーチャが、トオルに押されて隣の部屋に入った。隣の部屋の明かりも消えている。ブレーカーを共有しているのだ。

「屋上に行く階段はわかるか」

トオルがカーチャに聞いた。

「三階の中央階段が屋上に通じてる」

「三階にはどうやっていく。廊下には出られない」

「非常階段があるはずよ。隣の部屋から階段に出られるはず」

四人はさらに次の部屋に移った。警備員の姿はまだ消えたままだ。

フェルドマンが懐中電灯で壁を照らすと、『非常口』とプレートのついたドアがある。鍵がかかっていたが、銃を鍵穴に向けるフェルドマンを押し退けカーチャが開けた。

四人は非常階段を上がって三階に入った。三階のフロアにひと気はなく、騒ぎは伝わってこない。警備員は一階と二階に回っているのだ。廊下の中央に階段がある。

トオルが先頭になって階段まで走った。アスカとカーチャが続く。

屋上に出ると、トオルは思わず目を細めた。辺りは朝焼けで真っ赤に染まっている。海が陽の光を浴びて、さざめくように輝いていた。

海からの風が吹き付けてきた。風に混じってローターの音が響いている。ヘリはすでに建物の端に降りていた。

下から怒鳴るような声が聞こえ始めた。ヘリに気づいたのだ。隣の建物の屋上に数人の男が現われた。

「急げ。ヘリが見つかった」

トオルの声が終わらないうちに、銃撃の音が轟いた。隣の建物から撃っているのだ。トオルはカーチャとアスカの頭を押さえて手摺りの陰に隠れた。

「身体を低くしてヘリまで走れ」

「ジョセフは？」

振り向いたカーチャが聞いた。フェルドマンの姿が見えない。

「先に行ってくれ」

トオルは三階に引き返した。

非常階段横の部屋のドアが開き、その前にフェルドマンが立っている。

「急げ、ジョセフ。ヘリはもう来ている」

フェルドマンが両手で銃を構え、部屋の内部に向けて発射した。銃撃の音がフロアにこだまする。

マガジン一本を撃ち尽くしたが、呆然（ぼうぜん）とした顔で目を見開いたまま引き金を引き続けている。トオルが肩に手をかけたが、硬直したように動かない。

部屋には全身に銃弾を受けたガウン姿の男が、背を向けて倒れている。

「なにをしてる。急げ」

凍り付いたように動かないフェルドマンを部屋から離した。

「時間がない。彼らはヘリに気づいてる」

カーチャがアスカの手を引いて、屋上に通じる階段の前で急ぐように合図を送ってくる。

「早くいけ」

「あなたをおいていけないわ」

トオルはフェルドマンの腕をつかみ、引きずるようにして走った。フェルドマンは意思をなくした人形のようにただついてくる。

四人で屋上に出た。

ヘリは、屋上のコンクリートから五十センチあまりのところに浮いている。

銃声はますます激しくなっていた。研究所の警備員たちは、隣接する建物の屋上の手摺りから身を乗り出すようにして撃っている。ヘリからも男が二人、自動小銃で応戦している。

しかし、劣勢なのは明らかだった。男の一人がのけぞるのが見えた。被弾したのだ。

ヘリのローター音が響き、その音が一段と高くなった。ヘリは高度を上げていく。

「行かないで！　私たちはここよ！」

カーチャが叫んだが、声はローター音にかき消される。

「行ってしまった」

カーチャはアスカの身体を抱き寄せた。

フェルドマンは、依然として表情をなくした顔で遠ざかっていくヘリを見ているだけだ。

隣の建物の男たちが、トオルたちを指差してなにか叫んでいる。

「しっかりしろ。なんとかこの建物から出るんだ」

トオルがフェルドマンの頰を叩いた。

「いまの部屋に戻るんだ」

フェルドマンは我に返ったように言って、トオルの腕をつかみ階段を引き返した。

部屋に入りかけたカーチャがアスカを抱き締め、手でその目を覆った。絨毯(じゅうたん)の上には、血(ち)溜り(だま)のなかに男が横たわっている。フェルドマンは部屋のなかを見回した。

「なにを探している」

「脱出用のなにかがあるはずです。彼は必ず逃走ルートを確保している」

独り言のように呟きながら壁を調べている。

「ここは研究棟の東側にあたるところね。壁ぎわに一メートル四方の空間が地下まで通じているはず」

カーチャの言葉に四人は部屋の隅に集まった。大型のクローゼットが置いてある。

フェルドマンが扉を開けて、吊されている衣服を乱暴に横に寄せた。

「エレベーターだ」

クローゼットを覗き込んでいたフェルドマンが、身体を出して言った。

階段を駆け上がってくる足音と人の声が聞こえる。

「急げ！」

「どこに通じているの」

「早く入って。人が来る」

フェルドマンは、ためらっているカーチャとアスカをクローゼットに押し込んだ。

最後にトオルがクローゼットに入って、扉を閉めると同時にドアを叩く音がする。

「ご無事ですか――。返事をして下さい」

ドイツ語で呼び掛ける声が聞こえる。

エレベーターが下がり始めた。

止まったのは地下だった。やっと人が一人通れるほどのコンクリートの通路が、続いている。

フェルドマンがエレベーターにあった懐中電灯を持ち、先頭に立って歩き始めた。懐中電灯の光が、コンクリートの地肌を冷たく照らしている。五分ほどで階段に突き当たった。階段の上の蓋を開けると、プライベートビーチのボートハウスのなかだ。

エンジンは軽快な響きを立てている。

トオル、カーチャ、アスカとフェルドマンの四人は、モーターボートに乗っていた。フェルドマンは船縁に腕を乗せて、研究所のほうを見ている。

フェルドマンの合図でトオルはエンジンを切った。

沈黙が海上に広がった。静かな波の音だけがボートを取り囲むように聞こえてくる。

「海流に流されて沖に出ます。エンジンはそれから使いましょう。いまごろ研究所は大騒ぎです」

「もう、話してくれてもいいだろう。いったいなにが起こった。ベンツェルは……」

「ナチスには常に死の影がつきまとっていました」

トオルの言葉にフェルドマンが話し始めた。

「いや、彼らは死そのものでした。だからこそ、自らのおぞましい死の影に怯え、ことさらそれから逃がれようとしていた。そのため、なんとしても不死を手に入れたかった」

「哀れな人生だ」

トオルが呟いた。

「どうして右端の男がベンツェルなんだ」

「彼の生きがいは人の生を奪うこと。自ら死を与え、相手が怯え、苦悶する姿を見るのが好きなのです。可能なかぎり、自分で手を下しました。ときにはナイフで胸を切り開き、まだ動いている心臓を取り出したとも言われています。そして、それを——」

フェルドマンはアスカとカーチャが自分を見つめているのに気づき、言葉を飲み込んだ。

トオルはそっと手のひらをズボンでぬぐった。まだ銃を撃ったときの感触が残っている。

「私たちは過去に五度、ベンツェルを発見しています。二度は射殺、一度は自動車事故に見せかけて殺害しています」

「わかるように言ってくれ」

クローンという言葉が頭に上ったが、すぐに否定した。五〇年代から八〇年代の話だ。

「ベンツェルは用心深い男でしてね、ほとんど人前には姿を現わしません。出てくるときは、いつも偽者を用意していました。自分と体型と顔つきの似た男を捜し出して、整形手術をやるんです。六十余年もたっている。ベンツェルの顔なんてわかりっこありません」

「あなたたちは偽者を殺していたというわけか」

フェルドマンは無言で考え込んでいる。

「そうなりますね。しかしそれは後でわかったことです。何年かの空白の後、いつも次のべンツェルが現われ、ベンツェルが生きているという情報は絶えなかった」

フェルドマンはまたしばらく黙り込んだ。長い時間が流れていく。

「最後の手段を取ったわけです。私たちには、どの男がベンツェルかわからなくなった。だから相手のなかに、潜り込むしかなかった」

フェルドマンは言った。

「でも、潜り込んだだけじゃわからない」

カーチャが賛同を求めるようにトオルを見ている。トオルもどう答えていいかわからない。

フェルドマンはゆっくりとうなずいた。

「彼はすべてを変えた。整形手術で顔を変え、皮膚移植で指紋を変え、目の色を変えて、声帯を変えた。痩せて体型すら変えた。左利きを右利きに矯正すらした。まったく別人になったのです。彼自身にも、自分の真の姿なんてわからなくなっていたんじゃないですかね。しかし、ただ一つ変えることのできないものがあった」

「心、精神か」

「そうです。顔や体型は変えることができても、狡猾（こうかつ）で残忍な性格、つまり精神は変えることができなかった」

「それで、ああいう情況を作ったのか」

「まず、なんとしてもベンツェルをおびき出す。そして、自ら手を下す情況を作り出す」

カーチャが言った。

「本物のベンツェルならば、必ず自ら手を下すというわけです」

「私たちに情報を与えて、アステック研究所に忍び込むように仕向けたのも計画の一環だったのか」

「先生たちが早く行動を起こしすぎた。もう少し待てば、私たちが内部から手引きができた。どうせ、二人ではなにもできないだろうと、先生たちを侮っていました」

「バチカンのときのようにか」

「最初にアステック研究所に侵入したときのようにです」

「あれも、あなたたちの計画の一部だとでも言うの」

カーチャの表情がわずかに変わった。

「しかし、先生たちが勝手にやってくれたおかげで、完全に敵をあざむくことができました。アースキンもベンツェルも、九十九パーセント信じていました。私が彼らの側についていると。だがそれでも、彼らは私の前に姿を現わさなかった。だが先生たちの行動のおかげで、彼が最後まで抱いていた一パーセントの疑惑を捨てた」

「あなたが私たちの侵入を報告して、やっと出演者が出揃ったというわけか」

フェルドマンはかすかにうなずいた。

「もう、二度とやりたくない」

「二度とやらせませんよ」

ところでと言って、トオルはフェルドマンを見つめた。

「いつからあなたたちは、私を利用しようとしたんだ。初めからなのか、アステック研究所の名前が出たときからなのか。それとも、ドルトンでのカラムの行動自体、あなたの計画なのか」

「私たちは、あなたの――」

トオルは片手を上げて、フェルドマンの言葉をさえぎった。

「聞くのはよそう。これ以上、人間に失望したくはない」

「いずれにしても、そんなに前からじゃありません。今回のミッションで、私は先生やミス・ローゼンバーグを知った。人間も捨てたもんじゃないと思い始めているんですがね」

浜のほうから、腹に響く音が聞こえてきた。それとともにパトカーのサイレンも聞こえる。

「研究所を破壊しているのでしょう。秘密を隠すために。ヘリが離陸して十分後に、警察に通報することになっていました。同時にワシントンにもね。町中の消防車とパトカーがとんでってるはずです。あの警察署長も、今度は門前で帰ってくるわけにはいかない。司法長官直々の電話がいってるはずですから」

しかし、と言って、フェルドマンは研究所からトオルに視線を移した。

「先生には申し訳ないことをした。あそこには、科学者にとって涎(よだれ)の出そうなものが山ほどあったんでしょう。先生の生命を握る鍵を含めて」

「私は最高の助手を持っているんだ。それに可愛い女の子もついている」

カーチャが微笑んでアスカの肩を抱いて引き寄せた。フェルドマンは不思議そうな顔で見ている。

赤い火柱が第二研究棟の中央辺りに上がった。

「終わった」

フェルドマンの呟く声が、潮風に乗って流れてくる。

カーチャがトオルの手を握った。トオルはその手を強く握り返した。

波の音が静かに聞こえてくる。

エピローグ

崖の下には白い砂浜が広がっている。

道路に沿って並ぶファーストフードの店からは陽気な音楽が鳴り響き、若者たちの笑い声が聞こえてくる。

サンフランシスコ、サンライズビーチ。

トオルは手摺りにもたれて海を見ていた。横でフェルドマンが同じように手摺りに寄り掛かり、葉巻をもてあそんでいる。通りを隔てた店で、カーチャとアスカがアイスクリームを買っている。

あれから半月がすぎていた。

「アステック研究所のナチスの戦争犯罪人は?」

「三名が逃亡した後でした。しかし、逮捕は時間の問題でしょう。頭を失った蛇は死んだも同然です。それに――」

フェルドマンは視線を海に移した。

「研究所の閉鎖が決まりました。Ｐ４設備を持った研究施設の爆発事故です。当然です。バイオハザードを免れたのは幸いでした。アステック財団は、研究所が閉鎖すると同時に解体です」

「聞かせてくれ」

トオルはフェルドマンを見つめた。

「あなたは本当に自分が不死を手に入れるよりも、ベンツェルやアースキンを捕らえたかったのか。一度も不死を願ったことはないのか」

「ユダヤ人、いやアウシュビッツ。強制収容所を経験したもの以外には、わからないでしょうね」

フェルドマンは、遠くの幻を見るように何度も瞬きした。

「生と死。ほんの一ミリの間隔で同居しています。人間など、あまりにはかなく、脆い」

「だからこそ、生に憧れるのではないか」

「終わりがあるからこそ現在が美しい。先生が言った言葉だ。いまこそ、すべてです。永遠などという言葉は、しょせん幻想にすぎないことに気がつきました」

遊歩道を老夫婦が手をつないで、ゆったりとした足取りで歩いていく。その二人をフェルドマンの目が追っている。

「私が心残りなのは、ああいうときをすごせなかったことです」

「だったら、いまからでも遅くはない」

トオルはフェルドマンに笑いかけた。

「努力します」

「協力するよ」

それに、と言って、フェルドマンは照れたような笑みを浮べた。

「きみのような息子を持てなかったことだ」

「それは自分で解決することだ。いまからでもチャンスはある」

トオルは笑いながらフェルドマンの肩を叩いた。

「あのとき、あの部屋には……」

トオルはふと、思い出して聞いた。

「ご無事ですか——」ドアの前で呼び掛けていたドイツ語の声が脳裏をかすめた。そして、最後の言葉は「フューラー」。総統。それは、第三帝国で最高権力を持ったものの称号だ。

彼らはたしかに、フューラーと呼び掛けた。あの血に染まって床に倒れていた男に。

フェルドマンの額に汗が滲んでいる。苦しそうに顔を歪め、何度も息を吸った。柵をつかんだ手が強ばっている。

「あの男はクローンなのか、それとも彼自身なのか。だったら——」

フェルドマンは急に黙り込んだ。

「よしましょう。もう考えたくない」

なにかを振り払うように、持っていた葉巻に火をつけて深く吸った。芳ばしい香りがトオルのほうに流れてくる。

「あの子は？」

フェルドマンがアスカを見て言った。

「村はもうない。しばらくは私が面倒をみるつもりだ。それからはあの子が決める」

「町に住むわけにはいかないのでしょう。たしか、免疫系の器官が弱くて、普通の人間の何百倍もウイルスやバクテリアに弱いのでしたね」

「身体のすべてが純粋すぎる。人間は多少の汚れがあるほうが丈夫なんだ。少しずつ免疫抵抗力をつけていけばいい。しかし、驚くべき速さで適応力をつけている。これも彼女が持っている遺伝子のせいかもしれない。数百歳の潜在寿命を持った子供だ」

「あなたの病気については？」

カーチャとアスカが戻ってきた。

二人はアイスクリームをトオルとフェルドマンに差し出した。フェルドマンは笑みを浮かべて、アスカから受け取った。

トオルのポケットで携帯電話が鳴っている。横を向いてボタンを押した。視野の端をオレンジ色のウインドサーフィンの帆が走っていく。トオルはうなずきながら聞いている。

「明日にはうかがうことができます」

ありがとう、礼を言って電話を切った。

トオルは海の方を向いた。煌めく陽の輝きが目に染みる。

「いい報せなんでしょ」

カーチャが聞いた。

「『カリフォルニア・メモリアル・ホスピタル』のドクター・ハミルトンからだ。兄の病状に、わずかながら改善が見られるそうだ」

アステック研究所から帰ってすぐに、アスカの同意を得て骨髄液をハジメに移植したのだ。

「あなたも直ちに治療を始めましょ」

「まだ、始まったばかりだ」

「明るい未来よ」

トオルはカーチャに向き直った。

「じゃあ、私は失礼します」

フェルドマンは一礼して、アイスクリームを舐めながら車のほうに戻っていく。

「彼はイスラエルに戻るの」

カーチャは遠ざかるフェルドマンの後ろ姿を目で追いながら言った。

「彼はハンターだ。次の仕事が待ってるんだろう」

「私たちもよ」


トオルたちがアーロンに戻ると、研究所のコンピュータファイルはいっぱいになっていた。アースキンたちの研究資料と成果がつまっているのだ。テロメア、ES細胞、クローン……それは生命科学に大いなる革命を起こすに十分なものだった。

「これがナチの遺産だなんて。でも、今後十年はノーベル賞を独占できます」

「きみの望んだことだ」

「私は——あなたと一緒に研究を続けられればそれでいい」

カーチャはトオルを見て、その視線をアスカに移した。

「この子、ドクターになりたいんだって。あなたの白衣姿、すごく素敵だそうよ」

カーチャが笑いながら言った。

アスカがはにかんだような笑顔を向けている。

「立派な医者になれる。まず、この国の言葉を覚えることだ。急ぐことはない。きみには十分な時間がある」

「ナンシーはどうかしら」

カーチャが不意に言った。

「ジョセフは、世話をしてくれる人を探してるんでしょ」

「共に生きてくれる人をだ」

「だったら、なおさら適任」

「私の世話はだれがしてくれる」

「もう怖くはないでしょ」

カーチャがトオルの手を握った。

「私は臆病者だと言ったはずだ」

「恐れることはないはずよ。家庭を持つことも、子供を持つことも」

トオルは答えない。

「やはりあなたは神様に選ばれた人。前に言ったことがあるでしょ」

トオルはカーチャに不思議そうな目を向けた。あれほど違和感を感じていた神という言葉も、いまは素直に受け入れることができる。

「神様はこの試練にあなたが必ず打ち勝つと信じたから」

カーチャはトオルの肩に頭をもたせかけた。柔らかな香りがトオルを包んだ。アスカが笑みを浮かべて二人を見ている。

「行きましょ。お兄さんとの約束を必ず果たすの」

カーチャは頭を上げ、表情を引き締めた。

トオルはうなずき、カーチャに手を引かれて歩き始めた。

目の前をローラースケートをはいた若い男女が走りすぎていく。

トオルはふと立ち止まった。声を聞いたような気がしたのだ。その不思議な響きはトオルの心に囁きかけ、全身に広がっていった。それははるか天空からの声のようでもあったし、体内から湧きあがる声のようでもあった。

「どうかしたの」

カーチャが不思議そうな顔で見ている。

トオルは答えず、カーチャとアスカの身体を引き寄せた。

右手には、陽の光に輝く太平洋が広がっている。

解説

細谷正充（文芸評論家）

　自分だけの世界を持つ作家は強い。そして、自分だけの世界を持ちながら、さらに新たな世界を切り拓いていく作家は、なお強い。作者の諸作を俯瞰（ふかん）すると、つくづくそう感じる。

　高嶋哲夫は、一九四九年、岡山県に生まれる。慶應義塾大学工学部卒、大学院修士課程修了。日本原子力研究所研究員を経て、カリフォルニア大学に留学した。このとき、身近に作家志望の友人がいて、大いに影響を受けたという。帰国後、アメリカ時代の話をまとめた著書を刊行するが、その後は仕事と育児に追われる日々をおくる。しかし、一九九〇年に「帰国」で第二十四回北日本文学賞を受賞し、一念発起。さまざまな文学賞に作品を応募する。一九九四年に『メルトダウン』で、第一回小説現代推理新人賞を受賞。そして一九九九年、『イントゥルーダー』で第十六回サントリーミステリー大賞・読者賞をダブル受賞して、本格的な作家活動を開始。悲劇に見舞われた友人のために少年少女が立ち上がる『フレンズ――シックスティーン』、原子力発電所がテロ集団に占拠される『スピカ――原発占拠』（後に大幅な加筆をして『原発クライシス』と改題）、いじめ問題を題材とした『ダーティー・ユー』、映画化された冒険小説『ミッドナイトイーグル』、金融問題を扱った『虚構金融』など、多彩な作品を発表していく。

そんな作者が、自分だけの世界を摑んだのは、東京を襲うマグニチュード8の直下型地震を迫真の筆致でシミュレートした、二〇〇四年の『M8　エムエイト』からである。続けて、東海大地震による大津波の恐怖を描き切った『TSUNAMI　津波』、巨大台風が首都圏を直撃する『東京大洪水』を上梓し、現在では〝災害三部作〟と呼ばれている。ファンには周知の事実だが、作者は阪神・淡路大震災の被災者だ。三部作には、科学者の怜悧（れいり）な眼と、作家の豊かな創造力、それに巨大な自然災害の被災者が持つ深い想いが込められているのである。まさに作者でなければ書けない災害小説。高嶋哲夫の独自の世界が、ここに確立されたのだ。

だが作者は、そこに止まらない。二〇〇九年には警察小説『追跡――警視庁鉄道警察隊』や、元寇に十字軍の騎士を絡ませた異色の歴史小説『乱神』。二〇一〇年には、政治風刺小説『タナボタ！』、や、新型インフルエンザにより東京が封鎖される『首都感染』など、新たな作品領域を、次々と切り拓いているのだ。常にチャレンジングな作者の姿勢は、実に頼もしい。

本書『命の遺伝子』は、そんな作者が、二〇〇二年八月に徳間書店より刊行した国際謀略小説である。物語の主人公は、トオル・アキツ。遺伝子研究に飛躍的な発展をもたらした天才科学者であり、カリフォルニア工科大学の遺伝子研究所教授をしている。その彼がドイツで何者かに攫（さら）われた。拉致したのは、ジョセフ・フェルドマン率いる、モサドのナチハンターだ。フェルドマンはトオルに、ホルマリンに漬かった人間の手首を見せた。二日前、ネオナチの集会で爆破事件が起き、そのとき吹き飛ばされた男の手首だという。さらに手首の指紋を調べたところ、カリウス・ゲーレンと一致したという。ナチス武装親衛隊の大佐だったゲーレンは、戦後のニュルンベルク裁判で被告不在のまま死刑判決が下り、いまも彼らが行方を追い続けていた。しかしゲーレンが生きていれば、百十一歳。手首はどう見ても、四十代のものだ。新たに助手として雇ったカーチャことカタリーナ・ローゼンバーグと共に、残されていたゲーレンの毛髪と手首のDNAを調べるトオル。驚くべきことにDNAは一致した。いったいそこに、どのような真実があるのか。ある切実な理由を抱えるトオルは、恐るべき陰謀の渦中に身を投じ、ドイツ・ブラジル・バチカン・アメリカと世界を股にかけることになるのだった。

ナチスは、欧米の冒険小説や謀略小説ではお馴染の題材であり、『人狼部隊』『標的はナチス最終兵器』等、ナチスにこだわった冒険小説を書き続けた、イブ・メルキオーのような作家までいる。そこまで極端な例は稀だが、無数の作家が、この題材に取り組んできた。その中でも、ひときわ異彩を放っているのがアイラ・レヴィンの『ブラジルから来た少年』である（以下、作品の内容に触れます）。

一九七六年に上梓されたこの作品は、ナチス戦犯の科学者ヨーゼフ・メンゲレ博士が企てる世界制覇の陰謀を描いたサスペンス小説だ。作品は同年、日本でも翻訳された。物語のキモである陰謀の中身は、ヒットラーのクローン。個人的な記憶になるが、クローンというものが一般に知られるようになったのは、この作品の登場によってだったと思う。一九七八年には、イギリスで映画化され、メンゲレ博士をグレゴリー・ペックが演じた。映画の出来もよかったが、なぜか日本では公開されなかった。まあ、現在はＤＶＤのレンタルなどで、簡単に観ることが出来るからいいのだが。

閑話休題。もちろん作者は『ブラジルから来た少年』のことを知っているはずである。いや、本書は、『ブラジルから来た少年』への挑戦といっていい。この小説が刊行されてから、すでに四半世紀以上が過ぎ、遺伝子科学は飛躍的に進歩した。一九九六年に、哺乳類としては世界初の体細胞クローンである羊のドリーが誕生し、大きな話題となったことを覚えている人も多いだろう。また、人間の全遺伝子を解析する〝ヒトゲノム計画〟は、二〇〇三年に完成している（二〇〇〇年には完成が確実になっていた）。こうした最新の遺伝子科学を、ナチスの陰謀に組み入れた作者は、二十一世紀の『ブラジルから来た少年』ともいうべき、斬新な国際謀略小説を創り上げたのだ。
ただし、陰謀のキモとなる部分は、クローンではない。この作品では……おっと、それを書いては、未読の人の楽しみを奪ってしまうだろう。どうか読者自身が、スケールの大きな物語を読み進める中で、確認していただきたい。かなり荒唐無稽（こうとうむけい）であるが、それを作者の科学知識が支え、物語世界のリアリティは保たれている。そこにこの作品の面白さがあるのだ。

また、トオルたちがナチスの潜んでいる可能性のあるブラジルの奥地に向かう場面は、秘境冒険小説の趣がある。人跡未踏の秘境。そこに踏み込んだ人々に襲いかかる大自然の脅威。そして秘境の奥にある、謎の王国。H・R・ハガードの「アラン・クォーターメン」シリーズを始め、こうした秘境冒険小説は連綿と書き継がれてきた。だが、人類のあくなき好奇心と科学の発展は、未知の大地があることを許さない。アフリカや南米の奥地まで踏破されるようになると、秘境冒険小説は衰退していった。残念なことである。

それだけに本書は嬉しかった。作中でトオルが「いまやこの地球上に秘境なんてない。すべてが人間の経済活動に組み込まれている」といっているが、どうしてどうして。蛭（ひる）の森や巨大な蚊の攻撃といった、困難を極める旅程。そして、ようやくたどりついたブラジル奥地の村人たちに隠された秘密が、明らかになったときの衝撃。これはまさに、秘境冒険小説ではないか！　ブラジル・ナチス・遺伝子科学の三点セットにより、作者は現代に秘境冒険小説のテイストを甦らせたのだ。

本書は国際謀略小説であり、災害三部作などとは、読み味が違う。しかし、根本的なところでの作者の主張は同じである。それは人間が、人知を超えた巨大なものに、いかにして立ち向かうかということだ。この物語でいえば、遺伝子科学だ。長足の進歩を遂げた遺伝子科学は、さまざまな形で人類の可能性を拡大したが、一方で人の手に余る問題も引き起こそうとしている。たとえば発症前の遺伝病を遺伝子検査で確認できるようになれば、それによる職業の排斥などの、遺伝子差別に繋がりかねない。それこそナチスの優生学の復活である。さらにいえば、本書で描かれているナチスの陰謀も、遺伝子科学がもっと発展すれば、絵空事でなくなるかもしれない。こうした巨大な問題と対峙したときの、人間の在り方が、多くの高嶋作品を貫くテーマといえよう。

では、人はいかに在るべきなのか。クライマックスで繰り広げられる、ナチスのある人物とトオルの会話に、答えが凝縮されている。巧みなのは、ふたりの対照的な設定が、テーマを引き立てていることだ。これまた、あまり詳しいことは書けぬが、ナチスの陰謀と主人公の設定がぶつかることで、作者の主張が明確に表現されているのである。

ついでに付け加えると、トオルとカーチャの恋愛にも、主人公の設定が巧みに使われている。世界を巡る冒険の中で、しだいにふたりは、強く惹かれるようになる。でも、トオルとカーチャの仲は、じれったいほど進まない。読んでいるこちらは、やきもきしてしまうのだが、一方でトオルの事情を知り、納得もする。なるほど、これでは男女の仲になるのを、躊躇するはずだ。物語の重要なファクターである主人公の設定が、そのまま恋愛の障壁になるとは。作者の優れた小説技法に、感嘆せずにはいられない。

最後に、本書を読んでいて、特に心に響いた文章を、ふたつ引用させていただこう。

「運命は遺伝子なんかに左右されるものじゃなくて、自分で切り開くものだと思います」

「焦るな。しかし怠けるな。人生は深く短い。そして生命は美しい」

どんな災害に見舞われようが、どんな脅威に襲われようが、人は立ち上がることが出来る。立ち向かうことが出来る。作者はいつだって、そう信じている。だからなのだ。物語の面白さは当然として、作者の力強いメッセージに胸を熱くするためにも、高嶋作品を読まずにはいられないのである。

本書は二〇〇七年三月に徳間文庫より刊行されました。
※本作品はフィクションであり、実在の人物、団体などとはいっさい関係ありません。

|著者| 高嶋哲夫　1949年、岡山県玉野市生まれ。神戸市在住。慶應義塾大学工学部卒業。同大学院修士課程修了。日本原子力研究所研究員を経て、カリフォルニア大学に留学。'79年、日本原子力学会技術賞受賞。'94年、『メルトダウン』（講談社文庫）で第1回小説現代推理新人賞、'99年、『イントゥルーダー』（文春文庫）で第16回サントリーミステリー大賞・読者賞をダブル受賞。主な著書に『乱神』『タナボタ！』（ともに幻冬舎）、『風をつかまえて』（日本放送出版協会）、『東京大洪水』（集英社文庫）、『ミッドナイトイーグル』『ファイアー・フライ』（ともに文春文庫）、最新刊に『首都感染』（講談社）などがある。

命の遺伝子（いのちのいでんし）

高嶋哲夫（たかしまてつお）

2011年5月13日第1刷発行
2011年6月14日第2刷発行

発行者――鈴木　哲
発行所――株式会社　講談社
東京都文京区音羽2-12-21　〒112-8001
電話　出版部（03）5395-3510
販売部（03）5395-5817
業務部（03）5395-3615

Printed in Japan

講談社文庫
定価はカバーに表示してあります

デザイン―菊地信義
本文データ制作―講談社プリプレス管理部
印刷―――豊国印刷株式会社
製本―――加藤製本株式会社

ISBN978-4-06-276966-2

講談社文庫刊行の辞

二十一世紀の到来を目睫に望みながら、われわれはいま、人類史上かつて例を見ない巨大な転換期をむかえようとしている。

世界も、日本も、激動の予兆に対する期待とおののきを内に蔵して、未知の時代に歩み入ろうとしている。このときにあたり、創業の人野間清治の「ナショナル・エデュケイター」への志を現代に甦らせようと意図して、われわれはここに古今の文芸作品はいうまでもなく、ひろく人文・社会・自然の諸科学から東西の名著を網羅する、新しい綜合文庫の発刊を決意した。

激動の転換期はまた断絶の時代である。われわれは戦後二十五年間の出版文化のありかたへの深い反省をこめて、この断絶の時代にあえて人間的な持続を求めようとする。いたずらに浮薄な商業主義のあだ花を追い求めることなく、長期にわたって良書に生命をあたえようとつとめるところにしか、今後の出版文化の真の繁栄はあり得ないと信じるからである。

同時にわれわれはこの綜合文庫の刊行を通じて、人文・社会・自然の諸科学が、結局人間の学にほかならないことを立証しようと願っている。かつて知識とは、「汝自身を知る」ことにつきていた。現代社会の瑣末な情報の氾濫のなかから、力強い知識の源泉を掘り起し、技術文明のただなかに、生きた人間の姿を復活させること。それこそわれわれの切なる希求である。

われわれは権威に盲従せず、俗流に媚びることなく、渾然一体となって日本の「草の根」をかたちづくる若く新しい世代の人々に、心をこめてこの新しい綜合文庫をおくり届けたい。それは知識の泉であるとともに感受性のふるさとであり、もっとも有機的に組織され、社会に開かれた万人のための大学をめざしている。大方の支援と協力を衷心より切望してやまない。

一九七一年七月

野間省一

たつみや章　水の伝説
橘　もも　バックダンサーズ！（橘もも／三浦天紗子／百瀬しのぶ／田浦智美）
武田葉月　ドルジ 横綱・朝青龍の素顔
高橋祥友　自殺のサインを読みとる〈改訂版〉
田中文雄　鼠舞（ねずまい）
立石泰則　ソニー最後の異端〈近藤哲二郎とA³研究所〉
田中啓文　蓬萊洞（ほうらいどう）の研究
田中啓文　邪馬台洞の研究
田中啓文　天岩屋戸（あめのいわやど）の研究
高嶋哲夫　メルトダウン
高橋繁行　死出の門松〈こんな葬式がしたかった〉
田中克人　裁判員に選ばれたら
たかのてるこ　淀川でバタフライ
谷崎　竜　のんびり各駅停車
高野秀行　西南シルクロードは密林に消える
高野秀行　怪獣記
竹田聡一郎　ビーサン!!〈15万円ぽっちワールドサッカー観戦旅〉
田牧大和　花合せ〈濱次お役者双六〉

陳　舜臣　阿片戦争 全三冊
陳　舜臣　中国五千年(上)(下)
陳　舜臣　中国の歴史 全七冊
陳　舜臣　中国の歴史 近・現代篇(一)(二)
陳　舜臣　小説十八史略 全六冊
陳　舜臣　琉球の風 全三冊
陳　舜臣　獅子は死なず
陳　舜臣　小説十八史略 傑作短篇集
陳　舜臣　神戸 わがふるさと
陳　舜臣　新装版 新西遊記(上)(下)
張（チャン）仁淑（インスク）　凍れる河を超えて(上)(下)
筒井康隆　ウィークエンド・シャッフル
津島佑子　火の山──山猿記(上)(下)
津村節子　智恵子飛ぶ
津村節子　菊日和
津本　陽　塚原卜伝十二番勝負
津本　陽　拳豪伝
津本　陽　修羅の剣(上)(下)
津本　陽　勝つ極意 生きる極意

津本　陽　下天は夢か 全四冊
津本　陽　鎮西八郎為朝
津本　陽　幕末剣客伝
津本　陽　武田信玄 全三冊
津本　陽　乱世、夢幻の如し(上)(下)
津本　陽　前田利家 全三冊
津本　陽　加賀百万石
津本　陽　真田忍俠記(上)(下)
津本　陽　歴史に学ぶ
津本　陽　おおとりは空に
津本　陽　本能寺の変
津本　陽　武蔵と五輪書
津本　陽　幕末御用盗
津村秀介　洞爺湖殺人事件
津村秀介　水戸の偽証〈三島着10時31分の死者〉
津村秀介　浜名湖殺人事件〈富士－博多間37時間30分の謎〉
津村秀介　琵琶湖殺人事件〈ハイパー有明14号「13時45分」の死角〉
津村秀介　猪苗代湖殺人事件
津村秀介　白樺湖殺人事件〈L特急「あずさ13号」空白の接点〉

講談社文庫　目録

司城志朗　恋ゆうれい
土屋賢二　哲学者かく笑えり
土屋賢二　ツチヤ学部長の弁明
土屋賢二　人間は考えても無駄である〈ツチヤの変客万来〉
塚本青史　呂后
塚本青史　王莽
塚本青史　光武帝(上)(中)(下)
塚本青史　張騫
塚本青史　凱歌(がいか)の後(のち)
塚本青史　始皇帝
塚本青史　三国志　曹操伝　上〈落暉の洛陽〉
塚本青史　三国志　曹操伝　中〈群雄の彷徨〉
塚本青史　三国志　曹操伝　下〈赤壁に決す〉
辻原　登　マノンの肉体
辻原　登　円朝芝居噺　夫婦幽霊
辻村深月　冷たい校舎の時は止まる(上)(下)
辻村深月　子どもたちは夜と遊ぶ(上)(下)
辻村深月　凍りのくじら
辻村深月　ぼくのメジャースプーン
辻村深月　スロウハイツの神様(上)(下)
辻村深月　名前探しの放課後(上)(下)
常光　徹　学校の怪談〈K峠のうわさ〉
常光　徹　学校の怪談〈百円のビデオ〉
坪内祐三　ストリートワイズ
出久根達郎　佃島ふたり書房
出久根達郎　たとえばの楽しみ
出久根達郎　おんな飛脚人
出久根達郎　世直し大明神〈おんな飛脚人〉
出久根達郎　御書物同心日記
出久根達郎　続　御書物同心日記
出久根達郎　御書物同心日記　虫姫
出久根達郎　土龍(もぐら)
出久根達郎　俥宿(くるまやど)
出久根達郎　二十歳のあとさき
出久根達郎　逢わばや見ばや　完結編
出久根達郎　作家の値段
ドウス昌代　イサム・ノグチ(上)(下)〈宿命の越境者〉
童門冬二　戦国武将の宣伝術〈隠された名将のコミュニケーション戦略〉
童門冬二　日本の復興者たち
童門冬二　夜明け前の女たち
童門冬二　改革者に学ぶ人生論〈江戸グローカルの偉人たち〉
童門冬二　佐久間象山〈幕末の明星〉
童門冬二　項羽と劉邦〈知と情の組織術〉
鳥井架南子　風の鍵(キー)
鳥羽　亮　三鬼(おに)の剣
鳥羽　亮　隠猿(おぬざる)の剣
鳥羽　亮　鱗光の剣〈深川群狼伝〉
鳥羽　亮　蛮骨の剣
鳥羽　亮　妖鬼の剣
鳥羽　亮　秘剣　鬼の骨
鳥羽　亮　浮舟の剣
鳥羽　亮　青江鬼丸夢想剣
鳥羽　亮　双つ龍〈青江鬼丸夢想剣〉
鳥羽　亮　吉宗謀殺〈青江鬼丸夢想剣〉
鳥羽　亮　風来の剣
鳥羽　亮　影笛の剣
鳥羽　亮　波之助推理日記

講談社文庫　目録

中場利一　岸和田のカオルちゃん
中場利一　バラガキ〈土方歳三青春譜〉
中場利一　岸和田少年愚連隊
中場利一　岸和田少年愚連隊 血煙り純情篇
中場利一　岸和田少年愚連隊 望郷篇
中場利一　岸和田少年愚連隊 外伝
中場利一　岸和田少年愚連隊 完結篇
中場利一　純情ぴかれすく〈その後の岸和田少年愚連隊〉
中場利一　スケバンのいた頃
中山可穂　感情教育
中山可穂　マラケシュ心中
中村うさぎ・倉田真由美　うさたまのいい女になるっ！〈暗夜行路対談〉
中山康樹　リッスン〈ジャズとロックと青春の日々〉
中山康樹　ビートルズから始まるロック名盤
中山康樹　ジョン・レノンから始まるロック名盤
永井するみ　防風林
永井するみ　ソナタの夜
永井するみ　年に一度、の二人
永井隆　ドキュメント 敗れざるサラリーマンたち

中島誠之助　ニセモノ師たち
梨屋アリエ　でりばりぃAge
梨屋アリエ　ピアニッシシモ
梨屋アリエ　プラネタリウム
梨屋アリエ　プラネタリウムのあとで
中原まこと　いつかゴルフ日和に
中島京子　FUTON
中島京子　イトウの恋
中島京子　均ちゃんの失踪
奈須きのこ　空の境界(上)(中)(下)
中島かずき　髑髏城の七人
内藤みか・尾谷幸憲　LOVE※(ラブコメ)
永田俊也　落語娘
中村彰彦　名将がいて、愚者がいた
中村彰彦　知恵伊豆と呼ばれた男〈老中松平信綱の生涯〉
長野まゆみ　簞笥のなか
長嶋有　夕子ちゃんの近道
永嶋恵美　転落
永嶋恵美　災厄

中川一徳　メディアの支配者(上)(下)
永井均・内田かずひろ絵　子どものための哲学対話
なかにし礼　戦場のニーナ
中路啓太　火ノ児の剣
中路啓太　裏切り涼山
中島たい子　建てて、いい？
中村文則　最後の命
中田整一 編／解説　真珠湾攻撃総隊長の回想〈淵田美津雄自叙伝〉
中村江里子　女四世代、ひとつ屋根の下
西村京太郎　天使の傷痕
西村京太郎　D機関情報
西村京太郎　殺しの双曲線
西村京太郎　名探偵が多すぎる
西村京太郎　ある朝海に
西村京太郎　脱出
西村京太郎　四つの終止符
西村京太郎　おれたちはブルースしか歌わない
西村京太郎　名探偵も楽じゃない
西村京太郎　悪への招待

講談社文庫　目録

西村京太郎　名探偵に乾杯
西村京太郎　七人の証人
西村京太郎　ハイビスカス殺人事件
西村京太郎　炎の墓標
西村京太郎　特急さくら殺人事件
西村京太郎　変身願望
西村京太郎　四国連絡特急殺人事件
西村京太郎　午後の脅迫者
西村京太郎　太陽と砂
西村京太郎　寝台特急あかつき殺人事件
西村京太郎　日本シリーズ殺人事件
西村京太郎　L特急踊り子号殺人事件
西村京太郎　寝台特急「北陸」殺人事件
西村京太郎　オホーツク殺人ルート
西村京太郎　行楽特急（ロマンスカー）殺人事件
西村京太郎　南紀殺人ルート
西村京太郎　特急「おき3号」殺人事件
西村京太郎　阿蘇殺人ルート
西村京太郎　日本海殺人ルート

西村京太郎　寝台特急六分間の殺意
西村京太郎　釧路・網走殺人ルート
西村京太郎　アルプス誘拐ルート
西村京太郎　特急「にちりん」の殺意
西村京太郎　青函特急殺人ルート
西村京太郎　山陽・東海道殺人ルート
西村京太郎　十津川警部の対決
西村京太郎　南神威島
西村京太郎　最終ひかり号の女
西村京太郎　富士・箱根殺人ルート
西村京太郎　十津川警部の困惑
西村京太郎　津軽・陸中殺人ルート
西村京太郎　十津川警部C11を追う
西村京太郎　越後・会津殺人ルート〈追いつめられた十津川警部〉
西村京太郎　華麗なる誘拐
西村京太郎　五能線誘拐ルート
西村京太郎　シベリア鉄道殺人事件
西村京太郎　恨みの陸中リアス線
西村京太郎　鳥取・出雲殺人ルート

西村京太郎　尾道・倉敷殺人ルート
西村京太郎　諏訪（すわ）・安曇野（あずみの）殺人ルート
西村京太郎　哀しみの北廃止線
西村京太郎　伊豆海岸殺人ルート
西村京太郎　倉敷から来た女
西村京太郎　南伊豆高原殺人事件
西村京太郎　消えた乗組員（クルー）
西村京太郎　東京・山形殺人ルート
西村京太郎　八ヶ岳高原殺人事件
西村京太郎　消えたタンカー
西村京太郎　会津高原殺人事件
西村京太郎　超特急（イベント・トレイン）「つばめ号」殺人事件
西村京太郎　北陸の海に消えた女
西村京太郎　志賀高原殺人事件
西村京太郎　美女高原殺人事件
西村京太郎　十津川警部　千曲川に犯人を追う
西村京太郎　北能登殺人事件
西村京太郎　雷鳥九号（サスペンス・トレイン）殺人事件
西村京太郎　十津川警部　白浜へ飛ぶ

講談社文庫　目録

西村京太郎　上越新幹線殺人事件
西村京太郎　山陰路殺人事件
西村京太郎　十津川警部 みちのくで苦悩する
西村京太郎　殺人はサヨナラ列車で
西村京太郎　日本海からの殺意の風〈寝台特急「出雲」殺人事件〉
西村京太郎　松島・蔵王殺人事件
西村京太郎　四国情死行
西村京太郎　十津川警部 愛と死の伝説(上)(下)
西村京太郎　竹久夢二 殺人の記
西村京太郎　寝台特急「日本海」(メモリー・トレイン)殺人事件
西村京太郎　十津川警部 帰郷・会津若松
西村京太郎　特急「あずさ」(アリバイ・トレイン)殺人事件
西村京太郎　特急「おおぞら」(ハイデッカー・エクスプレス)殺人事件
西村京太郎　寝台特急「北斗星」(ロイヤル・トレイン)殺人事件
西村京太郎　十津川警部 姫路・千姫殺人事件
西村京太郎　十津川警部の怒り
西村京太郎　新版 名探偵なんか怖くない
西村京太郎　十津川警部「荒城の月」殺人事件
西村京太郎　宗谷本線殺人事件

西村京太郎　奥能登に吹く殺意の風
西村京太郎　特急「北斗1号」(スーサイド・トレイン)殺人事件
西村京太郎　十津川警部「悪夢」通勤快速の罠
西村京太郎　十津川警部 五稜郭殺人事件
西村京太郎　十津川警部 湖北の幻想
西村京太郎　九州新特急「つばめ」殺人事件
西村京太郎　九州特急「ソニックにちりん」殺人事件
西村京太郎　十津川警部 幻想の信州上田
西村京太郎　高山本線殺人事件
西村京太郎　十津川警部 金沢・絢爛たる殺人
西村京太郎　伊豆誘拐行
西村京太郎　東京・松島殺人ルート
新津きよみ　スパイラル・エイジ
西村寿行　異常者
新田次郎　聖職の碑(いしぶみ)
新田次郎　新装版 武田勝頼 (一)陽の巻 (二)水の巻 (三)空の巻
日本文芸家協会編　愛染夢灯籠〈時代小説傑作選〉
日本推理作家協会編　犯罪ロードマップ〈ミステリー傑作選1〉
日本推理作家協会編　殺人現場へどうぞ〈ミステリー傑作選2〉

日本推理作家協会編　ちょっと殺人を〈ミステリー傑作選3〉
日本推理作家協会編　あなたの隣に犯人が〈ミステリー傑作選4〉
日本推理作家協会編　犯人たたいま逃亡中〈ミステリー傑作選5〉
日本推理作家協会編　サスペンス・ゾーン〈ミステリー傑作選6〉
日本推理作家協会編　意外や意外〈ミステリー傑作選7〉
日本推理作家協会編　殺しの一品料理(ア・ラ・カルト)〈ミステリー傑作選8〉
日本推理作家協会編　犯罪ショッピング〈ミステリー傑作選9〉
日本推理作家協会編　闇のなかのあなた〈ミステリー傑作選10〉
日本推理作家協会編　どんでん返し〈ミステリー傑作選11〉
日本推理作家協会編　にぎやかな殺意〈ミステリー傑作選12〉
日本推理作家協会編　凶器は狂気〈ミステリー傑作選13〉
日本推理作家協会編　犯罪見本市〈ミステリー傑作選14〉
日本推理作家協会編　殺しのパフォーマンス〈ミステリー傑作選15〉
日本推理作家協会編　故意・悪意・殺意〈ミステリー傑作選16〉
日本推理作家協会編　とっておきの殺人〈ミステリー傑作選17〉
日本推理作家協会編　花には水、死者には愛〈ミステリー傑作選18〉
日本推理作家協会編　殺人者へのレクイエム〈ミステリー傑作選19〉
日本推理作家協会編　死者たちは眠らない〈ミステリー傑作選20〉
日本推理作家協会編　殺人はお好き？〈ミステリー傑作選21〉

講談社文庫　目録

講談社文庫　目録

二階堂黎人　増加博士と目減卿
二階堂黎人　ドアの向こう側
二階堂黎人　魔術王事件(上)(下)
二階堂黎人　軽井沢マジック
二階堂黎人　聖域の殺戮
二階堂黎人　カーの復讐
二階堂黎人　双面獣事件(上)(下)
二階堂黎人編　密室殺人大百科(上)(下)
新美敬子　世界の旅猫105
西澤保彦　解体諸因
西澤保彦　完全無欠の名探偵
西澤保彦　七回死んだ男
西澤保彦　殺意の集う夜
西澤保彦　人格転移の殺人
西澤保彦　麦酒（ばくしゅ）の家の冒険
西澤保彦　幻惑密室
西澤保彦　実況中死
西澤保彦　念力密室！
西澤保彦　夢幻巡礼
西澤保彦　転・送・密・室
西澤保彦　人形幻戯
西澤保彦　ファンタズム
西澤保彦　生贄を抱く夜（よ）
西澤保彦　ソフトタッチ・オペレーション
西村健　ビンゴ
西村健　脱出 GETAWAY
西村健　突破 BREAK
西村健　劫火1 ビンゴR（リターンズ）
西村健　劫火2 大脱出
西村健　劫火3 突破再び
西村健　劫火4 激突
西村健　笑い犬
西村健　ゆげ福〈博多探偵事件ファイル〉
楡周平　青狼記(上)(下)
楡周平　陪審法廷
楡周平　宿命(上)(下)〈ワンス・アポン・ア・タイム・イン・東京〉
西村滋　お菓子放浪記
西尾維新　クビキリサイクル〈青色サヴァンと戯言遣い〉
西尾維新　クビシメロマンチスト〈人間失格・零崎人識〉
西尾維新　クビツリハイスクール〈戯言遣いの弟子〉
西尾維新　サイコロジカル(上)〈兎吊木垓輔の戯言殺し〉(下)〈曳かれ者の小唄〉
西尾維新　ヒトクイマジカル〈殺戮奇術の匂宮兄妹〉
西尾維新　ネコソギラジカル(上)〈十三階段〉
西尾維新　ネコソギラジカル(中)〈赤き征裁vs.橙なる種〉
西尾維新　ネコソギラジカル(下)〈青色サヴァンと戯言遣い〉
西尾維新　ダブルダウン勘繰郎（かんぐろう） トリプルプレイ助悪郎（スケアクロウ）
西村賢太　どうで死ぬ身の一踊り
貫井徳郎　修羅の終わり
貫井徳郎　鬼流殺生祭
貫井徳郎　妖奇切断譜
貫井徳郎　被害者は誰？
A・ネルソン　「ネルソンさん、あなたは人を殺しましたか？」
野村進　コリアン世界の旅
野村進　救急精神病棟
野村進　脳を知りたい！
法月綸太郎　雪密室
法月綸太郎　誰（たそ）彼（がれ）

講談社文庫　目録

花村萬月　犬でわるいか〈萬月夜話其の二〉
花村萬月　草(くさ)臥(ぶ)し日記〈萬月夜話其の三〉
林　丈二　犬はどこ？
林　丈二　路上探偵事務所
原口純子と中華生活ウォッチャーズ　踊る中国人
はにわきみこ　たまらない女
畑村洋太郎　失敗学のすすめ
畑村洋太郎　失敗学実践講義〈文庫増補版〉
遙　洋子　結婚しません。
遙　洋子　いいとこどりの女
花井愛子　ときめきイチゴ時代〈ティーンズハートの1987～1997〉
はやみねかおる　そして五人がいなくなる〈名探偵夢水清志郎事件ノート〉
はやみねかおる　亡霊(ゴースト)は夜歩く〈名探偵夢水清志郎事件ノート〉
はやみねかおる　消える総生島〈名探偵夢水清志郎事件ノート〉
はやみねかおる　魔女の隠れ里〈名探偵夢水清志郎事件ノート〉
はやみねかおる　踊る夜光怪人〈名探偵夢水清志郎事件ノート〉
はやみねかおる　機巧館(からくりやかた)のかぞえ唄〈名探偵夢水清志郎事件ノート〉
はやみねかおる　ギヤマン壺の謎〈名探偵夢水清志郎事件ノート外伝〉
はやみねかおる　徳利長屋の怪〈名探偵夢水清志郎事件ノート外伝〉

勇嶺(はやみね)薫(かおる)　赤い夢の迷宮
橋口いくよ　アロハ萌え
服部真澄　清談　佛々堂先生
半藤一利　昭和天皇ご自身による「天皇論」
秦　建日子　チェケラッチョ!!
秦　建日子　SOKKI！〈人生には役に立たない特技〉
端田　晶　もっと美味しくビールが飲みたい！〈酒と酒場の耳学問〉
端田　晶　とりあえず、ビール！〈続・酒と酒場の耳学問〉
早瀬詠一郎　早(さ)烏(がらす)〈裏十手からくり草紙〉
早瀬詠一郎　つげの箸〈裏十手からくり草紙〉
早瀬　乱　三年坂　火の夢
早瀬　乱　レイニー・パークの音
初野　晴　1／2の騎士
原　武史　滝山コミューン一九七四
濱　嘉之　警視庁情報官〈シークレット・オフィサー〉
橋本　紡　彩乃ちゃんのお告げ
平岩弓枝　花嫁の日
平岩弓枝　結婚の四季
平岩弓枝　わたしは椿姫

平岩弓枝　花祭
平岩弓枝　青の伝説
平岩弓枝　青の回帰(上)(下)
平岩弓枝　青の背信
平岩弓枝　五人女捕物くらべ(上)(下)
平岩弓枝　はやぶさ新八御用帳(一)〈大奥の恋人〉
平岩弓枝　はやぶさ新八御用帳(二)〈江戸の海賊〉
平岩弓枝　はやぶさ新八御用帳(三)〈又右衛門の女房〉
平岩弓枝　はやぶさ新八御用帳(四)〈鬼勘の娘〉
平岩弓枝　はやぶさ新八御用帳(五)〈御守殿おたき〉
平岩弓枝　はやぶさ新八御用帳(六)〈春月の雛〉
平岩弓枝　はやぶさ新八御用帳(七)〈寒椿の寺〉
平岩弓枝　はやぶさ新八御用帳(八)〈春怨　根津権現〉
平岩弓枝　はやぶさ新八御用帳(九)〈王子稲荷の女〉
平岩弓枝　はやぶさ新八御用帳(十)〈幽霊屋敷の女〉
平岩弓枝　はやぶさ新八御用旅(一)〈東海道五十三次〉
平岩弓枝　はやぶさ新八御用旅(二)〈中山道六十九次〉
平岩弓枝　はやぶさ新八御用旅(三)〈日光例幣使道の殺人〉
平岩弓枝　はやぶさ新八御用旅(四)〈北前船の事件〉

講談社文庫　目録

2011年3月15日現在